LILIAN MUSCUTT
Die Spiegel Sinfonie
Urban Fa
W0292415

Korrektorat, Satz & Layout: PCS BOOKS · www.pcs-books.de
Covergestaltung: OOOGRAFIK · www.ooografik.de
Coverfotos: Lilian Muscutt, #97393414 | Urheber: kacege, #85978893 | Urheber: Maxim Malevich, #53542110 | Urheber: Fleming-Design, #122120719 | Urheber: Huza, #1480609026 | Urheber: yganko, #198461995 | Urheber: Turgut, #181065987 | Urheber: tostphoto; www.fotolia.com

Druck und Verlagsdienstleister:
Lightning Source (UK, USA, Australien)
CreateSpace, Amazon Distribution GmbH, Leipzig

ISBN-Print: 978-3-9818878-3-9 (ingramspark)
ISBN-Print: 978-3-9818878-5-3 (CreateSpace)
ISBN-E-Book: 978-3-9818878-4-6

Vorwort

Dies ist ein Fantasy-Roman, der zwischen April und November 2009 entstand. Die Handlung ist frei erfunden. Ähnlichkeiten mit Personen oder Ereignissen, die ich mir damals mit Blick in die Zukunft ausgedacht habe, und realen Begebenheiten sind Zufall. Die Folgen von städtischen Sparmaßnahmen habe ich weitergesponnen und zugespitzt: Mir nicht bekannt, dass das Theater schließen soll. Es gibt keine Alberich-Straße, keine „Regionale Koordinierungsstelle zur Qualitätssicherung und Vernetzung kultureller Angelegenheiten in den Städten Wuppertal, Solingen und Remscheid", keine parapsychologische Forschungsstelle an der Bergischen Uni (schade!) und auch keine Ungeheuer unter dem Birkerbad (hoffentlich!). Dem Musikzimmer im Schloss Hackhausen habe ich kurzerhand einen unterirdischen „Doppelgänger" verpasst. Auch die Katakomben – ob auf diesem Planeten oder aus anderen Welten – sind Produkte meiner Fantasie.

Viel Freude beim Lesen wünscht Lilian Muscutt

P. S.: Ich freue mich über Post an spiegelsinfonie@gmx.de, www.facebook.de/diespiegelsinfonie.

Für meine geliebte Mutter

Teil eins

Oberland

Prolog

Jonathan-Thomas Maiwetter, genannt JT („Jay-Ti"), machte sich keine Illusionen. Wenn seine Band „Freakpatrol" nicht bald einen neuen, extrem günstigen Proberaum fand, würde es mit dem Auftritt beim nächsten Schülerrockfestival wohl nichts werden. Und so war er auch an diesem Tag wieder unterwegs, statt eine Doppelstunde Geschichte über sich ergehen zu lassen. JT wusste: Einen Proberaum zu finden war wichtiger. Das mit seiner Versetzung würde in diesem Schuljahr ohnehin schwierig werden. Da war nur die Frage, wie er das seiner Mutter erklären würde.

Allerdings hatte der 15-Jährige auch heute wenig Glück gehabt. Das Treffen mit einem Vermieter, der hinter seinem griechischen Imbiss in einer alten Härterei auch Proberäume anbot, war ergebnislos verlaufen. Dimitrios war zwar ein netter Kerl und hatte ein Herz für junge Bands – aber dennoch verlangte er zu viel. Fast 100 Euro im Monat – wo Freakpatrol so viel Kohle hernehmen sollte, war JT schleierhaft. Dafür war der Proberaum komplett mit akzeptablen Sperrmüll-Möbeln ausgestattet, gut isoliert, und er hatte sogar ein Klo. Wäre doch nur sein Basser, Slug, dabei gewesen. Slug war zwei Jahre älter als JT und Gymnasiast. Er war besser darin, mit Leuten umzugehen und härter im Verhandeln. Vielleicht wäre ihm eine Lösung eingefallen.

JT lief missmutig weiter querfeldein. Den Kragen seiner alten Motorradlederjacke hatte er hochgeschlagen. Der Wind jagte über den Himmel einen wechselhaften Sonne-Wolken-Mix und scheuchte rotes und gelbes Herbstlaub über den Boden. Mit seinen ausgelatschten Leder-Converse, die JT schon locker eine Saison zu lange trug (seine Mutter hatte sie ihm damals eine Nummer zu groß gekauft: „So teure Schuhe müssen halten!"), kickte er eine leere Dose Klingenpils vor sich her.

In der Alberich-Straße schlich er missmutig am alten Luftschutzbunker vorbei, dessen dunkle Eingänge immer noch verlassen aus Gebüschen am Rand des Bürgersteigs neben einem mit Graffiti beschmierten Transformatoren-Häuschen gähnten. Fast wäre er dran vorbeigeschlendert, als seine Dose, blechern klappernd, unter einem geparkten Lkw verschwand und ihn die Botschaft eines neben dem Bunkereingang stehenden Warnschilds wie ein Schlag vor die Stirn traf: „Betreten verboten. Die Stadtverwaltung." Das war es! Hatten nicht „The Incredibly Loud Nitwits" die Proben und Aufnahmen zu ihrem Debüt „The Noose" ein halbes Jahr lang unbemerkt in einem alten Bunker in Ohligs durchgeführt – einem Stadtteil, den die Stadtteil-Patrioten aus Gräfrath „Unterland" nannten. Sven und die Jungs hatten vor zwei Jahren, so die urbane Legende, Strom von einer der Überlandleitungen abgezapft, für ihre Proben im Bunker. Dank Hasso, dem Drummer der Nitwits, der eine Elektriker-Lehre machte, war das möglich gewesen. Jetzt lebten sie auf einem anderen Planeten. Ihre Clips waren auf YouTube der Renner, und sie spielten als Newcomer beim Festival Rock am Ring.

Wie magisch angezogen pirschte sich JT an den Bunkereingang heran. Vorher blickte er sich noch einmal um, aber die Alberich-Straße war genauso verlassen wie vorher. Der Realschüler rüttelte an den Türen. Mist. Verschlossen, mit schweren Vorhängeschlössern. Aber wie war das, was hatte sein Kumpel Daniel erzählt, der Sven und Hasso kannte? Die waren immer über einen der alten Luftschächte hineingelangt. Hinter dem Bunkereingang stieg im Gesträuch der Hügel sanft an, in den der Bunker hineingebaut war. Sollte weiter oben vielleicht …? JT zögerte nicht und kraxelte ein paar Meter weiter bergauf, nachdem er von den Türen abgelassen hatte.

Schon zwei Minuten später sah er eine schwere Betonplatte, in die eine rostige, stählerne Luke eingelassen war. Doppeltes Glück: Offenbar waren auch hier entweder Bunkerhistoriker am Werk oder die Stadt plante die Sanierung. Jedenfalls stand die Luke offen. Der Herbst wind fuhr durch die Zweige der Sträucher und JTs halblange, strähnige blonde Haare. Durch die gelben und roten Blätter der Ginster- und Weißdornbüsche fiel farbiges Licht auf die Mini-

Lichtung mit dem Luftschacht-Einstieg, das auch bunte Flecken auf JTs weißes Metallica-T-Shirt („... and Justice for All") zeichnete. Er blickte an sich hinunter, schmerzhaft das Gesicht verziehend, als er sich fragte, warum er ausgerechnet heute seine neuen dunkelblauen Röhren-Levi's hatte anziehen müssen, wegen denen er seiner Mutter wochenlang in den Ohren gelegen hatte. Was er jetzt vorhatte, würde nicht ohne Flecken abgehen, obwohl die Bunkerforscher sogar so nett gewesen waren, ihm eine Leiter stehen zu lassen, die aus dem pechschwarz offen klaffenden Schacht herausragte. Dann eben ein oder zwei Monate Taschengeld-Sperre. JT konnte schließlich immer noch Oma anpumpen. Er hatte einen Ruf als wagemutiger Bandleader zu verlieren. Schon war er auf den obersten Sprossen der Leiter und schwang sich durch die enge Öffnung.

Verdammt, war das dunkel hier drinnen. Langsam und vorsichtig kletterte JT die Aluminiumleiter hinunter, immer weiter hinunter. Als er statt weiterer Sprossen festen Steinboden unter den Füßen spürte, war der Himmel, den er durch die Luke über sich sehen konnte, nur noch eine kleine, runde Scheibe, über die die Wolken, umrahmt von ein paar Zweigen, von rechts nach links zogen. Von seinem Standpunkt aus hätte JT das Bild locker mit zwei Händen verdecken können. Aber für so was war keine Zeit. Es war kalt wie in einer Gruft, und roch modrig bis felsig. Schnell wühlte der Freakpatrol-Frontmann aus der rechten Tasche seiner Lederjacke sein altes Benzin-Zippo raus und sorgte für mehr Licht. Es wurde hell. Jedenfalls was man in so einer Situation für hell hält. JT stand in einer quadratischen Kammer, die sich nach oben hin zum eigentlichen Luftschacht verjüngte, durch den er herabgeklettert war. Da er für sein Alter eher zu den kleinen, wieseligen Typen gehörte, hatte er gut durchgepasst. Aber den Hosenboden seiner Levi's hatte er sich sicherlich versaut. Ein Glück, dass seine Mum wenigstens wegen der Lederjacke keinen Aufstand machen würde. Die hatte sie schon an seinem Vater früher immer gehasst, das wusste JT genau.

Zu seiner Rechten gab es eine mannshohe, aber schmale Öffnung – vielleicht führte die in Richtung der Haupträume des Bunkers? Mit Kreide hatten die Bunkerforscher oder die Typen von der Stadt oder wer auch immer die Menschen waren, die die Leiter hatten stehen lassen, ein paar Pfeile und Kombinationen aus römischen Zahlen und normalen Ziffern an die Wand gemalt. JT zuckte die Schultern, hielt sein Zippo höher und begab sich, seitwärts gehend, in die schmale Öffnung. Uuurgh! Spinnweben, Moos, schwarzer Schmier. Jetzt war es ohnehin zu spät. Der Schüler zwängte sich weiter durch die Spalte, durch die im Bunker irgendwann mal Luft zirkuliert sein musste. Was sollte jetzt noch schlimmer kommen? Er war von oben bis unten eingesaut, hatte die Spinnweben und Moosreste sicher bereits in den Haaren, nun konnte er seine Bunkerexpedition auch weiter fortsetzen. Die Jungs in der Band würden jedenfalls Bauklötze staunen, wenn er ihnen heute Abend auf Facebook davon erzählen würde, was er hier gefunden hatte. Selbst wenn dabei kein Gratis-Proberaum herausspringen sollte. Denn wer hätte schon gern einen Proberaum, in den eventuell Bunkerforscher oder irgendwelche Fuzzis von der Stadt reinmarschieren, während man gerade nach der Session gemütlich was raucht?

Auch wenn er keine drei Meter weit sehen konnte: Im Schein seines Feuerzeugs erkannte JT doch, dass die Spalte, durch die er sich gezwängt hatte, endete. Da war ein größerer Raum. Froh, endlich wieder mehr Platz zu haben, kletterte JT in den Raum, machte einen Schritt nach vorn – und merkte einen Moment zu spät, dass er keinen Halt fand. Was aber nicht daran lag, dass da ein Loch im Boden gewesen wäre, vielmehr gab der Boden selbst mit einem hässlichen Geräusch wie rollende Kiesel und rieselnder Sand nach.

„Scheiße!" Verzweifelt mit den Armen fuchtelnd ließ JT sich rückwärts Richtung Spalte fallen und griff nach einem festen Halt. Sein Zippo fiel zu Boden und wurde in dem sich öffnenden Loch von der Dunkelheit verschluckt. Die Erdanziehungskraft war gegen ihn, unaufhaltsam folgte er seinen Füßen und seinem Feuerzeug durchs Dunkel. Sein Kopf schlug im Fallen hart gegen einen unbekannten Gegenstand. Es wurde dunkel. Noch dunkler als die bloße Abwesenheit von Licht. JT verlor das Bewusstsein.

Als JT wieder zu sich kam, umgab ihn Finsternis. Er wusste nicht, wie tief er gestürzt war. Allzu viele Meter konnten es nicht sein, schließlich war er noch am Leben. Aber es musste eine kritische Höhe gewesen sein. Seine Beine konnte er nicht bewegen. Jedes Mal, wenn er es versuchte, durchzuckten ihn unglaubliche Schmerzen, er schrie. Auch wenn er nicht in Panik verfallen wollte, musste er sich eingestehen: Gebrochen. Beide Beine. Allein würde er hier nie rauskommen. Hier unten hatte er keinen Empfang für sein Smartphone. Sein Kopf tat weh. So weh. Jetzt konnte er nur noch hoffen, dass diese Bunkerforschertypen auftauchten. Sicherlich hatte er eine Gehirnerschütterung. Oder es war sogar schlimmer. Kurz bevor er richtig aus seiner Bewusstlosigkeit erwacht war, hatte er sogar eine Halluzination oder etwas in der Richtung. Er hatte Stimmen gehört, ein schummriges Licht wie von einer Laterne gesehen. Aber da war nichts. Natürlich. Eine merkwürdige Apathie überkam JT. Wenigstens war jetzt ein Paar ruinierter Markenjeans sein kleinstes Problem. Doch bevor er weiterdenken konnte, hatte ihn der schwarze Strudel wieder erfasst, und er verlor erneut das Bewusstsein.

Kapitel 1

Frau Sullivan, könnten Sie bitte diese Polizeimeldung übernehmen? Ein Junge wird vermisst!"

Mina O'Sullivan nahm es gelassen hin, dass Redaktionsleiter Wilfried Oberschmidt ihren Nachnamen grundsätzlich von „O'Sullivan" auf „Sullivan" kürzte. Dabei war es ihr Chef selbst gewesen, der ihr zu Beginn ihrer freien Mitarbeit beim „Solinger Morgenblatt" jenen journalistischen Grundsatz eingetrichtert hatte: „Denken Sie daran: Namen sind das A und O! Eine Geschichte kann noch so gut recherchiert sein: Ist ein Name falsch geschrieben, ist die ganze Glaubwürdigkeit futsch."

Mina befolgte diese Regel mit Ehrfurcht. Bei jedem Termin schrieb sie sich Namen mit Bedacht auf und ließ sie manchmal mehrfach buchstabieren. Auch Geburtsdaten notierte sie sich stets, damit das Alter der zitierten Person zum Zeitpunkt der Veröffentlichung des Artikels stimmte. Und dennoch passierten ihr immer wieder Fehler. Aus einer „Goldenen Hochzeit" wurde eine „Silberhochzeit", weil sich Mina ganz einfach verrechnet hatte. Trotz eines Kontrollblicks auf den Notizblock verwandelte sich das „t" am Ende von „Frank Schnittert" in ein „d". Mina hätte schwören können, dass sie ein „d" gelesen hatte.

War daran die Tatsache schuld, dass sie immer erst am Abend dazu kam, mit dem Schreiben zu beginnen und Wörter und Zahlen vor ihren Augen verschwammen – nach neun bis zehn Stunden Arbeit vor dem Computer-Bildschirm, nach Terminen, dem Layouten von Zeitungsseiten und nach Telefonaten, die zur Beschwichtigung verärgerter Leser dienten?

An diesem Morgen – es war Donnerstag, der 25. Oktober 2012 – hatte sich ein Kleingartenverein darüber beschwert, dass in der heutigen Ausgabe nur ein kleines Foto von einer Riesen-Zierkürbis-

Sorte erschienen war, die für das bevorstehende Halloween-Fest der Verkaufs-Renner auf dem Wochenmarkt werden sollte. Ursprünglich war der Riesenkürbis ein eindrucksvolles Aufmacher-Foto auf der ersten Lokalseite gewesen. Gegen 23 Uhr musste er jedoch weichen: In der Umgebung der Sengbachtalsperre, einem riesigen Wasser-Reservoir, war ein Beben gemessen worden, das sich niemand so recht erklären konnte und das tiefe Beunruhigung hervorrief. So wanderte der Kürbis auf eine hintere Seite und schrumpfte zu einem Mini-Foto in einer kleinen Spalte. Zu guter Letzt war auch noch der Vereinsvorsitzende, der in der Seite-Eins-Version noch stolz in die Kamera gelächelt hatte, aufgrund des kleinen Formats vom Foto verschwunden. An den engagierten Kleingärtner erinnerte am Bildrand nur noch ein Ohr mit ein paar Haar-Zipfeln, die der Spätdienst-Redakteur beim Beschneiden des Motivs übersehen hatte. Hundert und drei erboste Vereinsmitglieder hatten daraufhin mit der Kündigung ihrer Abos gedroht.

Auch Mina hatte an diesem Morgen am Telefon einen wütenden Anrufer besänftigt.

„So was hätte es früher niemals gegeben! Da wurden wir noch ernst genommen", hatte sich ein Kleingärtner entrüstet. Mina hatte freundlich erklärt, dass es sich um ein Beben gehandelt habe, das ganz Solingen in Angst und Schrecken versetzt hatte. Was würde wohl geschehen, wenn jene riesige Sperrmauer nachgäbe, die über zwei Millionen Kubikmeter Wasser zurückhielt? So ein Thema gehöre unbedingt auf die erste Seite, hatte sie erwidert – auch wenn sich inzwischen herausgestellt hatte, dass es sich um einen Messfehler gehandelt haben musste. Und die Sache mit dem Kürbis, ja, das tue ihr leid, so was gehöre „groß in eine Lokalzeitung, da haben Sie auf jeden Fall recht. Wir finden da sicher eine Lösung." Ja, sie würden eine Lösung finden. Wie gut es tat, diesen Satz auszusprechen.

Aber diese Worte halfen nicht immer. Schon gar nicht, wenn Mina Fehler passierten. Fehler bereiteten Mina schlaflose Nächte. Rechtschreib- und Rechenfehler, Verwechslungen, was Straßennamen anging. Und dann waren da noch die Vorwürfe, nicht sorgfältig recherchiert zu haben. Letzteres tat besonders weh. Denn Mina liebte

Recherche. Wie gern wühlte sie in alten Dokumenten des städtischen Archivs! Doch wann kam sie dazu, ins Archiv zu gehen? Wann hatte sie überhaupt Zeit, Gesprächspartner aufzusuchen und tagelang – geschweige denn wochenlang – einem Thema auf den Grund zu gehen? Allein die Arbeit in der Redaktion war kaum innerhalb eines Tages zu bewältigen. Und dabei war Recherche doch so nötig, gerade für eine Lokalzeitung. Wie sollten die Menschen sonst begreifen, was um sie herum geschah, hier, in dieser Stadt? Und wie viel davon geschah wohl im Verborgenen?

Mina beschlich oft der Eindruck, dass alles auf eine seltsame Weise kürzer wurde, abgehackter. Und immer schneller. Als bliebe keine Zeit durchzuatmen. Manchmal schien die ganze Welt um sie herum zu schrumpfen. Wie jener Zierkürbis, der von einem leuchtenden Exemplar in Orange, Gelb und Grün mit glücklichem Ziehvater zu einem fünf Zentimeter breiten Platzfüller mit anonymem Ohr in schwarz-weiß mutiert war.

„Frau Sullivan?"

Mina rutschte in die Gegenwart und versuchte, ihre kurze Geistesabwesenheit zu verbergen, indem sie einen konzentrierten, ernsten Blick aufsetzte. Sie runzelte leicht die Stirn, kniff die Lippen zusammen, streckte ihre Wirbelsäule, sodass sie auf ihrem grau gepolsterten Bürostuhl gerade saß, und schaute nach oben in das Gesicht von Wilfried Oberschmidt. Der stand noch vor ihr, über ihm flackerte das grell-weiße Licht einer Neonlampe.

„Die Meldung wird etwa 20 Zeilen lang, kommt auf Seite eins mit Foto", sagte der Redaktionsleiter, während er Mina die Pressemitteilung in die Hand drückte.

„Alles klar", sagte Mina und strich sich eine ihrer kinnlangen, feuerroten Locken aus dem Gesicht, die sofort wieder zurück über ihr rechtes Auge fiel: Das Gesicht ihres Chefs durchtrennte in der Mitte ein feiner, verschwommener, roter Strich.

„Ach ja, wie Sie eben mitbekommen haben, wird der Aufmacher auf Seite zwei ausgetauscht. Ich sage nur: Kürbisse!", grinste Wilfried Oberschmidt und zwirbelte an seinem weißen Schnurrbart.

Mina lachte darauf kurz auf, und weil beim Lachen ihre Arme

in der Regel mitlachten, flog durch den Schwung ein Stift aus ihrer Hand in hohem Bogen auf den Boden. Mina hob den Kugelschreiber in einer fließenden Bewegung auf, die Gelassenheit vermitteln sollte.

„Sie gehen um 14 Uhr zu den Kleingärtnern und machen einfach noch mal eine bunte Geschichte", fuhr ihr Chef fort. „Damit dürfte das Kürbis-Problem erledigt sein, hoffe ich." Wilfried Oberschmidt zwinkerte, dann wechselte er unvermittelt das Thema. „Wie sieht es eigentlich mit dem alten Hallenbad an der Birkerstraße aus? Ist inzwischen klar, was der Investor mit der Ruine anstellen will?"

„Ich habe morgen einen Termin bei ihm", sagte Mina und ergänzte schnell „also bei dem Investor".

Der Investor. Das klang wie „Der Terminator" oder „Der Vollstrecker". Aus irgendeinem Grund war meistens von „dem Investor" die Rede, anstatt einen Namen zu nennen. Wenn jemand kritische Anmerkungen äußerte zu einem neuen Bauvorhaben eines sogenannten Investors, konnte man sich sicher sein, dass die Befürworter früher oder später vorwurfsvoll erwidern würden: „Ja, aber der Investor!" *Ja,* dachte sich dann Mina, was war denn mit *„dem Investor"?*

Jedenfalls hatte auch der Investor, der sich für jenes alte Hallenbad an der Birkerstraße interessierte, wie alle Investoren einen Namen: Dr. Jorge von Furcht. Niemand wusste, wer er war, geschweige denn, womit er sein Geld verdiente, von dem er eine beachtliche Summe zu haben schien. Dr. von Furcht. Mina nahm sich vor, ihn ab sofort immer beim Namen zu nennen.

„Mal sehen, was Dr. von Furcht, also der Investor, erzählt. Vorher gehe ich aber auch in die Regionale Koordinierungsstelle für kulturelle Angelegenheiten. Vielleicht gibt es was vom Leiter zu erfahren, was die Hintergründe angeht."

„Okay", sagte Wilfried Oberschmidt und zwirbelte erneut an seinem Schnurrbart. Er wirkte zufrieden. Wenn auch müde. Das verrieten die Ringe unter seinen Augen.

Er hatte andere Zeiten erlebt. Zugegeben: Jede Zeit hatte ihre Vor- und Nachteile. Aber in der Vergangenheit hatte es wenigstens so etwas wie Mittagspausen gegeben. Die hatte Mina nie kennengelernt. Nachdem sie unter dem Leistungsdruck in der Schule fast zusammengebrochen war, hatte sie sich durch ein Studium und unzählige Nebenjobs geboxt – vier Jahre lang, sieben Tage die Woche, von morgens sieben bis spät in die Nacht – und im Anschluss als freie Mitarbeiterin beim Solinger Morgenblatt begonnen. Am Rande der Erschöpfung zu balancieren war für sie so normal und alltäglich wie ein Butterbrot zu schmieren. Und wenn Wilfried Oberschmidt davon erzählte, dass Journalisten irgendwann in der Vergangenheit die meiste Zeit mit Recherche und Schreiben verbracht hatten und die Setzer für das Setzen von Buchstaben aus Blei zuständig gewesen waren und das Korrektorat Korrektur las, und überhaupt, diese ganzen vielen hoch spezialisierten Arbeitsprozesse, ja wohin waren die eigentlich hin verschwunden, hatte die das digitale Zeitalter mit seinen Computern verspeist oder wie?, dann war es Mina, als lausche sie einer alten Sage. Einer Geschichte, von der man nicht weiß, ob sie tatsächlich Wirklichkeit oder der Fantasie eines nostalgischen Redaktionsleiters kurz vor der Rente entsprungen war.

Wilfried Oberschmidt wollte gerade gehen, als Mina ihm hinterherrief: „Herr Oberschmidt?"

„Ja?"

„Ich bin mittags nicht da. Wissen Sie, wegen meiner Mutter."

Die schweren Gefühle und Gedanken, die mit diesen Worten zusammenhingen, ließ Mina nicht zu. Sie war schließlich auf der Arbeit. Wilfried Oberschmidt nickte Mina ohne ein Wort lächelnd zu. Dann schritt er in schnellen Schritten aus dem Großraumbüro. Während Mina ihrem Chef nachsah, war ihr, als könnten die beißenden Neonstrahlen nur mit großer Anstrengung den Raum erhellen. Sie warf einen Blick durch die bräunlich getönten Bürofenster. Seit Tagen schien sich ein Unwetter zusammenzubrauen. Aber zu einem kräftigen Gewitter, das Entspannung versprach, war es noch nicht gekommen. Draußen verschlossen graue Wolken den Himmel, Äste mit den gold-roten Blättern des Herbstes bogen sich im Wind. Sein schrilles Pfeifen konnte Mina trotz geschlossener Fenster vernehmen. Sie seufzte. Ihre Mutter erschien im Geist vor ihr, doch sie schob das Gedanken-Bild sofort beiseite. Dann wandte sie sich der Pressemitteilung zu. „Solinger Schüler, 15 Jahre, seit Samstag vermisst", lautete die Überschrift. Mina las weiter, während sie am Nagel ihres Zeigefingers kaute, dessen roter Lack größtenteils abgeblättert war. Für einen Moment starrte sie nachdenklich durch die Scheiben in die Ferne. Dann begann sie zu schreiben.

* * *

Flüchtig wanderten Minas Gedanken zu dem verschwundenen Jungen, als sie schon längst mit ihrem Fahrrad vom Hof des Verlags losgeradelt war. Hoffentlich würde er bald wieder auftauchen. Dann aber nahm sie der schwere Gang, den sie vor sich hatte, wieder ganz in Beschlag.

„Mutter", sagte sie leise. Mina schloss ihr Fahrrad im Hinterhof ihrer Eltern ab. Über ihr zogen grau-schwarze Wolken dahin. Sie hingen so tief, dass Mina dachte, sie würden beinahe über das schwarze Spitzdach ihres Elternhauses schleifen und ein paar lose Ziegel herunterreißen.

Nachdem sie die Meldung geschrieben und eine Seite gelayoutet hatte, war sie hierher gefahren, um ihrer Mutter Schmerzmittel aus der Apotheke vorbeizubringen, die ihr Vater bestellt hatte. Sie krempelte das rechte Hosenbein ihres dunkelgrünen Cord-Anzugs hinunter, das sie zum Schutz vor der Fahrradkette hochgezogen hatte, und marschierte durch die braunen Pfützen zur Haustür. Ein kräftiger Windstoß zerzauste ihre roten Locken. *Wann würde es endlich ein kräftiges Gewitter geben?,* fragte sich Mina, drehte den Schlüssel im Schloss und trat in den dunklen Hausflur.

Sie schluckte. Jeder Besuch machte ihr zu schaffen. Auch wenn ihr das niemand ansehen würde, so spürte sie in ihrer Magengegend immer eine leichte Aufregung. Vielleicht war es Angst. Doch beim Betreten dieses Hauses ging mit ihr jedes Mal eine innere Verwandlung vor. Sie war von der einen auf die andere Sekunde auf eine Art gefasst. Entschlossen schritt sie zum Zimmer ihrer Mutter. Die helle Holztür war wie immer geöffnet.

„Mama?", rief Mina leise und trat ein. Ein Vorhang war zugezogen, der andere gab ein Fenster frei.

Hellgraues Licht fiel auf das Krankenbett, auf dem ihre Mutter lag, den Körper auf die Seite mit dem Gesicht zum Fenster gedreht. Leise blubberte das Beatmungsgerät vor sich hin, der durchsichtige Schlauch schlängelte sich hoch zum Bett. Auf dem Rolltisch lagen ein paar Taschenbücher. „Wiedergeburten", „Die Heilerin" und „Die Macht der Alchemie" stand auf den Covern, die in Violett, Regenbogenfarben und ockergelben Tönen gehalten waren. Mina zog Turnschuhe und Motorradjacke aus, kroch ins Bett und drückte sich von hinten behutsam an den warmen Körper. Mit der rechten Hand streichelte sie sanft über den Kopf, ihre Finger kämmten vorsichtig das schulterlange, dunkelblonde Haar, das silberne und weiße Strähnen durchzogen.

Ihre Mutter atmete schwer, Mina konnte das Röcheln hören, spürte, wie der Schleim die Lungen ihrer Mutter verklebte. Mina schloss die Augen, ihre Hand hielt inne.

„W-w-m-m-n."

„Was meinst du, Mama?"

„Wei-ter-ma-chen", presste ihre Mutter hervor.

Mina nahm das Streicheln wieder auf. Der Wind draußen heulte.

„Ich habe gerade von uns geträumt", fuhr ihre Mutter fort. Ihr Mund war trocken und das Sprechen kostete sie Kraft. „Mhm. War ein komischer Traum."

„Erzähl", sagte Mina, obwohl sie wusste, dass sie gerade mal Zeit hatte, das Medikament zu bringen. Eigentlich hätte sie gleich wieder fahren müssen, um pünktlich zu ihrem Termin bei den Kleingärtnern zu kommen. „Was war das für ein Traum?", forderte sie ihre Mutter erneut auf, die gerade von einem heftigen Hustenanfall geschüttelt wurde. Mina drückte sich noch fester an sie. Ihre Mutter begann zu erzählen.

Es war ein beeindruckender Traum, skurril und doch realistisch, gefährlich und leidenschaftlich, traurig und heiter. Vor allem hatte er ein Happy End. Und sie beide spielten eine wichtige Rolle in diesem Traum. Als Mutter und Tochter.

Mina lauschte, während ihre Finger durch die Haarsträhnen ihrer Mutter glitten, die sie gestern gewaschen hatte.

„Ein ganz schön seltsamer Traum, was?", schloss ihre Mutter und schmiegte sich an das Kopfkissen, „ist wohl das Morphium."

Mina küsste sie auf die Wange. „Ich gehe jetzt wieder arbeiten, Mama. Ich komme heute Abend wieder", sagte sie. „Die Medizin stelle ich auf den Tisch."

Das hatte sie mit ihrem Vater verabredet, der es nicht geschafft hatte, die Medizin vor Beginn der Mittagspause aus der Apotheke abzuholen. In einer halben Stunde würde er da sein, um pünktlich das Medikament zu verabreichen.

„Kommst du wirklich wieder?", fragte ihre Mutter.

„Natürlich, Mama."

„Ziehst du noch vorher die Vorhänge zurück?", bat die von Krankheit geschwächte Frau.

Mina trat ans Fenster. Ihre Mutter schaute vom Bett aus gerne nach draußen. Mina schob sowohl den dunkelblauen Stoff, als auch die weißen Gardinen beiseite. Sie zuckte zusammen. Das dunkle Grau der Welt, draußen vor den Fenstern, sprang sie förmlich an. Überall Grau. Ein dunkles, eintöniges Grau. Mina starrte einen Moment entsetzt hinaus, dann zwang sie sich, ihren Blick abzuwenden, schritt zu ihrer Mutter, verabschiedete sich mit einer festen Umarmung und vielen Küssen, schnürte ihre Turnschuhe, griff nach Jacke und Rucksack, riss die Tür auf, trat über die Schwelle und schnappte nach Luft. Erst jetzt flossen Tränen über ihre Wangen, ihr Herz raste.

Sie beschloss, ihr Fahrrad einige Meter zu schieben, um durchzuatmen. Während Mina die stark befahrene Straße entlang schritt, wurde sie wieder ruhiger. In den letzten Wochen geschah es immer häufiger, dass plötzlich Panik von ihr Besitz ergriff. Sobald das Gefühl abflaute, breitete sich Ohnmacht in ihr aus. Mina wusste nicht, wovor sie sich mehr fürchtete: der Panik oder der Ohnmacht. Zum Glück hielten die Gefühle nur wenige Sekunden an. Jedenfalls in dieser Intensität. Der kalte Wind rauschte in ihren Ohren. Mina verließ den Bürgersteig und bog rechts ab, um einen Spielplatz als Abkürzung zu durchkreuzen. „Betonierter Platz mit von Hunden vollgeschissenem Sandkasten und kaputter Tischtennisplatte" wäre die präzisere Bezeichnung gewesen.

Ein Junge und ein Mädchen standen mit gesenkten Köpfen um einen Gullydeckel, während ein weiterer Junge am Rand kniete und angestrengt durch die Stäbe schaute. Der Wind wurde wieder heftiger. Mina fröstelte beim Anblick der Kinder, die nur Pullover, keine Anoraks, trugen.

„Kann ich euch helfen?“, fragte sie und ging langsam auf die Gruppe zu.

Die Jungen sahen nur kurz zu ihr auf, senkten sofort wieder die Blicke. Das Mädchen blickte Mina unverwandt an. Ihre langen braunen Zöpfe hingen über die Schultern. Sie trug eine rosa Baumwollstrumpfhose, einen roten Rock und einen ebenso roten Strickpullover, den eine rosa Blume zierte.

„Wir haben mit dem Flummi Tischtennis gespielt, jetzt ist er uns in den Gully gefallen“, erzählte das Mädchen. „Zahid sagt, jetzt haben ihn die Kobolde. Und wenn wir die Hand reinstecken, beißen sie sie uns ab.“

Mina lehnte ihr Rad an die Tischtennisplatte, fragte sich kurz, wie es auf dieser unebenen Oberfläche mit zersplitterter Beschichtung überhaupt möglich war, einen Ball zu gleichmäßigen Bewegungen zu bringen, und kniete sich neben den Jungen, der wohl der Älteste der Drei war, auf den Boden. Mit den Händen auf den Boden gestützt, näherte sich ihr Kopf langsam und immer weiter dem Gullydeckel, bis sie fast mit dem Kinn an das Eisen stieß. Sie sah nichts. Vielleicht war der Abfluss voll Laub, und es bestand die Möglichkeit, den Flummi mit zwei Stöcken zu ertasten und zwischen den Stäben herauszumanövrieren. Ihre Hand passte nicht durch die Schlitze. Außerdem war ihr ein bisschen mulmig zu Mute.

„Wir brauchen zwei stabile Äste, die passen“, sagte Mina.

Sie musste ihre Stimme heben, um das kurze Aufheulen des Windes zu übertönen. Gemeinsam zogen die Kinder und Mina ein paar Meter weiter zu einer Art Beet mit Busch und fanden zwei Holzstöcke, die sich für die Aktion eigneten. Mina nahm einen Stock, senkte ihn langsam hinab zwischen die Gully-Stäbe, in der Hoffnung, auf Grund zu stoßen. Ihre Hand berührte das kalte Eisen des Deckels, der Ast hing unter der Bodenoberfläche, noch weiter ging es nicht.

Plötzlich riss etwas am Stock.

Mina fuhr zurück. Ihr Herz raste. Der Ast war fort.

„Zahid hat es ja gesagt, das sind die Kobolde“, sagte das Mädchen, zufrieden, dass sich die Aussage bestätigt hatte. Die Jungen blickten erschrocken drein. Als Mina ein paar Mal durchgeatmet hatte, beugte sie sich erneut vor, um durch den Deckel zu schauen. Ihr war, als sehe sie etwas hoch zu den Stäben und wieder nach unten huschen.

„Bianca!! Was machst du da?! Komm!! Sofort!! Nach Haus!!“ Eine grelle Frauenstimme zerriss die Luft. Die Worte erinnerten an das rhythmische Abfeuern von Munition aus einem Maschinengewehr. Das Mädchen zuckte zusammen. Nach einem ängstlichen Blick auf den betonierten Balkon eines farblosen Hochhauses lief sie fort.

Mina schaute dem Mädchen nach, das in einer Einfahrt verschwand. Ihr Herz hämmerte noch immer gegen den Brustkorb. Was um Himmels Willen war das im Gully gewesen? Die beiden Jungen schauten mit gesenkten Köpfen eingeschüchtert zum Deckel. Alle drei saßen sie gemeinsam um den Gully auf den Knien, dicht beieinander, und hatten es nicht gewagt, sich zu bewegen.

„Die Kobolde, sie kommen, sie kommen überall hin“, flüsterte der Ältere, während sich seine kleinen Hände mit schmutzigen Nägeln in den Betonboden krallten.

„Zahid, ich will nach Hause“, bettelte der Jüngere. Er würde jeden Moment anfangen zu weinen. Mina streichelte seinen Arm.

„Keine Angst, dir passiert nichts“, sagte sie mit ruhiger Stimme, und dann fragte sie Zahid zögernd: „Hast du sie schon einmal gesehen?“

„Nein, aber fast“, antwortete Zahid im Flüsterton, während der Wind sie einhüllte. „Der alte Mann weiß das. Wir waren mit meinen Eltern in Wuppertal bei Bekannten und haben in einem Parkhaus Verstecken gespielt. Plötzlich kam meine Cousine aus dem Treppenhaus gerannt, sie schrie, etwas ist hinter ihr her, sie hat Angst. Wir hörten ein Poltern, wir sind gerannt, bis wir draußen waren. Und da stand er, der Mann. Das sind die Kobolde, hat er gesagt, es werden mehr, noch leben sie unter der Erde, aber bald, da kommen sie nach oben. Wir hatten Angst vor dem Mann, mein großer Cousin hat gerufen ‚Verpiss dich!', und wir sind weiter gerannt. Aber heute fing es auch hier an."

„Was? Was fängt an?", fragte Mina langsam.

„Das Poltern. Sie sind da!", sagte Zahid.

Zahid schaute Mina jetzt mit großen braunen Augen an. Etwas in Minas Jackentasche vibrierte, sie zuckte zusammen und zog ihr Smartphone hervor. „Redaktion" blinkte auf dem Display wie ein Alarm-Signal. Mina wartete ein paar Atemzüge und Blink-Lichter ab, dann nahm sie den Anruf an. „Hallo? … Ja, es tut mir leid, es ist etwas dazwischen gekommen … Hast du die Nummer vom Kleingartenverein? … Du rufst sie zurück? … Oh, das ist echt nett von dir, sag ihnen, dass ich in einer halben Stunde da bin."

Der Jüngere hatte die Arme um seine Schultern geschlungen und wippte leicht nach vorne, der Blick haftete am Gully.

„Ich muss jetzt arbeiten", presste Mina hervor. Ich muss jetzt arbeiten. Wie sie den Satz hasste. Es war eine Lüge. Was musste man schon – außer sterben?

„Ja, ich weiß, Erwachsene müssen immer arbeiten, und Kinder müssen in die Schule", stellte Zahid fest.

Mina streichelte über seine schwarzen Haare. „Passt gut auf euch auf, ich komme noch mal vorbei", sagte sie. Dann stieg Mina auf ihr Fahrrad und raste los. Während sie kräftig gegen den Wind antrat, bemerkte sie auf einmal, dass der starke Verkehr leiser war als sonst. Der Sturm hatte den Lärm verschluckt.

Kapitel 2

Was war das bloß für ein Tag gewesen! Frank Fabel sah doppelt. Es war ein Wunder, dass er die drei Zehn-Cent-Stücke in den Schlitz des Kaffeeautomaten bugsiert bekam. Ein beträchtlicher Teil seiner Vogelnest-Frisur klebte in nassen Strähnen an seiner Stirn, er hatte sich einfach gerade auf dem Redaktionsklo das Gesicht kalt gewaschen, um wenigstens wieder etwas mehr zu sich zu kommen. Im Spiegel musste er dabei ein Bild des Jammers konstatieren: Männlicher White Trash, 29 Jahre, bemühte Vogelnest-Frisur, schwarze Haare, hager, Ringe unter den Augen, schmales Gesicht, Hornbrille, spitzes Kinn, Furchen um die Mundwinkel. Ein gehetzter Blick aus grauen Augen, der früher mal eher verträumt gewirkt hatte, irgendwann. Und wie immer hätte er sich mal besser rasiert.

Diese Tage, die um neun Uhr in der Redaktion begannen, waren einfach nichts für ihn. Jetzt war es halb acht Uhr abends. Das entsprach einfach nicht seinem Tagesrhythmus. Er stand vor dem Kaffeeautomaten und bückte sich, um die Wasserplörre, die für 30 Cent als Cappuccino verkauft wurde, aus dem fauchenden Mr. Coffee zu bergen. Wie immer war der Becher heiß, der Inhalt aber würde bald viel zu kalt sein. Fabel richtete sich langsam zu seiner schlaksigen vollen 1,90-Meter-Größe auf, so konzentriert wie es ging, darauf bedacht, sich nicht zum zweiten Mal an diesem Tag „die Plörre" auf die Hose seines schwarzen Cordanzugs zu kippen. Dann schlurfte er durch das Treppenhaus in Richtung der Milchglas-Türe mit der Aufschrift „Redaktion", wobei seine alten, ausgelatschten Vans ziemlich unverschämt quietschten.

Die Tür öffnete sich vor Frank, kurz bevor er sie erreichte. Dr. Tiberius Geradewaat, Kulturredakteur des Solinger Morgenblattes, trottete ihm entgegen.

„Na, Jung, warste an der Tränke?", fragte der Kulturredakteur.

Der Mittvierziger grinste schief und watschelte mit seiner kleinen, dicken Figur an Frank vorbei. Mit seinen schwarzen Anzügen und seiner Taschenuhr erinnerte Geradewaat Frank manchmal an den Penguin aus den Batman-Comics. Sein gutmütiges Gesicht zeigte deutlich die Strapazen eines langen Redaktionstages – die Kulturseite hatte wegen Anzeigenwünschen dreimal umgebaut werden müssen.

„Wanderer, kommst du nach Spa…“, gab Frank gähnend zurück und erwiderte das Grinsen des Kollegen. Dann war er auch schon wieder „in der Red“, der Redaktion.

Wilfried Oberschmidt stand allein vor der Planungstafel, an der Ausdrucke der Zeitungsseiten für die morgige Ausgabe hingen. Er drehte sich um und winkte Frank heran: „Aaaah, da ist ja unser Herr Magister, die neue Stütze unseres Feuilletons! Wie ist die Lage?“

Er erinnerte Frank an seinen Onkel. „Also, die Geschichte zum Künstlerhaus auf Seite zwei unter den Kürbissen ist fertig und von Dr. Geradewaat gelesen, das Interview mit dem Typen, der in der Adventszeit wieder das singende Christkind geben will, liegt im Stehsatz und ist freigegeben, und die 70 Zeilen zur Erhöhung der Abwassergebühren habe ich gerade Herrn Lothringer zum Gegenlesen gegeben. Ich müsste dann jetzt los …“, sagte Frank.

Franks Stimme, das hatte ihm mal eine Ex gesagt, klang ein wenig wie die des deutschen Synchronsprechers von Keanu Reeves. Minus Coolness und Selbstsicherheit. Aber in einem Gespräch mit „Onkel Oberschmidt“, wie ihn manche der altgedienten Redakteure tatsächlich nannten, kam das nicht so schlimm raus.

„Jaja! Falls noch was ist, rufen wir Sie an“, plauderte der Redaktionsleiter gutmütig. „Schließlich sind Sie immer deutlich länger da, als die meisten von uns es sein sollten.“

Frank seufzte und nickte eifrig. Damit war er verabschiedet, nachdem Oberschmidt ihm noch einmal zugezwinkert hatte.

„Also, Kinder, ich wäre dann so weit, wollen wir?“, tönte der Redaktionsleiter in die Runde und klapperte mit dem Plastikablagefach für die aktuellen Polizeimeldungen gegen die Fächer, in denen Korrektur gelesene Artikel am Tagesende nach Seiten einsortiert wurden, neben der Planungstafel.

Wie immer fand die Abendkonferenz zu spät statt, die Redakteure schaufelten sich aus den Papierbergen auf ihren Schreibtischen frei und trabten zur Planungstafel, alle mit mehr oder weniger starken Ermüdungserscheinungen in Mimik, in Körpersprache ablesbar.

Doc Geradewaat klopfte Frank zum Abschied auf die Schulter. Dann nahm Fabel im Vorbeigehen seine alte Ledertasche vom Schreibtisch. Auf der anderen Seite saß immer noch Mina. Sie kaute an ihren Fingernägeln und starrte auf ihren Bildschirm, als ob sich dort gerade ein Portal zu einem anderen Universum aufgetan hätte. Da die Konferenz in ihrem Rücken schon in vollem Gange war, beschränkte sich Frank ihr gegenüber auf ein kurzes, stockendes „Morgen auch da?".

„Mmmh …", machte Mina.

Verdammt. Sie. Musste. Doch. Was. Sagen. Nach ein paar Sekunden des Wartens, die sich in seinem Kopf zu einer Ewigkeit ausdehnten, wandte sich Frank zum Gehen.

„Na dann, schönen Abend noch", murmelte er.

Als Frank fast draußen war, drehte er sich noch einmal zu ihr um. Mina öffnete den Mund und schien ihm etwas nachrufen zu wollen. Eigentlich wollten die beiden seit Wochen schon in der Pause Kaffeetrinken gehen. Schließlich sahen sie sich zwei-, dreimal die Woche in der Redaktion, und obwohl sie noch nie Gelegenheit gehabt hatten, viel miteinander zu reden, schien es irgendeine gemeinsame Wellenlänge zu geben. Dachte zumindest Frank.

Jetzt aber klingelte sein Handy. Er fischte sein altes, zerschrammtes Siemens ME 45 aus der Tasche, bedeutete Mina mit einer vorsichtigen, nicht näher definierten Geste mit der den Cappuccino-Becher haltenden Hand, dass man sich ja morgen sähe – er hasste solche Momente mit schlechtem Timing – und meldete sich im Rausgehen. „Fabel? … Lea …!"

Die Tür schloss sich hinter seiner Gestalt, die durch die Milchglas-Sichtscheibe in ihrer Silhouette ein wenig vogelscheuchenartig wirkte. Ein spritzendes Pladdern machte akustisch deutlich, dass der Cappuccino das komplizierte Manöver nicht wirklich mitgemacht hatte. Mina war mit ihren Gedanken wieder ganz woanders.

* * *

Oh Mann, seh ich schlimm aus, dachte Frank, während er sein Spiegelbild in einer Anzeigentafel beim Kauen beobachtete. Inzwischen saß er in der Schwebebahn Richtung Wuppertal-Hauptbahnhof und aß Börek. Sein Einstieg in die paläografische Abteilung der parapsychologischen Forschungsstelle der Bergischen Uni war durch irgendeine blöde Verwaltungsformalie verhindert worden („keine Promotionsstellen für Personen, die in einer Forschungsstelle länger als drei Jahre als Hilfskraft gearbeitet haben"). Also hatte er keinen anständigen Job, denn nur darauf hatte er gezählt. Nun lebte er von dem, was sein Onkel und seine Tante aus Hückeswagen überwiesen – Franks Eltern waren früh gestorben – und er versuchte verzweifelt, außerhalb der akademischen Welt Fuß zu fassen. Daher auch der Job als freier Mitarbeiter und an „glücklichen" Tagen Tagespauschalist beim Morgenblatt in der Nachbarstadt Solingen. An ein Volontariat – die zwei Jahre lange Ausbildung in der Redaktion – war vorerst nicht zu denken, dafür gab es zu viele Bewerber für zu wenig Stellen. Und nun auch noch der Anruf von Lea.

Lea und er hatten in ihrem ersten Semester um die Jahrtausendwende im selben Wohnheim in Elberfeld, direkt an der Uni, gewohnt. Die Funken sprühten geradezu, und dennoch hatte es nie geklappt mit ihm und der lebenslustigen, trendigen Musikkritikerin. Schon damals schrieb Lea für die Spex (einst das heißeste Musikmagazin seit der Erfindung von Dosenbier), heute lebte sie in Hamburg, war für mehrere große Labels als Trendscout tätig und leitete die Onlineredaktion des derzeit angesagtesten deutschen Musikblattes „Buzzer".

Momentan war Franks Leben ein Dead End. Er war in einer Halbwelt gefangen, das spürte er jeden Tag. Wenig hilfreich war dabei die Tatsache, dass er nun auch täglich Schwebebahn fuhr. Diese verrückte Welt des anderthalbten Stockwerks, in die man sich dabei begab, verstärkte seinen Eindruck enorm, zwischen zwei Ebenen zu hängen, wenn er mit dem aus der Kaiserzeit stammenden Verkehrsmittel, das eine Art unverwüstlichen Vintage-Futurismus ausstrahlte, durch Wuppertal gondelte. Aufgehängt an auf Stelzen gebauten Stahltrassen fuhr die Bahn auf etwa zwölf Metern Höhe mitten über der Wupper durch die Häuserschluchten an der Talsohle, sich vom Stadtteil Vohwinkel über Elberfeld nach Barmen schlängelnd. Die abgefahrenste Lebensader, die man sich bei einer deutschen Großstadt vorstellen kann. Eine Zwischenwelt, die einen aus der Stadt heraushob und doch durch sie hindurch transportierte. Aus der man direkt in den Rachen urbanen Verfalls blickte – auf unaufgeräumte Balkone, auf Vogelscheiße oben auf Werbetafeln, auf Skurrilitäten wie auf Flachdächern abgestellte Einkaufswagen. Und im Moment blies draußen ein Wind, dass es zum Erbarmen war. Die Bahn ächzte und schwankte noch mehr als sonst unter der Trasse, an der sie aufgehängt war. Wie Irrlichter wogte die Beleuchtung des Bayer-Werks auf und ab, als die Bahn hindurchfuhr, in der Frank saß. Neben sympathischen Fahrgästen waren auch heute Abend wieder viele der „Wuppertaler Gestalten", wie Frank sie nannte, an Bord. Doch war seine genervte Haltung ihnen gegenüber noch angemessen? War er nicht in Gefahr, bald einer von ihnen zu werden? Würde er dann auch mit der Bierdose in der Hand und nur einem Unterhemd unter der Bomberjacke, behangen mit Goldkettchen, in der Schwebebahn sitzen? Vielleicht wäre ihm dann wenigstens der alte „Jehova" egal, der mit dem Wachtturm immer am Aufgang zur Schwebebahn im Stadtteil Vohwinkel stand. Oder er könnte seinen Pitbull auf ihn hetzen. Hätte doch nur Lea nicht angerufen. Auch als Frank in Wuppertal-Elberfeld ausstieg, grübelte er immer noch darüber nach, was es wohl zu bedeuten hatte, dass sie ihn morgen auf ihr Presseticket mit zum Konzert der „Abominable Sandmen" nehmen wollte, die einen Gig in der Cobra, Solingens Kulturzentrum, spielten. Und weil er so in Gedanken war, hätte er beinahe den alten Penner umgerannt, der mit grüner Kreide irgendwelche Hieroglyphen auf die Treppe malte, die von der Bahnhofsplattform herunterführte.

Frank wollte sich gerade eine seiner Mentholzigaretten anzünden, von denen er nicht lassen konnte, obwohl sie seinem Asthma Ende der 90er während seiner rebellischen Zeit in der Londoner Hausbesetzer-Szene enorm zugesetzt hatten. Außerdem lief gerade auf seinem Walkman (Frank besaß keinen MP3-Player oder so was) sein Lieblings-Social-Distortion-Tape. „How many times have you asked yourself, is this the hand of fate now …"

Musik hören, nachdenken, Tasche tragen und Zigarette anzünden – das war mindestens eine Komponente zuviel. Fast wäre Frank über den Mann gefallen. Der konnte sich gerade noch am Geländer festhalten, seine Kreide klackerte, in Stücke zerbrechend, einige Stufen hinab. Frank hatte sich unwillkürlich an der Schulter des Obdachlosen festgehalten. Nachdem eine Sekunde vergangen war und beide nicht mehr schwankten, nahm er seine Hand langsam weg und riss sich mit der anderen die Kopfhörer herunter.

„Oh verdammt, Entschuldigung, ich … ich … das tut mir furchtbar leid mit Ihrer Kreide, sind Sie Straßenkünstler oder so was …? Äh ich gebe Ihnen fünf Euro, dann können Sie sich neue Kreide kaufen, okay?", stammelte Frank mit weit aufgerissenen Augen. Schon kramte er in seiner Innentasche nach seinem Portemonnaie.

Der Mann sagte einen Augenblick gar nichts, kniff die Augen zusammen und starrte Frank direkt ins Gesicht, wobei ihre beiden Nasenspitzen weniger als dreißig Zentimeter voneinander entfernt waren. Er war einen Kopf kleiner als Frank, roch leicht muffig, hatte lange graue Haare und einen ebenso langen grauen Bart, auf seiner Nase saß eine alte Nickelbrille. Er trug etwas, das wie ein alter Wehrmachtsmantel aussah (wo zum Teufel bekam man so ein Teil im 21. Jahrhundert noch her???) und darunter undefinierbare Klamotten in vielen Schichten sowie unzählige Strickschals, die lose um seinen Hals hingen. Seine Füße steckten in den verbrauchtesten Doc Martens, die Frank je gesehen hatte. Nach dem, was für Frank einer Schrecksekunde gleichkam, richtete der Mann sich auf, hob den Zeigefinger der rechten Hand, die wie die linke in fingerlosen Wollhandschuhen steckte, und sagte, mit Nachdruck, aber nicht drohend: „Dominus scalarum sum."

„Bitte … was? Herr von was?" Schon glaubte Frank, sich verhört zu haben, oder einen verwirrten Seniorenstudenten vor sich zu sehen.

„Dominus scalarum sum", sagte der Grauhaarige.

Der Mann streckte die geöffnete linke Hand aus, Handfläche

nach oben. Ein enormer Windstoß blies Frank ein paar seiner schwarzen Haarsträhnen hinter die Brillengläser, und im Flackern einer Neonröhre begriff er. Rasch war er die paar Schritte, die dafür nötig waren, herabgestiegen, sammelte die Bruchstücke der Kreide auf, trabte wie unter hypnotischem Einfluss wieder die paar Stufen hinauf und gab der Gestalt ihre lädierte Kreide zurück. Es schien das einzig Richtige zu sein. Auf der Plattform fuhr mit großem Geratter die nächste Schwebebahn ein.

Da spürte Frank eine Hand an seiner Schulter. Verdutzt drehte er sich um.

„Verzeihung, hat dieser Mann Sie belästigt?"

Zwei Treppenstufen unter sich sah Frank das dienstbeflissene, kantige Gesicht eines Sicherheitsmannes von WuppSec, jener Schwarzen Sheriffs, die der neue Oberbürgermeister zusätzlich zu all den Überwachungskameras nach der letzten Kommunalwahl auf die Bürger des Schlauchs an der Wupper losgelassen hatte.

„Nein, nein", sagte Frank schnell, „ich habe ihn angerempelt und mich entschuldigt, und wir wollten gerade …"

Als er sich umdrehte, war der Latein sprechende Penner weg. Einfach fort. Der WuppSec-Mann sprintete ohne ein weiteres Wort an Frank vorbei auf die Plattform, um die gerade eingefahrene Schwebebahn noch zu kriegen. Dahin musste der exzentrische „Künstler" mit seiner zerbrochenen grünen Kreide entwischt sein. Schließlich konnten ihn ja schlecht die Stufen der Treppe verschluckt haben?

Das Telefonat mit Lea, die Begegnung mit dem merkwürdigen Alten und seine verfahrene Lebenssituation – Frank fühlte sich durcheinander und wanderte ziellos durch Elberfeld, kaum merkend, dass seine Schritte ihn nach etwa zehn Minuten zum Laurentiusplatz und ins Café Engel geführt hatten. Froh, der Welt entkommen zu sein, trat Frank ein und ließ sich direkt am Eingang auf einen freien Stuhl an einem unbesetzten Tisch am Fenster sinken. Er orderte einen Espresso – das konnte er sich gerade eben noch leisten – und zündete sich eine Zigarette an. Der Blick auf den Laurentiusplatz und die beleuchtete klassizistische Kirche, seiner Meinung nach die schönste in ganz Wuppertal, waren immer einen Umweg wert. Dort auf den

Stufen, vor der Kirche, hatten Lea und er damals Schluss gemacht. Es war im April gewesen, alles blühte im Bergischen. Nur in Franks Herz verwelkte eine Blume, die ihm teurer gewesen war als alles, was er kannte. Drei Worte, schwer wie Beton, fielen wie Schüsse, dort auf den Stufen: „Es ist aus."

Franks Antwort bestand ebenfalls aus drei Worten. Traurig breiteten sie damals ihre kleinen Flügel aus und flogen, durch einen Regen aus Blütenblättern im Wind über den Laurentiusplatz verklingend, davon. „Ich liebe dich …"

Es war fast halb zehn, und Frank musste eigentlich noch bügeln und spülen, und eine Wäsche zu machen wäre auch nicht verkehrt gewesen. Aber was sollte es? Es wartete ohnehin zu Hause niemand auf ihn. So saß er noch eine Weile im Café Engel und hing seinen Erinnerungen nach.

Nach seinem zweiten Espresso überquerte Frank noch einmal den beleuchteten Platz, um wenigstens noch einen Moment auf der Freitreppe vor der Laurentiuskirche zu sitzen. Bald musste er vor der Kälte kapitulieren – es waren deutlich unter zehn Grad – und brach in Richtung Heimat auf.

Er hatte aber keine Lust, bis zum Wall zu laufen und den Bus zu nehmen. Lieber entschied er sich für einen Umweg und stieg die 103 Stufen des Tippen-Tappen-Tönchens hinauf zur Elberfelder Nordstadt. Verwinkelt und mit vielen Absätzen versehen, verband das Tippen-Tappen-Tönchen das szenige, lebendige Luisenviertel im Tal und die Nordstadt, genauer gesagt den Ölberg, miteinander. Dort lag auch die Brunnenstraße, wo Frank wohnte. Der Name der Treppe war lautmalerisch, er leitete sich ab von dem Geräusch, das früher die Holzschuhe der Arbeiter auf der Treppe machten. Frank sah ob dieser lautmalerischen Alliteration viel eher Kohorten von Heinzelmännchen vor seinem geistigen Auge die Treppe hinauf- und hinabhüpfen. Sein Aufstieg hingegen klang eher wie ein resigniertes Schlurfen – auch wenn er wie immer gern in die Zauberwelt seiner kafkaesken Nordstadt zurückkehrte, wo sich die Giebel der Häuser unter dem Nachthimmel zu berühren schienen oder sich, über die Straße eng gegeneinander geneigt, Geschichten erzählten von merkwürdigen alten Männern, die mit grüner Kreide Zauberformeln unter den Füßen von Pendlern und Pilgern zeichnen. Hätte Frank genau hingesehen, hätte er auch im Dunkeln den grünen Kreideschriftzug auf der obersten Treppenstufe erkennen können. „Dominus scalarum sum." – „Ich bin der Herr der Treppen."

Kapitel 3

Die automatischen Glastüren öffneten sich, und Mina trat in das Rathaus. Die Ablage am Empfang, der nicht besetzt war, nutzte ein Mann mit strähnigen Haaren und Cowboystiefeln, um einen Joint zu drehen. Dabei unterhielt er sich entspannt mit einer Frau, die eine Bierflasche in der Hand hielt. Es war kurz nach Eins. Mina lief einen fast endlos wirkenden Gang mit unzähligen Türen entlang und steuerte auf das Büro von Dr. Metzger zu. „Regionale Koordinierungsstelle zur Qualitätssicherung und Vernetzung kultureller Angelegenheiten in den Städten Wuppertal, Solingen und Remscheid“ stand links auf einem kleinen Schild, dahinter war die Abkürzung zu lesen, die jedem Journalisten Gänsehaut bereitete: RKQVKA für W/SG/RS.

Mina freute sich auf den Termin. Dr. Metzger war Leiter dieses kleinen Büros, dessen Aufgabenbereiche im Zuge von Stellenstreichungen geschrumpft waren und sich gleichzeitig erweitert hatten. Er war zuständig „für kulturelle, spezielle und human-interreferenzielle Angelegenheiten sowie Migrations- und Gleichstellungsfragen“. Keine Ahnung, was das konkret bedeutete. Jedenfalls wollte Mina mit Dr. Metzger über die Zukunft des über 100 Jahre alten Hallenbads an der Birkerstraße sprechen – einer Badeanstalt, die Mina wegen ihrer Architektur über alles liebte, die aber wegen Sparmaßnahmen geschlossen worden war. Danach wollte sie dem Investor Dr. von Furcht einen Besuch abstatten. Was würde er mit der Ruine anstellen?

Die Tür war offen. Am Schreibtisch saß Dr. Metzger, gebeugt, die Ellenbogen auf den Tisch gestützt, die Hände in seinen schwarzen, kinnlangen Locken vergraben. Mina konnte sein Gesicht nicht sehen. Sie räusperte sich. „He-em“, um dann „Hallo, Herr Dr. Metzger“ zu sagen.

Dr. Metzger blickte zu ihr Richtung Tür und sagte erstaunt, als sei er gerade aus einem Traum erwacht: „Oh, ja, hallo!"

Die beiden kannten sich schon seit Jahren. Mina hatte hier während des Studiums ein Praktikum gemacht und seitdem immer wieder mal kleinere Aushilfsjobs erledigt.

„Kaffee?", fragte Dr. Metzger und sprang vom Stuhl auf, um nach einer Thermoskanne zu greifen. Mina bejahte und nahm vor seinem Schreibtisch Platz.

„Wie geht es Ihnen?", fragte Mina mit gerunzelter Stirn. Dr. Metzger schien durch den Wind zu sein. Er drehte sich kurz zu ihr um, schaute über seinen Brillenrand. Dann sagte er ernst: „Wir gehen alle zugrunde! Aber ansonsten geht es mir gut. Und Ihnen?"

„Ganz okay", antwortete Mina gedehnt. In ihrer Stimme schwang Verwunderung über die Bemerkung von Dr. Metzger. „Was ist passiert?", fragte sie.

Dr. Metzger stellte ihr eine Tasse lauwarmen Kaffee auf den Tisch, schritt zur Glaswand und starrte hinaus auf das Solinger Theater, das vor dem Rathaus lag. Er hatte Mina den Rücken zugedreht, sodass sie sein Gesicht nicht sehen konnte.

„Ja, ja", seufzte er, „all das, was wir hier sehen, wird es irgendwann nicht mehr geben. Kein Theater, kein Museum, alles weg."

Mina schluckte. Sie hing mit ihrem Herzen an dieser Stadt. Aber wenn sie nachts durch die Straßen ging, kam ihr dieser Ort manchmal wie eine Geisterstadt vor. Die Straßen waren nach Ladenschluss leer. Lag es auch daran, dass im Nahverkehr immer mehr gespart wurde und immer weniger Busse fuhren? Wo waren die Menschen? Oder war die Dunkelheit die Ursache? Die Laternen wurden immer früher abgestellt, in manch einer Gegend brannte überhaupt kein Licht mehr. Was sollte aus Solingen werden, wenn eines Tages alle kulturellen Einrichtungen dichtmachten?

„Ich erzähl keinen Quatsch", sagte Dr. Metzger, sein glasiger Blick haftete noch immer am Theater. „Wenn man sich die Zahlen im Haushalt anschaut, ist klar, was passieren wird. Alles weg, weg gespart, alles dicht. Das Klingenmuseum, das werden sie behalten. Aber alles andere: futsch! Es ist nur eine Frage, wie lang es dauern wird."

„Herr Dr. Metzger, das ist schlimm!“, sprudelte es aus Mina heraus. Wie andere verschuldete Städte war Solingen jahrelang einen harten Sparkurs gefahren – und sollte ihn weiter durchziehen. Mina fragte sich, wohin das wohl führen würde. Denn das Sparen nahm einfach kein Ende. Sollte sich Solingen eines Tages tatsächlich in eine Geisterstadt verwandeln, in der Ein-Euro-Läden wie Pilze aus dem Boden schossen?

Mina zählte zu jenen jungen Leuten, die treu zu Solingen hielten. Sie war nach dem Studium zurückgekehrt. In Köln hatte sie keine Freunde gefunden. Außerdem liebte sie ihre Heimatstadt einfach zu sehr, samt ihren Wäldern, der Wupper, den Bachtälern und der lebendigen Musikszene. Auch die wenigen historischen Gebäude, die vor der Zeit des zweiten Weltkriegs noch übrig waren und an alte Zeiten erinnerten, hatten es ihr angetan. Sie gaben ihr Halt.

„Die Stadt hofft, dass Dr. von Furcht helfen kann und Einrichtungen oder Gebäude vor ihrem Untergang bewahrt“, sagte Mina. „Nehmen wir das alte Hallenbad an der Birkerstraße. Wissen Sie da Näheres drüber?“

„Ich habe keinen blassen Schimmer, wer dieser Dr. von Furcht ist“, sagte Herr Dr. Metzger kalt, drehte sich um und ging mit großen Schritten auf den Schreibtisch zu.

Mina fiel wieder einmal auf, dass er riesige Füße hatte. Die steckten in schwarzen, blank geriebenen Lederschuhen in Größe 50. Mindestens.

„Als ein Einkaufszentrum dichtgemacht hat, war Dr. von Furcht mit seiner Firma D.A.R.K.-Consulting mit was-weiß-ich-für-vielen-Tochterunternehmen schnell zur Stelle. Ich glaube, das war sein erster Auftrag in Solingen.“

Herr Dr. Metzger saß jetzt Mina gegenüber und schüttete sich eine Tasse Kaffee ein, während er fortfuhr. „Zwei Tage später hieß es auch schon, Dr. von Furcht wolle ein Ferrari-Zentrum an den Platz des Einkaufskomplexes pflanzen. Es sind keine zwei Monate vergangen, da wurde auch schon alles abgerissen. Ferrari! In Solingen! Unglaublich! Wenn jede Stadt so viel Kultur hätte wie Autohäuser … aber lassen wir das. Jedenfalls will Dr. von Furcht mehr. Was er mit dem Birkerbad vorhat, weiß ich nicht. Abreißen wird schwer, das Gebäude steht unter Denkmalschutz. Aber das bekommt der auch noch hin. Wahrscheinlich baut er noch ein Autohaus. Haben wir eigentlich schon Aston Martin?", fragte Dr. Metzger im sarkastischen Ton. Dann wurde seine Stimme leise: „Was wohl aus dem Theater wird? Aber das habe ich gerade nicht gesagt." Seine Augen blinzelten wieder über die Brille zu Mina.

„Und was werden Sie mir sonst noch nicht sagen?" Mina wusste, dass Dr. Metzger ein Faible für verdrehte Logik hatte.

„Was ich Ihnen nicht sage?" Dr. Metzger lächelte und kam richtig in Fahrt. „Na, dass die Stadt froh wäre, wenn sie Dr. von Furcht das Theater andrehen könnte, aber der interessiert sich nicht dafür ..."

Das Theater?

„Die Stadt will das Theater sonst schließen?", fragte Mina ungläubig.

„So weit ist es wohl noch nicht – aber fast." Dr. Metzgers Blick glitt wieder hinaus zum Theater und verschwamm. „Was wir brauchen, ist eine echte Revolution!" Seine Wangen röteten sich, und euphorisch fuhr er fort: „Was Großes. Etwas, dass den Menschen zeigt, wie wichtig das Theater für sie ist, was Kultur für sie bedeutet."

Klar, Kultur war wichtig, dachte Mina. Eine Stadt ohne Kultur war tot. Auf der anderen Seite: Wenn niemand Zeit hatte, ins Theater zu gehen, weil man entweder arbeitete, schlief, aß oder sonst damit beschäftigt war, sich von der eigenen Erschöpfung abzulenken – was hatte man dann eigentlich von einem Theater? Diese Probleme hingen miteinander zusammen. Dagegen musste man doch etwas unternehmen!

„Was ist mit der Politik? Gibt es hier Ideen, wie man die Einrichtungen unserer Stadt retten kann?" Minas Worte rissen Dr. Metzger aus seiner Revolutions-Vision und zerrten ihn mit Gewalt zurück auf seinen Bürostuhl. Die Mundwinkel senkten sich, das Gesicht erblasste. Dr. Metzger fuhr sich durch die Haare, winkte dann abfällig ab.

„Ach, die Politik!", klagte der große, schlacksige Mann mit den schwarzen Locken. „Der Wille ist da, aber die sind alle ausgepowert, die können auch nicht mehr. In dieser finanziellen Misere sind die froh, wenn jemand kommt und Geld gibt. Kann man ja auch verstehen. Aber so geht unsere Stadt den Bach hinunter. Ich sag's ja: Wir gehen alle zugrunde. Unser Geist verarmt. Und das Beste: Wir sind schuld an dieser Armut! Ich darf mir das gar nicht vorstellen!" Dr. Metzger hielt kurz inne. „Aber", fuhr er fort, „Sie haben nach der Politik gefragt. Ehrlich gesagt: Wenn ich eine dieser Sitzungen erlebe, habe ich das Gefühl, dass eine Schallplatte springt. Oder ich mir immer denselben Film anschaue. Ich kann diese ewig langen Diskussionen nicht mehr ertragen, es ist immer dasselbe."

Er wechselte das Thema. „Kennen Sie den Komiker aus den 20ern, der mit dem Frisiersalon, wie heißt der doch gleich?"

„Karl Valentin?", half Mina.

„Ja, genau, der", fuhr Dr. Metzger fort. „Wissen Sie, was der gesagt hat?"

Seine Stimmung schien sich wieder zu erhellen. Hätte man seine Gefühlszustände seit Minas Betreten des Büros aufgezeichnet, die steilen Zick-Zack-Kurven hätten an die Silhouette der Dolomiten erinnert.

„Also, Karl Valentin, der sagte einmal", verkündete er feierlich, „der sagte – hören Sie genau zu! – also, er sagte: ‚Es ist schon alles gesagt! Nur noch nicht von allen!'"

Jetzt brach er in schallendes Gelächter aus. „Oh, Gott, oh Gott, ich werde noch wahnsinnig", stammelte Dr. Metzger, während er sich mit hochrotem Kopf vor Lachen krümmte und beinahe vom Stuhl fiel. Mina blickte mit gekrauster Stirn auf den Büro-Chef, der an diesem Zitat fast zu ersticken drohte.

„Das müssen Sie sich vorstellen", keuchte er, „das müssen Sie sich auf der Zunge zergehen lassen: ‚Es ist schon alles gesagt – nur nicht von allen!'"

Mina sagte besorgt: „Aber Herr Doktor Metzger ..."

Der ging auf die Bemerkung nicht ein, sondern schüttelte sich weiter vor Lachen. „Oh mein Gott, ist das furchtbar!", rief er japsend mit hoher Stimme, „Oh, mein Gott, es ist einfach alles so entsetzlich!"

Mina musste beim Anblick von Dr. Metzger an ein weiteres Karl-

Valentin-Zitat denken: „Optimist: ein Mensch, der die Dinge nicht so tragisch nimmt, wie sie sind.“

* * *

Dr. von Furchts Oberlippe zuckte angewidert. Er hatte eine Journalistin erwartet. „Journalistin“. Das hieß: Frau, 1,80 groß, schwarzer Anzug oder Kostüm, rechteckige Brille mit schwarzem Gestell, präzise, kurze Fragen, keckes Blinzeln hinter den Gläsern, schnelles Kritzeln auf Schreibblock (am besten in Steno) und dabei ein zustimmendes Nicken oder „Aha“. Kurzhaarfrisur oder glatt gekämmte lange Haare, am besten zum schlichten Zopf gebunden. Kurz: professionelles Auftreten.

Und am besten noch mit Interesse daran, mit ihm in seinem Golfklub in Leverkusen zu brunchen. Stattdessen war ein dünnes Wesen mit strubbeligem grellrotem Haarschopf und unkontrollierten Bewegungen in sein Büro gestolpert und hatte, anstatt ihm die Hand zu geben, erst einmal „Oh, was für eine Aussicht!“ gerufen, war auf die Fensterfront zugestolpert und hatte auch prompt Finger- und Nasenabdrücke an der riesigen Fensterfläche hinterlassen, die jeden Tag auf Hochglanz poliert wurde.

Zugegeben: Dr. von Furcht war zwar stolz auf den Ausblick, hier im Stock, ganz oben im Bürokomplex, der gleich neben dem Rathaus lag. Aber nicht, weil er diese Stadt gerne von oben betrachtete und da bei sentimental wurde, sondern weil ihn Symbole faszinierten. Symbole der Macht. Und das „ganz oben sein“ war ein solches Symbol. Wesen wie dieser weibliche Struwwelpeter, der jetzt vor ihm saß, würden das nie verstehen.

Dr. von Furcht beobachtete angeekelt, wie diese Unperson in einem riesigen, dreckbespritzten Rucksack mit der Aufschrift „Go! Ride a Bike!“ wühlte und schließlich einen zerknickten Schreibblock sowie einen stumpfen Bleistift hervorzog. Dr. von Furcht kämpfte gegen den Brechreiz an, indem er sich mit einem Gedanken ablenkte, der ihm Erheiterung brachte. Er dachte an die Zeit, die bald kommen würde. Ja, bald war alles soweit. Er musste nur noch …

„Dr. von Frucht, wofür steht die Abkürzung D.A.R.K.-Consulting?“, fragte Mina.

Der Mann um die 40 Jahre mit gestylter, aschblonder Kurzhaarfrisur blickte sie mit grau-blauen Augen hinter seiner randlosen Brille an, der man ansah, dass sie ein Titan-Platin-Gestell hatte – jedenfalls irgendetwas, das sich ein normaler Mensch nicht leisten konnte. Schon wieder zuckte seine Oberlippe, das war ihr vorhin schon aufgefallen. War das ein Tick? Das passte nicht zu ihm. Alles schien perfekt, sein Oberhemd war so blendendweiß, dass es dem Weißen Riesen und Meister Proper die Tränen in die Augen getrieben hätte und genau wie sein Nadelstreifenanzug maßgefertigt. Die Krawatte und der Kragen saßen so eng um seinen faltenfreien, perfekt glattrasierten Hals, das es beinahe wirkte, als seien sie mit seiner Haut verwachsen. Die Bügelfalten seiner Anzughose waren rasiermesserscharf, seine Manschettenknöpfe diamantbesetzt, und natürlich baumelte an seinem linken Handgelenk eine Uhr, die so aussah, als ob sie mindestens das Dreifache von dem kostete, was die gesamte Redaktion des Solinger Morgenblattes zusammengerechnet im Jahr verdiente. Dr. von Furcht schien regelmäßig Sport zu treiben und das Sonnenstudio zu besuchen. Davon zeugten sein kräftiger Oberkörper, seine gerade Haltung und die braune, wenn auch ledrige Haut.

Mina blickte ihn erwartungsvoll an und entdeckte dann die Kekse auf seinem Schreibtisch. „Oh! Darf ich?“

Dr. von Furcht runzelte die Stirn, zog die Revers seines Sakkos glatt und sagte knapp „Selbstverständlich.“ Es klang mehr wie: „Geh sterben!“

„Mwanke“, machte Mina, nachdem eine Handvoll Kekse verschwunden war, und blickte Dr. von Furcht erwartungsvoll an.

„D.A.R.K.-Consulting – Dynamic Augmentation Replacing Knowledge“, trug Dr. Furcht vor. „Das steht für unsere Philosophie. Soll ich buchstabieren?“

„Nicht nötig, mein Vater kommt aus Irland“, lächelte Mina und notierte. *Kekskrümel! Diese Kekskrümel am Mundwinkel machten Dr. von Furcht beinahe wahnsinnig.*

„Und die Büroeinrichtung, die Ausstattung, steht das auch alles für Ihre Philosophie?", fragte Mina. Sie deutete mit einer auf Dr. von Furcht wirr und unfokussiert wirkenden Bewegung in den Raum.

Und ob seine Philosophie das tat! Dr. von Furchts Laune hob sich. Wie schmeichelhaft, dass ein fieses Spinnenwesen, das seinen ästhetischen Vorstellungen in jeder Hinsicht widersprach, das erkannte. Ästhetik war Perfektion. Und Perfektion bedeutete Macht.

„Bei uns ist alles in einem dunklen Grau-Ton oder Blau gehalten", erklärte Dr. von Furcht stolz. „Stühle, Tische, Kleidung – einfach alles. Diese Farben symbolisieren für uns Sachlichkeit. Vor allem werden Sie nie etwas Überflüssiges im Raum sehen. Bei uns liegen keine Bleistifte auf dem Tisch, keine Pflanzen stehen auf der Fensterbank, Papierkörbe werden umgehend geleert. Wir arbeiten hoch effizient. Was nicht effizient ist, gehört ver…" „–vernichtet" wäre ihm beinahe herausgerutscht. „… gehört nicht hierher", korrigierte er sich schnell.

Mina hatte noch nie ein Büro gesehen, in dem nichts unnötig herum lag. Bis auf den heutigen Tag. Die glänzende Oberfläche des dunkelgrauen Schreibtischs war leer, bis auf die Schale mit den Keksen, ein Zugeständnis an den Journalistenbesuch, nicht ein Staubkorn war zu sehen – außer den Krümeln auf Minas Seite. Kein Vergleich zum Großraumbüro der Redaktion, wo sich Papier in Türmen stapelte. Keine Schulklassen-Führung verging, ohne dass nicht mindestens ein Kind rief: „Boah, ist das kürmelig! Müssen die hier denn gar nicht aufräumen?"

Mina fragte weiter. Dr. von Furcht erzählte von der großen Verantwortung, die sein Unternehmen für diese Stadt trage. Er investiere große Summen, er garantiere, dass sich auch alle weiteren Projekte finanziell lohnen würden. Das Ferrari-Haus in der Innenstadt laufe „fantastisch". Mina bemerkte, mit welchem Genuss er das Wort „fantastisch" aussprach. „Fantastisch."

Mina fragte vorsichtig, wie es mit dem Theater aussehe. Das wisse er noch nicht. Das Birkerbad würde er abreißen lassen, sobald er es gekauft habe. Weiteres wollte Dr. Furcht nicht sagen.

„Die Voraussetzungen sind fantastisch", bekundete er und schloss mit dem Satz: „Ich plane Großes." Seine Augen blitzten. Mina stellte noch ein paar allgemeine Fragen, gab Dr. von Furcht ihre E-Mail

Adresse in der Redaktion, um sich die Image-Broschüre von D.A.R.K.-Consulting und die Unternehmens-Powerpoint-Präsentation in die Redaktion mailen zu lassen, dann war die Interviewzeit auch schon um. Zum Abschied bekam Mina noch das „Agentur-Give-Away". Eine kleine Aluminium-Box, ein gesichtsloser Würfel (nicht einmal das Logo von D.A.R.K.-Consulting war darauf zu finden), mit matt gebürsteter Oberfläche, von je sieben Zentimetern Kantenlänge. Wusste man, an welcher Stelle man mit dem Fingernagel drücken musste, klappte der Deckel hoch und enthüllte … nichts. Perfekte Schwärze.

„Das ist ein neuer Nano-Verbundstoff, mit dem das Innere ausgelegt ist", erklärte Dr. von Furcht mit seidiger Stimme. „Er reflektiert nichts, wodurch die Illusion perfekter Schwärze entsteht. So wird der Würfel zur Meditationsbox." Er lächelte kalt. „Egal, wie stressig Ihr Tag war. Ein Blick ins Nichts – und Sie haben den Kopf wieder frei."

* * *

Mina überlief ein kalter Schauer, als sie das Büro verließ. Sie hatte Dr. von Furcht zum Abschied die Hand gegeben. Seine war eiskalt. Wie die eines Toten.

* * *

Einige Minuten saß Dr. von Furcht regungslos in seinem Ledersessel. Bald würde er solches Getier wie das Geschmeiß zertreten. Er lachte still in sich hinein, dann lauter, ein Lachen, das auch den furchtlosesten Kämpfer, den mutigsten Lebensretter, den unerschrockensten Freiheitskämpfer wie Espenlaub hätte zittern lassen. Ein Lachen wie die Quelle der Angst, wie ein schwarzer teeriger Strom, der eine kommende Dunkelheit ankündigt und alles verpestet, was er berührt. Er war schon in vielen Zeitaltern dieser Welt erschienen. Immer hatten Furcht und Schrecken den Weg seines Herrn geebnet, war die Finsternis überall dorthin gefolgt, wo er Zwietracht und Zweifel in den Herzen der Menschen hatte säen können. Und wie leicht das war! Aber noch nie waren die Bedingungen so günstig gewesen wie jetzt. Sein Meister würde frei sein. Er würde kommen. Und er würde ihm den Weg bereiten. Endlich.

Dr. von Furcht stand auf und sah aus dem Fenster. Im grauen Licht des Herbsttages draußen konnte er die Ströme der Kraft beinahe sehen, wie sie sich wie glühende Bänder durch die Stadt zogen, vergessen von der Welt. Die Punkte, wo sie sich trafen, glosten in verschiedenen Farben, pulsierten aufgeregt. Sie spürten seine Nähe, fürchteten seinen Plan. Mit seinem Seidentaschentuch wischte er notdürftig Minas Spuren von der Fensterscheibe. Wegwischen. Das würde er mit ihnen allen machen. Mit allen, die ihm und seinem Herrn je im Weg gestanden hatten.

Kapitel 4

Als JT erwachte, dachte er zuerst, es sei alles nur ein Traum gewesen. Dann fiel ihm auf, dass er nicht in seinem Bett lag, sondern auf Stroh. Mit einem dumpfen Schreckensschrei fuhr er hoch, nur um festzustellen, dass er seine Beine nach wie vor nicht bewegen konnte. Aber er spürte sie, fühlte einen leichten Schmerz an den Stellen, wo sie vermutlich gebrochen waren. Und sah, dass sie fachmännisch – zumindest soweit er das als 15-Jähriger beurteilen konnte – bandagiert und geschient waren.

Der Raum, in dem er sich befand, sah aus wie das Innere eines jener uralten, unter Denkmalschutz stehenden Fachwerkhäuser. Allerdings gab es keine Fenster. An den Balken über ihm hingen über das kleine Zimmer verteilt – es maß höchstens zehn Quadratmeter – mehrere Öllampen, die den Raum trübe, aber ausreichend beleuchteten. Seine Lederjacke lag neben seinem Lager auf einem Schemel, ebenso wie sein blutiges T-Shirt. Er hatte auch einen Kopfverband. Das Blut auf dem T-Shirt musste aus seiner Nase gelaufen sein. Wo zum Henker war er? Wer hatte ihn gerettet? War er am Ende einem dieser irren Serienkiller in die Hände gefallen? Und wie lange war er bewusstlos gewesen?

Die Tür öffnete sich, und JT sah zwei Szenarien sich abzeichnen: a) Es kam ein irrer Kannibale herein, um ihn zu töten, zu vergewaltigen, zu essen und sich aus seiner Haut Kleidung zu machen (wenn er viel Glück hatte, auch in dieser Reihenfolge), oder b) einer der Höhlenforscher kam herein und sagte ihm, dass die Polizei und der Notarzt bereits informiert seien.

Es kam anders. Und JTs Hirn musste erst einmal wie ein Rechner neustarten, um mit den Tatsachen klarzukommen, die es aus den sich anbietenden Sinneseindrücken interpretierte. Jedenfalls wurde er vor Schreck erst einmal wieder bewusstlos, nachdem er seinen mutmaßlichen Retter erblickt hatte. Der letzte Gedanke, der durch sein Bewusstsein blitzte, war schlicht: „Oh Fuck! Gimli hat mich gerettet!“ JT hätte nicht gewusst, wie er diesen bärtigen Pygmäen im Kettenhemd sonst hätte nennen sollen. Er sah tatsächlich aus wie ein Zwerg, der einem Herr-der-Ringe-Film entsprungen war.

* * *

„Der Junge aus dem Oberland ist erwacht. Aber er scheint schwach zu sein, jedenfalls schläft er wieder.“ Statius war froh, diese Nachricht der Druidin selbst überbringen zu können. Schließlich hatte er den Oberländer in einer der künstlichen Höhlen gefunden, die vor einigen Jahren diese Oberländer in Uniformen angelegt hatten, die immer so schrecklich viel geschrien und die Hacken zusammengeschlagen hatten. Ganz zu schweigen von den Zuckungen im Arm. Die Oberländer hatten wirklich merkwürdige Sitten.

„Ah, er ist also erwacht? Gut, gut!“ Mühsam richtete sich die alte Weyerwächterin Dóina neben der Feuerstelle, in der muntere Flammen loderten, auf. Sie half ein wenig nach, indem sie sich am gusseisernen Rauchabzug hochzog. „Das wird unseren Verbündeten freuen. Vielleicht kann der Junge uns sogar sagen, wo wir im Oberland einen Bannsänger herbekommen.“ In Dóinas von runzligen Falten umgebenen Augen blitzte es auf. Sie wischte sich eine Strähne weißen Haares aus der Stirn und sagte leise: „Damit wären wir dann unserem Ziel vielleicht schon einen ganz entscheidenden Schritt näher.“

Statius räusperte sich. Für einen Zwerg aus dem Unterland war er noch nicht sehr alt, gerade einmal 100 Jahre. Die Druidin hingegen konnte sich noch gut daran erinnern, wie Graf Adolf von Berg 1288 in die Schlacht von Worringen ritt, als sie noch ein kleines Mädchen war.

„Hohe Druidin … Glaubt Ihr wirklich, dass wir den richtigen Weg gehen? Dass es recht ist, die Welt, wie die Menschen sie geformt haben, zu zerstören?“, fragte der Zwerg.

„Pah!“ Dóina machte eine wegwischende Handbewegung und nestelte an einem der Lederbeutel herum, die an dem Gürtel hingen, der ihr Übergewand zusammenhielt. „Wir zerstören die Welt der Menschen nicht! Wir führen sie nur in einen Zustand zurück, in dem alles wieder so ist, wie es sein sollte. Damit den Zwergen Respekt erwiesen wird für das, was sie für die Menschen taten. Viel zu lange schon haben sie vergessen, dass sie nichts wären ohne uns. Wer hat sie die Geheimnisse des Schmiedens gelehrt? Wer hat ihnen gezeigt, wie sie mit Wasserrädern die Kraft der Wupper und der Bäche im Oberland nutzen können, um Stahl zu schmieden und Klingen zu schleifen? Wer hat sie Zauberrunen gelehrt, die, in Klingen geritzt, dafür sorgten, dass selbst mittelmäßige Kämpfer mit einer Waffe aus der Klingenstadt große Krieger wurden?“

Dóina hatte sich regelrecht in Rage geredet. Ihre Aussprache wurde feucht, und sie fuchtelte wild mit dem Zeigefinger der rechten Hand.

Statius machte einen Schritt zurück.

„Ja, mächtige Druidin …“, murmelte er kleinlaut. „Aber trotzdem … all diese Menschen dort oben können doch nichts dafür, dass Galileo Galilei damals das Gewebe des Kosmos veränderte, was ja auch uns unseren Platz letztlich kostete. Genau wie die Elfen in Albion, die Drachen im Osten oder die Trolle in den nördlichen Landen. Ich meine … unter den Veränderungen, die auf sie einstürmen werden, könnten sie leicht zerbrechen.“

„Dann sollen sie zerbrechen“, fauchte Dóina. Endlich hatte sie in einer ihrer Gürteltaschen gefunden, was sie suchte. „Hier, setz einen Sud mit diesem Pulver auf, und gib dem Jungen drei Mal am Tag davon einen Humpen zu trinken. Das wird seine Genesung beschleunigen, und vielleicht kann er schon morgen befragt werden.“

„Wird er denn nach Oberland zurückkehren dürfen?“, fragte der Zwerg.

„Das wird noch zu entscheiden sein. Geh jetzt und kümmere dich um deine Pflichten!“, befahl Dóina.

„Ja, Große Dóina!“

„Und … Statius!“ Dóinas Blick glitt dräuend an ihm herunter und blieb an dem Paar Nike-Sneakern hängen, die Statius unter seiner Lederhose trug, die unter seinem Kettenhemd hervorlugte. „Diese oberländischen Schuhe will ich nicht mehr an dir sehen! Wo hast du die nur wieder her?"

„Öhm, Palin hat sie mir mitgebracht ..." Statius Tonfall wurde etwas mutiger. „Ihr wisst doch, da oben nehmen sie schon lange keine Goldstücke mehr!"

Dóina rümpfte die Nase. „Was soll nur aus uns werden ... Diese Jungspunde wie Palin haben nichts als oberländische Flausen im Kopf – und stecken alle hier im Unterland damit an."

Murrend wandte Dóina sich wieder der Feuerstelle zu. Statius entfernte sich auf Zehenspitzen. Seine Audienz war beendet.

* * *

Später lag JT schon eine Weile wach, als sich wieder tiefe, aber merkwürdig comic-haft und altertümlich klingende Stimmen der Tür des Raums näherten, in den seine Retter ihn gebracht hatten. Inzwischen hatte er akzeptiert, dass hier ein paar Dinge vor sich gingen, die sich mit dem, was das 21. Jahrhundert an allgemeinem Realitätsverständnis zu bieten hatte, ebenso gut oder schlecht erklären ließen wie der Yeti oder fliegende Untertassen. Knarzend öffnete sich die Tür – und wieder stand da dieser Gimli-Verschnitt, knapp über 1,10 Meter groß, und neben ihm ein ebenso kleiner Kerl undefinierbaren Alters zwischen 20 und 40 (der Bart machte bei beiden das Schätzen schwer). Aber im Gegensatz zu „Gimli" in seinem Kettenhemd, Mittelalter-Klamotten und Nikes trug der andere Zwerg einen Adidas-Trainingsanzug und Flip Flops. Sein langes Haar hatte er zu kunstvollen Rastas geflochten. Unter seinem Bart lugte eine schwere, mit Brillanten besetzte Goldkette hervor. Bling Bling aus Moria.

„Ääääh ... hi?", machte JT unsicher.

„Sei gegrüßt, junger Oberländer", sagte Statius verbindlich.

„Yo", sagte Palin.

„Ähm – ihr habt mich gerettet, oder? Danke. Wo sind wir hier?" Neugierig blickte sich JT um, um seine Frage zu unterstreichen.

„Wir sind im Unterland", erwiderte Statius.

„Was – in Solingen-Ohligs? Cool!“, rief JT. „Aber wieso habt ihr mich den ganzen Weg dahin gebracht? Ich dachte schon, ihr habt mich in irgendeine wirre Fantasywelt verschleppt. Seid ihr Larper oder so was? Bei eurer Statur müssen sie sich ja um euch für Zwergenrollen reißen, was? Hahahahaha!“

Warum bloß hatten sie ihn den ganzen Weg durch die halbe Stadt in den am tiefsten gelegenen Teil Solingens gebracht, statt einen Krankenwagen zu rufen? JT lachte nervös.

Die beiden Zwerge blickten sich unsicher an. Sie lachten nicht. Shit. Dann sagte Statius: „Ich bin Statius, von der Garde des Unterlandes.

Das ist Palin, einer unserer Jungmannen. Und nein, wir sind nicht im Solinger Stadtteil Ohligs. Ohligs liegt doch im Oberland!“ Das Letzte sagte er mit der Art Nachdruck, mit der man offensichtliche Tatsachen gegenüber Kindern betont.

„Yo“, sagte Palin.

„W-w-w-was?“, sagte JT.

Statius seufzte. „Hör zu, junger Oberländer …“

„JT. Einfach JT“, piepste JT mit geweiteten Augen.

„Also, Dschäitie … Der Rat der Druiden wird noch darüber befinden, ob du ins Oberland zurückkehren darfst“, erläuterte Statius. „Wir haben lange isoliert gelebt, und viele unserer Führer sind nicht gut auf die Oberländer zu sprechen. Aber es könnte helfen, wenn du uns bei der Suche nach etwas behilflich bist …“

Statius schnippte mit den Fingern, und Palin drehte sich kurz um und zog an einem Strick einen alten Fernseher ins Zimmer, ein Röhrengerät, mindestens 30 Jahre alt und ziemlich mitgenommen.

„Hilfreiche Hinweise von dir könnten den Rat milde stimmen. Aber ich warne dich, hoffe nicht zu viel: Seit 500 Jahren ist keinem Oberländer, der nach Unterland geraten ist, die Rückkehr erlaubt worden, um der Ruhe willen, die wir vor den undankbaren Menschen haben wollen.“ Während Statius sprach, machte sich Palin an der Apparatur zu schaffen, die unter dem Fernseher in einem schmiedeeisernen Rahmen stand – ein Beta-Rekorder? Sein Vater hatte JT mal von den Dingern erzählt. Was es früher alles für Dinge gegeben hatte, vor der Erfindung der DVD.

„Wir suchen einen Bannsänger!“, verkündete Statius.

„Äääh, einen was?“, stotterte JT.

Palin hatte mit dem Rekorder zu Ende geklappert und drehte jetzt wie besessen an etwas, das die Kurbel eines Dynamos zu sein schien. Ein flackerndes Schwarz-Weiß-Bild erschien in dem mitgenommenen TV-Gerät. Ein Mann spielte mit den Zähnen Gitarre: Jimi Hendrix.

„Also … ihr sucht jemanden, der solche Sachen kann?“, fragte JT, dessen Gesichtszüge sich entspannten.

Statius nickte mehrfach hintereinander eifrig.

„Y-o!“, ächzte Palin beim Kurbeln.

JT fing an zu grinsen. *Entweder kommt gleich die versteckte Kamera oder die haben mir im Krankenhaus Drogen wegen der Schmerzen gegeben,* dachte er. JT richtete sich auf seinem Lager auf und sagte gedehnt: „Jungs, heute ist euer Glückstag!“

Kapitel 5

Das war sie also, die berühmte Cobra – ein zum Kulturzentrum umgebautes Studio einer ehemaligen Film- und Werbeproduktionsfirma. Nach vorn zur Straße hin war hauptsächlich die Kneipe sichtbar, die auch zur Cobra gehörte. Frank war froh, heute früher aus der Redaktion herausgekommen zu sein. Schon krass, dass Lea so von einem Tag auf den anderen mit ihm hier zum Gig der „Abominable Sandmen“ gehen wollte. Da sie noch nicht da war, drückte er sich an der Theke in der Konzerthalle herum und orderte gerade sein zweites Beck's Green Lemon. Er trug seinen ältesten schwarzen Anzug, ein Drei-Knopf-Modell (oh ja, total Nineties), das er seit dem Abitur besaß. Zum Glück durfte man in der Cobra rauchen, jeder, der sich an einem Abend wie diesem hineinwagte, musste eigens Mitglied der „Rockcity Smoker's Union“ werden. Frank konnte sich ein Schmunzeln nicht verkneifen. Wenn sich also schon kaum jemand mehr gewerkschaftlich organisierte, war wenigstens unter Rauchern in puncto Solidarität nicht Hopfen und Malz verloren.

„Da Mann, lass es dir schmecken!“, sagte der Barkeeper und knallte vor Frank ein Bier auf die Theke. Dann wandte er sich einem Mädchen zwei Hocker weiter zu, das aussah, als wäre es aus einem Manga gefallen, und rief noch über die Schulter „Bei dir muss ich wenigstens nich nach'em Ausweis fragen … Hallooooooooo! Getränk?“

Auf der Bühne beendete gerade die Vorband ihr Set.

„Danke, danke, ihr seid die Besten“, blechte der Sänger, der Hüte mochte, eine Figur wie ein Mod, der in einen Schrank mit Grungeklamotten gefallen und danach von Trendscouts über einen phantasmagorischen Trödelmarkt gescheucht worden war, in die total übersteuerte PA.

„Und denkt dran: Je mehr CDs und T-Shirts ihr von uns kauft, desto besser wird euer Karma. Wir waren die Grumpy Puppets, viel

Spaß noch mit den Abominable Sandmen!" Mit einem verlegen wirkenden Grinsen und einem linkischen Winken verabschiedete er sich in den Backstagebereich.

Wo Lea nur blieb? Frank lehnte sich mit dem Rücken an die Theke und ließ den Blick durch die Halle schweifen. Noch keine 30 und doch schon alt … ein merkwürdiges Gefühl. Wenigstens hatte er noch schnell einen „Abominable Sandmen"-Button ans Revers seines Sakkos gepappt. Aber weniger als Zugeständnis an die versammelte Jugend der „Rock City No. One" Solingen (und die paar aus Köln und Düsseldorf angereisten Sandmen-Fans in abgerissenen Industrial-Outfits) als an Lea. Lea war vermutlich der größte Sandmen-Fan in ganz Deutschland und hatte extra eine Visite in der Kölner-Redaktion des Buzzer angeleiert, um beim Sandmen-Gig in Solingen dabei zu sein. Und vermutlich hatte sie auch für eine Interviewmöglichkeit gesorgt. Dass sie ihn, Frank, sehen wollte, war zwar schön, aber, das wusste er, vermutlich einfach nur eine ihrer Launen. Es konnte auch sein, dass ihre gerade auf Sentimentalität gerichtete Energie binnen fünf Minuten ein anderes Ziel fand. In dem Fall wäre er abgeschrieben. Na ja, wenigstens stand er dank Lea auf der Gästeliste. Und eigentlich hatte er ihre Trennung auch verwunden. Eigentlich.

Das Problem war, dass er einfach keine anderen Frauen kennenlernte. Woran auch immer das lag. Sein bester Freund Albrecht, der in Kanada ein Praktikum bei einem indianischen Kulturbüro in Osoyoos, British Columbia, machte, hatte es ihm auf den Kopf zugesagt: „Irgendwo ist sie noch in dir drin. Da ist dein Karma noch nicht wieder sauber, Alter …"

Doch da riss ein Rufen, das über das Gemurmel der Menge und das Klappern der Bierflaschen zu ihm drang, Frank aus seinen Gedanken.

„Heeeeeeeeey! Huhuuuuu! Franky Baby!"

Franky Baby. Selbst wenn er gezweifelt haben sollte, wusste er jetzt, dass sie es war. Niemand nannte ihn sonst Franky Baby.

Erstaunlicherweise meinte er ausgerechnet jetzt, Mina mit einer Flasche Bier in der Rechten durch die Menge hüpfen zu sehen.

Aber das konnte wohl kaum sein. Sie schrieb sicherlich noch in der Redaktion an der Geschichte über ihr Treffen mit Dr. Jorge von Furcht von D.A.R.K.-Consulting. Das war dieser neue Investor, wohl der allerletzte Kapitalistenschleimer aus der Hölle. Während Lea sich durch die Menge zu ihm durcharbeitete und Frank ihr müde zuprostete, machte ein letzter Halbgedanke ein paar tänzelnde Schritte um Mina: Wo trieb sie sich eigentlich immer stundenlang rum, wenn sie, nicht auf Terminen, aber weswegen dann, die Redaktion verließ? Nicht, dass es irgendwas gemacht hätte – sie waren ja beide freie Mitarbeiter, die den ganzen Tag aushalfen.

„Hey Franky-Baby, träumst du?"

Lea stand quasi schon vor ihm. Frank musste es zugeben: Sie sah wie immer umwerfend aus! Kurze Lederjacke nach der letzten Mode, weder komplett Motorradstyle noch Fliegerjacke, Converse-Halbstiefel, in denen ihre dunkelblaue Röhrenjeans (nicht used) steckte, unter der Lederjacke ein schwarzes Top, das verdächtig nach teurer Designerware aussah, aber ebenfalls einen kleinen Sandmen-Button aufwies. Ihre langen, braunen Haare ringelten sich wie immer neckisch um ihre Schultern, und sie lachte Frank an, als ob es nie diesen verhängnisvollen Tag, als sie auf dem Laurentiusplatz standen, gegeben hätte. Aber ihre weichen Gesichtszüge, die ihn immer an die Prinzessin aus den alten Star-Wars-Filmen erinnerten, und die ihr in der Schule tatsächlich den Spitznamen Lea eingebracht hatten, zeigten inzwischen eine neue Härte, eine Kälte, die Frank auffiel, seit seine Ex den Posten in Hamburg beim Buzzer angetreten hatte, was auch der Grund für den Bruch gewesen war. Lea wollte keine Fernbeziehung. Jetzt war sie immer noch ein Traum. Ja, ergänzte eine leise Stimme tief in Franks Innerem, aber ein Albtraum.

Lea brabbelte drauf los. „Du siehst ja immer noch aus wie Robert Smith auf Valium – ich hab dir doch schon bei unserem letzten Treffen vor einem halben Jahr gesagt, dass dieses Wave-Ding tot ist und auch garantiert nicht mehr wieder kommt, wir haben beim Buzzer zwar auch einen Fotografen, der so drauf ist, aber der färbt sich wenigstens die Haare bunt und ist eigentlich auch eher New Wave, und eigentlich steht er auch viel mehr auf Elektronika – aber na ja mit den richtigen Schuhen geht sowieso alles, und hast du wenigstens mal mit dem Rauchen aufzuhören versucht …"

White Noise. Warum trauerte Frank ihr eigentlich in manchen Situationen nach, wie ein Sioux-Schamane den großen Büffelherden? Damals, damals war es ein Bruch gewesen, wie ein Knacken im Gletscher kurz vor der tödlichen Lawine. In ihr hatte aber nur eine langsame Erosion stattgefunden. Wusste der Teufel, woher das kam. Frank lächelte weiter und hatte noch nichts gesagt. Das war auch nicht nötig.

„… und dann sagte ich Hans-Gerd, die Sandmen? In Solingen? Da muss ich hin, und ich bringe auch gleich ein Interview mit … "" Leas Redeschwall versiegte nicht.

Frank drehte sich kurz zur Theke um, um sein Bier wegzustellen. Der Kellner machte eine eindeutige, auf Leas Attraktivität im Allgemeinen abzielende, nicht sehr feine Geste, die er mit einem wissenden Grinsen und einem Augenzwinkern verband. Vielleicht waren diese Treffen auch heilsam für Frank.

Er lächelte Lea an, stellte das Gehirn auf Autopilot und sagte: „Ach? So lief das? Wow …"

Der Autopilot übernahm und sagte ihm genau, was zu tun war. Die Traurigkeit schloss er, ein kluger Captain, in der Bordtoilette ein. More white noise. I'm in my happy place.

Rez Norrtten und seine Band gingen voll ab. Frank hatte großen Respekt vor dem, was sie taten, künstlerisch. Aber die Live-Shows waren ihm schon immer zu sehr volle Kanne Attacke auf das zentrale Nervensystem jedes Lebewesens in Hör- und Sichtweite gewesen. Wer am Sound nicht irre wurde, dem gaben die Lightshow und die mörderischste Stroboskop-Phalanx aller Zeiten den Rest. Gerade gab die Band die letzte Nummer ihrer Zugabe zum Besten. Bam. Wham-Bam. Wham-Bam-Bam.

„TEEEEENSION!", brüllte Norrtten krächzend ins Mikro. Bam. Wham Bam. „Sand …" Bam! „In the sand …", flüsterte der Frontmann. Feedback. Viel Feedback. Stroboskop. Die Band verließ die Bühne, blasse, große Gestalten mit wirren Haaren, blitzenden Augen und stoßweise atmenden Brustkörben, schweißverklebt unter den schwarzen Lack-und-Army-surplus-Klamotten.

Was war das für ein Ding da hinter den Roadies, die schon am Drumkit frickelten?, dachte Frank. Whoa. Ein schwarzer, gebückter Umriss mit rot glühenden Augen? Na, sicherlich ein Gimmick der Bühnenshow, das nicht zum Einsatz gekommen war. Der Kerl mit den roten Augen huschte wie ein Blitz Backstage, als hätte er Franks Blick gespürt. Zack! Frank bekam eine halb leere Wasserflasche an den Kopf, die der Keyboarder in die Menge warf. Lea hatte drauf bestanden, sich ziemlich weit nach vorn durchzuschlagen.

„War das 'ne Show oder war das 'ne Show?", brüllte sie.

Sie trug noch Ohrstöpsel. Frank wollte gerade etwas erwidern im Hinblick auf die poetologische Relevanz eines Stückes wie „Tension (in the sand)" und wünschte sich, er hätte ein Handtuch mitgebracht (auch er war klitschnass geschwitzt), als plötzlich sein Handy in der Innentasche seines Sakkos wie verrückt vibrierte.

Lea gegenüber machte er eine Art schulterzuckende Entschuldige-Geste und griff in seine Innentasche.

„Fabel?", meldete er sich.

„Frank, bist du es?", erklang die dünne Stimme von Dr. Gerrte, Franks altem Chef in der parapsychologischen Forschungsstelle.

„Ja. Hallo Heinz. Was verschafft mir die Ehre?"

„Meine Güte, Frank, wo bist du denn da? Solltest du mal auf eine Party gegangen sein? Kann dir nur guttun."

Frank verdrehte die Augen und schob sich, weg von Lea, durch die Menge nach hinten.

„Komm zur Sache, Heinz. Ich bin hier auf 'nem Konzert in Solingen."

Wenn doch jetzt nur dieses Fiepen im Ohr nicht wäre. Aber Lea war nicht so einfach abzufertigen: „Hey Franky-Baby, wo willst du hin? Wir wollten doch jetzt noch backstage wegen des Interviews und außerdem wär das doch auch was für dein Käseblatt hier und du wolltest doch auch Rez Norrtten immer schon fragen, ob …

„Hast du etwa immer noch diese Schreckschraube im Schlepptau?", fluchte der Chef der parapsychologischen Forschungsstelle in Wuppertal. Frank musste tief Luft holen und rückte sich seine Hornbrille zurecht.

„Heinz, jetzt ist kein guter Zeitpunkt."

Warum hatte Frank eigentlich gewusst, dass dieser Abend nervig werden würde? Ob Heinz schon wieder koksend in seinem schweren Ledersessel in seinem Büro auf dem Grifflenberg in Wuppertal saß? Zuzutrauen wäre es ihm. Manchmal zweifelte Frank daran, dass sein Ex-Chef ein Zuhause hatte.

Inzwischen war er auf dem Klo angekommen. Lea hatte das Interesse daran, ihm zu folgen, auf der Höhe des Merchandize-Stands verloren – vermutlich, um zu checken, was sie Backstage am besten schnorren konnte.

Aufatmend sank Frank mit dem Rücken gegen die gekachelte Wand, während sich neben ihm ein Altpunk am Pissoir erleichterte. Oberhalb von dessen Kopf hatte jemand mit Edding „Stairlord" an die Wand geschmiert. Nach einigen weiteren Plattitüden kam Dr. Gerrte zur Sache.

„Ich find's ja auch blöd, wie das mit deiner Stelle gelaufen ist", sagte Dr. Gerrte entschuldigend. „Hätte ich wirklich was zu sagen gehabt … Aber du weißt ja, wie diese Schlipsträger im Dekanat drauf sind. Aber gerade deshalb … ich hab da was für dich …"

Oh Gott, dachte Frank. *Bitte. Lass es die Promotion über eine getrickste Drittmittelförderung der Technischen Universität Berlin sein. Von so einem verzwickten bürokratischen Manöver hatte er schon mal gehört, es war theoretisch möglich.*

„Es gibt da eine Sache in Solingen, da bist du doch bei dieser Zeitung, oder? Vielleicht kannst du aus der Story für dich ja was machen …", erklärte der Forscher.

„Aha?"

„Erinnerst du dich an die Geschichte mit dem Manuskript des Rabbi Löw über die Konvergenzpunkte der Prager Leylinien? Nun, in Solingen scheint es ein paar ähnliche Punkte zu geben – und möglicherweise tun sich da ein paar interessante Dinge", kam Franks Ex-Chef auf den Punkt.

Die gute alte parapsychologische Forschungsstelle in Wuppertal. Niemand glaubte diesen Quatsch. Aber es war Gegenstand akademischer Betrachtung, und von daher gab es Forschungsgelder. Und vielleicht war es eine Geschichte.

Mit einer frisch angezündeten Zigarette zwischen den Zähnen nuschelte Frank: „Ich bin ganz Ohr …“

„Am besten maile ich dir mal das als PDF, was ich bisher an Infos gesammelt habe. Und ich hoffe, dass du auch Zeit hast, dich in die Sache mal reinzuhängen. Und falls wirklich irgendwas dabei rauskommen sollte – melde dich einfach bei uns.“ Dr. Gerrte schwieg kurz, setzte dann hinzu: „Ich reaktiviere außerdem deinen alten Zugangscode. Nur für den Fall, dass du mal das Labor benutzen willst, oder irgendwas in unserer Bibliothek nachschauen möchtest …“

Zehn Minuten später bahnte Frank sich seinen Weg von der Herrentoilette an der Garderobe vorbei zurück in die Halle, wo jetzt Party mit DJ Dmitri angesagt war.

Später traf er Lea wieder, draußen, vor der Cobra. Sie stritten sich, weil Frank auf einmal verschwunden war, als Lea ihn in den Backstage-Bereich mitschleppen wollte – und dabei gefiel sie ihm direkt wieder viel besser, als vorhin, bei ihrem unrühmlichen Wiedersehen an der Biertheke. Genau das hatte damals, hatte heute gefehlt. Mit einer kraftvollen Kopfbewegung, die ihre Haare in einer weiten Ellipse um ihren Kopf fliegen ließen, drehte sie sich um und marschierte ins Dunkel davon, in Richtung Bahnhof, voller Wut, bezaubernd anzusehen.

Vielleicht wollte sie auch nicht, dass er ihre Tränen sah, dachte Frank. Immer hatte sie ihn nur kontrollieren wollen. Und jetzt, da sie das nicht mehr tat – na ja, nur noch in kleinem Ausmaß, wenn sie sich überhaupt sahen – fühlte Frank sich irgendwie leer. *Wenn es zwei Menschen gab, auf deren Beziehung das Adjektiv „verkorkst“ Anwendung finden konnte, dann waren sie das wohl,* dachte er weiter, indem er sich abwandte, um in der Cobra seinen Mantel an der Garderobe zu holen. Heinz hatte sich wirklich den perfekten Moment ausgesucht. Jetzt konnte Frank wirklich etwas Ablenkung gebrauchen. Vielleicht konnte er die Story tatsächlich verkaufen.

Warum nur trauerte er um sie, wenn sie fort war – und fühlte sich innerlich tot, wenn sie ihm gegenüberstand? Wie lange würde es noch dauern, bis seine Gefühle sich von diesem unseligen Lagrange-Punkt wegbewegt hätten? Eine Träne lief aus seinem Augenwinkel, als er zur Bushaltestelle schlurfte. Das musste der Herbstwind sein. Mit dem nüchternen Charme einer Idee aus einem Science-Fiction-Roman, den ein Bank-Direktor verfasst hat, schnurrte neben Frank der Oberleitungsbus 681 rechts ranfahrend, an der Haltestelle vor. Von den Endpunkten der langen Stangen, die die Oberleitung mit dem elektrisch betriebenen Nahverkehrs-Traum so vieler ÖPNV-Nerds auf der ganzen Welt verband, sprühten ein paar Funken in die Finsternis, es roch nach Ozon. Gelangweilt gähnte der Fahrer hinter seinem riesigen Lenkrad gegen das Dunkel draußen an, als Frank einstieg und ihm pflichtbewusst seine Monatskarte unter die Nase hielt. Er tänzelte durch den anfahrenden Bus hindurch bis ganz zum Ende, wo er sich neben ein paar jugendlichen Hip-Hoppern links in die letzte Reihe fallen ließ, gerade noch dem Joghurtdeckel auf dem Sitz daneben ausweichend, der unweigerlich seinen 70er Jahre Trenchcoat, ein Erbstück von seinem Onkel, versaut hätte.

Sein Spiegelbild in der Scheibe neben ihm sah Frank missmutig an. Die Hopper lachten leise – vermutlich über ihn. Dabei hätte er Lea so gern noch gefragt, ob sie den Typen mit den rot glühenden Augen in diesem irren Kostüm hinter den Roadies auch gesehen hatte.

Kapitel 6

Cihan atmete die feuchte Luft ein und blickte zum Himmel. Kein Stern war zu sehen, eine Wolkendecke versperrte die Sicht. Cihan spürte, wie sie aus der Entfernung auf seinen Schädel drückten, schwer und mächtig. Wo blieb das erlösende Gewitter? Seine rechte Hand umklammerte fest den Griff der dunklen Ledertasche. Dann schritt er weiter die Van-Meenen-Straße bergab an eindrucksvollen Altbauten entlang, die sich hier in der Solinger Innenstadt aneinanderreihten.

Nach dem Abitur war Cihan nach Köln gegangen, um Volkswirtschaft zu studieren. „Bloß weg aus Solingen." Das war sein Ziel. Damals. Mit dem Universitäts-System war er aber nicht klargekommen. Das Studium bestand für ihn aus dumpfem Auswendig-Lernen. So hatte er es nach ein paar Semestern geschmissen. Nach einem Haufen Gelegenheitsjobs entschied er sich für eine Ausbildung zum Immobilienkaufmann und zog zu seinen Eltern, die in der Solinger Innenstadt ein Haus für die ganze Familie gekauft hatten. Die Familie war sein letzter Halt. Das hatte er jedenfalls geglaubt. Jetzt lebten sie wieder alle zusammen. Aber wollte er das mit 26 Jahren überhaupt? Cihan bog um die Ecke. Er fühlte erneut den Tragegriff in seiner Hand.

Seine Saz.

Ja. Das Einzige, was ihm wirklich etwas bedeutete, war seine Saz, seine türkische Gitarre. Nach jedem nervtötend langweiligen Arbeitstag im Büro flüchtete er in ein Gebäude eines Kulturvereins, um dort Unterricht zu geben. Saz spielte er seit seiner Kindheit und abgesehen von einer pubertätsbedingten Pause von ein paar Jahren, in denen er alles abgelehnt hatte, was nur irgendwie Türkisch klang oder einen türkischen Namen trug, hatte er das Instrument regelmäßig gespielt. Nach dem Abbruch seines Studiums hatte ihn die Saz endgültig in ihren Bann gezogen – besser gesagt die „Cura", eine Saz, die mit ihrem relativ kurzen Hals noch einfach zu spielen war. Ganz im Gegensatz zu einer Meydan Sazı. Den langen Hals des Instruments vermochte kaum jemand zu bezwingen. Vielleicht würde er es eines Tages schaffen, diese Herausforderung zu meistern. Aber zunächst blieb er bei seiner Cura. Wenn er sie spielte, fühlte er sich leicht. Auch heute Abend hatte er in einem türkischen Kulturverein den ganzen Abend lang seinen jungen Schülern Akkorde erklärt, konzentriert zugehört und auch selbst die Finger über den dünnen Hals des Instruments geschickt gleiten lassen. Wenn ihn jemand nach seinem Glauben gefragt hätte, seine Antwort hätte geheißen: Ich glaube an die Saz. Schade nur, dass ihn noch nie jemand gefragt hatte, woran er eigentlich glaubte. Es schien niemanden zu interessieren. Dabei hätte er nur zugern von der Macht der Musik erzählt, die ihm sogar beim bedrückenden Anblick des dunklen Himmels ein Gefühl von Halt zu geben vermochte, weil sie größer und weiter war als der Himmel, als das Universum, vielleicht war ja Musik die hörbare Unendlichkeit.

„Hey, Cihan!“

Fast hätte er sie übersehen. Die Dunkelheit verhüllte die Welt mit ihren schwarzen, dicht gewobenen Schleiern. Aber jene vertraute Stimme erkannte Cihan sofort. Sie flog durch die Schwärze auf ihn zu, hell, kindlich – und traurig.

„Hallo, Mina“, sagte Cihan leise, während sie mit langsamen Schritten aufeinander zugingen.

Seit einem Jahr waren sie Nachbarn. Mina lebte ein paar Häuser weiter in einer Wohngemeinschaft mit ihrer Freundin Philippa. Als die beiden Freundinnen an die Van-Meenen-Straße gezogen waren, hatte Cihan Mina regelmäßig besucht – in der Nacht. Sie kannten sich noch aus der Schule. Damals waren sie ein Paar gewesen. Aber das war lange vorbei. Auch die nächtlichen Treffen fanden nicht mehr statt.

Mina und Cihan standen sich gegenüber und schauten sich in die Augen.

„Warst du so lange arbeiten?“, fragte Cihan.

„Ja, aber ich war danach noch bei meiner Mutter“, antwortete Mina erschöpft.

Ihre helle Haut schimmerte in der Dunkelheit.

„Wie geht es ihr?“ Eine Pause entstand.

„Schlecht“, sagte Mina kühl und sah zu Boden.

Eben noch hatte sich Cihan von sanfter Vertrautheit einhüllen lassen wie von weichen Rosenblättern. Minas Ablehnung verwandelte jedoch das Gefühl in Glas, das um ihn herum auf der Stelle zerbrach und in tausend Scherben zu Boden fiel.

„Mmm“, machte Cihan.

Es war unmöglich, mit Mina zu sprechen. Seit einem halben Jahr ging es mit Minas Mutter gesundheitlich bergab. Mina hatte sich eines Tages verschlossen. Als wäre sie in einen Panzer geschlüpft. Cihan kam nicht mehr an sie heran.

„Okay“, sagte er, „dann geh ich mal. Pass auf dich auf.“

„Ich bin müde, ich will nicht so gern reden“, entgegnete Mina ein wenig entschuldigend.

Dennoch schwang Kälte in ihrer Stimme mit.

Natürlich wollte sie nicht reden, dachte Cihan. *Sie wollte nie reden.*

„Ist echt okay, wir sehen uns“, sagte er.

„Ja, wir sehen uns.“

Cihan streckte kurz den Arm aus und legte seine Hand sanft auf Minas Oberarm. Dann drehten sie sich um, gingen mechanisch zu ihren Häusern, schlossen die Türen auf und traten ein, ohne sich noch einmal anzuschauen.

* * *

Die schwere Tür fiel krachend ins Schloss. Mina stand in der Einsamkeit des Hausflurs. Sie wischte ein paar Tränen ab, die über ihre Wangen liefen. Warum erstarrte sie bloß, wenn sie auf ihre Mutter angesprochen wurde? Sie hätte so gerne darüber geredet, ganz offen und leicht. Sie hätte Cihan so gerne gesagt, wie viel er ihr bedeutete, ja, sie liebte ihn zwar nicht, das war ein Irrtum gewesen, sie hatte früher nur eine Idee geliebt, nicht ihn als Menschen. Aber trotzdem bedeutete er ihr so viel, und sie konnten früher so gut gemeinsam lachen, und sie wollte gerne über ihre Mutter sprechen. Warum fiel es so schwer, das zu sagen? Mina verspürte das Bedürfnis, Cihan vor den Kopf zu stoßen, zu verletzen, das brachte ihr eine eigentümliche, kurzfristige Befriedigung. Aber das war doch krank! Warum tat sie das nur? Vielleicht hatte sie Angst, nicht ernst genommen zu werden.

Vielleicht befürchtete sie, dass die Menschen um sie herum das Ausmaß des Leids, dieser Tragödie, nicht erkennen würden, wenn sie davon sprach.

Die Welt würde sich weiterdrehen, wenn ihre Mutter gestorben war, und das war verkehrt, das wollte Mina in die Welt schreien, es würde aber niemanden interessieren, nein, die Welt müsste eigentlich still stehen, Mütter dürften nicht sterben, das war falsch, das war das Ende, ihre Mutter durfte nicht sterben.

Mina wurde sich bewusst, dass sie, während diese Gedanken sie durchfluteten, an der kalten Flurwand mit dem abgesplitterten Putz nach unten gesunken war und laut weinte. Als sie sich beruhigt hatte, stand sie auf und stapfte die Stufen hinauf in den dritten Stock. Sie würde weiter machen. Sie würde versuchen, alles zu tun, um ihrer Mutter zu helfen, sie wollte für sie da sein. Sie würde weniger arbeiten und ihren Vater mehr bei der Pflege unterstützen.

Ihr Vater.

Sie hatte lange nicht mehr mit ihm gesprochen. Wenn sie bei ihren Eltern war, verbrachte sie die Zeit mit ihrer Mutter. Wusch sie, cremte ihre Beine ein, oder kuschelte sich an sie. Sie müsste unbedingt mit ihrem Vater sprechen, ihm die Gelegenheit geben, sich zu unterhalten, wen hatte er denn sonst außer ihr? Die Verantwortung für sein Weingeschäft, das dank seiner Wein- und Whiskey-Kenntnisse gut lief, hatte er an seinen Stellvertreter übergeben, damit er Zeit für seine Frau hatte. Sonst hatte er keine sozialen Kontakte.

Sie müsste sich mehr um ihren Vater kümmern, das war sicher, das hatte sie bisher übersehen.

Doch während dieser neuen Gedanken-Flut baute sich ein neuer unüberwindbarer Berg vor ihr auf. Ihre Mutter, ihr Vater, ihre Arbeit, die Wohngemeinschaft mit Philippa: Wie sollte sie das nur alles hinbekommen? Außerdem gingen ihr die Kinder und jener seltsame

Vorfall mit den Kobolden nicht aus dem Kopf. Sie musste unbedingt noch einmal dorthin, sie hatte es den Kindern versprochen und überhaupt, es gab so viel zu tun! Was sollte aus dieser Stadt werden, die sich gerade ein Mann mit kalten Händen einverleibte?

Es gab viel zu tun, und sie würde auch etwas tun, sobald sie ihre Ohnmacht besiegt hatte.

Aber allein.

Anderen Menschen gegenüber sollte sie lieber den Mund halten, entschied sie sich. Lieber nichts von alledem erwähnen, das war zu viel, das klang verrückt.

Sprich bloß nicht von den Kobolden, sagte sie sich. *Man würde sie für wahnsinnig erklären.*

Mina schloss die Wohnungstür auf. Philippa war noch wach. Als sie den Flur betrat, roch Mina den Geruch eines Joints. Vorsichtig hängte sie ihre Motorradjacke an der Garderobe auf, deren Schrauben mangels Akkuschrauber nur halb in der Wand steckten. Mina befürchtete, dass die Metall-Konstruktion eines Tages herunterkrachen und tonnenweise Stoff und Filz in die Tiefe reißen würde – samt einer extravaganten Hut-Sammlung, die Mina und Philippa nach ausgedehnten Besuchen auf Trödelmärkten angehäuft, aber nie getragen hatten, Schals, von denen niemand wusste, wem sie eigentlich gehörten, sowie einer beachtlichen Anzahl von Jacken und Mänteln für jede, aber auch wirklich jede Wetterlage.

Mina rieb sich das Gesicht. Das Weinen hatte sie erleichtert, auch wenn jenes bedrückende Gefühl in ihrer Magengegend noch nicht ganz verschwunden war. Mina trat in eine Nebelwolke, als sie die Küchentür öffnete. Im Hintergrund lief leise elektronische Musik.

„Hey!“, rief Philippa entspannt.

Sie saß mit angewinkelten Beinen auf dem Stuhl und hielt ihre Feierabend-Tüte in der Linken. Ihre langen, blonden Haare hingen schwer über ihren Schultern. Mina trat auf sie zu und umarmte sie, Philippa drückte ihr Gesicht auf ihre Brust.

Ach Philippa, dachte Mina.

Philippa könnte sie doch alles sagen. Sie würde sie nicht für verrückt halten. Oder? Mina ging zum Herd und warf einen Blick in den gigantischen Suppentopf. Das Dal war noch warm. Mina spürte, wie ihr Magen knurrte. Jetzt erst fiel ihr auf, dass sie den ganzen Tag nichts gegessen hatte. Philippa machte hervorragendes Dal. Überhaupt war sie eine leidenschaftliche Köchin. Ganz im Gegensatz zu Mina, die sich während ihres Studiums in Köln überwiegend von Butterbroten mit Tomate ernährt hatte, und, wenn es hochkam, Nudeln mit einer Soße aus Tomatenmark und Wasser kochte. Mina züchtete zwar begeistert und kenntnisreich Kräuter in Tontöpfen auf ihrer Fensterbank, deren Anwendung interessierte sie jedoch nicht im Geringsten. Die Kunst des Würzens war wiederum Philippas Spezialgebiet. Auch heute Abend hatte sie mindestens eine halbe Stunde lang mit einem Marmor-Stößel Gewürze zerrieben, den Mörser immer wieder unter ihrer Nase kreisen lassen, um prüfend zu schnuppern, und frische Kräuter auf einem Holzbrett zerhackt. Mina sog den Duft des Dals ein – und mit ihm ein wohlig-warmes Gefühl. Dann füllte sie sich zwei Kellen in eine bunte, mit Schnörkeln versehene Porzellan-Schüssel und nahm am Tisch Platz.

„Es ist auch noch Joghurt da."

Philippa deutete auf einen Becher und nahm einen Zug. Sanft lächelnd beobachtete sie, wie Mina gierig das Dal löffelte. Sie freute sich, dass Mina trotz ihrer konsequenten Verweigerungshaltung, was Kochen anging, ihre Kreationen, Gewürz- und Kräutermischungen zu schätzen wusste und immer riesige Portionen aß. Vor einem Jahr, als die beiden Freundinnen in die Wohngemeinschaft gezogen waren, hatte sich Philippa noch gefragt, wie es kam, dass Mina trotzdem so dünn war und dazu noch lange, anstrengende Strecken mit dem Fahrrad mit einer Selbstverständlichkeit fuhr, als koste dies nicht mehr Kraft, als ein paar Minuten lang zur Bushaltestelle zu laufen. Aber nach einigen Monaten hatte Philippa aufgehört, sich diese Frage zu stellen. Hierauf gab es genauso wenig eine Antwort wie auf den Sinn des Lebens. Sie schob den Joint behutsam zwischen die Lippen und inhalierte.

„Ist sehr, sehr lecker, vielen Dank", murmelte Mina mit vollem Mund. Sie fühlte, wie trotz der Müdigkeit, die sie jeden Arbeitstag still und überall hinbegleitete, neue Kraft in ihren Körper floss.

„Das freut mich“, sagte Philippa. Nach einer kurzen Pause fügte sie beiläufig hinzu: „Ich habe die Leute von den Werkshallen-Partys getroffen, die machen wieder eine Halloween-Party, du weißt, hier gleich um die Ecke unter dem alten Proberaumhaus beim Tunnel, hier am Schlagbaum in der Innenstadt. Das wird bestimmt abgefahren! Die haben über hundert Kürbisse gekauft von den verrückten Leuten, von denen heute der Artikel drin war ...“

„... von den Kleingärtnern ...“, verbesserte Mina. Gestern war der Termin bei den Kleingärtnern gut verlaufen. Da Mina echtes Interesse an den Riesen-Kürbissen gezeigt hatte, war die Wut der Kleingärtner über die dürftige Berichterstattung verflogen. Und die bunte Kürbis-Story, die darauf erschien, war ganz informativ und lustig geworden.

„Ja, von den Kleingärtnern“, sprudelte Philippa begeistert weiter, „das wird eine Deko! Hast du Lust, mit hinzugehen?“

Mina kratzte die letzten Reste Joghurt aus einem Becher und verrührte ihn mit den würzigen Resten vom Boden der Schüssel.

„Bestimmt“, sagte sie und tunkte ein Stück Brot in den Joghurt.

Auch wenn sie eher Rock hörte, als Techno: Solingens Techno-Partys waren der Hammer. Und jetzt wollte sie einfach alles unterstützen, was mit dem Leben dieser Stadt, mit Kultur zu tun hatte, ja, einfach alles, das hatte sie jetzt entschieden.

Schön, dachte Philippa.

Insgeheim machte sie sich Sorgen um Mina. Sie wirkte immer so weggetreten, früher hatten sie so viel unternommen, gemeinsam gelacht. Die Vertrautheit war zwischen den Freundinnen noch immer da. Trotzdem war ihr Mina irgendwie fremd geworden. Vielleicht lag es aber auch nur daran, dass sie sich so selten sahen. Mina war mindestens zehn Stunden für die Lokalzeitung unterwegs, davor, dazwischen oder danach noch bei der Mutter. Und Philippa hatte zwei Jobs. Als gelernte Erzieherin hatte sie eine halbe Stelle in einem Jugendheim, an den Wochenenden jobbte sie in einem Club. Mit dem Geld kam sie gerade mal über die Runden. Die Party würde ihnen beiden guttun, sie waren ewig nicht mehr feiern, jedenfalls nicht gemeinsam. Philippa liebte elektronische Partys – so lange sie nicht offiziell waren. Es gab nichts Intensiveres, als die Nächte in verlassenen Fabrikhallen bei berauschender Musik inmitten von Nebelmaschinen zu verbringen. Die Deko war immer fantasievoll. Einmal hatte sie mit Freunden Spanplatten mit unzähligen bunten Spiegelsplittern verziert und diese an der Wand eines Treppenhauses angebracht, das in ein staubiges Gewölbe führte. Was sie sich zur Halloween-Party noch einfallen lassen würden? Philippa lächelte.

Mina hatte das Dal verschlungen und schaute Philippa an. Erst jetzt sah Philippa die geröteten Augen. Ihr Lächeln verschwand.

„Was ist los?“, fragte sie besorgt.

Mina sah die Anteilnahme im Gesicht der Freundin, das ihren Schmerz spiegelte. Die Mauer brach. Sie schlug die Hände vor das Gesicht und weinte.

„Hey, was ist los?“, flüsterte Philippa besänftigend, stand auf und nahm Mina fest in ihre Arme. Mina schluchzte.

„Ach, Philippa“, weinte sie, „ich bin einfach so müde.“

Kapitel 7

Am Montagmorgen saß Frank mit Augenringen in der Redaktion. Doc Geradewaat, der vor der Morgenkonferenz noch schnell zum Bäcker hinausgeschlüpft war, stellte gerade einen heißen Becher Café au Lait vor ihm ab. Frank gab ihm die zwei Euro für den Kaffee.

„Und? Waret am Freitach wenichstens juut, Jung?"

Gedankenverloren blickte Frank von seinem Monitor auf. Er checkte gerade seine Mails bei GMX. Und hatte eine Nachricht von Lea.

„Äh … Was?"

„Na, das Konzert, Schlafmütze. Wode mit deiner Bekannten da aus Hamburg gewesen bist. Kann ich echt nich verstehen, datde nix für uns schreiben wolltest."

Frank seufzte und fuhr sich durch die frisch zurechtgesprayten Haare. Zum Rasieren war er wieder nicht gekommen. Dass die Frisur „saß" (also ausschaute, als ob ihn der Blitz getroffen hatte), war für einen überzeugten Waver entscheidender als ein stoppelfreies Banker-Kinn.

„Also Doc … Es ging so. Der Hammer war es nicht. Also die Musik schon. Aber meine alte Freundin aus Hamburg … na ja, sie hat sich schon ziemlich verändert. Aber vermutlich ist das einfach der Gang der Dinge." Traurig senkte Frank den Blick und entfernte den „To go"-Deckel von seinem Kaffee.

„Nana, wer wird denn Trübsal blasen", gab der Doc zurück, um dozierend fortzufahren, „wirft der Arsch auch Falten, wir bleiben doch die Alten." Der Doc zwinkerte mitfühlend und strich sich die Tolle zurück.

In dem Moment stob Mina herein und feuerte ihren Rucksack neben ihrem Drehstuhl auf den Boden.

„Moin!", meinte der Doc, und: „Ich geh noch mal für kleine Redakteure. Wir sehen uns gleich in der Konferenz."

Da ertönte es schon aus den Lautsprechern: „Die Redaktion bittet zur Konferenz."

Rasch drehte sich Frank zu Mina um, die, verschmierten Kajal im Gesicht, ihre roten Locken schüttelte, als sie sich aus der schwarz-grünen Motorradjacke schälte, die sie bei diesem kalten Wetter über ihren Cordanzügen trug, wenn sie zur Arbeit geradelt kam.

„Äh hi", begann Frank zaghaft. „Sag mal, warst du am Freitag eigentlich auch bei dem Abominable-Sandmen-Konzert in der Cobra? Ich könnt schwören, dich da gesehen zu haben."

Mina stieß sich, abgelenkt von Frank, den Kopf an der Schreibtischplatte. Sie hatte gerade unter dem Tisch die Lichtleiste an ihrem PC eingeschaltet. „Ah! Scheiße!"

Frank stammelte: „A-alles okay?"

Mina kam wieder hoch, sich den Hinterkopf reibend. Mit einem merkwürdig abwesenden, für sie typischen Ausdruck im Gesicht blickte sie an Frank vorbei und sagte, so schnell dass sie einzelne Silben zu verschlucken drohte: „Sorry Frank … au … ich will einfach gerade nicht reden, okay?"

Abrupt stand sie auf und stiefelte in Richtung Sekretariat, um ihr mit Zeitungen und Pressemitteilungen (90 Prozent davon war PR) überfülltes Postfach zu leeren.

Wilfried Oberschmidt stand mit seinem gutmütigen Onkelgesicht und schief sitzender Lesebrille in der Tür zu seinem Büro, die sein Reich mit dem Großraum der Redaktion verband: „Kinder! Ich störe euch nur ungern, aber der Verleger erwartet völlig unerwartet, dass auch morgen wieder eine Zeitung erscheint." Schief grinsend fügte er hinzu: „Und da kaum Heinzelmännchen die für uns machen werden, wäre ich euch sehr verbunden …"

Frank stand auf und schlurfte hinter dem Doc her, der gerade vom Klo zurückgetrottet kam und sich den Platz dicht bei der Türe in Oberschmidts Büro sichern wollte, um nach der Besprechung schnell zu einem Termin entfleuchen zu können („dann gibbet weniger Sonderaufgaben, den Letzten beißen immer die Hunde …").

Als Frank sich neben den Doc auf einen der beige bezogenen Bürostühle fallen ließ, schoss Mina an ihm vorbei, ohne rechts und links zu schauen, und setzte sich neben Lokalredakteur Sven Raffels, der auch schon wieder „Konferääääänz!“ krähte, obwohl schon fast alle da waren. Frank seufzte und schlug den Lokalteil auf. Er lernte einfach keine anderen Frauen kennen. Selbst die nicht, die ihm eigentlich kaum entkommen konnten.

Leas Mail war ein absoluter Schlag ins Kontor. Umso leichter fiel es Frank nach der Konferenz, bei der für ihn als freien Mitarbeiter keine aktuelle Geschichte für die morgige Ausgabe herauskam, Herrn Oberschmidt darauf anzusprechen, ob er sich den Nachmittag quasi „freinehmen“ könne. Er fühle sich nicht besonders – was nicht einmal gelogen war. Und die Redaktion war heute ausnahmsweise gut aufgestellt.

„Machen Sie sich mal keine Sorgen, Herr Magister, die Zeitung wird auch ohne Sie fertig!“ Flüsternd fuhr Oberschmidt fort: „Eines Tages wird sie sicherlich auch ohne mich fertig, aber sagen Sie das bitte keinem, sonst muss die Verlegerin ernsthaft überlegen, ob sie sich so ein Papier und Druckerschwärze liebendes Fossil wie mich noch leisten kann und will.“ Frank dankte Oberschmidt, der sich schon wieder dem Layout der ersten Lokalseite zugewandt hatte, und versprach, am nächsten Tag pünktlich zum Dienst zu erscheinen. Ab Mittag hatte er Zeit für seine eigene Recherche.

* * *

Jetzt saß Frank in einem Internetcafé in der Innenstadt. Gott sei's gelobt, getrommelt und gepfiffen, dass es hier eine Rauchersektion gab. Eine halbe Packung Menthol-Zigaretten war schon draufgegangen, außerdem hatte Frank wild im Internet gesurft und seine Handyrechnung ordentlich strapaziert. Der Kulturredakteur hatte ihm zum Glück einige Ansprechpartner für esoterische Fragen in der Klingenstadt genannt – diejenigen, die normalerweise hinter ihrem Rücken von der Redaktion belächelt wurden. „Natürlich, wir rufen Sie an, sobald mal Platz für das Thema ist. Gefährliche

Erdschwingungen im Bereich Katternberg, die durch eine Verschiebung des Gaia-Chakras hervorgerufen werden – das ist etwas, worüber jeder Leser Bescheid wissen sollte", hatte Frank einmal einen Kollegen am Telefon sagen hören.

Nach etlichen Fehlgriffen hatte Frank jetzt im Verlaufe des Gesprächs endlich den Eindruck bekommen, mit jemandem zu sprechen, der vielleicht wirklich etwas zu den Solinger Leylinien und deren Konvergenzpunkten sagen konnte – und was da vielleicht im energetischen Sinne los war. Was die Materie an sich anging, war Frank ganz gut im Bilde. Wenn man einmal in der paläografischen Sektion einer parapsychologischen Forschungsstelle gearbeitet hatte, bekam man eine ganze Menge wirres Zeug mit. Jetzt hatte er also gerade mit ihr gesprochen, wie der Doc gewarnt hatte, mit Emma Werfel, „der Kräuterhexe vom Hermann-Löns-Weg". Noch war sie nicht mehr als die krächzende Stimme einer 80-Jährigen am Telefon. Nun. Bald würde Frank mehr wissen. Hoffentlich viel mehr. Nur inwiefern eine verwertbare Story dabei herausspringen sollte? Dr. Gerrte, der Leiter der parapsychologischen Forschungsstelle, war einfach ein unverbesserlicher Optimist.

„Also um 15 Uhr zum Tee bei mir – ich freue mich schon sehr dar auf, Sie kennenzulernen, junger Mann", hatte sich Emma Werfel, „die Kräuterhexe", verabschiedet.

Frank drückte seine fast aufgerauchte Zigarette aus und meldete sich am Computer des Internetcafés ab. Seine Recherche hatte ihn fast ausnahmslos auf Seiten von irgendwelchen Spinnern geführt, die behaupteten, es gebe Nachtalben in Katakomben unterhalb Solingens. Wenn er um 15 Uhr am Hermann-Löns-Weg, also an der Ohligser Heide sein wollte, musste er sich beeilen. Der Stadtteil Ohligs lag am Rande Solingens. Es war ein weiter Weg ins „Unterland", wie einige Solinger Ohligs zu nennen pflegten.

Am Busbahnhof in Ohligs noch einmal umzusteigen, hätte nicht gelohnt. Frank entschied sich für einen Fußweg an einem Friedhof vorbei – und kam prompt eine Viertelstunde zu spät. Super. Bei alten Herrschaften machte so was immer mächtig Eindruck. Negativen. Da brauchte er auch nicht mit der akademischen Viertelstunde zu kokettieren. Außerdem war er durchgefroren: Der Wind blies stark und mächtig kalt, zu kalt für Franks schwarzen Trenchcoat und die eigenwillige Kombination aus Isländer und Anzug, die er darunter trug, seinen Schal hatte er in der Redaktion vergessen.

Wie eine Jammergestalt, der vor Panik die Haare zu Berge stehen, stolperte er gegen den Herbstwind. Ein kalter Schauder lief über seinen Rücken, als er in den Gartenweg einbog. Das hier musste es sein. Das war das letzte Haus am Hermann-Löns-Weg. Danach kam nur noch die Ohligser Heide und der Fußweg nach Hilden entlang der S-Bahn-Strecke nach Düsseldorf. Torfiger, sandiger Boden, Bebauung nur auf der rechten Straßenseite. Genau genommen war man hier schon im Wald. Als altes Stadtgewächs begann Frank, sich gleich etwas unwohl zu fühlen, als ihm das bewusst wurde. In Immobilien-Prospekten hieß so was „ruhige Stadtrandlage". „Arsch der Welt" wäre aus seiner Sicht passender gewesen. An der Straßenseite war ihm der große, verwilderte Garten aufgefallen, die diesen Bereich überblickende Front des Hauses wies einen großen Wintergarten auf.

Es war ein regelrechter Hohlweg, ein grüner Tunnel, durch den er zur Wohnungstür des kaum erleuchteten Gebäudes gelangte. Ein Flachbau, vermutlich aus den 60er Jahren, der auch schon bessere Zeiten gesehen hatte. Frank musste sich bücken, damit nicht alle möglichen Zweige und Ranken mit seiner Frisur Fangen spielten. Nun stand er also auf der anderen Seite des Hauses. Keine Klingel. Ein schwerer Türklopfer bleckte ihm entgegen, eine diabolische Fratze zeigend, den Ring zum Lärmschlagen im Maul. Ein Wetterleuchten erhellte plötzlich den Hohlweg, und es war Frank, als zwinkere ihm der Türklopfer aufmunternd zu.

„Bevor das Ding noch anfängt, mit mir zu reden, klopfe ich lieber mal an", murmelte Frank. Er kontrollierte noch mal, ob er sein Handy auch wirklich auf Vibration gestellt hatte – dann gab es nichts mehr aufzuschieben. Zögerlich streckte er die Rechte aus und klopfte, den Ring nicht zu leise, nicht zu laut auf die in den Eichenbohlen eingelassene Messingplatte schlagend. Knock, knock, knock.

Eine Stimme, die deutlich melodiöser klang, als am Telefon, ertönte weit drinnen im Haus, so, als ob sie tief vom Grund eines

Brunnens käme. Oder von der anderen Seite eines Spiegels, schoss Frank durch den Kopf. Merkwürdiger Vergleich. Wie kam er bloß darauf? Von der anderen Seite eines Spiegels …

„Aaaah, das wird der junge Mann von der Zeitung sein … Sie sind es doch, oder, Herr Fabel?"

„Äääh, jaaaa …", meinte Frank etwas unsicher. Erst da fiel ihm auf, dass neben der Tür, verborgen durch Efeu, eine Art kleines Belüftungsfenster offen stand, von wo aus die Stimme zu ihm drang.

„Kommen Sie ruhig rein, ich bin gleich bei Ihnen, das Wohnzimmer ist geradeaus."

Frank drückte die schwere, gusseiserne Klinke herunter. Es war offen. Er betrat das Dunkel des Flurs.

Wieder ertönte die Stimme Emma Werfels. Jetzt bemerkte Frank, dass sie aus einem Vorratsschrank unter der Treppe links neben der Eingangstür drang. Seltsam.

„Trinken Sie auch grünen Tee?"

„Ja." Frank schritt allein durch den dunklen Flur. Eine ausgestopfte Eule fiel ins Auge, Regale mit Kräutern in kleinen Gläschen, Phiolen mit merkwürdigen Flüssigkeiten – und war das da nicht ein … Foucault'sches Pendel in Miniatur? Überall hingen Bilder, Bilder von merkwürdigen Gestalten, von fantastischen Landschaften, Bilder, von denen Frank nicht wusste, ob er hoffte oder befürchtete, dass er so ein Zeug mal in längst vergessenen Träumen gesehen hatte. Ein einsamer Turm, von dessen Kuppel aus Licht über eine Waldlandschaft floss, schien ein immer wiederkehrendes Sujet zu sein.

Im Wohnzimmer, das von einer einzelnen Petroleumlampe erleuchtet wurde, fand sich genau das gleiche Sammelsurium aus Kunst. Nur, dass es hier neben größeren Formaten, hauptsächlich Öl und Acryl auf Leinwand, auch viele Skulpturen gab sowie alchemistische Komponenten in Setzkästen auf sich durchbiegenden Regalen. Es sah ganz aus wie die gute Stube des Magisters Meyer in Brünn, die er einmal mit Dr. Gerrte auf einer seiner beiden Dienstreisen für die parapsychologische Forschungsstelle besucht hatte.

„Der Tee ist in fünf Minuten fertig!"

Frank wirbelte herum, er hatte niemanden bemerkt, und doch

stand Emma Werfel plötzlich hinter ihm. Die 80 Jahre sah man ihr nicht an, sie wirkte eher wie 70. Ihr kinnlang geschnittenes, gescheiteltes glattes Haar hatte immer noch einen blonden Schimmer, und sie war kleiner, als Frank sie sich vorgestellt hatte. Ihr rundes Gesicht, das von nicht so vielen Falten durchzogen war, wie es in ihrem Alter hätte sein sollen, wurde dominiert von einer spitzen Nase. Hinter einer runden Nickelbrille funkelten ihn kluge, durchdringende Augen an. Ein wenig belustigt, vielleicht ein bisschen lauernd.

„Emma Werfel." Sie hielt Frank ihre ausgestreckte Hand hin, die er ergriff und schüttelte. Ein erstaunlich fester Händedruck.

„Frank Fabel. Freut mich, Sie kennenzulernen, Frau Werfel."

„Sie sind also hier, um mit mir über die Leylinien in unserem schönen Solingen zu sprechen?"

„In der Tat."

Emma Werfel bedeutete Frank, an einem mit esoterischen Taschenbüchern, schweren, in Leder gebundenen alten Folianten und jeder Menge Zeitungsausschnitten und Notizen bedeckten Tisch neben der Tür zum Wintergarten Platz zu nehmen.

„Der Tee! Ich bin gleich zurück."

Frank setzte sich auf einen der freien Stühle am Tisch, während Emma Werfel das Zimmer verließ – und verspürte schon wieder den Drang, sich umzudrehen. Das Schwarz-weiß-Porträt eines Mannes, die einzige Fotografie zwischen den vielen Gemälden und Zeichnungen, blickte ihn eindringlich an. Irgendwie kam er Frank bekannt vor. Da klapperte auch schon Emma Werfel mit einer chinesischen Teekanne und zwei Raku-Tassen auf einem kleinen Tablett vom Flur kommend wieder heran.

„Ah, er hat Sie also entdeckt."

„Bitte?", fragte Frank verwundert.

„Na Jayden. Jayden Stijn Werfel, mein Mann", verkündete Emma Werfel.

„Wenn Sie so wollen …"

„Machen Sie sich nichts draus", fuhr die alte Frau fort. „Er sieht sich die meisten Besucher, die das erste Mal hier sind, recht genau an. Manchmal meine ich, genauer als zu seinen Lebzeiten. Also – was müssen Sie über die Leylinien in Solingen wissen? Wie weit sind Sie überhaupt im

Bilde?“ Emma Werfel hatte Frank gegenüber Platz genommen und nippte an ihrem Tee. Mehr als seine Tasse hatte vor Frank in dem Wirrwarr auf dem Tisch keinen Platz.

„Ich weiß, was jeder weiß, der sich mal mit dem Thema beschäftigt hat“, begann Frank. „Als Leylinien bezeichnet man Anordnungen von Landmarken prähistorischer Kultstätten und Kirchen. Leylinien sind auf gewisse Weise die gedachten Verbindungslinien zwischen solchen besonderen Punkten – welche Relevanz sie auch immer in einem geistigen System haben mögen. Der Begriff kommt vom englischen Suffix *-leigh* und weist auf die wirkliche Anordnung englischer Ortschaften hin. Das Suffix ist das altenglische Wort für Rodung.“

„Haben Sie Alfred Watkins gelesen?“, fragte Emma Werfel.

„Ich weiß nur, dass er 1921 als Erster seine Theorie über die Leylinien vorstellte.“

„Sehr gut, Herr Fabel. Gestatten Sie mir dennoch eine Frage, bevor ich versuchen werde, Ihre Fragen zu beantworten. Warum interessiert sich auf einmal jemand vom Solinger Morgenblatt für dieses Thema, nachdem ich jahrelang nur belächelt und verspottet wurde? Nein, nein, wiegeln Sie nicht ab. Das ist schon so gewesen. Also, warum interessieren Sie sich für die Leylinien? Und worum geht es wirklich?“

Das wüsste ich allerdings auch gern, dachte Frank und antwortete: „Ich … bin nicht unbedingt nur im Auftrag der Zeitung hier. Ein alter Freund aus Universitätstagen bat mich, ein paar Erkundigungen über die Solinger Leylinien einzuziehen. Es sollen ein paar merkwürdige Prozesse im Gange sein. Offenbar …“, Frank lachte nervös auf, „hat er Kontakt mit einem Geomanten, einem Wünschelrutengänger hier im Bergischen Land. Der hat wiederum festgestellt, dass an den Konvergenzpunkten der Hauptlinien hier in Solingen starke Energiespitzen auftreten.“

Frank rang mit seiner Fassung. Er hatte sich mit diesen Dingen stets nur auf der Basis der Untersuchung alter Handschriften beschäftigt. Diese Frau aber glaubte: Jedes. Einzelne. Wort. Nun – wenigstens musste es ihm so nicht peinlich sein, den wirren Inhalt des Gesprächs mit Heinz Gerrte knapp wiederzugeben.

„Kurzum – ich kenne also jemanden, der das Gefühl hat, dass sich irgendetwas anbahnt. Und … ich würde gern Ihre Meinung dazu hören, um meinem Freund einen Gefallen zu tun, den ich ihm schulde."

Emma Werfel stellte ihren Tee ab, lehnte sich auf ihrem knarzenden Stuhl zurück und betrachtete Frank über ihre Brille hinweg, die ihr auf die Nasenspitze gerutscht war. Draußen war es an diesem herbstlichen, bewölkten Nachmittag schon fast dunkel, was das wieder aufflackernde Wetterleuchten umso dramatischer machte.

„Ihr Freund muss gute Informationsquellen haben. Trotzdem frage ich mich, ob er weiß, worauf er sich einlässt. Es gibt mehr als nur das, was unsere Augen tagtäglich sehen, es gibt eine Welt hinter dem Alltag, jenseits der Träume, hinter den Spiegeln, hinter dem, was vorgibt, das zu sein, was wir *wirklich* nennen. Es gibt viele Welten. Falls Ihr Freund einfach nur hinter der schnellen Mark her ist, wie so viele, die sich mit Geomantie, Feng Shui oder einfach nur der Suche nach Bodenschätzen beschäftigen und dafür altes Wissen nutzen, dann muss ich ihm raten, die Finger von dieser Sache zu lassen! Es könnte sein, dass er sich in Dinge einmischt, die für die meisten normalen Menschen weder verständlich noch kontrollierbar sind."

Frank rutschte unruhig hin und her.

Emma Werfel aber kniff plötzlich die Augen zusammen und blickte an ihm vorbei. Unwillkürlich folgte Frank ihrem Blick – und wieder trafen seine Augen die Jayden Stijn Werfels.

„Ha? Meinst du? Nun …" Frau Werfel räusperte sich. „Mein Mann meint, dass ich Ihnen eine Chance geben soll. Und dass sie der Typ Mensch sind, der dazu neigt, ohnehin so lange nicht locker lassen, bis ihm das Wasser bis zum Hals steht. Das war doch mit dem Mädchen, das sie an diese Prinzessin erinnerte, genauso …"

Franks Kinnlade klappte nach unten: „Wa-wa-was? Wo … woher wissen Sie …?"

„Nicht ich. Jayden. Aber egal. Das ist ja vorbei, oder?" Frau Werfel schmunzelte schelmisch. „Jedenfalls sagt Jayden – wenn Sie wirklich wissen wollen, was es bedeutet, dass diese Konvergenzpunkte der

Leylinien sich mit Mana aufladen – dann finden Sie es am besten heraus, indem Sie um Sonnenuntergang einen besuchen, an dem sich nicht zu viele Menschen aufhalten. Aber bleiben Sie nicht zu lange!"

Frank spürte, wie ihm der kalte Schweiß ausbrach. Diese Frau Werfel brachte ihn völlig aus der Fassung. Alte Kräuterhexe! Wenn der Doc wüsste!

„Und am besten, sagt mein Mann, nehmen sie einmal das alte Hallenbad an der Birkerstraße unter die Lupe. Das war früher eine Quelle, ein Born, an dem die Sugambrer, der germanische Stamm, der ursprünglich hier im Solinger Gebiet siedelte, Heilungen vornahmen, und Opfer brachten, um die Wassergeister gnädig zu stimmen."

Wassergeister. Frank wünschte sich eine Zigarette. Dringend.

„Und geraucht wird bei mir nicht!", rief Frau Werfel mit erhobenem Zeigefinger.

Hatte sie einfach nur seine Nervosität bemerkt? Oder konnte sie wirklich Gedanken lesen?

Jedenfalls stand Emma Werfel auf und fuhr fort: „Herr Fabel, ich würde gern noch weiter mit Ihnen plaudern, aber ich habe eine Menge zu tun, auch wenn man das bei einer alten Witwe nicht vermuten mag."

Frank stand so abrupt auf, dass sein Stuhl fast hinter ihm auf die schweren Orientteppiche gekippt wäre.

„Kein – kein Problem, Frau Werfel. Ich denke, Sie haben mir so schon sehr viel weitergeholfen. Und Sie haben mir schon so viel Ihrer kostbaren Zeit geopfert."

Frau Werfel lächelte ihn an: „Ach, wenn man als alter Mensch eines gern mit der Jugend teilt, dann sind es Zeit und Wissen."

Auf den paar Schritten zurück in den Flur, wo Frank seinen Mantel an der Garderobe aufgehängt hatte, konnte er sich eine Frage nicht verkneifen: „Frau Werfel, sagen Sie, wer hat eigentlich all diese fantastischen Bilder gemalt? Diesen Stil habe ich noch nirgendwo gesehen – sind die Bilder alle echt?"

Frau Werfel lachte traurig auf. „Natürlich. Alle von meinem Jayden. Aber Sie kennen ihn vielleicht besser unter seinem Künstlernamen: Stijn Stijnsen."

Frank fiel es wie Schuppen von den Augen. Jetzt wusste er auch, woher ihm der Mann auf dem Foto bekannt vorkam: „Stijn Stijnsen – das war ihr Mann? Davon hat mir Dr. Geradewaat gar nichts erzählt.“ Stijnsen war einer der berühmtesten Solinger Maler der Nachkriegszeit, am bekanntesten für seine bunten Farben, seine fröhlichen Sujets, die besonders Kinder ansprachen, und mit denen er mehr als nur ein öffentliches Gebäude, mehr als nur eine Schule in Solingen bereichert hatte. Wer beim Solinger Morgenblatt auf Termine geschickt wurde, begegnete Stijnsens Werk zwangsläufig, egal, ob er einen Bürgermeister oder das städtische Krankenhaus besuchte.

Frau Werfel blickte im Flur, dessen in den Ecken über ihren Köpfen scharrenden Schatten geradezu stofflich zu werden schienen, um sich.

„Nun, hier in unserem Haus und in seinem Atelier bewahre ich sein eigentliches Werk auf. Das war die andere Seite. Sich die anzusehen ist nicht jedermanns Sache.“ Ihre Stimme nahm eine bedrohliche Färbung an. „Es ist immer gefährlich, wenn sich zwei Welten ineinanderstülpen.“

Frank räusperte sich: „Noch einmal vielen Dank, Frau Werfel. Ich melde mich, wenn ich etwas herausbekommen sollte, das auch Sie interessieren könnte.“

„Ja. Passen Sie gut auf sich auf, junger Mann.“

In dem Augenblick, als Frank die Tür öffnete, fiel sein Blick auf ein paar kleine Lithografien, die neben dem Treppenaufgang, der jetzt rechts von ihm lag, hingen. Auf einem war deutlich der Elberfelder Laurentiusplatz zu erkennen. Auf den Stufen zur Kirche saßen zwei Figuren. Hinter ihnen stand ein alttestamentarischer Engel, der ein Schwert zwischen ihnen niedersausen ließ.

Die erste Zigarette draußen auf der Straße, auf dem Rückweg zum Bahnhof, kam Frank vor, als sei sie eine Art Weihrauch, der ihn aus einer Traumwelt zurück in die Realität versetzte.

Kapitel 8

Wie viel besser sie sich fühlte. Lächelnd schritt Mina die Straße herab, die zum alten Hallenbad an der Birkerstraße führte, gegenüber der Solinger Eissporthalle. Es war 17 Uhr, der Himmel verdunkelte sich bereits. Vorhin hatte sie ihre Arbeit einfach liegen lassen. Stattdessen hatte sie heimlich in einem Kellerraum des Verlagshauses eine Entspannungs-Übung gemacht, die ihr Philippa am Freitag gezeigt hatte, nachdem Mina in ihren Armen gelegen, geweint, und einfach drauf loserzählt hatte. Ihre WG-Mitbewohnerin hatte ihr zärtlich den Kopf gestreichelt. Die viele Arbeit, ihre kranke Mutter, das Mädchen an dem Gully, deren Mutter im Maschinengewehr-Rhythmus schrie, ihre Sorge um diese Stadt und so weiter und so fort, wie sollte sie das nur alles schaffen? „Eins nach dem anderen", hatte ihr Philippa geraten und, damit Mina wieder neue Kraft tanken konnte, eine Imaginations-Übung vorgespielt. Bei der ersten Entspannungsübung hatte Mina mit geschlossenen Augen einer Stimme auf CD gelauscht und Anweisungen befolgt. Es ging darum, sich mit der Kraft der Fantasie einen „sicheren Ort" zu schaffen, an den sie sich jeder Zeit zurückziehen konnte, sobald sie sich überfordert oder sogar bedroht fühlte. Mina hatte sich in Gedanken eine Höhle gebaut, die an einem Wupperhang lag, verhüllt von Büschen und einer dicken Laub-Decke. Wie gut es tat, diesen sicheren Ort in sich zu spüren!

Mina fühlte, wie sich ein leichter Nieselregen, der so typisch für das Bergische Land war, beinahe zärtlich auf ihre Haare, auf ihre Haut, legte. Sie schaute auf. Zu ihrer Rechten ragte das alte Backsteingebäude empor, über dem Dach, einer Kombination aus Flachdach und klassischen, wilhelminischen Aufbauten, schwebten graue Wolken, nach denen sich der Schornstein hinter dem Gebäude, der einmal zur Heizanlage gehört hatte, vergeblich zu recken schien. Am 28. Mai

1903 hatte die erste öffentliche Badeanstalt Solingens Eröffnung gefeiert. Das Schlachthaus, das auf diesem Platz zuvor in Betrieb gewesen war, zog um zum alten Nordbahnhof – in der Nähe vom sogenannten Schlagbaumtunnel, der einen Katzensprung entfernt von Minas und Philippas Wohnung lag. Neben dem Schlagbaumtunnel, in den Katakomben des Proberaumhauses sollte bald die Halloween-Techno-Party stattfinden. An den Schlachthof von damals erinnerte heute das Straßenschild „Schlachthausgasse", das Mina in ihrer Wohngegend in der Nordstadt oft gelesen hatte.

Die Gemäuer des Schlachthauses waren vor über hundert Jahren in die Badeanstalt umgebaut und erweitert worden. Nach dem zweiten Weltkrieg wurde die von Bomben zerstörte Badeanstalt wiederaufgebaut. Heute beeindruckte Mina der Eingangsbereich, dessen von Säulen und hübsch gemauerten klassizistischen Stilapplikationen geprägtes Bild auch zu einer Kirche gepasst hätte. Die Architektur war so markant, dass das Birkerbad unter Denkmalschutz gestellt worden war. Kürzlich wurde es geschlossen. Was hatte Dr. von Furcht mit diesem wunderschönen, mit Efeu bewachsenen Gebäude vor, das an einer der Hauptverkehrsadern Solingens stand? Ein Stechen fuhr durch ihr Herz.

„Eins nach dem anderen!" Mina hatte Philippas Worte heute beim Eintritt in die Redaktion wiederholt. Das Birkerbad hatte sie für diesen Arbeitstag oben auf ihre „Was-ich-tun-will"-Liste geschrieben und einen Termin mit einem Mitarbeiter der Stadt vereinbart. Sie wollte sich den Zustand des Gebäudes genauer ansehen. In ihrem Rucksack trug sie einen Plan des Bades sowie einen Aufsatz, den ein Historiker veröffentlicht hatte.

Der Rathaus-Mitarbeiter wartete bereits vor den grauweißen Doppeltüren, von denen die Farbe abblätterte.

„Mieses Wetter!", fluchte Herr Altdorf vom Stadtdienst Sport, als er Mina die Hand schüttelte. „Wenn es endlich mal gewittern würde! Aber dieses Wetter ist nichts Halbes und nichts Ganzes, man wartet die ganze Zeit, dass endlich was passiert." Gehetzt fuhr er fort, sein dünner grauer Schnurrbart hüpfte über seiner Oberlippe auf und ab. „Eine schlechte Nachricht: Ich kann Sie leider nicht beim

Rundgang begleiten. Wir haben gleich eine Besprechung. Immer diese Besprechungen! Ich kriege die Krise! Aber, was soll's? Also, es entspricht zwar nicht unseren Vorschriften, aber wir kennen uns ja. Gehen Sie ruhig alleine rein, aber versprechen Sie mir, unbedingt abzuschließen! Das Gebäude gammelt vor sich hin, aber trotzdem: Wenn Sie mit dem Rundgang fertig sind, müssen Sie unbedingt abschließen! Rufen Sie mich auf dem Handy an, sobald Sie soweit sind."

Mina sah ihn lächelnd an. Wunderbar! Sie könnte alleine durch das Gebäude laufen und sich alles in Ruhe ansehen. Auch wenn sie dafür heute Abend lange in der Redaktion sitzen würde – schließlich war es jetzt Nachmittag, und sie schätzte, dass sie mindestens eine Stunde brauchen würde, um anhand des Planes eine Runde durch das ganze Gebäude zu drehen. Nachdem ihr Herr Altdorf ein paar Tricks erklärt hatte, mit denen sie das alte Schloss der Eingangstür zum Schließen bewegen konnte, falls es klemmte, verabschiedeten sie sich. Mina trat durch die quietschende Doppeltür ins muffige Halbdunkel des Foyers, packte den Plan aus ihrem Rucksack, atmete tief durch – und stieg die erste Treppe hinauf in den eigentlichen Vorraum des Bades.

Die feuchte Luft roch fast wie damals, als sie hier als Kind schwimmen gelernt hatte. Nur dass heute der Geruch von Schimmel den des Chlors übertünchte. Milchweißes Licht erhellte die grünen Kacheln an den Wänden und die hohen Stuckdecken. Irgendwo tropfte es leise – plitsch-plitsch-plitsch-plitsch ... In dem leeren Gebäude griff sich das Geräusch Raum, es klang wie ein Plitschen, das sich vorgenommen hatte, die Unendlichkeit auszufüllen. Wodurch es die tiefe Stille umso mehr betonte, wo früher Kinder gelacht und Eltern auf Platt schwadroniert hatten. Mina schritt durch die hölzerne Drehtür mit den verstaubten Glasscheiben. Sie stand in der eindrucksvollen Schwimmhalle. Das leere Becken lag in der Mitte, umringt von zwei Galerien. Viele Meter weiter oben führten Balustraden die Wände entlang. Durch die Oberlichter fiel fahles Herbstlicht herein, so ganz anders als der scharfe Neonglanz, an den sich Mina aus ihrer Kindheit erinnerte. Dort oben waren die Kabinen und Duschen, über eine lange, rutschige Treppe gelangte man hinunter in die Halle.

Minas Blick wanderte über die mit Stuck verzierte Decke und glitt die Säulen hinab. Spinnweben hingen vor ihr an dem Geländer herab, das den Besucher vom Schwimmbereich trennte. Mina machte einen Rundgang durch das Obergeschoss, das sie aus ihren Erinnerungen nur allzu gut kannte. Trotz Schimmel, Dreck und Spinnweben schienen Kabinen, Duschen und Balustraden auf den ersten Blick gut erhalten. Ihr Interesse galt jedoch besonders den Nebenräumen und Untergeschossen des Bades, die den Schwimmbadbesuchern ihrer Generation nicht zugänglich gewesen waren. Die kannte Mina bisher nur aus den Grundriss-Plänen des Bades.

Nach ihrem Rundgang ging sie zurück ins Erdgeschoss, schob sich durch die knarrende Drehtür, klopfte ein paar Spinnweben von ihrer Schulter und stand vor zwei Türen. Die eine führte in ein Treppenhaus, von dem aus sie laut Plan in die Katakomben gelangen konnte. Hinter der Türe musste das römisch-irische Bad liegen, das bereits 1944 geschlossen worden war. Mina war neugierig, von einer Glaskuppel und Kacheln in Jugendstil-Mustern, die es dort drinnen gegeben haben sollte, hatte sie bereits gelesen. Das Bad musste aus ihrer Sicht so was wie das wilhelminische Äquivalent zu einem modernen Wellness-Bereich gewesen sein. Doch im Moment spürte sie einfach den Drang, die Treppen hinab zu steigen. Es zog sie in die Katakomben.

Mina öffnete die Tür zu ihrer Linken und drückte auf einen Schalter. Eine Glühbirne flackerte irgendwo kurz auf und erhellte für einige Sekunden die nach unten führenden Treppenstufen. Das Licht erlosch. Mina stieg ohne zu zögern, die Treppen in die Finsternis herab, den Plan hielt sie fest in ihrer Hand wie eine Taschenlampe. Sie hatte keine Angst vor der Dunkelheit. Oder etwa doch? Seltsamerweise musste sie gerade jetzt an den Würfel von Dr. von Furcht denken. Ein Unbehagen machte sich in ihr breit. *Unfug!*, redete sie sich ein.

In dunklen Räumen hatte sie sich doch als Kind schon wohl gefühlt und sich oft auf der Toilette ohne Licht eingeschlossen, um die Schwärze um sich herum zu genießen, die sich dann um sie legte wie ein wärmender, schützender Mantel. Mina fuhr manchmal nachts mit dem Fahrrad über die „Korkenziehertrasse" – eine alte

Bahntrasse, die man in Solingen zu einem Spazierweg ausgebaut hatte. Dann war ihr, als schwebe sie durch das Universum, als gäbe es keine Grenzen, kein Oben und kein Unten. Das bedeutete für sie Entspannung.

So tastete sich Mina Stufe für Stufe hinab. Im ersten Untergeschoss würde das Licht vielleicht wieder funktionieren.

Sie hatte recht. Nachdem sie sich durch eine Tür getastet und mit dem Licht ihres Smartphone-Displays einen weiteren Schalter gefunden hatte, breitete sich ein gelbliches Licht im muffig riechenden, warmen Raum aus.

Das war also das erste Untergeschoss.

Vor ihr lag ein langer Gang mit braun-weißen Kacheln, der Boden hier war nackter Beton. Mina warf einen Blick auf den Plan. Hier waren die Waschräume, die früher nicht nur den Badegästen dienten, sondern bis etwa Mitte der sechziger Jahre auch von Leuten genutzt wurden, die kein Badezimmer zu Hause hatten. Mina schlenderte an den schmalen Kabinen vorbei, die sich rechts vom Gang aneinanderreihten und jeweils mit einer Badewanne, einem Hocker und einer Brause ausgestattet waren.

Der Gang war quadratisch angelegt, hinter der Mauer auf der linken Seite musste das eigentliche Hauptbecken sein.

Plötzlich zuckte Mina zusammen. Ihr war, als hätten die Wände gebebt, so, als sei eine schwere Tür zugefallen. Hatte sie sich es nur eingebildet? Auf einmal durchfuhr sie eine Erinnerung. Sie sah, wie ihr jener Stock zwischen den Gully-Stäben entrissen wurde. Philippa hatte sie nichts von den Kobolden erzählt. Dieses Erlebnis hatte sie einfach ausgelassen, als sie von der Begegnung mit den Kindern gesprochen hatte. Es klang einfach zu verrückt. Dabei wusste Mina, dass es sich wirklich zugetragen hatte – nur eben nicht, was da in dem Gully gewesen war. Ein Marder? Eine Ratte? Oder doch …? Sie hörte ihren Herzschlag, der sich rapide beschleunigte.

Jetzt mach dich nicht verrückt, sagte sie sich.

Außerdem war da noch eine andere Kraft in ihr, die sie anspornte, weiter zu gehen: Es war Neugierde. Gekoppelt mit der Lust auf Abenteuer. Mina ging zügig den Gang entlang, zurück zur Tür. Sie schaute für einen Moment nach rechts in einen riesigen Waschraum. Dann öffnete sie entschlossen die Tür zum kühlen Treppenhaus. Sie wollte weiter nach unten.

Das zweite Untergeschoss wartete auf sie.

Leise glitt sie hinab durch die Dunkelheit und versuchte, lautlos zu atmen. Die Treppe endete vor einer schweren Eisentür. Der Gang hätte einem Atombunker gehören können. Mina tastete über die glatte, kalte Oberfläche und fand den Türgriff. Sie öffnete.

Ihr Herz blieb fast stehen.

Jemand hatte da drin das Licht angemacht. Was bedeutete: a) Jemand hatte vor ihr diesen Raum betreten. Und b) jemand hielt sich hier immer noch auf. Diese Gedanken schossen wie Pfeile durch ihren Kopf. Mina blinzelte. Ihre Augen mussten sich einen Moment lang an dieses seltsame bräunlich-gelbe Flackern gewöhnen, das weder hell noch dunkel war. Wahrscheinlich war der Staub auf den Leuchten daran schuld, dass sie die Rohre und Ventile an den Decken und Wänden und die schwarzen, stählernen Kompressoren, deren Umrisse sich langsam abzeichneten, kaum erhellten. Außerdem schlug Mina süßlich riechende Hitze entgegen. Merkwürdig. Die Maschinen standen schon lange still. Der Geruch rührte bestimmt von Fäulnis her. Aber warum war es so warm? Was viel wichtiger war: Wer hatte den Lichtschalter betätigt?

Mina wagte nicht, zu sprechen – sonst neigte sie in solchen Situationen dazu, vor sich hin zu murmeln. Jetzt waren ihre Lippen schmal, sie presste sie fest aufeinander. Die Tür hatte sie hinter sich leise geschlossen. Niemand konnte sie gehört haben. Wer auch immer hier unten war: Jene Person sollte sie nicht eher bemerken, als umgekehrt. Sie schlich auf den großen, teils eingemauerten, teils mit Zement in die große Maschinerie zu ihrer Linken eingegossenen Albtraum aus Leitungen und schweren Messingstellrädern zu. Mit diesem Mörderapparat – er war größer als Mina und mindestens drei Meter breit – war früher das Becken beheizt worden. Wie viel Kohle dabei wohl drauf gegangen war? In dem Aufsatz des Historikers hatte sie gelesen, dass eine kleine Lorenbahn den Koks dafür hier hinunter geliefert hatte, und zwei Arbeiter allein damit beschäftigt waren, mit ihren Schaufeln den ganzen Tag die gierigen Heizkessel über die schweren gusseisernen Klappen an der Vorderseite der Apparatur zu füttern. Mina wunderte sich über ihre nüchternen Gedanken. Die Angst schien sie nicht überwältigt zu haben.

Doch plötzlich.

Ein Klappern. Ein Husten! Sie erschrak. Ihre Augen blickten starr in die Richtung, aus der es gekommen war. Etwas Schwarzes richtete sich hinter einem der Kompressoren auf, die in langer Reihe an der ganzen rechten Seitenwand aufgestellt waren, wie für eine Parade, die niemand mehr abnahm. Mina erblickte einen schwarzen, wirren Haarschopf. Er sagte: „Scheiße!".

Wieder ein Husten. Mina trat näher. Sie kannte diese Stimme.

„Frank?"

Noch nie hatte sie eine Frage mit einem solchen Erstaunen ausgesprochen. Im Halbdunkel konnte sie erkennen, wie die schlanke, große Gestalt vor ihr zusammenzuckte.

„Was!?", rief ihr Gegenüber entsetzt.

„Keine Angst", sagte Mina, während sie auf den Mann zuschritt, der zwei Hälften eines kaputten Walkmans in den Händen hielt, den er offenbar gerade aufgehoben hatte. „Ich bin's, Frank. Mina."

Kapitel 9

Er kam von weit her, weiter, als die meisten Menschen verstehen würden. Er war schon einmal hier gewesen. Wie die Stadt sich verändert hatte! Auch damals hatte man, wie so oft, nicht auf ihn gehört. Ob sich diesmal Menschen finden würden, die ihm zuhörten, seine Hilfe und seinen Rat annahmen? Bedächtigen Schrittes ging er die Konrad-Adenauer-Straße entlang, eine Art kleiner vierspuriger Mini-Stadtautobahn, die die Innenstadt in zwei Teile zerlegte, sauber wie eine Schwertklinge, und genauso mitleidlos. Kaum zu glauben, dass er gestern noch durch den Meji-Schrein geschlendert war, dass ein milder, pazifischer Herbstwind die Schöße seines Sakkos hinter ihm aufgebläht hatte, während die Shinto-Priester ihm ihren Segen erteilt hatten.

Jetzt ging er eine der meistbefahrenen Straßen Solingens entlang – der weltberühmten Stadt der Klingen, die einmal Solonchon geheißen hatte. Mehr als nur ein wenig geschafft vom Jetlag und vom Geschwafel des Londoner Börsenmaklers, der im ICE von Frankfurt neben ihm gesessen hatte. Aber er musste es einfach jetzt sofort tun. Er musste wissen, wie die Stadt sich anfühlte. Der Herbstwind zwang ihn dazu, seinen schwarzen Stetson tiefer ins Gesicht zu ziehen, und spielte mit seinen schwarzen Locken, die unter dem Hut hervorquollen und über den hochgestellten Kragen seines alten Ledermantels flatterten. Seine Beine steckten in schwarzen Jeans, und seine Füße in alten Armeestiefeln. Hätte er seinen Ledermantel nicht wegen des Windes zugeknöpft, wäre auf seinem Kapuzenshirt folgender Schriftzug zu lesen gewesen:

„Semper imitatum nunquam idem. Hoc volo, sic iubeo sit pro ratione voluntas." Sein vom Alter her undefinierbares Gesicht wäre in den Straßen von Kairo, Bagdad, Istanbul, aber auch Delhi und Islamabad nicht aufgefallen. Eine Adlernase, dunkle, tief unter schwarzen Augenbrauen liegende, durchdringende Augen, Falten, die eher Furchen waren, besonders um die Mundwinkel.

Jeremia war wieder in der Klingenstadt. Nach so langer Zeit. Nach einer langen Pilgertour entlang der Konrad-Adenauer-Straße, vorbei an türkischen Reisebüros, internationalen Callcentern, Sportcafés und Kiosken kam St. Clemens in Sicht. Jeremia nickte den Türmen mit den neuen Betonturmhauben, die seit dem Wiederaufbau die 1944 zerstörten Originale ersetzten, zu. Über ihnen jagte am Himmel die Mutter aller Winde graue Wolken mit atemberaubender Geschwindigkeit vor sich her. Jeremia ließ sie ziehen und überquerte die Straße in Richtung Clemens-Galerien.

„Ein Einkaufszentrum haben Sie dir also angehangen." Leise schüttelte er den Kopf, nachdem er über die Schulter zur Statue des Heiligen Clemens vor den Eingangsstufen der gotischen Kirche blickte, die dessen Namen trug.

Die Menschen um ihn herum nahmen ihn kaum wahr. Sie wichen ihm aus, wie einem unheilvollen Schatten. Aber wer an ihm vorübergegangen war, spürte etwas, tief in sich. Als ob für einen kurzen Moment im Heulen des Windes eine Melodie erklang. Eine Melodie, die von Sorge und großer Anspannung kündete. Als ob zermahlene Noten aus den Zahnkränzen der Sphärenräder gefallen seien, die nun der Wind forttrug, wie verdrängte, unliebsame Erinnerungen, wie alte Zeitungsseiten im Rinnstein.

Seine nächsten Schritte führten ihn auf den Fronhof, einen Platz im verkehrsberuhigten Zentrum der Stadt, neben der evangelischen Kirche, einem 50er-Jahre-Schuhkarton mit einer ulkigen Weltkugel oben auf dem Turm und den mahnenden Worten „O, Land, Land, Land, höre des Herren Wort" darunter in Bronze montiert, die ihr eine Aura und ein Gewicht verliehen, das sie ohne die direkte Ansprache des „Landes" nie gehabt hätte.

Er hatte den Ort und seine Kraft, seine alte Bedeutung immer geschätzt. Im Sommer erweckten die Gäste der Außengastronomie von einem Café den Platz zu neuem Leben. Zu jeder Jahreszeit taten dies die Jugendlichen. Jeremia lächelte, als er den jungen Skatern bei ihren mehr oder minder akkuraten Kunststücken zusah. Sie waren immer hier, bei jedem Wetter, zu fast jeder Uhrzeit. *Lasst die Jugend lebendig sein,* dachte er. *Das richtige Leben holt sie schnell genug ein.*

Sowohl auf Bänken, als auch die ehrwürdige Rostertreppe hinunter führten die Sprünge, übers Geländer, über die Stufen. Jeremia lachte leise und kurz auf, als er auf der Treppe den Schriftzug „Dominus scalarum sum" erkannte, in grüner Kreide fahrig hingekritzelt, wie Spinnenbeine, halb vom letzten Herbstregen weggewaschen.

Mitten auf dem Platz blieb er stehen und drehte sich einmal mit geschlossenen Augen um die eigene Achse, die klare, kalte, feuchte Luft des bergischen Herbstes einsaugend, das ratternde Geräusch der Skateboards und die Rufe der Jungen und Mädchen in den Ohren. So grau die Stadt manchmal scheinen mochte, die schon so viel mitgemacht hatte – die Luft schmeckte grün. Vielleicht sogar grüner als bei seinem letzten Besuch vor langer Zeit, als hier noch Fachwerkhäuser gestanden hatten, an dieser Stelle, wo er jetzt von Zweckbauten umzingelt war. Bevor die Stadt im großen Feuersturm dafür bezahlte, dass sie zur Waffenschmiede wurde, nicht wie in früheren Jahrhunderten, sondern zum Lieferanten für Maschinengewehre, Flugzeugmotoren, Leichtmetallteile für den geflügelten Tod, der damals zurückgekommen war, und über der Klingenstadt herabregnete. Aber damals war er aus einem anderen Grund hier gewesen.

Ein Anzugträger marschierte im Stechschritt quer über den Platz, Grimmiges murmelnd, als er an den Skatern vorbeiging. Die Erwähnung eines dringend fälligen Friseurbesuchs war noch die netteste Verwünschung, die er von sich gab. Natürlich nur so leise, dass die Jugendlichen ihn nicht hörten. Schief grinsend schüttelte Jeremia den Kopf. Er konnte sehen, dass das kein schlechter Mann war, im Gegenteil jemand, der rührend für seine Familie sorgte, seine Tochter zur Musikschule schickte (sehr gut!) und von einem besseren Leben träumte als dem, das diese Gesellschaft bot, was er sich aber nie laut zu sagen traute.

Aber dann erblickte er auf einmal den jungen Mann, der vor der Sparkasse auf einer Bank im Wind saß – und eine Saz aus seiner großen, abgestoßenen Tragetasche aus Leder nahm.

„Ha!", entfuhr es Jeremia erfreut. Zu seinem großen Erstaunen schnellte der Kopf des jungen Mannes herum, sein Blick fasste ihn über den halben Platz hinweg ins Auge. Er konnte ihn also auf Anhieb sehen. Wer auch immer er war: Es war ein guter Anfang.

* * *

„Frau Étoile? Da ist ein Besucher für Sie. Er sagt, Sie hätten sich kürzlich in Solingen getroffen. Und er sagt, es sei wichtig."

Lea schob sich mit ihrem Bürostuhl von der Schreibtischkante zurück. Endlich! Ihr letzter Tag zur Bewertung der Online-Performance der Kölner Redaktion des „Buzzer" – und Frank kam doch noch zur Vernunft.

Sie huschte aus dem Freelancer-Büro, das sie besetzt hatte, an der Sekretärin vorbei durch den Flur, vorbei an den Panorama-Fenstern linker Hand mit ihrem grandiosen Blick auf den Dom und einen verwaschenen Herbsttag. Sie wusste es doch – Frank sah endlich ein, dass er sich nicht ewig gegen den Lauf der Dinge sperren konnte. Vielleicht, wenn er erst einmal beim Frisör und bei der Farbberatung gewesen war, wenn er erst einmal nach Hamburg gezogen war, vielleicht würde doch noch was aus ihm, aus ihnen werden, wenn er endlich mal den Hintern hochkriegte.

Vorbei am Desk der Sekretärin, vorbei an perfekt positionierten Blumentöpfen, vorbei, vorbei.

Wie mit einer Dachlatte vor den Kopf geschlagen blieb Lea stehen. Was war das? Ein pickliger Teenager, viel zu lange Arme, Wollmütze, Dreadlocks, „Abominable Sandmen"-Hoody unter einem alten Nato-Parka mit tausend Buttons, Cargo-Hose, verdreckte Rangers.

„Äh, hi, ich … ich bin Slug. Öh … der Bassist von Freakpatrol. Wir … wir … haben vor ein paar Tagen am Merchandize-Stand der Sandmen in der Solinger Cobra miteinander geredet. Bei dem Gig …"

Leas entgleiste Gesichtszüge formatierten sich zu professioneller Freundlichkeit um. Nichts überstürzen. Der Junge mochte in einer Schülerband spielen, konnte aber in ein paar Jahren als Musikstar millionenschwer und für ein Interview nur noch sehr schwierig zu bekommen sein. Einfach versuchen, ihn unauffällig loszuwerden.

„Ja, hallo. Was führt dich denn zu uns vom Buzzer?“

Slug blickte an Lea vorbei zu Frau Miguel, der Sekretärin, dann zu ihr, dann zum Kaffeeautomaten.

„Ähm – können wir unter vier Augen reden?“

Lea runzelte die Stirn. Hoffentlich wurde das keine Stalkingnummer. Hm. Es konnte aber auch um Drogen in der Solinger Bandszene, um Okkultismus oder sonst was gehen. Lieber erst mal anhören. Sie wies Slug – was für ein Name! – den Weg in einen Besprechungsraum.

Als Lea die Tür geschlossen hatte und Slug auf seinen vier Buchstaben saß, blickte er kurz auf seine Handrücken, dann sah er zu Lea auf und sagte: „Ich weiß, es klingt verrückt. Aber ich weiß nicht, an wen ich mich sonst wenden soll. Die lokale Presse in Solingen glaubt mir nicht, und irgendwie geht es ja um Musik, und Sie sind ja immer für eine abgefahrene Story gut, das weiß jeder, der den Buzzer liest.“

Lea sah ihn ermutigend an und zog betont langsam Block und Stift zu sich heran, die für den Fall der Fälle in jedem Besprechungsraum bereit lagen.

„Also?“, meinte sie.

„Also“, nickte Slug. Er holte tief Luft und atmete gepresst aus. „Unser Sänger JT ist verschwunden. Und wir sind der festen Meinung, dass er von Außerirdischen entführt wurde.“

* * *

„Guten Tag“, sagte Jeremia. Sein Deutsch war akzentfrei. Aber irgendwie merkte man, dass er sich in anderen Sprachen vermutlich wohler fühlte, die nicht so rational und hart rhythmisch geprägt waren.

„Guten Tag“, sagte Cihan, den Fremden misstrauisch beäugend. Hoffentlich war das nicht schon wieder einer dieser Dealer, von denen man immer in der Zeitung las. Die schienen sich systematisch an die Jugend heranzumachen.

„Ähem“, räusperte sich Cihan, der vorhin gedankenverloren auf seiner Saz gespielt hatte, ohne von dem Kerl im Ledermantel weiter Notiz zu nehmen. Manchmal setzte er sich gern eine Weile hier auf den Fronhof, um den Platz, von dem er irgendwie das Gefühl hatte, dass er so viel mehr hätte sein können, mit Melodien zu füllen. Das half ihm oft sehr nach einem beschissenen Tag im Büro, nach dem er sich mitunter auch fragte, welchen Sinn sein Leben überhaupt hatte. Selten hatte sich jemand daran gestört, und Horst Stegmann, der Bezirkspolizist und „Sheriff der Solinger Innenstadt", der alles und jeden kannte, hatte ihm erklärt: „Cihan, solange sich niemand beschwert. Die Stadt kann weiß Gott ein paar Melodien vertragen."

Manchmal hatten Leute ihm sogar Geld geben wollen – einer warf sogar einmal eine 2-Euro-Münze in Cihans Kaffeebecher, als der leider noch voll war.

So hatte Cihan auch gerade gespielt. Zunächst außerdem einfach, um den Fremden nicht beachten zu müssen, der an ihn herangetreten war. Der machte es ihm allerdings nicht einfach und blieb schlicht stehen. Was für eine merkwürdige Figur. Ein bisschen wie ein Rocker, aber mit diesem Cowboyhut. Und der dunkle Teint – ob er Türke war?

„Du spielst die Saz, und noch dazu ein schönes Stück. Das habe ich eine Weile nicht gesehen. Und noch länger nicht gehört", stellte der Fremde fest, indem er sich einen Meter neben Cihan auf eine der Bänke vor der Sparkasse sinken ließ. „Ich hoffe, du nimmst es einem müden Wanderer nicht übel, wenn er sich einen Moment ausruhen und seine Seele an deinen Melodien erfreuen möchte?"

Was für ein merkwürdiger Typ!, dachte Cihan, als plötzlich für wenige Augenblicke die Sonne durch die Wolken brach. Der Mann hatte den Hut in den Nacken geschoben. Das Sonnenlicht spiegelte sich in seinen dunklen Augen, die dadurch mit einer inneren Glut zu leuchten schienen und Cihan eine Wärme vermittelten, die er schon lange nicht mehr im Blick eines Fremden irgendwo auf der Straße erfahren hatte.

Aber der Blick dieses Fremden war anders. Es war der einsame Blick eines staubbedeckten Wanderers, der nach langem Weg durch eine Wüste eine andere Menschenseele trifft – dankbar, dem Alleinsein zu entkommen, froh, einfach nur bei jemandem sein zu können, der die Tatsache des Menschseins mit ihm teilte.

Statt irgendetwas zu sagen, spielte Cihan einfach weiter. Teils, weil der Fremde mit dem schwarzen Hut und dem Ledermantel es von ihm zu erwarten schien, teils, weil er in diesem kurzen Moment, als die Wolken eine Lücke in ihrem Embargo gegen die Sonne gelassen hatten, so etwas wie Vertrauen zu dem Unbekannten gefasst hatte.

Der wiederum zog eine merkwürdige, hölzerne Querflöte mit fünf Löchern aus den Tiefen seines Ledermantels und fing an, Cihan zu begleiten. Cihan spielte die Saz, wie er sie bisher nur einmal in einem Traum gespielt hatte. Fast war ihm, als ob er nur als Zuschauer beobachtete, wie seine Finger blitzschnell über die Saiten sprangen, mühelos selbst die Noten treffend, die ihm sonst Schwierigkeiten machten, ohne den Rhythmus zu verlieren.

Der Fremde spielte perfekt, das improvisierte Duett war mühelos und leicht. Ein merkwürdiger, falsettiger Klang legte sich dünn um die warmen Töne seiner Saz, die in Solingen immer ein wenig fremd, aber auch irgendwie zu Hause wirkten. Ein Dialog entstand, der einige Minuten dauerte. Lange Ketten von Tönen wanden sich himmelwärts, krochen in tiefen, kleinen Kurven über den Platz und hüpften anschließend den Spatzen nach, über die Dächer davon. Die hatten übrigens das Piepen eingestellt. Sogar der Wind verstummte, als wollte er zuhören. Die Blätter hielten still, und sogar die Skater hatten mit den Ollies, Kickflips, Tailslides und Grinds aufgehört und standen rauchend auf der anderen Seite des Fronhofs. Auch, als die letzten Töne schon eine Weile verklungen waren, saßen die beiden noch einige Minuten schweigend nebeneinander. Dann stand der Flötenspieler auf, und reichte Cihan die Hand.

„Es hat mich sehr gefreut, dich hier zu treffen. Ich bin eine Weile in der Stadt. Vielleicht sehen wir uns ja einmal wieder – wenn die Götter es wollen."

„Sie haben nicht das erste Mal einen Saz-Spieler begleitet, oder? Sie kennen sich ja wohl aus …"

Jeremia lachte herzhaft, er wirkte wie mit Energie aufgeladen, trotz seiner Augenringe. „Ja, da könntest du recht haben."

Cihan grinste, angesteckt vom Lachen des Mannes: „Und ich dachte schon, Sie wollen mir ein Gespräch aufdrängen oder Schlimmeres."

Plötzlich kam ihm die Idee, Jeremia für einen Dealer gehalten zu haben, absurd vor.

Jeremia blickte nachdenklich über die Schulter in Richtung Rostertreppe. Dann schaute er Cihan an und sagte: „Nein, das sicherlich nicht. Manchmal ist es besser, eine Weile mit dem Sprechen aufzuhören."

„Warum?"

„Um die Melodien in den Menschen um sich herum zu hören. Wenn du den Menschen wirklich ganz nah bist, kannst du die Melodien hören, die um sie herum sind. Sie steigen von ihnen auf. Beinahe wie das Aroma eines frisch gebackenen Kuchens!" Wieder lachte der Fremde, ein kehliges, warmes Lachen, vielleicht ein bisschen, als habe er etwas Ungezogenes gesagt. Seine weißen Zähne blitzten in seinem dunklen Gesicht auf. Dann sagte er nachdenklich: „Ich habe lange geschwiegen."

„Warum?", fragte Cihan leise.

„Weil man, wenn man aufhört zu sprechen, auch die eigene Melodie hören kann."

Cihan blickte dem Mann noch nach, bis er über die Rostertreppe verschwunden war. Verdammt! Warum hatten sie nicht Handynummern ausgetauscht? Diesen Kerl hätte er gern seinem alten Saz-Lehrer aus dem türkischen Kulturverein vorgestellt. Einige Minuten später löste ihn die Ankunft eines Penners, wie er im Buche stand, aus seinem Nachsinnen. Der Penner hatte lange graue Haare und einen ebenso langen grauen Bart, der fast aus seiner Nickelbrille zu wachsen schien. Er trug einen unglaublich speckigen, unglaublich alten Mantel und unzählige Strickschals. Cihan war so perplex, dass sein Mund offen stehen blieb. Der Kerl rollte mit seinem Einkaufswagen, in dem sich seine Siebensachen und Flaschenpfand im Wert von mindestens 15 Euro befanden, an ihm vorbei – und warf ein paar Münzen in den leeren Kaffeebecher neben Cihan.

„Ich kenn mich ja mehr mit Treppen als mit Tonleitern aus, aber das war brav gespielt …", brummelte der zottelige Alte.

Cihan war so verdattert, dass er, noch eine Weile in den Becher starrend, erst zwei Minuten später aufstand, und sich wild umsah.

Wo war der Mann? Dem musste er sein Geld wiedergeben, das konnte er doch nicht annehmen! Er packte seine Saz und den Becher, rannte hinter ein Kaufhaus, wo er den Obdachlosen vermutete. Der war aber mit seinem Einkaufswagen schon über alle Berge. Wie vom Erdboden verschluckt.

* * *

Jeremia und der Herr der Treppen waren sich eben an der Rostertreppe am Fronhof begegnet. Obwohl sie sich eine lange Zeit nicht gesehen hatten, nickten sie einander lediglich zu, wie Leute, die im selben Haus wohnen, aber deswegen nicht jedes Mal ein Fass aufmachen, wenn sie sich auf der Straße treffen.

Besser keine große Aufmerksamkeit erregen, auch wenn die meisten durch uns hindurchblicken. Das sprach aus diesem Nicken.

„Wie kommst du denn mit dem Wagen die Treppe hoch?“, fragte Jeremia, der hinabstieg.

„Hey, Dominus scalarum sum, schon vergessen?“

„Ja“, schmunzelte Jeremia seinen alten Freund an. „Eine dumme Frage.“

Der Alte lachte kurz in sich hinein, dann wurde sein Gesicht ernst. Er blickte zu Jeremia, der der Größere der beiden war, auf, und sagte mit Nachdruck. „Er ist hier. Du weißt das, oder?“

„Ganz richtig. Und deswegen bin auch ich hier. Wir müssen ein Auge auf ihn haben. Wer weiß, was er diesmal im Schilde führt.“

„Pass auf dich auf“, meinte der Herr der Treppen, indem er sich dazu anschickte, seinen Einkaufswagen die Treppe hochzuschieben. „Und falls du durchs Einkaufszentrum da vorne gehst, sei vorsichtig. Die Treppe am seitlichen Ausgang hat heute extrem schlechte Laune …“

„Ich werde schon aufpassen“, lachte Jeremia im Weitergehen und rief noch über die Schulter: „Und tu dem Jungen mit der Saz was in seinen Becher. Der hat wirklich Talent!“

So trennten sich die Wege Jeremias und des Herrn der Treppen. Es sollte eine Weile dauern, bevor sie sich wiedersahen. Aber nicht so lange, wie beim letzten Mal.

Kapitel 10

Das gelb-braune Licht flimmerte über ihren Köpfen und warf seine Schatten wie Abfallprodukte der Installation eines wahnsinnig gewordenen Stroboskopkünstlers noch in die letzten Ecken. Frank stand noch immer das blanke Entsetzen im Gesicht geschrieben. Minas plötzliches „Hallo" hatte ihn wie ein Peitschenschlag erwischt.

„Was um Himmels Willen machst du hinter den Kompressoren?", schrie Mina.

„Ähm", sagte Frank und fuhr sich mehrmals durch die Haare, in der Hoffnung, ein gefühltes Kilo Staub und die etwa hundert Spinnen abzuschütteln, die – zumindest in seiner Vorstellung – mit langen dünnen Beinen lautlos durch das klebrige Gewusel seines Haarschopfs krochen und ihre Fäden sponnen. Dabei versuchte er sich eine Lüge auszudenken. Den Grund, warum er hier war, durfte Mina nicht erfahren. Das war seine Story. Die würde er allein durchziehen.

„Also, äh, mir ist mein Walkman runtergefallen." Mit einem schiefen Grinsen, das seine Unsicherheit vertuschen sollte, sie aber tatsächlich unterstrich, hielt Frank die beiden Hälften des kaputten Geräts hoch.

„Und, ach ja, ich recherchiere", sagte Frank und schob schnell ein „Und du?" nach.

„Mm", sagte Mina, kniff die Lippen skeptisch zusammen und runzelte die Stirn. „Ich recherchiere auch. Ist für einen Artikel fürs Solinger Morgenblatt. Aber warum bist du hier?"

„Na ja, warum bist *du* hier?", entgegnete Frank schnell und patzig zurück mit Betonung auf dem „du". Im gleichen Moment bereute er den frechen Unterton, aber er wusste einfach nicht, was er sagen sollte. Vor ihm stand die einzige Frau, an die er seit diesem fürchterlichen Crash mit Lea vor zwei Jahren überhaupt mal einen Gedanken verschwendet hatte (Plan „Kaffeetrinken"). Und jetzt das. Genauso gut hätte er ohne Hosen hier stehen können. Die Stimme in seinem Hinterkopf plärrte wie eine hängen gebliebene Platte: „*Idiot – Idiot – Idiot – Idiot – …*"

Ganz abgesehen von seinem „Geheimauftrag" wollte er kein Wort davon verlieren, wie er den Weg in dieses Untergeschoss gefunden hatte. Denn von „finden" konnte keine Rede sein. „Stolpern" wäre treffender gewesen. Nachdem er die Tür der Badeanstalt überraschenderweise offen vorgefunden hatte (er hatte vorgehabt, durch ein Fenster einzusteigen), hatte er all seinen Mut zusammengenommen und sich ins Treppenhaus begeben. Was ihn ziemlich viel Überwindung kostete. Denn Dunkelheit war nicht sein Ding. Und sich in ihr aufhalten nicht seine Stärke. Hastig und blind war er die Stufen hinuntergegeistert, immer weiter, und mit jedem Schritt wuchs die Panik, immer schneller fuhr dieses Dunkel die Klauen nach ihm aus, schnappte nach ihm, seinen Nacken, immer nur um ein Haar verfehlend. Dummerweise fiel ihm dann auch noch diese Legende ein, die ihm ein koreanischer Kommilitone einmal erzählt hatte:

„Wenn du irgendwo allein im Dunkeln bist, und es wird kalt, und du spürst diesen kalten Atem in deinem Nacken, dann ist das ein Geist – der dein Haar zählt. Und wenn er fertig ist … dann stirbst du. BWHAHAHAHAHA!" Super, wenn man so ein tolles Gedächtnis hatte. Irgendwann war er gestolpert, und er hatte das Gleichgewicht verloren. Der darauffolgende Sturz schien eine Ewigkeit zu dauern. Unzählige Stufen und panische Herzschläge später war er gegen eine Tür gedonnert. Der Lichtschalter hatte ihn schließlich erlöst.

Mina verschränkte die Arme vor der Brust. Franks schnippische Gegenfrage verdarb ihr die Lust, von Dr. von Furchts Interesse an dem Bad zu erzählen. Stattdessen antwortete sie knapp: „Wollte mir das Bad einfach mal ansehen. Die Leute fragen sich, was draus wird." Während der Zeit, die sie beim Solinger Morgenblatt beschäftigt war, hatte sie mit Frank kaum ein Wort gewechselt, das über die üblichen „Na, wie geht's? Wollen wir Kaffee trinken?"-Dialoge hinausging. Jetzt gerade verfestigte sich ein Gefühl, dass sie Frank gegenüber dann und wann gespürt hatte: Der Typ war arrogant und nur mit sich selbst beschäftigt. Wie affektiert er sich jetzt Staub und Spinnweben mit spitzen Fingern von Mantel und Anzug pickte – so ein Hoschi! Mina verzichtete mit voller Absicht darauf, Frank auf den großen Weberknecht aufmerksam zu machen, der mit langen Beinen durch seine New-Wave-Frisur kroch, als erkunde er einen fremden Planeten. Sollte er doch hier herum spuken! Sie beschloss, sich nicht weiter für ihn zu interessieren. Und das sollte er spüren – dieser selbstverliebte Weltschmerz-Verehrer. Sie hatte keine weiteren Fragen.

„Ich geh weiter", sagte Mina eisig und faltete das Papier wieder auseinander, auf dem der Grundriss des Bades aufgezeichnet war. Einen solchen Plan schien Frank nicht bei sich zu tragen. Dafür die zwei Hälften dieses antiquarischen Metall-Walkmans von Sony, die er mit beiden Händen umklammerte und mit einem nervösen Zucken eines Gesichtsmuskels unter seinem linken Auge fixierte.

Mina tat so, als studiere sie die Zeichnung, sagte kurz „Ah ha!", wandte sich von Frank ab und trat aus dem Heizungsraum hinaus auf den Gang.

Ihre Ablehnung ging Frank durch Mark und Bein. Warum waren Gespräche mit Frauen so kompliziert? Er blickte weiterhin auf den Walkman in seinen Händen. Das Gerät war ihm vorhin aus der Jackentasche gefallen. Er hatte sehr an ihm gehangen. So viele Erinnerungen in Scherben. Jetzt auch noch sein Walkman. Eigentlich hätte er jetzt dringend eine Zigarette gebraucht. Ein leises Scharren hatte ihn so erschreckt, dass er mit einem Satz hinter den Kompressor gesprungen war. Natürlich war das Geräusch seiner überspannten Fantasie entsprungen. Oder hier lebten Ratten. Was es nicht unbedingt besser machte. Und ziemlich wahrscheinlich war. Aber was war, wenn nicht? Was war, wenn sich herausstellte, dass Heinz Gerrte zurecht etwas Komisches vermutete? Wenn Emma Werfels Warnungen nicht nur das Gefasel einer alten Frau mit einem Esoterik-Tick gewesen waren? Seine Knie wurden wieder weich.

„Hey, warte Mina, hey!", rief er, während er ihr nacheilte. „Ich würde gerne an den tiefsten Punkt gehen, kannst du mal nachschauen, wo der liegt?"

Mina blickte misstrauisch über ihre Schulter. Frank stand vor ihr.
„Sorry wegen eben, ich hatte mich so erschrocken." Frank grinste gequält – im vorherrschenden Halbdunkel sah er ziemlich bemitleidenswert aus, wenn man ihn kannte. Fremde hätten ihn als „desorientiert und aus der Geschlossenen entflohen" beschrieben.

„Okay, ist schon gut", entgegnete sie. Eine versöhnliche Geste konnte ihre Wut immer von der einen auf die andere Sekunde wegblasen. Vor allem, wenn sie etwas vorhatte. Wie in diesem Moment. Wer weiß, vielleicht erwies es sich noch als nützlich, zu zweit statt allein zu sein.

„Gehen wir", sagte Mina. „Wir müssen da entlang."

Die Abstände im Flackern vergrößerten sich, während sie den Gang durchschritten, der immer schmaler wurde, so, als ob das Dunkel sich immer mehr aufplusterte, sich immer mehr Raum griff. Immer lauter dröhnte ein Rauschen, das sie bisher nur unbewusst wahrgenommen hatten, das sich jetzt aber aus dem akustischen Hintergrund in den Vordergrund schob. Waren es die alten Wasserleitungen? Sie hielten kurz inne. Vor ihnen führten fünf Betonstufen in einen noch schmaleren Korridor des Untergeschosses, der kaum einen Meter breit war.

„Das muss er sein", erklärte Mina. „Das ist der tiefste Punkt".

Sie stiegen hinunter. Mina und Frank gingen dicht nebeneinander, so, als hätten sie Angst, dass der andere plötzlich verschwinden könnte.

Frank kam es auf einmal so vor, als senke sich die rissige Betondecke, über die sich alte Leitungen wie Adern schlängelten, immer weiter über seinem Kopf herab. Ihm war, als könne er Minas Atem hören, trotz des Rauschens, das sie inzwischen einzuhüllen schien, wie ein immer dichter werdender Nebel. Ihr linker Arm streifte den seinen, während sie neben ihm ging und ihre Blicke über Wände und Decke streichen ließ. Auch der Geruch von Fäulnis, den die feuchte Wärme trug, wurde von Meter zu Meter intensiver.

Mina fühlte zunächst ein Kribbeln in ihrem Bauch, das dieser geheimnisvolle Ort in ihr hervorrief. Gemeinsam erkundeten sie einen Gang rund 17 Meter unter der Erde. Das war aufregend. Zugleich spürte sie jedoch eine Schwerfälligkeit, die sich ihrer bemächtigte.

Das Rauschen, dieser modrige Gestank, der in ihre Atemwege drang, das wenige, unruhige Licht. Ihre Beine wurden schwerer, so auch ihre Augenlider, während das Bedürfnis, zu sprechen, in sich zusammenschrumpfte.

Sie bogen rechts um die Ecke. Ihnen war, als gingen sie in Zeitlupe. Ein Raum breitete sich vor ihnen aus. Sie kniffen die Augen zusammen. Das Licht, das keins war, schmerzte. Schwarze Flecken tanzten vor ihrer Nase. Zwei Becken ragten rechter Hand vor ihnen in die Höhe, eine Eisenleiter führte nach oben auf ein Gitter. Über den Becken war die Decke höher, sodass die Becken wie in einer Art Zwischenetage aufgehängt wirkten, um die herum ein medusenartiges Gewirr von Leitungen, Rohren und Handläufen verlief. Langsam drehten Frank und Mina die Köpfe zueinander. Sie sahen sich an.

Frank wollte „Point of no return“ sagen. „P … P … P …“, war alles, was er mit trockenen Lippen hervorbrachte.

Mina sah ihn an, schien aber gleichzeitig durch ihn hindurch zu blicken, wobei sie weggetreten und gleichzeitig merkwürdig konzentriert wirkte. Point of no return.

Seitdem sie den Heizungsraum verlassen hatten, hatten sie kein Wort gesagt. Es kam ihnen so vor, als hätte sich die inzwischen bleischwere Luft mit sämtlichen Schimmelpilzkulturen der vergangenen 2 000 Jahre über ihre Stimmbänder gelegt. Das Rauschen war jetzt ganz nah und dröhnte in ihren Köpfen. Nur mit enormem Kraftaufwand hätte Mina ihre Lippen auseinanderreißen und ihren Mund öffnen können. Auch Frank schien das Sprechen in diesen Minuten wie die anstrengendste Sache der Welt. Die Becken zogen sie an. Sie schritten auf sie zu, kletterten mechanisch die Sprossen hinauf. Herzklopfen. Rauschen. Nur noch ein paar Schritte über das verrostete Eisengitter, zwischen all diesen Leitungen. Jetzt standen sie am Rand eines grauen Betonbeckens. Sie senkten gleichzeitig ihre Köpfe. Ihre Blicke glitten erst auf die Oberfläche, dann tauchten sie ein in das schwarze Wasser, das glatt wie ein Spiegel einen Meter unter ihnen auf sie wartete.

Was Mina und Frank in diesem Moment sahen, bereitete ihnen ein solches Entsetzen, dass sie nicht einmal schreien konnten. Dunkelheit. Für eine Nanosekunde, die Äonen zu dauern schien, waren ihre Körper wie in schwarzes Harz eingegossen, wie Einschlüsse in einem aus Dunkelheit bestehenden Bernstein. Dann zersprang irgendwo etwas, das zuvor die Spannung gehalten hatte – und sie fühlten sich ertappt, so als ob … ja, als ob die Schwärze, diese Dunkelheit, ihre Anwesenheit bemerkt hätte. Ihre Oberkörper fuhren ruckartig zurück. Ihre Hände schlotterten um das Geländer am Beckenrand, weiß zeichneten sich die Knöchel, mit denen sie das rostige Stahlrohr umklammerten, ab. Mit weit aufgerissenen Augen starrten sie sich an, ihre Münder schnappten nach Luft, ihre Herzen rasten. Sie stolperten die Leiter hinab, völlig außer sich, hasteten immer noch, kurzatmig nach Luft hechelnd, durch den schmalen Gang zurück, die Betonstufen hinauf.

In dem Moment, als sie wieder im breiteren Gang angelangt waren, der zum Heizungsraum führte, hielten sie an. In derselben Sekunde geschah das, was passieren kann, nachdem Menschen in die dunkelsten Ecken ihrer Seele blicken und von schwarzen Gefühlen überflutet werden: Sie vergaßen. Sie vergaßen die Abgründe, in die sie getaucht waren. Ihr Puls senkte sich, ihr Atem wurde ruhiger. Das entsetzte Staunen in ihren Augen schwand. Die Blicke klärten sich auf wie der Himmel nach einem Gewitter. Als ob die paar Stufen, die sie wieder hinauf gestiegen waren, ihre Seelen aus der schlimmsten, tiefsten, schwarzen Grube wieder hinaufgeführt hätten, zurück aus der Schwere einer alles verschlingenden Singularität in den Keller der normalen Welt. Beziehungsweise nur wenige Meter in der Vertikalen von dem Ort entfernt, den die meisten Menschen für normal hielten.

Sie schauten sich an wie durch einen Schleier, der langsam vor ihren Augen zerriss.

„So, die Becken haben wir gesehen, wo gehen wir als Nächstes hin?“, fragte Mina entschlossen. Sie fühlte sich etwas benommen. Was war da gerade passiert? War überhaupt etwas passiert? Irgendwie wollten sie einfach beide schnell aus dieser schlechten Luft raus. Oder nicht? Es stimmte. Die Becken hatten sie eben erst gesehen. Nur kam es ihr so vor, als sei das Jahre her. Seltsam. Waren das die Schimmelpilze?

Da sie diese leichte Verwirrung nicht zuordnen konnte, schob sie

sie einfach beiseite. Darum bemüht, diese Entdeckungstour zügig durchzuziehen, stellte sie sich dicht neben Frank und hielt den Plan so, dass sie ihn beide betrachten konnten.

„Wir sind jetzt hier", sagte sie und wies auf die Zeichnung, die im Flackern der Neonröhre über ihren Köpfen leidlich sichtbar war. Fast schien es, als änderten sich die Details auf dem Plan mit jedem Ausknipsen der Realität, das diese vermaledeite Neonröhre für Sekundenbruchteile produzierte. Mina kniff die Augen zusammen, schüttelte den Kopf, dass die roten Locken flogen und Franks Arm streiften. Der beugte sich weiter vor und legte einen langen, dünnen Finger auf die Stelle, an der im Plan der Haupt-Heizkessel verzeichnet war.

„Der Heizungsraum hat noch einen hinteren Bereich, den wir eben vergessen haben", sagte er versonnen und deutete auf ein Quadrat mit Kreis. „Das muss der Schornstein sein. Oder?"

„Okay, dann gehen wir noch mal zurück", erwiderte Mina.

Sie schritten den Gang entlang und betraten den Heizungsraum. Mina ging voran, den Plan vor sich haltend wie ein Kruzifix oder eine Monstranz.

Frank betrachtete Minas roten Haarschopf von hinten. Er fühlte sich beduselt. Das waren wohl die Luft und die Enge jenes kleinen Gangs schuld. Sie mussten ihm die Sinne vernebelt haben. Aus dem Beckenraum war ihm nur eine blasse Erinnerung geblieben. Er schüttelte sich. Da musste wohl einen Moment lang der Strom weggeblieben sein. Brrrrrr! Dieses stickige Dunkel … Seltsam. Er hatte das Zeitgefühl verloren. Als ob er und Mina in einem Ereignishorizont gefangen gewesen waren. Wie lange waren sie eigentlich dort drin? Frank stolperte schneller hinter ihr her, um nicht den Anschluss zu verlieren. Die feuerroten Locken vor ihm wirkten irgendwie beruhigend, Sicherheit suggerierend. Wie die Erinnerung an Sonnenschein oder das Versprechen, dass auf jede Nacht ein neuer Morgen folgt. Da wurden Minas Schritte langsamer.

Hier, im hinteren Teil des Heizungsraums, war noch weniger Licht. Frank und Mina stoppten, um sich einen Moment an das Dunkel zu gewöhnen. Sie waren am Schornstein angekommen. Wie der Ground

Zero eines Krematoriums. Zwei Meter vor ihnen gähnte eine schwarze Öffnung, die man mit einer eisernen, verrosteten Klappe schließen konnte. Durch sie gelangte man ins Innere des Schachts – wenn man klein genug war. Ein kalter Luftzug fuhr durch den Spalt, hinter dem schemenhaft eine rußgeschwärzte, rundgemauerte Wand sichtbar war. Die Klappe sah so verrostet und mitgenommen aus, als habe sie seit Jahrzehnten niemand mehr bewegt. Komisch – dazu wollten die blank gescheuerten Stellen in den Scharnieren nicht passen. Mina fühlte, wie sie eine Gänsehaut bekam. Die Benommenheit schwand. Frank bemerkte aus dem Augenwinkel, dass etwas rechts hinter ihnen von der Decke baumelte. Gleichzeitig wandten sie die Köpfe. Es war eine große Eisenkette mit einem extrem großen Haken weit oben, an dem etwas befestigt war. Chink-chink. Chink-chink. Die Kettenglieder klapperten leise. Einer von ihnen musste sie irgendwie gestreift haben – oder?

„Was ist das?“, flüsterte Mina.

„Ein Flaschenzug“, flüsterte Frank zurück. „Aber was da oben hängt, weiß ich nicht. Es ist so dunkel, aber es sieht aus wie … bist du eigentlich an die Kette gekommen?“

„Nein. Du etwa?“

Plötzlich wackelte die Klappe. Ihre Köpfe fuhren herum und starrten auf das Eisen. Sie hielten den Atem an. Ein Krachen. Die Klappe fiel komplett auf. Aus dem Inneren des Schornsteins glühten Augenpaare und funkelten sie an. Ein bestialischer Gestank schlug ihnen entgegen.

„Kobolde!“, schrie eine Stimme in Minas Kopf. Sie griff nach Franks Arm, ihre Finger krallten sich schmerzhaft fest in den Trevira-Stoff von Franks Trenchcoat.

„Schei-ße!“, formten Franks Lippen lautlos zwei Silben. Sie wirbelten herum, Frank stolperte, hielt sich mit der linken Hand reflexhaft an der Eisenkette fest – und zuckte aufschreiend zurück. Für den Bruchteil einer Sekunde starrte er auf seine Hand. An ihr klebte eine dunkelrote, feuchte, haarige Masse. Blut. Mit. Etwas. Dran. Mina war wie hypnotisiert von Franks hochgehaltener Handfläche.

„Raus!“, stieß Frank hervor.

Sie rasten durch den Raum Richtung Treppenhaus, stolperten über den Einstieg des Brunnens, den Frank eigentlich genauer in Augenschein hatte nehmen wollen. Unter dem schweren Stahlluk polterte es verdächtig, eine Stimme, die nur entfernt menschlich klang, heulte wütend und auf eine erschütternde Art unartikuliert. Panisch vor Angst flohen sie und merkten zu ihrem Entsetzen, wie etliche der Schatten an den Wänden, in den Ecken an den Decken und am Boden zum Leben erwachten. Um sie herum breitete sich ein Rascheln aus, drahtige, nackte Körper huschten über Wände und an der Decke entlang, stechend-weiße Augen auf ihre Beute gerichtet, sehnige Muskelstränge, die sich auf widerliche Art und Weise unter der blassen, aschgrauen Haut spannten, reckend und streckend, die Jagd beginnend.

Endlich die Tür!

Sie prallten gegen das Eisen, Frank griff nach der Klinke, riss an ihr. Prompt fiel sie klirrend zu Boden, und es war nur Mina zu verdanken, die sich gegen das schwere Bunkertor warf, dass das massive Portal nicht endgültig, ohne eine Möglichkeit, es je schnell genug zu öffnen, vor den beiden Fliehenden direkt wieder ins Schloss fiel. Frank setzte nach und sprang ins Treppenhaus. Eine Kralle umklammerte Minas Fußgelenk. Sie schrie auf, schlug der Länge nach hin. Mit ihrem anderen Fuß trat sie dem Wesen mit voller Wucht in das widerliche, verwachsene Gesicht. Ein Glück, dass sie für diese Tour ihre schweren Rangers mit der genagelten Sohle angezogen hatte. Die Kralle löste sich. Da half Frank ihr auch schon auf, er zog sie auf die Füße und hinter sich her, immer wieder mit seinen ausgelatschten Vans – *besaß der arme Kerl denn kein gescheites Paar Schuhe?*, fragte sich Mina unwillkürlich –, um das letzte bisschen Grip auf dem glatten Zementboden kämpfend. Bevor sie außer Reichweite kamen, schlug hinter ihnen die Tür zu. Gemeinsam stolperten sie die Stufen hoch durch die Finsternis des Treppenhauses. Sie hörten, wie das Rascheln, das mit dem Zuschlagen der Tür kurz verstummt war, wieder wuchs. Sie – wer auch immer sie waren – hatten die Tür geöffnet. Sie waren hinter ihnen her. Sie kamen.

Die huschenden Körper kamen immer näher, das fühlten sie durch die Dunkelheit. Entsetzt rannten Frank und Mina nach oben, stolperten, fielen, krabbelten auf allen vieren, richteten sich wieder auf und rasten weiter, um nach oben zu gelangen, nach oben, nur nach oben. Dennoch entgingen ihnen nicht die Buchstaben, die auf den Stufen in der Finsternis grünlich schimmerten.

Was …?, fragte sich Frank für einen Bruchteil einer Sekunde. Aber zu einer vollständig formulierten Frage war er nicht imstande. Sämtliche Energie floss in seine Beine.

Plötzlich öffnete sich eine Tür unzählige Treppenstufen weiter oben. Wer zum Teufel war das? Egal, Hauptsache er war keins von diesen Dingern. Ein Mann schritt durch die Tür, hielt Frank und Mina sei ne ausgestreckte Hand entgegen. Sicherlich schrie er aus vollen Lungen, aber dank des immer stärker anschwellenden Raschelns nahmen sie kaum mehr, als ein gedämpftes Rufen war: „Beeilt euch – verdammt noch mal!"

Er stieß Frank und Mina durch die Tür, sprang mit einem Satz hinterher und schlug die Tür hinter sich zu. Dann hastete er an Frank und Mina vorbei, sie nahmen nur flüchtig relativ dunkle Haut, einen unglaublichen Schopf schwarzer, ungezähmter Locken, einen alten abgewetzten Ledermantel, schwarze Jeans und grobe Stiefel wahr.

Wo waren sie? Ach, hier, im Erdgeschoss des Bads, fast im Foyer. Hier war es um einiges dunkler als bei ihrer Ankunft. Denn die Sonne war bereits am Untergehen.

Frank stolperte vorwärts Richtung Ausgang. Nur noch ein paar Schritte und er wäre in Sicherheit, dieser Albtraum zu Ende …

„Ey! Bist du wahnsinnig! Hier lang!" Der Fremde packte Frank unsanft am Kragen (so hatten ihn nur einmal in seinem Leben Polizisten angepackt, bei einer Demo gegen Studiengebühren), riss ihn zurück und schleuderte ihn gegen eine Wand. Mina kniff die Augen zusammen. Was wurde hier gespielt?

„Pass bloß auf, ja?" Instinktiv nahm sie die Hände hoch, stand breitbeinig da. Dass die Karatelektionen aus ihrer Grundschulzeit jetzt noch etwas nutzen würden, bezweifelte sie.

„Lasst den Quatsch", bellte der Fremde. „Da geht's zum Haupteingang, die Stufen führen runter!"

Und in der Tat: In der Schleuse zwischen dem Foyer und – Gott! – der Straße tat sich etwas, waren diese ekelhaften, fließenden Bewegungen zu sehen. Und es raschelte, hechelte, bleckte die Zähne … Es waren viele.

Der Mann riss Frank auf die Füße, der benommen neben einer Tür unweit des Kassenhäuschens halb gekrümmt an der Wand hing. Dann öffnete der Fremde die Tür, stieß Frank hindurch und blickte Mina, in der Türfüllung stehend, halb dräuend halb bittend an. Es war Güte in diesem Blick, aber nur schwach erkennbar hinter einer Maske eiserner Entschlossenheit. Und Sorge.

Mina löste sich aus ihrer Verteidigungsstellung und schnellte dem Fremden hinterher. Keine Sekunde zu früh. Ein infernalisches Keifen hob an. Und aus dem eigentlichen Schwimmbadbereich drang ein Patschen, als ob etwas Großes, Schwerfälliges mit nassen Füßen über die Kacheln schwankte.

Blamm. Noch eine Tür, die sie hinter sich zugeschlagen hatten.

Sie waren in einem rechteckigen Raum mit vielen Seitentüren, durch die man alles Mögliche an Gerät und Baumaterialien erkennen konnte, lange schon eingelagert, in der Hoffnung auf Sanierungsarbeiten, die dann doch nie stattgefunden hatten. Der Raum war in einem erbärmlichen Zustand, wirkte eher wie ein riesiger Schuppen denn wie ein Teil eines ehemals öffentlichen Gebäudes. Improvisierte Holzbänke, sicherlich vier Meter lang, stützten die Decke. Die vielen Schatten gefielen Mina nicht.

Ihr raubeiniger, fremder Lebensretter blickte sich kurz hektisch um. Dann schoss er nach links, durch einen großen Torbogen, sein Ledermantel wehte hinter ihm her. Frank und Mina blickten sich geschockt an. So schnell kamen sie nicht hinterher. Schon stolperten sie durchs Halbdunkel zu der Stelle, an der dieser Typ im angrenzenden Raum verschwunden war.

Er war weg. Diesmal war es Mina, die „Scheiße“ sagte. Dann lachte sie kurz hysterisch auf. Das römische Bad! Das hatte sie ja noch sehen wollen. Nun, jetzt konnte es gut sein, dass es das Letzte war, was sie je sehen würde.

Sie standen im Eingang, der ganze Raum war annähernd rund und nach allen Seiten gingen fünf, sechs kleinere Bögen ab, zu einzelnen Badenischen führend, in die jeweils ein paar Stufen hinunter führten. Und da waren auch, im von oben herabströmenden Dämmerlicht schwach erkennbar, Reste der Jugendstilkacheln, die einst einmal eine Banderole geformt haben mussten, die sich in Kopfhöhe um das ganze Rund des Bades zog, das einst den letzten Schrei von „Wellness" repräsentiert hatte. Frank stand keuchend neben ihr, und blickte sie mit weit aufgerissenen Fragezeichen-Augen keuchend an: „Und jetzt?"

Da ertönte von oben ein Pfeifen, wie, wenn jemand schrill auf zwei Fingern pfeift. Ihr Lebensretter. Über ihnen ragte das Skelett einer Kuppel, deren Umrisse sich gegen eine Art Industriedachgaube abzeichneten, die man lieblos darüber gesetzt hatte, als die eigentliche Kuppel beschädigt worden war. Wie war der Kerl nur da hochgekommen?

„Tretet mal ein paar Schritte zurück!", rief der Unbekannte. Frank und Mina stoben auseinander.

Da schoss von oben ein schweres Drahtseil herunter, eins von diesen Teilen, wie man sie in Agentenfilmen und bei Spezialeinheiten zum Klettern benutzt.

Mina blickte zu Frank. Der war völlig fertig. Aber wie mochte sie selbst nur auf einen neutralen Beobachter gerade wirken?

„Los, mach schon, klettre hoch!", befahl sie Frank.

„Nein, nein", rasselte Franks Atem. „Mach, dass du hochkommst, dann kann ich kurz verschnaufen. Und wenn die Kobolde kommen … dann werfe ich mit meinem kaputten Walkman." Frank kicherte heiser.

„Beeilt euch!", schrie der Fremde.

Mina schaute in Franks müde Augen. Sein zerzauster Anblick versetzte ihr einen Stich in ihr Herz. Am liebsten hätte sie ihn in den Arm genommen und getröstet. Aber sie musste weiter. Schnell ergriff sie das Seil und kletterte, wie von Furien gejagt, was ja auch irgendwie stimmte, kletterte dem Dämmerlicht, das durch die blinden und dreckigen Industrieglasscheiben fiel, entgegen. Jeder Muskel ihres Körpers schmerzte, aber trotzdem machte sich die Tatsache bezahlt, dass sie viel mit dem Rad unterwegs war. Ihre Kondition ließ sie nicht im Stich. Keine halbe Minute später zogen kräftige Arme sie aufs Dach. Mina roch Lederfett und … Whisky? Ein merkwürdiger Lebensretter. Im Dunkel sah sie nur seine Zähne aufblitzen.

„Hey! Kleiner! Kommst du?“, rief der unendliche Kraft ausstrahlende Mann.

Als Frank endlich am Drahtseil hing, zischte der Unbekannte: „Los, mitanfassen!“

Mina verstand und hängte sich mit aller Macht an die Harpune, die das Drahtseil verschoss, ihre Stiefelsohlen gegen eine rostige Eisenstrebe stemmend, die neben der Öffnung der alten Kuppel verlief. Und da drückte ihr Retter auch schon auf einen Knopf – und Frank schnellte ihnen vom Boden entgegen.

„Whoooooooooooooooo …!“

Wieder perfektes Timing. Unten begannen schon die Schatten in den Nischen zu rascheln und mit unsichtbaren Krallen an den Wänden zu kratzen. Kurz bevor Frank unter die Dachkante geknallt wäre, stoppte der Typ dessen Himmelfahrt. Wodurch Frank den wenigen Halt verlor, den er hatte. Ruckartig nach oben gerissen, vergaß er durch das plötzliche Abstoppen vor Überraschung, sich weiter festzuhalten. So ist das also, wenn man in der Luft hängt, kurz bevor man vier Meter in die Tiefe stürzt, sich alle Knochen bricht und dann am Ende noch bei Bewusstsein von irgendwelchen Monstern mit scharfen Zähnen als Snack verputzt wird.

Doch da! Eine starke Hand packte seinen rechten Arm. „Ich hab dich!“ Unglaublich! Solche Bewegungen hatte Mina noch nie gesehen. Der Fremde war mit einer Geschmeidigkeit, wie sie sie nur aus alten Bruce-Lee-Filmen kannte, durch die Öffnung getaucht, und hatte Frank geschnappt. Wie Wasser, das um einen Stein herum fließt, der aus einem starken Strom herausragt. Mit seiner freien Hand stützte er sich am Rand des Kuppellochs ab. Wie der Unbekannte sich nur halten konnte? Mina ließ die Drahtseilpistole fallen, die sich scheppernd durch das Loch verabschiedete und, als sie unten auftraf, ein zerschmetterndes Geräusch von sich gab – gefolgt von jenem widerlichen Heulen, das sie schon zweimal vernommen hatten an diesem unseligen Abend.

Sie umfasste die Hüften des Mannes, der Franks Leben in seiner Hand hielt. Gemeinsam hievten sie ihren zitternden und schwitzenden Kollegen, verdreckt und staubig, wie er war, auf das Dach. Den Mantel würde er wegschmeißen müssen. Ein flüchtiger Blick an sich herunter, offenbarte Mina, dass sie selbst nicht viel besser aussah. Sie sackte zusammen und ließ sich neben Frank fallen. Schwer atmend lagen sie und Frank nebeneinander auf einem hinteren Dachteil des Bades. Mina fühlte, wie etwas nach ihrer Hand tastete. Lange, schlanke Finger. Frank atmete kurz und stoßweise neben ihr. Sie wusste, dass das seine Hand war. Sie griff zu und drückte, kurz, und schmerzhaft fest. Seine Hand war warm. Sie schloss selbst für einen Moment die Augen.

Über ein, zwei Mauervorsprünge und eine Regenrinne gelangten sie auf das eigentliche Dach des Birkerbades. An einem normalen Abend hätten sie sich sicher über die fantastische Sicht auf die Südstadt gefreut und sich gewundert, wo überall beleuchtete Plakatwände mit der Aufschrift „Hier baut demnächst D.A.R.K.-Construction für Sie“ aufragten.

Sie saßen zu dritt nebeneinander auf dem Dach, unterhalb des monumentalen Schriftzuges „Hallenbad Solingen“, der von der Straße „Am Werwolf“ aus sichtbar war. Am Werwolf! Na, das passte ja! Mina schmunzelte. Ein leichter Nebel stieg jenseits der Schützenstraße aus einem der Solinger Bachtäler auf, es war recht dunkel. Im Osten gloste nur noch ein dünner Streifen Himmels schwachrot.

In ihrer Mitte saß der Fremde, dankbar eine von Franks Menthol-Zigaretten rauchend. „Das ist zwar ekelig“, verkündete er mit dem Tonfall eines geübten Redners und Mannes von Welt, der so gar nicht zu seiner äußeren Erscheinung passen wollte, „aber in Situationen wie diesen hilft es, um sich zu vergewissern, dass man noch am Leben ist.“

Frank schnippte seine Kippe über das Dach weg. Mit geröteten Augen sah er den Mann an, mit dem er da Schulter an Schulter saß, der ihm das Leben gerettet hatte, den er nicht kannte.

Nach einem kräftigen Hustenanfall brachte er hervor: „Was zum Teufel war das? Sie … Sie müssen es doch gewusst oder geahnt haben … oder waren Sie nur zufällig da? Und … wer zum Teufel sind Sie?“

Mina konnte ein kurzes Lachen angesichts der Tatsache, wie Frank sich in die Brust warf, nicht unterdrücken. Und das mit dem Teufel … na ja, ein wenig sah dieser Kerl mit den schwarzen Augen, den wilden schwarzen Locken und der Hakennase selber aus, als könnte er sich auf den Posten des Leibhaftigen bewerben. Aber anders als so jemand wie Dr. von Furcht. Eher wie eine Art … Lucifer. Ein Lichtbringer.

„Nun. Wir haben noch ein paar Minuten", erwiderte der Fremde, nachdem er seinerseits kurz gelacht hatte, angesteckt von Mina. „Manche nennen mich Jeremia."

Er stand auf und stellte sich vor Frank und Mina, die instinktiv zusammenrückten. Sie konnten gegen die Lichter der Straßenlaternen nur noch seine Silhouette erkennen.

„Ich weiß, wer ihr seid, Frank Fabel und Mina O'Sullivan. Und ja, ich bin gekommen, um euch zu helfen, als ich gerade noch rechtzeitig bemerkte, was ihr vorhabt. Und ich weiß, dass Frank mehr weiß als Mina, die aber wiederum schon früher auf das gestoßen ist, was euch da drin angegriffen hat."

Frank und Mina blieben still. Es schien ihnen nicht angemessen, Jeremia jetzt zu unterbrechen.

„Es gibt mehr als nur diese eine Ebene der Realität, auf der die meisten Menschen sich ihr Leben lang aufhalten. Es gibt Zwischenstufen, Taschen, kleine Nischen und ganze Regionen, die euch Normalsterblichen in der Regel verschlossen bleiben. Hier, in dieser Stadt, hat man schon immer auch vom Ober- und Unterland gesprochen."

„Unterland", rutschte es Frank jetzt doch heraus, „Ohligs? Der am tiefsten gelegene Solinger Stadtteil?"

„Nein!", sagte Jeremia schneidend und rang die Hände. „Ihr seid doch alle gleich! Euch werden die Antworten an den Kopf geworfen, und ihr seht nicht einmal, wovon ihr die Beule bekommen habt, über die ihr euch später wundert."

Für einen Moment schwieg er, zog die kalte Herbstluft ein und blickte zur beleuchteten Eissporthalle hinüber. Dann wandte er sich wieder Frank und Mina zu.

„Das mit Unter- und Oberland ist wörtlich zu verstehen, Frank Fabel."

„Die Kobolde", wisperte Mina mit weit aufgerissenen Augen.

„Ja, die Kobolde", polterte Jeremia zurück. „Ich fürchte, jetzt habt ihr einen ersten Vorgeschmack darauf bekommen, auf was ihr euch eingelassen habt. Ihr hängt schon bis zum Hals mit drin."

„Äääh ... wie bitte?", machte Frank kleinlaut.

„Tu nicht so, Frank Fabel. Das Birkerbad hier ist ein Konvergenzpunkt, und das weißt du auch." Jeremia ging auf und ab, fuhr sich mit den Händen durch seinen wilden Haarschopf. „Der Herr der Furcht ist hier. Und er plant etwas. Er will seinen alten Herrn aus dem Gefängnis befreien, in das er vor langer Zeit verbannt wurde. Ich weiß nur noch nicht, wie ..."

„Ist ... ist das der König der Kobolde?", fragte Mina, ohne darüber nachzudenken, wie seltsam dieser Satz klang.

„Ach! Die Kobolde! Die sind doch nur Fußvolk vom Herrn der Furcht. Ihr wart an einem dieser Becken, oder? Das ist es, worum es geht: Ein neues Zeitalter der Dunkelheit soll kommen. Das müssen wir verhindern!"

Frank verstand nur noch Bahnhof. Irgendwie schien alles nur schlimmer, statt besser zu werden.

„Sie spüren, dass der Kerker der Finsternis bröckelt. Sonst hätten sie sich nie so weit nach oben getraut", murmelte Jeremia, mehr zu sich selbst als zu den beiden staub-, spinnweben- und dreckbedeckten Jungjournalisten sprechend.

Der Herr der Furcht ... Der Herr der Furcht ... Dieser Ausdruck lief in Minas Hinterkopf rund. Konnte es sein ...?

„Das hier war mal eine Opferstätte der Sugambrer, oder?", fragte plötzlich Frank. Er ging inzwischen davon aus, dass dieser Jeremia solche Dinge wusste.

„Ja", erwiderte Jeremia, vor den beiden in die Hocke gehend. „Das kollektive Gedächtnis hat diese Information lange bewahrt. Hier war eine heilige Quelle, an der geopfert wurde, vor fast 3 000 Jahren. Und dann war hier ein Schlachthof. Und schließlich das Bad. Hier fließen Kraftströme zusammen. Die Wände zwischen den Welten sind hier, wie auch an anderen Konvergenzpunkten, sehr dünn." Er schloss die Augen, seine Gesichtszüge entspannten sich. „Ich kann es fühlen."

„Sie … Sie haben gesagt, wir hängen jetzt mit drin. Was … was können wir denn tun?“, fragte Mina unumwunden.

„Haltet die Augen auf“, sagte Jeremia im Aufstehen. „Zu eurer eigenen Sicherheit kann ich euch jetzt noch nicht mehr sagen. Aber wenn ihr mich braucht: Malt mein Zeichen mit Kreide auf den Boden oder an die nächstbeste Wand. Es ist ein Notenschlüssel in einem Pentagramm. Wenn ich kann, werde ich kommen. Ich muss jetzt gehen. Bleibt am besten hier im Mondschein auf dem Dach. Wenn die Sonne aufgeht, könnt ihr herabsteigen. Auf bald, Frank Fabel und Mina O'Sullivan.“

Jeremia machte kehrt und ging ein paar Schritte. Er drehte sich um und zog seinen langen, schweren Ledermantel aus. „Es wird kalt heute Nacht“, rief er und warf das Kleidungsstück in hohem Bogen vor die Füße der verdutzten jungen Menschen, die vor dem Giebel des Dachaufbaus saßen. „Lasst ihn morgen früh einfach liegen, wenn ihr hinab steigt.“

Damit schritt Jeremia im Kapuzenpulli um den Giebel und verschwand. Natürlich waren Frank und Mina zu erschöpft und nicht schnell genug auf den Füßen. Und natürlich wussten sie, dass Jeremia fort sein würde, sobald sie hinter ihm um die Ecke bogen. Und so war es auch. Als hätte der über der Südstadt aufziehende Nebel ihn davongetragen, wie eine Melodie im Wind.

Kapitel 11

Mina erwachte mit einem Lächeln auf ihren Lippen. Hatte sie gerade etwas Schönes geträumt? Sie versuchte, den Traum zurückzuholen, und hielt die Augen geschlossen. Sie wollte gerade auf einer Traumwolke Platz nehmen, die an ihr vorbei segelte, und sich von ihr in die Welt des Schlafs tragen lassen, als ihr eine ernüchternde Frage durch den Kopf schoss. Warum war ihr Bett so hart? Außerdem fühlte sich ihre Bettdecke anders an als sonst – wie Fell. Sie riss die Augen auf – und blickte auf das Dach der ... Eissporthalle? Warum war sie so weit oben? War sie tot?

„Hey, psst, Mina!"

Jemand rief ihren Namen. Sie war nicht tot. Oder zumindest war sie nicht allein im Jenseits. Mina richtete sich auf.

„Ah!" Ein Stechen im Kopf entlockte ihr diesen Schmerzensschrei, worauf ein Hämmern einsetzte. Mühsam zog sie eine Hand aus dem dicken Mantel, der sie umwickelte. Sie schaute ihre Hand erst einen Moment lang verwundert an, bewegte dann prüfend ihren Zeigefinger, sich vergewissernd, dass es sich auch um ihr eigenes Körperteil handelte, und führte ihre Hand langsam an ihren Kopf, in dem jemand auf einmal weltrekordverdächtig schnell trommelte, wohl in der Absicht, von innen ein Loch in ihre Schädeldecke zu schlagen. Ihren Kopf stützend, richtete sie sich stöhnend auf. Durch die Nebelschwaden des eisigen Morgens erblickte sie einige Meter weiter Frank am Rand des Daches, seine Beine baumelten nach unten. Er winkte ihr lächelnd zu. In seinem Mundwinkel hing eine Zigarette. Vor ihm ging die Sonne auf. Ihre roten Strahlen schoben die Wolken beiseite, durchdrangen die weißen Nebelschwaden und fielen sanft auf das alte Backsteingebäude, auf dem Mina und Frank übernachtet hatten. Einige Meter vor dem Giebel hatten sie gelegen, eingehüllt in Mondschein und Jeremias Mantel – anfangs noch verschämt Rücken an Rücken. Doch weil der Mantel sie so nicht vollständig umschloss und die eisige Kälte in ihre Glieder drang, hatte sich Mina einfach umgedreht und sich von hinten an Frank gekuschelt. Ihre Hand lag auf seinem Oberarm.

„So frieren wir nicht", hatte sie leise gesagt.

Das stimmte. Jeremias Mantel wirkte wie eine Heizdecke. Dann hatte sich der Schlaf über sie ausgebreitet, wie weiche, warme Daunen. Beim Anblick dieses Schauspiels des neu anbrechenden Herbsttages vergaß Mina den Schmerz und ignorierte ihre vor Kälte aufgeplatzten, rauen Lippen. Ihr Lächeln kam wieder. Während sie in das Licht blickte, dem sich auch Frank wieder zugewandt hatte, stand sie langsam auf, ließ ihre Arme in die viel zu großen Ärmel gleiten und trippelte vorsichtig über den rutschigen, von Raureif überzogenen Boden auf den Dachrand zu. Das immense Gewicht des übergroßen Mantels, den sie hinter sich her schleifte, nahm sie dabei kaum wahr. Ihre Aufmerksamkeit galt nur der Wärme, dem goldenen Licht, das vor ihr die ganze Welt zu erhellen schien. Dicht neben Frank ließ sie sich auf das Dach sinken. Der Mantel war so groß, dass er zugleich als Sitzkissen diente.

„Komm", sagte sie, zog ihren rechten Arm aus dem Ärmel, und legte die andere Hälfte des Mantels um Frank. Ihr Körper berührte ihn nur leicht. Frank seufzte. Wortlos schauten sie über Parkplätze, Autos und Büsche, die der Raureif mit weiß verfärbt hatte – mitten in die Sonne. Nebelschwaden tänzelten in Wellen über dem Dach und um sie herum. Mina kam es so vor, als formten sie Notenlinien und sängen lautlos eine eigene Melodie. Wenn sie sie nur hören könnte! Die Spatzen und Meisen jedenfalls schienen das zu können. Wie verrückt zwitscherten sie um die Eishalle und das Birkerbad herum in den Bäumen, ein Morgenkonzert, das in diesem magischen Moment nur Mina und Frank wahrnahmen. Minuten, die ihnen wie eine Ewigkeit vorkamen, vergingen, bis die Sonne gelb am Himmel stand. Ihre Beine hingen noch immer über der Dachrinne. Unter ihnen blinkte eine Ampel im Wechsel grün, gelb und rot. Autos hielten an, warteten, fuhren quietschend an, bogen ab, stoppten wieder. Ein Bus bog an der Eishalle ab, an der Oberleitung zischten Funken.

Nach Tagesanbruch hatte das geregelte Leben wieder Einzug gehalten. Aber von hier oben kam es Mina alles andere als gewöhnlich vor. Überall waren Farben und Melodien – ob sie nun durch die runden Gläser einer Ampel in diese Welt geworfen wurden oder über die Oberleitung eines Busses. Sie fühlte sich wie ein Farbklecks in diesem schönen, wenn auch schrägen Schauspiel. Und ihr kam der Gedanke, dass es für sie keine Rolle spielte, ob sie in einer trendigen Stadt lebte oder nicht. Kam es nicht vielmehr darauf an, mit welchen Augen man einen Ort betrachtete? Welche Perspektive man einnahm? Sie schaute Frank von der Seite an. Er nickte ihr mit leuchtenden Augen zu, zog an seiner Mentholzigarette und hielt den Atem an. Da prusteten sie beide los und lachten. Die Tränen liefen über ihre Wangen.

„Also, ich fasse zusammen", ergriff Frank das Wort, nachdem sein Lachkrampf vorüber war, wischte sich mit dem Handrücken die Lachtränen von der Wange und klopfte mit seinem Zeigefinger elegant die Asche über die Dachrinne. „Gestern Abend wurden wir bei unserem Bad-Besuch von Kobolden überrascht und gejagt. Ein unbekannter Fremder mit den Eigenschaften eines Marvel-Helden hat uns gerettet und darüber informiert, dass ein Herr der Furcht das Dunkel in die Welt bringen will. Um unsere Haut zu retten, haben wir auf diesem Dach übernachtet. Insgesamt sehen wir ziemlich abgefuckt aus … aber um ehrlich zu sein, geht's mir irgendwie auch gut." Er hielt inne und blickte einen Moment versonnen in den Himmel. „Ja", sagte er leise aber bestimmt. „Mir geht's gerade richtig gut."

„Und weißt du was?", erwiderte Mina und räusperte sich, um die Heiserkeit nach dem Lachanfall zu beseitigen, „mir auch."

Sie schauten noch einen Moment lang über das Dach der Eishalle und auf den Nebel, der wie ein Schleier in der Luft hing.

„Was machen wir jetzt?", fragte Frank leise. Was um Himmels Willen tat man bloß nach einem solchen Tag wie dem vergangenen? Ging man den alten Gewohnheiten nach? Erzählte man anderen Menschen von Kobolden und Superhelden, die eine alte Solinger Badeanstalt bewohnten?

„Was wir machen? Das …", antwortete Mina mit erhobenem Zeigefinger, „entscheiden wir später." In der Feuchtigkeit des Morgens kringelte sich ihr Haar noch heftiger als sonst. Dann schälte sie sich aus ihrer Mantelhälfte und blickte Frank ernst in die Augen. „Komm", sagte sie, „wir gehen frühstücken."

Nachdem sie durch eine Luke in das Bad geklettert waren und den normalen Ausgang hinaus genommen hatten, marschierten sie stramm durch den eiskalten Oktober-Morgen, die Hände tief in ihre Jacken vergraben. Fest stand: Heute würden sie nicht zur Arbeit gehen. Zum ersten Mal in ihrem Leben, das immer nur darum gekreist war, das Richtige zu tun, um irgendwie einen Platz im System zu behaupten, den es eigentlich gar nicht mehr gab, zum ersten Mal würden sie einfach fehlen. Blaumachen. Verschwinden. Mina hatte es noch nie gewagt, eine Vorlesung in der Uni zu verpassen oder nicht auf der Arbeit zu erscheinen. Selbst wenn sie krank gewesen war, was selten geschah, hatte sie sich in die Redaktion oder in den Hörsaal geschleppt. Aber heute war alles anders.

„Es ist gut, dass wir nicht gehen", sagte sie und hauchte weiße Sprechwolken in die feuchte Luft, während sie zu ihrer Wohnung schritten. Sie wollte sich den letzten Rest ihres schlechten Gewissens ausreden. „Wenn ich gehen würde, dann würde ich den Verstand verlieren."

Sie bogen um eine Ecke und liefen auf Minas Haustür zu. Immer wieder warfen sie sich schüchterne Blicke zu. Darüber, dass sie die Nacht eng aneinander gekuschelt verbracht hatten, verloren sie kein Wort. Dennoch hatte sich nach den Ereignissen der vergangenen Nacht ein intensives Gefühl von Nähe, das sie für den anderen empfanden, in ihnen ausgebreitet. Und dieses Gefühl würde sie sicher noch einige Zeit begleiten. Frank schob zitternd vor Kälte eine weitere Zigarette zwischen seine Lippen, und lächelte dabei. Er freute sich schon auf das englische Frühstück, das ihm Mina versprochen hatte. Auch wenn es nur die vegetarische Version von Würstchen und Bacon geben sollte. Dass sie in seiner Nähe war, bereitete ihm ein warmes Wohlbehagen in der Magengegend.

Sie waren da. Mina steckte den Schlüssel in die Tür. Im selben Moment ging ein paar Häuser weiter eine Tür auf. Ein gut aussehender, schlanker Typ mit dunklen, kinnlangen Locken trat auf die

Straße, ließ die Tür hinter sich ins Schloss fallen, drehte den Kopf zu Mina und Frank und starrte sie mit leicht geöffnetem Mund an.

„Cihan!“, rief Mina erstaunt und machte ein paar Schritte auf ihn zu.

Sie fühlte sich ertappt. Aber wobei eigentlich?

„Mina!“, sagte Cihan laut. Der junge Mann blickte abwechselnd auf die beiden Gestalten – erst auf Mina, die mit schwarzen Ruß-Streifen im Gesicht, mit nicht weniger dunklen Augenringen und zerzausten Haaren vor ihm stand und immer wieder den Mund öffnete, ihn dann aber wieder schloss. Und danach auf einen ungesund aussehenden Typen mit schlimmer Frisur, Kategorie „Dauer-Kiffer“, der ein paar Meter weiter hinter ihr in einem total verdreckten Trenchcoat wartete, unter dem er einen Anzug trug, der aussah, als ob er in ihm geschlafen hätte, und hustend eine Zigarette wegschnippte, die er bis auf den Filter geraucht hatte. *War sicher bestimmt irgendein verwöhntes Mama-Söhnchen,* schoss es Cihan durch den Kopf. An solche Typen erinnerte er sich gut aus seiner Schulzeit: Sie kamen aus betuchten Familien und machten in ihrer Pubertät einen auf abgefuckt. Sie schimpften, dass sich in dieser Welt alles nur um Geld drehte, prahlten damit, dass sie diese Geldgier ablehnten, während sie ohne Ende Kohle ausgaben, um sich mit Massen an CDs, auf abgefuckt getrimmte Markenklamotten und den neuesten Smartphones einzudecken. Um wirklich cool zu sein, folgte nach dem Abitur in der Regel eine von Mami und Papi gesponsorte Weltreise, um weitere privilegierte junge Menschen dieser Welt kennenzulernen, mit denen sie die Armut in dieser Welt beklagten. Bis sie eines Tages in einem hoch bezahlten Job landeten, auf einem Fleck unberührter Natur ein Haus setzten („Hauptsache Solardach“) und dort auch gleich mehrere Garagen hinpflanzten für ihre gigantischen, breiten Autos, die zwei Fahrspuren einnahmen. Wie es war, mit vier Geschwistern in einer 50-Quadratmeter-großen Wohnung an einer stark befahrenen Straße mitten in der Innenstadt zu leben, wo kein Klavier in der Ecke stand, wo kein einziges Buch zu finden war, davon hatten sie keine blasse Vorstellung. Und es interessierte sie auch nicht wirklich. Manche von Cihans Ex-Klassenkameraden ließen die Abgefuckt-Phase mit gefärbten, strubbeligen Haaren und zerrissenen Hosen hinter sich und strebten eine Stelle als Bankdirektor an. Andere blieben jedoch auf dem Abgefuckt-Film hängen, während monatliche Geldbeträge von dem elterlichen aufs eigene Konto flossen.

So einen hatte wohl Mina erwischt.

So wie die beiden aussahen, hatten sie wohl die Nacht zusammen durchgemacht und dabei noch andere Dinge getan, als jede Menge Dope zu rauchen. Cihan spürte, wie die Wut in ihm aufstieg. *Aber warum war er eigentlich wütend?,* fragte er sich verwundert. Die letzte Nacht, die er mit Mina verbracht hatte, lag mindestens ein Jahr zurück. Vor allem hatten sie sich beide gegen eine Beziehung entschieden. Oder hatte er sich was vorgemacht? Hatte sie die Entscheidung allein getroffen, weil sie sich nicht binden wollte, und hatte er es nur akzeptiert? Hatte er insgeheim doch mehr gehofft? Cihan war sich nicht sicher. Was in diesem Moment feststand: Dieser Typ machte ihn wütend, wie diese privilegierten Mama-Söhnchen ihn sein Leben lang zur Weißglut gebracht hatten.

Mina schaute in Cihans große, grün schimmernde Augen mit den langen Wimpern, um die ihn manche Frau beneidete.

„Ich weiß, es hört sich beknackt an, Cihan", erklärte sie verzweifelt mit gedämpfter Stimme, damit Frank diese peinliche Szene nicht mitbekam, „aber es ist wirklich nicht das, was du denkst."

In wie vielen Städten, Dörfern, Filmszenen und Briefen der über Tausende von Jahren alten Geschichte der Menschen war dieser schwachsinnige Satz wohl gefallen?

„Ist okay, Mina", sagte Cihan mit belegter Stimme und ausdrucksloser Miene. Er versuchte, so gelassen wie möglich rüberzukommen.

„Ich muss zur Arbeit. Mach's gut." Mit diesen Worten verschwand er um die Ecke des Häuserblocks. Mina drehte sich um, sah Frank an, der gekrümmt vor Kälte bibberte, und machte „Mhm". Dann schloss sie die Tür auf, sich wundernd, weshalb sie gerade eine solche Rechtfertigungs-Zeremonie vollführt hatte.

* * *

„Hier, das sind die Objekte, die Dr. von Furcht bereits oder so gut wie gekauft hat", sagte Mina. Sie stand hinter Frank, der am Küchentisch saß, und hielt ihm ein Stück Papier vor die Nase.

Frank erriet Minas Worte vielmehr, als dass er sie hörte. Zu laut schallte das Crunch-Geräusch des viel zu lang gebratenen und deshalb extrem-harten, vegetarischen Frühstücksspecks durch seine Gehörgänge. Langsam zerbiss er das salzige Etwas, darauf bedacht, Verletzungen in der Mundhöhle zu vermeiden. Erstaunlicherweise passte darauf eine Geschmacksbezeichnung, die die Japaner erfunden hatten: „Umami" – fleischig herzhaft. Er nahm einen Schluck von dem starken, schwarzen Tee mit Milch und spülte die Krümel herunter. Gluck. Hoffentlich schnitten ihm diese spitzen vegetarischen Stückchen keine Risse in die Speiseröhre. Ob Spiegeleier, gebratene Tomaten, Würstchen, Speck oder Pilze: Alles hatte ein wenig zu lang in der Pfanne gelegen, in der wiederum etwas zu viel Öl schwamm. Zugleich schämte er sich für diese Beobachtungen. Wann hatte ihm schon jemand Frühstück gemacht – und vor allem nach einer solchen Nacht? Hungrig biss er in eine beinah-verbrannte Scheibe Toast und begutachtete die Namen der Objekte, die auf dem Zettel standen. Im Hintergrund lief das Lokalradio, das Mina morgens immer aus Reporter-Gewohnheit anstellte.

Mühsam versuchte Frank, seine Augen durch seine verdreckte Brille hindurch auf das zu fokussieren, was da auf diesem Zettel stand. Außerdem wurde seine Konzentration von einer Erinnerung abgelenkt. Es war die Erinnerung an vergangene Nacht. Wie Mina sich von hinten an Frank geschmiegt hatte. Was für eine Wärme ihr Körper ausgestrahlt hatte. Und wie kräftig ihre schmalen Arme und kleinen Hände sich um ihn geschlungen hatten. Crunch!

Frank zerbiss ein großes Stück harten Frühstücksspeck, wobei die Erinnerung zerstob, und schluckte es herunter. Er versuchte, sich nun voll und ganz auf den Zettel zu konzentrieren. Mina verschwand kurz in ihrem Zimmer und tauchte mit einem zerknitterten Stadtplan auf, den sie auf den Boden neben den Frühstückstisch legte. Dann lief sie um den Tisch herum zu ihrem Sitzplatz, um sich ein halbes von insgesamt drei Spiegeleiern in den Mund zu schieben. Ihre Wangen glühten, die Haare, noch nass von der heißen Dusche, hingen herab. Frank schluckte wieder. Mit vollem Mund kniete sich Mina vor den Plan auf den Boden und schwang in ihrer Hand einen Edding wie ein Zepter.

„Also, da haben wir zum einen das Birkerbad mitten im Zentrum", verkündete sie und zeichnete ein rotes Kreuz auf den Plan. Ihre Augen leuchteten vor Aufregung.

„Im Zentrum ist auch noch ein Tunnel, der Schlagbaumtunnel – führt durch ihn nicht eine Trasse zum Spazierengehen?", kommentierte Frank kauend einen weiteren Punkt der Liste, während Mina ein weiteres Kreuz machte. „Gekauft hat Dr. von Furcht außerdem eine Klosterkirche im Norden, also in Solingen-Gräfrath, und eine alte Brücke in der Kohlfurth."

Auf der Liste standen außerdem Objekte westlich vom Zentrum und zwei weitere im Süden: eine Kirche mit uraltem Turm und ein alter Schleifkotten – der Wipperkotten aus dem frühen 17. Jahrhundert, der im Süd-Westen lag – und ein riesiges Wasserreservoir, die Sengbachtalsperre, auf der süd-östlichen Seite.

„Wie das mit der Talsperre mit der kommunalen Daseinsfürsorge zu vereinbaren sein soll, muss mir noch einer erklären", murmelte Frank.

Mit Schwung kritzelte Mina dicke, rote Kreuze. Sie spürte Franks Blicke, die sie dabei beobachteten. Ihr wurde warm. Wie romantisch es letzte Nacht gewesen war, mit ihm auf dem Dach zu liegen, wie unbeschreiblich schön, bei Sonnenaufgang dem Konzert des anbrechenden Tages zu lauschen. Mina traute sich nicht, in Franks Gesicht zu schauen. Stattdessen starrte sie weiter mit gesenktem Kopf auf den Stadtplan vor ihr und versuchte, konzentriert zu wirken. Es war jetzt nicht der richtige Zeitpunkt für Romantik. Sie hatten eine Aufgabe zu lösen. Ihre Hand zeichnete langsam ein letztes, rotes Kreuz über die Sengbachtalsperre, und drückte so fest, dass ein kleines Loch im Plan entstand. Was wollte Dr. von Furcht bloß mit diesen Objekten anstellen? Mina richtete ihren Oberkörper auf, runzelte die Stirn und schaute nachdenklich an Frank vorbei. Sie kniete noch immer auf dem Boden, zwischen Toastkrümeln, Staubflocken und ein paar Bröseln von Philippas Dope.

„Dass Dr. von Furcht das alte Birkerbad will, macht irgendwie noch Sinn“, dachte sie laut. „Die Stadt ist froh, wenn sie das verfallene Gebäude los ist und jemand investiert. Selbst wenn er es abreißen will. Und dass Dr. von Furcht die Talsperre interessiert, ist auch irgendwie bizarr, aber vielleicht ist der Verkauf von Trinkwasser das Geschäft der Zukunft. Nur was hat er bloß mit der Klosterkirche, einem Kirchturm oder dem Wipperkotten vor, und was um Himmels Willen mit einem Tunnel mitten in der Stadt, durch den ein Weg für Fußgänger und Radfahrer führt, oder einer ollen Brücke. Was soll das?“

Sie starrten auf den Plan. Das war seltsam. Auf der anderen Seite war der gestrige Abend noch viel seltsamer gewesen. „Dr. Metzger hat übrigens erzählt, dass es auch Gespräche gab, Dr. von Furcht das Theater zu verkaufen“, ergänzte Mina. „Aber man konnte sich wohl nicht einigen. Am Theater hatte der Typ wohl kein Interesse.“

Frank kaute immer langsamer an einer neuen Portion Speck, das Crunch-Geräusch wurde immer leiser. Ihm kamen die Worte Jeremias in den Sinn. Es musste doch einen Zusammenhang geben. Er schluckte. Dann blickte er Mina an und wieder auf den Plan.

„Moment mal“, sagte Frank langsam. Seine Worte fielen aus seinem Mund wie schwere Brocken. Moment. Mal. In Zeitlupe griff er über den Plan und riss Mina den Edding aus der Hand. Er beugte sich von seinem Stuhl hinunter zum Plan und zog eine Linie. Dann noch eine. Und noch eine. Und noch eine. Und noch eine. Fünf Linien. Ein Pentagramm. Er sank Mina gegenüber auf die Knie. In der Mitte lagen das Birkerbad und der Schlagbaumtunnel. Sie starrten sich mit offenen Mündern an.

„Ich verstehe das nicht …“, flüsterte Mina.

Frank nickte mit weit aufgerissenen Augen. Dann begann er leise zu sprechen. „Dr. von Furcht will die Grenzen zwischen den Welten aufweichen. Er will irgendetwas hereinlassen, es in unsere Welt holen, wie es uns Jeremia schon gesagt hat. Dazu braucht er die Konvergenzpunkte – also diese Orte, an denen verschiedene

Leylinien zusammenlaufen. Sie sind besondere Orte der Kraft. Aber die Punkte bilden ein Muster. Es geht hier nicht um Geld wie bei normalen Investoren, das wissen wir bereits. Er hat etwas ganz anderes vor. Wir müssen herausfinden, was."

Sie starrten sich weiter an. Im Hintergrund lief der lokale Radiosender, dem sie bis jetzt kaum Beachtung geschenkt hatten. Ein Wort hatte jedoch plötzlich ihre Aufmerksamkeit erregt. Mina stand auf und drehte lauter. „... wird, wie heute bekannt wurde, am 31. Oktober offiziell im Rathaus die Kaufurkunde unterzeichnet werden, mit der das Birkerbad in den Besitz von D.A.R.K.-Consulting übergeht. Ob das ein Trick-or-Treat-Scherz von Dr. von Furcht ist? Ha ha! Ich hoffe, das hat der große Investor jetzt nicht gehört, also machen wir lieber weiter. Kommen wir weiter zu nächsten Meldung ..."

„Halloween", stieß Mina hervor. „Das ist morgen Nacht."

„Nicht Halloween", krächzte Frank, in dem auf einmal eine würgende Angst hochstieg. Auf einmal ergab alles einen Sinn. Die Ahnung Dr. Gerrtes, dass etwas im Busch sein könnte, die Warnungen Emma Werfels, die Kobolde, die sich aus den Katakomben des Bades in die oberen Geschosse gewagt hatten, Jeremias Auftauchen.

„Nicht Halloween", wiederholte Frank entsetzt, „Samhain."

Kapitel 12

Ein bisschen eintönig war es ja schon. Den lieben langen Tag spielte JT Gitarre. Diese komische Zwergenpriesterin, die die anderen immer mit „oh Druidin“ und „Hohe Dóina“ anredeten, stritt sich mit Gimli, beziehungsweise Statius, darüber, was er als nächstes runterzurattern hätte. Die beiden schleppten täglich neue Tonträger in diversen abenteuerlichen, zum Teil antiken Formaten (Schallplatten!) an, nach deren Anleitung er zu klampfen hatte. Das heißt: Er hörte sich, so gut es ging, rein und spielte dann wie ein Derwisch, immer und immer wieder die gleichen Passagen irgendwelcher Songs, manche, die er kannte, und anderes Zeug, das er noch nie gehört hatte. In den letzten zwei Tagen waren „Pile of Skulls“ von Running Wild dabei gewesen, „Born to Die in Berlin“ von den Ramones, „Sons of Odin“ von Manowar, „Holy Diver“ von Dio, „Night Prowler“ von AC/DC und wie gesagt, eine Menge Zeug, das ihm gar nix sagte. Diese Dóina gab ihm genaue Anweisungen, was er zu spielen hatte, welche Passagen wichtig waren, wann er mehr rocken musste, wann er mehr Gefühl reinlegen sollte – sie wirkte auf eine total freakige Art wie eine Produzentin. Und war sichtlich angewidert, von dem was sie tun musste. Aber es half nichts: Aus irgendeinem Grund war die Beschäftigung mit Rock 'n' Roll eine Sache auf Leben und Tod für diese Zwerge, auch wenn Dóina, das wusste JT inzwischen, sich nichts aus den Errungenschaften des Oberlandes machte.

Sorgen machte JT sich nur wegen der Abgase. Er spielte mit allmöglichem Gerät als Generator, meistens waren es alte Rasenmäher, die Statius und Palin wohl in wer weiß was für Gärten im Oberland „aufgetrieben“ hatten. Besonders toll war die Entlüftung hier unten natürlich nicht. Und die Mäher hielten meist auch nicht lange durch. Als ob moderne Technik hier unten nicht besonders gut funktionierte.

Dafür hatte er eine erlesene Auswahl an Gitarren: Barocke Les

Pauls, schlanke Mosrites, exotische Fenders, eine Gibson SG (und zwar das Original von AC/DC-Gitarrist Angus Young). Eben alles, was sich ideal zu dem jeweiligen, gefragten Sound fügte. Singen hatten sie ihn auch schon ein paar Mal lassen, waren aber wohl nicht sooo zufrieden gewesen, weil sich danach der Fokus, was sein Gitarrenspiel anging, noch weiter verschärfte.

Spielen musste er immer in einem speziellen Raum voller Spiegel, der den Eindruck machte, das Innere eines Ikosaeders zu sein, eines zwanzigseitigen Würfels (in Raumlehre hatte JT aufgepasst). Die Oberflächen des Würfels waren zwanzig dreieckige Facetten, auf denen merkwürdige Symbole zu sehen waren, offenbar Runen des älteren Futhark. JT hätte nie gedacht, dass ihm diese Schrift, die er aus Fantasy-Rollenspielen kannte, einmal auf diese Art und Weise begegnen würde. Der Raum war mit Fackeln beleuchtet, wie alles hier unten. Vor ihm stand dann immer auf einem kleinen Podest dieser Kristall, der in verschiedenen Farben glühte, je nachdem, wie er spielte. Reine weiße Glut schien Dóina am meisten zu begeistern. Zu Megadeth hatte sie einmal regelrecht getanzt, geklatscht, und auf eine hässliche Art gelacht. Für vielleicht zwanzig Sekunden war es JT gelungen, den Kristall während „Symphony of Destruction" annähernd weiß glühen zu lassen.

Aber selbst diese mehr als merkwürdige Entwicklung war nicht das, was JT eigentlich Kopfzerbrechen und Sorge bereitete. Sein Problem war eigentlich ein anderes. Auch wenn es ihm niemand gesagt hatte, und man ihn gut behandelte und Palin, Statius, und die anderen Zwerge, die Dóina herumkommandierte, alles taten, damit sein Aufenthalt im Unterland so angenehm wie möglich war, wusste er es doch: Er war verdammt noch mal der Gefangene dieser abgebrochenen Meter.

„Ich weiß, dass du gern nach Oberland zurückkehren würdest", sagte Statius, mitfühlend zu JT aufblickend. „Ich werde mich in jedem Fall dafür einsetzen, dass dieser Wunsch deinerseits ernsthaft in Erwägung gezogen wird. Weißt du, es ist nicht nur so, dass Dóina allein etwas zu sagen hätte ..."

„Mach dir nichts draus", meinte JT tröstend. „Ich wär ohnehin sitzengeblieben. Vermutlich nutze ich euch hier unten im Moment mehr, als irgendjemandem da oben ..."

Und doch versetzte es ihm einen kleinen Stich ins Herz, als er an seine Eltern dachte – und an seine Bandkollegen. Mann, der arme Slug! Der dachte jetzt hoffentlich nicht, dass er, JT, von Aliens entführt worden war. Wie oft hatte er ihn, wenn der Basser zugedröhnt war bis dort hinaus, damit aufgezogen, dass am alten Nordbahnhof welche von „Project Blue Book" angeblich mal ein Ufo gesehen hatten. Diese Spinner! Die kifften ja noch mehr als der gute alte Slug. Ob sich Freakpatrol inzwischen schon nach einem neuen Sänger umgeschaut hatte? Nun, wenigstens war die Tatsache tröstlich, dass seine Eltern sich schwerlich nach einem neuen Sohn umsehen konnten. Was würde seine Zeit hier unten bei diesen merkwürdigen, kleinen Kerlen wohl noch bringen?

***

Lea traute ihren Augen nicht: Es war Freitagabend, sie hatte wieder einmal viel zu lange in der Redaktion des Buzzer gehangen, und das, obwohl sie nur ein paar Tage die Kölner hatte „evaluieren" wollen (na ja, eigentlich, um zum Solinger Sandmen-Gig zu gehen, aber das hatte Frank ja versaut!). Nächste Woche ging es zum Glück zurück nach Hamburg, Gott, waren diese Kölner lahm und schwerfällig – sie würde empfehlen, den Chef vom Dienst „freizusetzen".

Sie verließ gerade die Glas-Drehtür – und da stand also wieder dieser Typ. Waren denn schon Schulferien?

Gerade schaute Slug in eine andere Richtung, hatte den Eingang des Cinedoms im Blick. Lea beschloss, schnell und unbemerkt in der Tiefgarage zu verschwinden. Noch ein Gespräch über das Thema „Aliens haben unseren Sänger entführt" konnte sie jetzt nicht gebrauchen. Außerdem hatte Frank die unglaubliche Impertinenz besessen, sich bisher immer noch nicht bei ihr zu melden.

Fast war sie am Eingang der Tiefgarage. Fast. Sollte dieses picklige Bürschchen doch sehen, wo er seinen Kumpel wieder herbekam. Vermutlich war der ohnehin nur bei einem Freund in Sprockhövel oder so abgetaucht – oder lief orientierungslos und unter Drogen gerade jetzt durch eine fiese Nebenstraße in Amsterdam. Doch wer zur Hölle war *das* da auf dem Treppenabgang zur verlagseigenen Tiefgarage? Gute Güte, so einen verranzten Penner hatte sie lange nicht gesehen. Offenbar Modell „verhinderter Straßenkünstler im Suff". Das jedenfalls hätte dann wohl erklärt, warum er die ganze Treppe mit grüner Kreide vollkritzelte. Er schaute hoch zu Lea, die wie festgefroren auf der obersten Stufe verharrte.

„Dominus scalarum sum", nuschelte der Alte jovial in seinen kolossalen Bart, in dem gewiss auch kolossal viele Läuse hausten.

Verdammt! Von diesem Anblick würde sie garantiert wieder Herpes kriegen. Rasch machte Lea auf dem Absatz kehrt. Schnell – zum anderen Eingang! Doch da stand auch schon Slug vor ihr. Mit zitternden Händen, feuchten Augen und einem in Zeitlupe auf- und zuklappenden Mund, leicht vorgebeugt.

„Helfen Sie mir, Lea Étoile, Sie sind meine letzte Hoffnung …"

Lea verdrehte die Augen. Offenbar war es der Wille des Schicksals.

„Na schön", gellten ihre schrillen Worte über den fast menschenleeren Platz. „Es wird *nie* jemand diese Sache drucken – aber was sollen wir tun?"

Slug kam ihr näher als ihr lieb wahr und flüsterte mit weit aufgerissenen Augen: „Am alten Nordbahnhof. Gleich nebenan vom Schlagbaumtunnel. In Solingen. An Halloween. Wenn sie wiederkommen, dann an diesem Tag, an genau diesem Ort …"

Eine S-Bahn donnerte über die Trasse hinter dem Mediapark. Leas Laune stieg. Vielleicht war das die Gelegenheit, es Frank noch heimzuzahlen.

Kapitel 13

Was war das für ein überstürzter Aufbruch gewesen! Mina hatte nicht einmal Zeit dafür gehabt, sich eine Mütze zu suchen, der Wind fuhr ihr nun durch die nassen Haare, während sie von ihrer Wohnung, die in der Nähe vom Schlagbaumtunnel lag, zur Bushaltestelle hasteten. Mina hatte Mühe, mit Franks langen Beinen Schritt zu halten. Das Herbstlaub tanzte hinter ihnen her.

„Samhain – Halloween! Der Tag in der keltischen Mythologie, an dem Sterbliche ohne großen Aufwand in die Anderswelt überwechseln können – und umgekehrt!“, keuchte Frank. Leute drehten sich nach ihnen um. Frank war nach der heißen Dusche zurück in seine mitgenommenen, zum Teil zerfetzten Sachen geschlüpft.

„Da rennen wieder Zwei, die der Pleitegeier verfolgt“, brummte ein alter Mann kopfschüttelnd, der vor dem Eingang eines Mietshauses die Stufen fegte.

An der Bushaltestelle vor dem Rathaus der Stadt knöpfte sich Frank schwer atmend den Trenchcoat auf. Trotz der Tatsache, dass es gerade mal zehn Grad waren, waren sie beide ins Schwitzen gekommen. Wenige Meter neben der Bushaltestelle wurde ein dunkelgrauer Van mit dem Logo von D.A.R.K.-Consulting von ein paar Leuten mit Geometer-Equipment beladen. Dunkle Wolken zogen auf und verdarben dem trüben Herbstlicht die geringe Chance, den grimmigen bergischen Tag, der mit so einem atemberaubenden Sonnenaufgang begonnen hatte, ein wenig Glanz zu verleihen.

„Was sollen wir zuerst angehen?“, fragte Mina, während sie die Männer am Van beobachtete. Im Gegensatz zu Frank war sie nicht aus der Puste.

„Das ist eine gute Frage“, nuschelte Frank, eine Zigarette zwischen den Zähnen, die er gerade anzündete. Er rückte seine Brille zurecht. Frank sah ihr eine Sekunde zu lang in die Augen für einen beiläufigen Blick, dann fuhr er, schnell zur Seite blickend und die Zigarette anrauchend, hastig fort: „Wir könnten einfach die Orte aufsuchen. Vielleicht finden wir etwas heraus. Was hältst du von diesem tausend Jahre alten Kirchturm in Wald? Jeremia meinte, wir sollen die Augen offenhalten. Fangen wir einfach an."

Nach einer Busfahrt, die ihnen wie eine halbe Ewigkeit vorkam, standen sie in einer Haupteinkaufsstraße, dem Walder Schlauch. Dicht an dicht türmten sich die Häuser links und rechts der verkehrsberuhigten Zone auf, viele gründerzeitliche Gebäude waren erhalten. In Wald sorgte ein Kulturverein für ein beachtliches Programm, und in dem von Leerstand geplagten Stadtteil hatten sich Künstler angesiedelt.

„Hier an dem Schleifer-Denkmal müssen wir rein", bemerkte Mina. Schon waren sie am „Rundling", einer Straße, die sich als Fußgängerzone wie ein Hufeisen um die alte Walder Kirche schmiegte. Noch immer kondensierte der Atem zu kleinen Sprechwölkchen, und Mina und Frank mussten Acht geben, nicht von einer Horde Schulkinder überrannt zu werden, die an ihnen vorbeilief, während sie zum Kirchturm hochstarrten, der wie ein mahnender Zeigefinger vor ihnen aus der Mitte des Platzes wie ein Monolith, ein Relikt einer vergangenen Epoche aus dem Häuserrund in den grauen Himmel ragte. Ein leichter Nieselregen setzte ein. Beim gegenwärtigen Zustand konnte das Franks Mantel nur guttun. Einzig um seine Frisur machte er sich Sorgen. Die hatte schon viel zu lange kein Haarspray mehr gesehen.

„In Ordnung", meinte Mina, als ob sie es mehr zu der alten Kirche als zu Frank sagte und stemmte die Hände in die Hüften, „lass uns einfach mal rein gehen".

„Okay", seufzte Frank und kniff die Augen zusammen, teils wegen des Regens, teils weil selbst dieser graue Himmel nach einer Nacht wie der letzten eben doch sehr hell war.

Nach der Begehung der Kirche kamen sie oben im Turm an. Erschöpft ließen sie sich gegen die zwei Meter dicken, über tausend Jahre alten Mauern des Turms sinken, zu erschöpft, um die Aussicht über den Stadtteil Wald zu genießen, die sich durch die zwei romanischen Rundbogenfenster auf jeder Seite hier, direkt unterhalb des Turmhelms, darbot. Kobolde oder andere eindeutig nicht der Sphäre der alltäglichen Realität zuzuordnende Wesen waren ihnen zum Glück nicht begegnet. *Das kann schließlich auch nicht ewig so weitergehen,* seufzte eine klägliche Stimme in Franks Hinterkopf.

„Also, ich rekapituliere", sagte er langsam, während er desorientiert in einer der beiden Infobroschüren blätterte, die in der Kirche auslagen. „Vermutlich geht es Doktor von Furcht einfach darum, das älteste Gebäude der Stadt an einem Knotenpunkt zweier nicht ganz mächtiger, aber doch strategischer Leylinien zu besitzen. Vermutlich war das hier schon viel früher ein heiliger Ort. Und die Leylinien sollen früher hier wesentlich aktiver gewesen sein. Das habe ich bei meiner Internetrecherche herausgefunden."

„Ja", meinte Mina, neben Frank mit dem Rücken an den rauen Steinen der Mauer sitzend und eine weitere Broschüre durchblätternd, „dies hier ist ein alter, heiliger Ort. Schon um das Jahr 900 herum soll an dieser Stelle eine Saalkirche aus Holz gestanden haben, allerdings quer zur heutigen Gebäudelage. Und der Turm war wohl auch schon da. Er hat dicke Mauern, wie bei einer Festung."

„Hhhmm", meinte Frank und kratzte sich am Kinn. Er legte den Plan zur Seite, nahm seine Brille ab und putzte sie notdürftig mit einem Taschentuch ab. „Mauern wie bei einer Festung ..."

Mina blickte Frank erwartungsvoll an und konnte mit Mühe den Impuls unterdrücken, an ihren Fingernägeln zu kauen.

„Was ... was wenn die Menschen hier gar nichts verehrten – sondern etwas weggesperrt haben?"

„Oh", machte Mina.

„Aber es ist nicht mehr hier ..."

„Was macht dich da so sicher?"

„Na, hier wurde alles saniert, seit 2005 wurde praktisch jeder Stein hier mindestens zwei Mal umgedreht. Im Birkerbad hingegen lagen Teile des Gebäudes jahrelang brach, da konnten die Kobolde sich einnisten, und wenn sie gestört wurden, ausweichen. Jetzt aber sind sie regelrecht erwacht."

„Ja", erwiderte Mina, „weil das Kräftegleichgewicht zwischen all diesen Orten gestört ist. Woanders muss etwas erwacht sein … Etwas, das viel schlimmer ist, als diese Kobolde …" Sie stand auf, klopfte den Dreck von ihrer Jeans und griff sich ihren Rucksack. „Ich denke, wir sind hier fertig. Wo fahren wir als Nächstes hin?" Mina hatte ihre Frage selbst beantwortet. „Lass uns doch ins Stadtarchiv fahren, vielleicht können wir da mal die Daten aller Orte vergleichen, damit haben wir eher eine Chance, etwas herauszufinden, als dabei jetzt wahllos Objekte von Dr. Furcht abzuklappern und dabei im Dunkeln herumzutappen."

* * *

Kurze Zeit später standen sie im Stadtarchiv, einem schmucklosen Bau. *Das Gedächtnis der Stadt. Man hätte es netter verpacken können,* dachte Mina. Das Archiv hatte nur bis nachmittags geöffnet, und so eilten Frank und Mina auf die Doppeltüren zu, vor denen zwei Raucher auf- und abgingen.

Johanna Weizen, Archiv-Leiterin und bekannte Historikerin, war begeistert, dass gleich zwei Reporter des Solinger Morgenblattes aus Eigeninitiative den Weg in diese Einrichtung fanden. Die junge Frau mit den strubbeligen Haaren kannte sie bereits. Mina O'Sullivan hatte sie insgeheim ins Herz geschlossen. Frau O'Sullivan war zwar die einzige Solingerin, die es seit Gründung des Archivs geschafft hatte, die Ausleihfrist von Büchern derart zu überziehen, dass eine Benutzersperre verhängt worden war. Auf der anderen Seite war sie die einzige Morgenblatt-Mitarbeiterin der jungen Generation, die viel Zeit im Archiv verbrachte.

Frau Weizen, eine attraktive, schlanke Frau mit ergrauenden, braunen Haaren, die sie zu einem enormen Zopf geflochten trug, schaute belustigt hinter einer kleinen, eckigen Brille auf die beiden Gäste und fragte freundlich: „Wie kann ich Ihnen weiterhelfen?" Dabei wandte sie sich an den Herrn mit der interessanten Frisur und dem mitgenommenen Trenchcoat. Himmel, wo diese Reporter sich bloß immer rumtrieben! Wahrscheinlich an einer der unzähligen Baustellen dieses Investors, die in dieser Stadt nie fertig zu werden schienen –

dem großen Platz nach zu urteilen, der in dem Lokalblatt Baustellen-Reportagen eingeräumt wurde. Die Besucher sahen sich an: Die kleine, dünne rothaarige Frau mit den Locken, der etwas zu großen Nase und dem leicht abwesenden Gesichtsausdruck und der schlaksige, schlecht rasierte Typ mit Hornbrille und Vogelnestfrisur.

Der Mann trat einen Schritt auf sie zu: „Wir brauchen Ihre Hilfe. Es geht um Dr. von Furcht, der bekannte Investor, den kennen Sie sicher. Wir wissen, welche Gebäude er gekauft hat oder kaufen will. Wir müssen wissen, warum, und brauchen Infos zu den Orten. Können Sie uns jemanden zur Seite stellen, der uns hilft?"

Natürlich konnte sie das! Diese beiden jungen Journalisten wollten tatsächlich etwas herausfinden, einer Geschichte auf den Grund gehen! Johanna Weizen dachte an ihren Vorgänger. Der hatte unrecht gehabt.

„Die jungen Leute sind zu nichts zu gebrauchen", hatte ihr Mentor über Nachwuchsjournalisten gesagt, „die sind total wahnsinnig und haben zu nichts Zeit – vor allem nicht zum Denken. Seien Sie bloß froh, wenn Sie diese Sorte Mensch von hinten sehen. Qualitätsjournalismus ist seit den 90er Jahren tot!"

Aber jetzt waren hier zwei junge Journalisten. Johanna Weizen organisierte schnell einen Zivildienstleistenden und überließ die beiden dann sich selbst und den endlosen Reihen von Monografien, Zeitungsbänden, Karteikarten, Mikrofilmen und Katalogen in Hängeregisterschränken, in denen die Vergangenheit vor sich hinstaubte, wartend auf den Dornröschenmoment der Erkenntnis, in dem sie für eine Sekunde wachgeküsst wurde, bevor sie wieder in die Ewigkeit dahin schlummerte.

* * *

Es wurde draußen schon dämmrig, bald würde das Stadtarchiv schließen, als Frank endlich etwas fand. Sie hatten sich allmählich zu den ältesten Dokumenten vorgearbeitet, von denen viele nur dadurch wieder in Solingen gelagert waren, weil man sie aus den Trümmern des Kölner Stadtarchivs geborgen hatte, das vor ein paar Jahren wegen

U-Bahn-Bauarbeiten eingestürzt war. Man hatte nicht gewusst, wohin mit den alten Pergamenten, Papyri und Handschriften. Also waren einige Codices wieder dahin zurückgewandert, wo sie ursprünglich gelagert gewesen waren: In die kleinen, regionalen Archivstellen.

Manche der Schriftstücke waren Hunderte von Jahren alt, und Mina und Frank durften sie nur mit weißen Baumwollhandschuhen an den Fingern und mit kleinen Plastikpinzetten berühren. Und natürlich nur unter Aufsicht. Doch natürlich wurde der Basecaptragende Zivi bald müde, ständig auf Frank und Mina aufzupassen. Vor allen Dingen bei Frank merkte er, dass der nicht das erste Mal mit Handschriften zu tun hatte – und sicherlich zweihundert Prozent mehr Ahnung hatte, als er selbst. Wenn nicht noch mehr. Irgendwann kam der Zivi einfach nicht mehr wieder, und Frank und Mina saßen allein am Tisch mit diesem riesigen Haufen frühmittelalterlicher Besitzstandsurkunden, die sie zu zwei Drittel durchgearbeitet hatten. Sogar Mina hatte das Lesen karolingischer Minuskel jetzt wieder einigermaßen drauf – dabei war das Mediävistik-Grundseminar gefühlte hundert Jahre her. Die Leselampe an dem ausgreifenden, langen gefederten Arm warf einen warme n, gelben Lichtkegel auf den Tisch, an dem Frank und Mina, umzingelt von schweren Aktenschränken und umgeben von muffiger, nach altem Papier riechender Luft, arbeiteten.

„Schau'", sagte Frank, nachdem er sich länger als die sonst üblichen drei, vier Minuten mit einem Pergament beschäftigt hatte, es nach allen Seiten drehte und wendete, „das hier hat nach dem Desaster in Köln im Grundwasser gelegen. Man kann es deutlich sehen."

Tatsächlich. Da waren Wasserflecke neben der kleinen, ruhigen Schrift, und ein Siegel schien auch abgeplatzt zu sein.

„Diese Urkunde aus dem Kloster Essen-Verden regelte die Besitzverhältnisse um die Walder Kirche", hob Frank zu erklären an. Dann stockte er, kniff hinter der Brille die Augen zusammen und hielt die Urkunde gegen das Licht.

„Meinst du, das ist gut, so ein altes Stück Pergament so nah an ei ne 60-Watt-Birne zu halten?", fragte Mina besorgt, indem sie von ihren Notizen aufsah. Bisher hatten sie noch keinen wesentlichen Hinweis gefunden.

„Hallooooooo …“, machte Frank. „Hierbei handelt es sich um einen Palimpsest.“

„Paliwas?“, fragte Mina stirnrunzelnd und warf Frank einen verärgerten Blick zu. Vielleicht war es besser, hier bald einmal abzubrechen. Frank schien ziemlich durcheinander zu sein. Außerdem hatte sie sein besserwisserisches „Hallooooooo“ genervt.

„Hier!“ Frank wedelte aufgeregt mit dem Pergament vor Minas Nase hin und her, vergessend, dass er tausend Jahre bergische Geschichte in der Hand hielt. „Hier sieht man es ganz deutlich! Dieses Pergament war schon einmal beschrieben, bevor man den jetzt darauf stehenden Text drauf verfasst hat. Das nennt man Palimpsest – Überschreibung. Hat man im Mittelalter öfter gemacht, um Tierhäute zu sparen …“

Interessant, dachte Mina. Gegen das Licht betrachtet war deutlich zu erkennen, dass da eine Art Geisterschrift durchschien, hinter den eigentlichen, mit Galltinte aufgetragenen Buchstaben. Nur zwei oder drei Zeilen. Nicht mehr.

„Hm“, meinte Mina. „Was steht denn da? Und wie kriegen wir das hin, dass wir das lesen können?“

Frank schaute sich nervös im Raum um und blickte zur Tür. Er wollte sich vergewissern, dass sie jetzt niemand hörte. Außer ihnen war niemand hier. Sie hörten nur das Ticken einer Wanduhr. Der Oktoberwind hämmerte an die Scheiben. Franks Gesicht näherte sich Minas.

„Ich kenne einen Ort, an dem man überschriebene Texte wieder sichtbar machen kann“, flüsterte er Mina zu. „Die parapsychologische Forschungsstelle in Wuppertal. Für die arbeite ich noch immer, na ja nicht so richtig, aber ich … also wir kommen da ohne Probleme rein.“

Mina starrte einen Moment auf das Schriftstück in seiner Hand und dann auf ihren Rucksack auf dem Boden.

„Das heißt …“

„Genau!“, antwortete Frank schnell. Schritte auf dem Gang. Minas erschrockener Gesichtsausdruck wandelte sich von „recht erschrocken“ zu „sehr erschrocken“. Die Tür öffnete sich. Es war der Zivi.

„Ich mach jetzt Feierabend“, sagte er gleichgültig. „Frau Weizen wird auch bald gehen. Sie sollten deshalb langsam zum Ende kommen.“

Mina und Frank lächelten verkrampft.

„Kein Problem, wir sind jetzt fertig", rief Frank dem Zivi überfreundlich zu und fühlte sich schlecht, das Vertrauen des Zivis und der Archivleiterin auszunutzen. Auf der anderen Seite blieb ihnen keine Wahl. Sie mussten das Schriftstück entführen, um die Wahrheit herauszufinden. Und wer sagte denn, dass sie es nicht zurückbringen würden?

Kapitel 14

Kalter Regen setzte ein, als Frank und Mina aus der Schwebebahn-Haltestelle am Hauptbahnhof auf die Wuppertaler Fußgängerzone in Elberfeld traten. Es war erst früh am Abend, aber um diese Jahreszeit bereits stockfinster.

„Na toll", fluchte Frank, warf einen vorwurfsvollen Blick in den dunklen Himmel und klappte seinen Mantelkragen nach oben. Sie hatten einen Fußmarsch vor sich, der aus dem Tal einen steilen Hang hinauf zur Bergischen Universität führte, wo die parapsychologische Forschungsstelle beheimatet war. Auf den nächsten Bus hätten Mina und Frank eine halbe Stunde warten müssen. Mina zog den Reißverschluss ihrer Motorradlederjacke hoch und schloss die Schnallen ihres Rucksacks, in dem das alte Schriftstück aus dem Stadtarchiv steckte, vor ihrem Bauch. Die Hände tief in die Taschen gegraben, schritten sie durch den eisigen Regen um das Schwebebahn-Gebäude und gelangten auf eine mehrspurige Straße, die an der Wupper entlang führte. Mina schaute in die Tiefe zu ihrer Rechten, wo die Wassermassen des Flusses zwischen mit Graffiti besprühten Beton-Mauern dahin tosten. Dann warf Mina Frank einen beiläufigen Blick zu, der links neben ihr ging. Seine Haare klebten nass an seinem Kopf, die Hände steckten tief in seinen Manteltaschen. Wie gerne hätte sie seine Hand ergriffen. Aber dazu war kein günstiger Zeitpunkt. Auch wenn das Laufen im Regen etwas Romantisches hatte.

Sie überquerten die riesige Straße an einer Ampel, geblendet vom grellen Licht der Autoscheinwerfer und Straßenlampen, und begannen, eine rutschige, steile Steintreppe zu erklimmen.

„Wuppertal besteht aus Wasser und aus Treppen", stöhnte Mina. Wer aus dem engen Tal wollte, in dem es oft zu regnen schien, musste früher oder später eine von diesen unsagbar vielen Treppen hinauf.

Frank lächelte vor sich hin, auch wenn diese sportliche Betätigung sein Lungenvolumen schon nach den ersten Stufen enorm beanspruchte. Vom Laufen war ihm wärmer geworden, er fühlte wieder die Spannung auf das, was sie herausfinden würden, und genoss Minas Anwesenheit. Während er mit großen Schritten und lautem Atmen die mit Moos bewachsenen, feuchten Treppen tapfer hoch stapfte, erregte etwas plötzlich seine Aufmerksamkeit. Da war ein merkwürdiger Schriftzug, dessen Inhalt er schon einmal gehört oder gelesen hatte.

„Dominus scalarum sum“, stand in hellgrüner Schrift auf vereinzelten Stufen.

Frank hielt an, schnappte ein paar Mal nach Luft und zeigte mit dem Finger auf eine unebene Stufe vor seinen Füßen, auf der die Buchstaben durch eine Pfütze schimmerten. Trotz der Regentropfen, die auf die Pfütze platschten, waren sie gut zu erkennen. Die Treppe war nicht beleuchtet, aber von einer Straße weiter oben drang weiter das weiße Licht einer Straßenlaterne durch die Dunkelheit.

„Siehst du das?“, fragte er Mina, die auf der Stufe dicht neben ihm anhielt und vom Treppensteigen ebenfalls etwas außer Puste war.

„Irgendein Graffito, oder?“

„Würde ich auch denken – wenn die letzten Tage nicht so verdammt merkwürdig gewesen wären“, hechelte Frank.

Er erzählte Mina von seiner Begegnung mit jenem Obdachlosen, den er in der Schwebebahnstation, aus der sie gerade gekommen waren, beinahe auf der Treppe umgerannt hätte. Und der jenen seltsamen Spruch geäußert hatte.

„Dominus scalarum sum“, wiederholte Frank langsam.

Ihn beschlich das Gefühl, dass es einen Zusammenhang gab, dass dieser Mann noch eine Rolle spielen würde. Frank drehte sich zu Mina und schaute in ihre großen, nachdenklichen Augen. Frank sah, wie Mina atmete. Vor Kälte zitterte ihr Körper leicht, das Kinn bebte, Regen rann über ihre helle Haut. Ein Tropfen blieb an ihrer Unterlippe hängen. Frank konnte nicht anders. Reflexartig hob er die rechte Hand und berührte mit der Spitze seines Zeigefingers zärtlich ihre schmale Unterlippe, sodass der Regentropfen hinab fiel. Mina schloss die Augen für einen Moment. Als sie sie eine Sekunde später wieder öffnete, war der nachdenkliche Ausdruck gewichen. Mit leicht geöffnetem Mund schaute sie Frank direkt in die Augen. Hunger lag in ihrem Blick, der Frank nicht nur den Puls in die Höhe trieb, sondern ihm zugleich Angst einflößte. Unsicher zog er seine Hand von ihrem Mund zurück, nahm all seinen Mut zusammen und beschloss mit pochendem Herzen, ihr gleich über die Wange zu streicheln. Ein schrilles Geräusch ließ sie plötzlich beide zusammenfahren. Mina zuckte heftig vor Schreck. Das war ihr Smartphone. Der Klingelton ihrer Eltern riss den Augenblick in Stücke. Franks Arm sauste nach unten. Unbeholfen steckte er seine Hände in die Manteltaschen und räusperte sich. Mina zog das Handy aus der Brusttasche ihrer Jacke und nahm sofort ab, um das alarmierende Geräusch zum Schweigen zu bringen. Jedes Mal, wenn sie den Klingelton ihrer Eltern vernahm, befürchtete sie das Schlimmste.

„Ja, hallo?", fragte sie mit bebender Stimme und drehte sich weg von Frank.

In Sekunden hatte sie um sich eine unsichtbare Mauer gezogen. Frank würde sie jetzt nicht an sich heranlassen. Jetzt gab es nur sie und ihre Mutter. Sonst nichts und niemanden. Die schwache Stimme ihrer Mutter erklang durch das Handy, gefolgt von einem schweren Hustenanfall.

„Du bist heute nicht gekommen", hörte Mina ihre Mutter sagen. Es lag kein bisschen Vorwurf in der Stimme. Eher Verwunderung wie die eines Kindes. *Oh Gott, das tut mir so leid,* dachte Mina, und es zerriss ihr fast das Herz. Seit zwei Tagen war sie nicht mehr bei ihrer Mutter gewesen. Sie hatte den Erlebnissen mit Frank mehr Beachtung geschenkt, als ihrer todkranken Mutter. Ihre Knie wurden weich. Am liebsten hätte sie geweint. Stattdessen riss sie sich zusammen und lief ein paar Stufen hinauf, um sich von Frank zu entfernen.

„Ich komme morgen auf jeden Fall vorbei", stieß sie mit gepresster Stimme hervor. Eine Pause folgte.

„Okay, bis morgen", sagte ihre Mutter schwach. Telefonate mit ihr dauerten nie lange. Sie strengten sie zu sehr an.

„Bis morgen“, entgegnete Mina verzweifelt und legte schnell auf. Sie hatte sich mit ihrer Mutter verabredet. Dabei wusste sie nicht, was für Ereignisse sich ihr am nächsten Tag in den Weg stellen könnten. Außerdem war morgen Halloween. Ein Besuch war nach letzter Nacht undenkbar gewesen. Aber das war nicht der alleinige Grund. Mina musste sich eingestehen, dass sie ihre Mutter ganz einfach verdrängt hatte. Sie schluckte. Ihre Kleidung war inzwischen ganz durchnässt, sie fror. Der Regen fiel eiskalt auf sie hinab. Mina drehte sich zu Frank um, der weiter unten in seinem pitschnassen Mantel stand und unsicher zu ihr hinauf sah. Ihre plötzliche Stimmungsschwankung hatte ihn irritiert.

„Was war denn los? Ist alles in Ordnung?“, rief er zaghaft und schritt langsam die Treppe hoch.

Mina wartete nicht, bis er bei ihr war, sondern drehte sich wieder um und ging weiter. „Das war meine Mutter. Sie ist sehr krank. Ich gehe sie morgen besuchen“, antwortete sie im abgehackten Ton, während sie die glatten Stufen hinaufstolperte und das Plätschern des Regens immer lauter wurde. Diese Informationen mussten reichen, mehr wollte sie nicht dazu sagen.

Frank traute sich nicht, Mina zu fragen, warum sie plötzlich so abweisend war. Dass ihre Mutter krank war, hatte er nicht gewusst. Vielleicht war das der Grund, warum Mina von Terminen so spät in die Redaktion kam. Wie wenig wir doch voneinander wissen, seufzte er im Stillen, während er fast geräuschlos einige Meter hinter Mina die Stufen hochschlurfte. Bestand die Existenz der Menschen aus einem ständigen Aneinander-vorbei-Leben? Im gleichen Moment wunderte sich Frank, dass er sich eine solche Frage stellte. Denn ihm fiel auf, dass er sich bis jetzt noch nie wirklich für einen anderen Menschen interessiert hatte. Er hatte Leas Coolness angebetet – aber hatte er echtes Interesse an ihr gehabt, wie sie als Mensch war? Frank hob im Gehen den Kopf und beobachtete, wie Mina zielstrebig nach oben marschierte und dabei energisch die Arme schwang. Frank roch die feuchte, kalte Herbstluft. Das Bild von eben kam wieder. Wie sie vor ihm gestanden hatte. Bisher war Frank noch nie aufgefallen, wie hübsch er sie fand.

Die letzte lange Treppe lag vor ihnen. Dann waren sie da. Zum Regen hatte sich ein starker Wind gesellt, der Frank und Mina um die Ohren pfiff. Sie standen an einer breiten Straße und sahen hoch auf den Hügel. Blitze schossen aus dem bewölkten Nachthimmel und erhellten die Universität mit ihren vielen quadratischen Gebäuden, die dort oben wie ein gigantisches Schloss aus der Zukunft emporragte. Als ob der Entwurf eines deutschen U-Boot-Bunkers aus dem Zweiten Weltkrieg fröhliche Wiederauferstehung in einem Sequel des Science-Fiction-Films „Blade Runner" feierte. Seit Mina und Frank die erste Treppe verlassen hatten, waren sie über viele breite Straßen marschiert und hatten wenig miteinander gesprochen. Doch durch den Marsch im Eiltempo hatte Minas Anspannung etwas nachgelassen, sodass sie sich für ihre abweisende Haltung schämte.

„Schon wieder eine Treppe!", rief sie scherzhaft und versuchte, zu lächeln.

Frank schaute sie einen Moment lang verwundert an.

„Tut mir leid wegen vorhin", sagte Mina mit belegter Stimme und blickte auf den Boden. Der Wind heulte, und der Regen wollte einfach nicht aufhören. Ihr Blick wanderte zur Seite auf die Treppe, die auf sie wartete und die gerade ein Blitz erhellte. Sie strich sich eine nasse Haarsträhne beiseite und sah Frank an. „Die Krankheit meiner Mutter belastet mich so, und da werde ich manchmal komisch. Tut mir leid." Sie blickte erneut zu Boden und wischte sich den Regen aus dem Gesicht.

Frank musste lächeln. „Ist schon gut", sagte er leise. Die Spannung zwischen ihnen war verflogen. „Komm", fuhr er augenzwinkernd fort und deutete auf die Treppe. Donner krachte, Blitze zuckten durch den Himmel und tauchten die zyklopischen Betonstufen und den verwinkelten Uni-Komplex in ein grelles Licht, das ihn aussehen ließ wie eine architektonische Vision aus seinem dumpfen Albtraum M.C. Eschers.

„Weißt du was?", rief Frank mit breitem Grinsen, als ihm ein ganz neuer, erheiternder Gedanke kam, „du bist der erste Mensch, der erfährt, wo ich mich all die Jahre heimlich herumgetrieben habe."

* * *

Sie liefen durch enge Korridore, an deren Wänden die einst weiße Farbe abblätterte, bis sie beim Labor angelangt waren. Frank steckte eine Karte in einen Schlitz und gab einen Zahlencode ein. Die hellblaue Eisentür summte und öffnete sich. Grelles Neonlicht erstrahlte. Sie betraten einen kleinen, quadratischen Raum, in dessen Mitte ein länglicher, grünbeiger Labortisch stand, der mit Reagenzgläsern in Halterungen vollgestellt war. Die Ausstattung erinnerte Mina an den Chemie-Unterricht aus ihrer Schulzeit. Viel Geld schien diese Forschungsstelle nicht zu haben.

„Werden wir eigentlich nicht überwacht?“, fragte sie Frank, der auf eine Wand zusteuerte, vor der ein Gebilde stand, das aussah wie ein Rednerpult aus Glas. Hinter dem oberen Rand der gläsernen Ablage war eine Lampe angebracht, am unteren Rand entdeckte Mina Tastaturen. An der Seite steckten Kabel, die an einem Computer angeschlossen waren.

„Na klar, werden wir überwacht!“, rief Frank unbekümmert aus, nahm auf einem gepolsterten Schreibtischstuhl mit Rollen Platz und schaltete den Rechner an. „Aber überall da, wo's Kameras gibt, gibt's meist zu wenig oder gar kein Personal, das auf die Monitore achtet. Schon gar nicht hier. Solange hier nicht eingebrochen wird, werden die sich einen Scheiß um die Aufzeichnungen kümmern. Außerdem kennen die mich vom Sehen her.“

Mina merkte, wie wohl sich Frank in diesem skurrilen Labor fühlte. Er bewegte sich mit einer Gewohnheit und Sicherheit, als sei dies sein Wohnzimmer. Er rollte mit dem Schreibtischstuhl vergnügt zu einem Laborschrank, schob die rechte Schiebetür beiseite und griff in das unterste von fünf Regalen, das vollgestopft war mit Fläschchen und anderen merkwürdig geformten Behältern. Frank schien jeden Winkel zu kennen. Auf Anhieb hatte er die Flüssigkeit gefunden, die ihnen weiterhelfen würde. Mit wenigen Handgriffen hatte Frank die Flüssigkeit in einen Zerstäuber gefüllt.

„Musst du denn hier niemanden informieren? Deinen Chef oder so?“, fragte Mina mit gerunzelter Stirn, während sie die Schriftrolle aus ihrem Rucksack auspackte und auf den Labortisch rollte. Das Neonlicht flackerte.

„Irgendwie schon. Mein Chef, er heißt Dr. Gerrte, hat mich auf diese Leylinien-Story überhaupt erst gebracht. Ohne ihn wäre ich nie ins Birkerbad gegangen", erklärte Frank. Er beugte sich so nah über das Schriftstück, dass er es beinahe mit der Nasenspitze berührte, und begutachtete die Oberfläche mit zusammengekniffenen Augen. Den Zerstäuber hielt er in der Rechten. Dann erhob er sich mit nachdenklichem Gesichtsausdruck und schaute Mina an. „Aber um ehrlich zu sein, habe ich kein Interesse, für den Hungerlohn, der da eventuell im Spiel sein könnte, meine Informationen preiszugeben." Feierlich fügte er hinzu: „Was auch immer wir herausfinden werden: Das hier ist ganz allein unsere Geschichte. Zum ersten Mal in unserem Leben." Ein zufriedenes Grinsen machte sich in seinem Gesicht breit. „Bist du bereit?"

Mina antwortete mit einem Lächeln. Frank besprühte die Urkunde mit der Flüssigkeit, griff sie geschickt mit einer Pinzette, erhob sich aus einem Stuhl und ging zum gläsernen Rednerpult. Dort legte er die Urkunde auf die Ablage und schaltete eine Lampe hinter der Ablage ein.

„Die Flüssigkeit muss eine Minute einwirken", erklärte er Mina, die neben ihn ans „Rednerpult" geeilt war und auf die Urkunde starrte. „Dann macht sie die tiefer liegenden Strukturen sichtbar – zusammen mit dem UV-Licht, dessen Spektrum ich am Computer justieren kann."

Frank tippte auf der Tastatur des Computers herum. Gebannt schauten sie auf die erleuchtete Glasfläche vor ihnen, auf der das feuchte Schriftstück ruhte.

„Jetzt können wir nur noch hoffen, dass wer auch immer sich da vorher verewigt hat, seinen Federkiel kräftig führte und tief genug eingeritzt hat – vielleicht ein Mönch, der auch in der Schreinerei oder Brauerei war und nicht nur im Scriptorium rumhing … Dann könnten wir Glück haben und alles gut erkennen", dachte Frank laut.

Mina beugte sich über seine Schulter. Die Minute war vergangen. Da kamen Worte zum Vorschein!

Frank las sie laut: „Das ist eine Art Bastard-Latein ... Cicero würde im Grabe rotieren ... Ich bin etwas eingerostet ... ‚Domina Specularum umbra maxima quae nox volebit necare, expellisset et includisset‘ ...“

Minas Herz klopfte. Sie rieb sich mit dem Handrücken die Nase. „Wer wollte wen töten? Was wurde eingesperrt?“

„Die Herrin der Spiegel hatte den großen Schatten, der uns alle vernichten will, gebannt und eingesperrt. Aber der Kerker unter der Kirche in Wald war nicht sicher“, las Frank langsam, „Und dann ... hat die Herrin das Gefängnis in den großen Tunnel verlegt ... Mögen diese Mauern niemals brechen an jenen Tagen im Jahr, wenn sich Tore zwischen den Welten öffnen ... Möge uns Gott davor schützen, dass der große Tunnel niemals bersten wird ...“

Frank und Mina sahen sich mit weit aufgerissenen Augen an: „Der Schlagbaumtunnel!“

Der Tunnel lag in der Mitte des Pentagramms. Er war Knotenpunkt der magischen Leylinien. Verbunden von Gebäuden, die Dr. von Furcht besaß. Morgen würde ihm das Birkerbad gehören, das letzte wichtige Gebäude im Pentagramm.

Minas Herz schlug immer schneller, während ihr weitere Gedanken durch den Kopf schossen wie Blitze. „Und morgen ist Samhain ...“, stieß sie hervor.

„... ein Tag, an dem sich Tore öffnen ...“, ergänzte Frank aufgeregt.

„Oh nein“, flüsterte Mina, ihre Augen waren jetzt riesig. „Philippas Halloween-Party!“ Die Techno-Party sollte in den Katakomben des alten Proberaumhauses stattfinden. Sie führten unter den Schlagbaumtunnel, der gleich nebenan lag.

* * *

Statius machte sich Sorgen. Würde der junge Oberländer noch bis Samhain durchhalten? Also bis morgen Abend? Blass und durchgeschwitzt ging er jetzt regelmäßig auf die Knie, wenn sie mit Dóinas „Programm“ fertig waren. Und dann war auch noch in den Gewölben seiner Sippe dieser Fremde in der Kutte aufgetaucht. Sehr groß.

Garantiert ein Oberländer. Niemals sah man sein Gesicht. Nie hörte man seine Stimme.

Er konnte sich nur gebückt in den Korridoren bewegen. Statius hatte Dóina, die Druidin, noch nie so erlebt, wie in der Gegenwart dieses Fremden, dessen Anwesenheit dem jungen Zwerg Schauer den Rücken herunterlaufen ließ. Sie war so unterwürfig. Und man spürte, dass auch sie sich vor dem Mann fürchtete. Der garantiert kein normaler Oberländer war.

Stets zischte Dóina, wenn der Mann verschwunden war: „Ihr werdet mir alle noch einmal dankbar sein! Das alles geschieht nur zu unser aller Bestem! Um uns wieder zu wahrer Größe zu verhelfen! Um den Menschen zu zeigen, wo ihr Platz wirklich ist ..."

Aber Statius hatte nur Augen für JT. Er spürte, dass etwas hier nicht mit rechten Dingen zuging, dass ein Zauber der Alten im Spiel war, ein böser Zauber. Der Kristall schien die Energie zu speichern, die JT während seines Spiels entzogen wurde.

„Bald bekommt er weiße Haare, so abgemagert und ausgezehrt wie er ist", murmelte Statius manchmal bei sich selbst.

Tatsächlich glühte der Kristall jedes Mal auf, wenn JT den ikosaederförmigen geweihten Raum betrat, wo er aufbewahrt wurde. So als sei er hungrig. Statius war alarmiert. JT schluchzte nachts im Schlaf, er wurde immer desorientierter und fahriger. Was auch immer Dóina tat, was zum Wohle der Zwerge im Bergischen Land sein sollte – der junge Bannsänger aus dem Oberland zahlte einen hohen Preis dafür.

* * *

JT konnte nicht mehr. Wenn vorher einmal jemand in seiner Gegenwart von der Gewalt der Musik gesprochen hatte, hatte er meist müde gelächelt. Klar, er spielte gern in einer Rockband. Aber das Beste waren meist die Mädels und die Tatsache, dass man ein krasses Image aufbauen konnte. Natürlich liebte er seine Musik, von Indie über Punk bis zu Metal. Aber erst jetzt begann er zu begreifen, was es hieß, sich völlig an der Musik zu verausgaben. Sich an ihren dunklen Verlockungen zu verzehren. Was hatten die mit ihm hier nur angestellt?

Sobald er in dem Raum mit der merkwürdigen Form und diesem Kristall war, war er ein anderer Mensch. Und er spielte, wie er es nie für möglich gehalten hätte. Wäre er jetzt zu Hause, wow, was wären das für Gigs. Aber so … Was sollte das alles? Und warum fürchtete er auf einmal, dass diese Art zu spielen ihn zugrunde richten könnte? Er hatte früher immer darüber geschmunzelt, wenn sein Deutschlehrer (ausgerechnet Herr Baron, diese vertrocknete Mumie!) entzückt von der Gewalt der Musik gesprochen hatte – damals, als sie „Don Giovanni" von diesem E.T.A. Hofmeister? Hoffmannsthal? Egal – gelesen hatten. Und das angesichts dieses Geklimpers von diesem Mozart. Da war ja jede Luschi-Popcombo ein härteres Kaliber.

Jetzt aber sah alles anders aus. Nicht nur hätte er jetzt liebend gern bei Herrn Baron im Unterricht gesessen, anstatt hier eingekerkert zu sein, es wäre JT zudem ein Vergnügen gewesen, mit dem älteren Herren vor dem Hintergrund seiner neuen Erfahrungen nun doch noch einmal über „die Gewalt der Musik" zu sprechen. Er wusste nicht, wie lange er auf diesem Amboss aushalten würde, auf dem er mit einem mächtigen Hammer geschmiedet wurde. Einem Hammer aus Furcht und Dunkelheit. Die Musik war wie ein Strudel, der sein Innerstes nach Außen riss, während er ihn hinabzog – wohin? – und seine Lebenskräfte raubte, indem er ihn langsam ertränkte in einem Mahlstrom aus Noten, wie er sie zuvor nie gespielt hatte.

Wenn er in diesem Raum stand und der mit dem Rasenmähermotor betriebene Verstärker losknatterte, konnte er sich einfach nicht mehr zurücknehmen. Ob man etwas in seine Speisen tat, das diesen Zustand herbeiführte? Fast hatte JT diese Vermutung. Aber eigentlich auch nur, um sich nicht eingestehen zu müssen, dass ein paar Sachen hier entschieden nicht mit rechten Dingen zugingen. Fast war es, als öffne sich jedes Mal, wenn er in diesem Raum spielte, ein Fenster in eine andere Welt, als überträte er eine Schwelle. Als lehnte er sich weit aus einem Fenster und blickte in eine dunkle Nacht – so tiefschwarz und so unendlich verlassen, dass der Abgrund, in den er stierte, hungrig zurückstarrte. In sein Selbst. Neidisch auf das Leben, voller Hass und Missgunst für das Licht und die Wärme, ausgeschlossen seit Äonen, ein Vortex wirbelnder Schwärze, in der Unendlichkeit verloren, wirbelnd im Nichts, auf Rache sinnend. Eine Rache, die die große Nacht bringen würde, in der es herrschen würde, in der es kein Morgen geben würde, kein Entrinnen. Kein Entrinnen. Und er musste das Fenster aufstoßen. Kopfüber in die Dunkelheit stürzen. Note für Note. Kein Entrinnen.

* * *

Sonnenlicht drang durch die beschlagenen Scheiben des Cafés *Milia's Coffee.* Die Strahlen brachen sich in dem Glas mit Latte macchiato, das vor Mina auf dem hellbraunen Holztisch stand, und erzeugten ein kleines Lichtspiel. Mina lächelte und sah auf zu Frank, der sich mit zwei Schoko-Brownies in den Händen seinen Weg durch die vielen Café-Besucher gebahnt hatte und den Teller mit dem süßen Frühstück auf den Tisch stellte. Er setzte sich ihr gegenüber und wich schüchtern ihrem Blick aus, indem er durch die beschlagenen Scheiben schaute. Eine Wolke aus dumpfem Gemurmel und leisem Fernseher-Rauschen umgab sie.

„Hoffentlich schaut jetzt niemand nach dieser Urkunde …", sagte Frank und nahm einen Schluck Kaffee. Jetzt traute er sich wieder, in Minas Augen zu schauen. Sie biss in einen Schoko-Brownie und lächelte ihn dabei amüsiert an.

„Ja, ja, hoffentlich schaut niemand nach der Urkunde", wiederholte sie mit vollem Mund und einer Portion Ironie in der Stimme. Das sollte heißen: Als ob wir gerade beide an die Urkunde denken würden.

Frank verstand die Anspielung und wurde rot. Zu stark waren die Bilder von vergangener Nacht. Nach der Entdeckung, die sie in der Forschungsstelle gemacht hatten, waren sie zu ihm nach Hause gelaufen. Mina hatte ihm aufgeregt von der Halloween-Party erzählt, die ihre Freundin Philippa mit Freunden in Katakomben des alten Proberaumhauses veranstalten wollte, die bis unter den Solinger Schlagbaumtunnel führten. Dieser wiederum lag in der Nähe von

Minas und Philippas Wohnung. Es war zwar unlogisch, dass jener Tunnel gemeint sein konnte. Schließlich war er Hunderte von Jahren später, nachdem die Urkunde erstellt worden war, entstanden. Aber er lag mitten im Zentrum der Stadt und bildete einen Knotenpunkt der Leylinien. Das konnte kein Zufall sein. Schnell stand fest, dass sie zur Halloween-Party gehen würden. Es war das Einzige, was sie in dieser Situation tun konnten. Als sie in Franks unaufgeräumter, kleiner Wohnung angekommen waren – völlig durchnässt und durchgefroren – hatten sie heiß geduscht. Frank erinnerte sich genau, wie Mina mit einem großen Handtuch um ihren zierlichen Körper in sein Zimmer und auf sein Bett marschiert war.

„Du kannst auf dem Sofa schlaf …", hatte Frank sagen wollen.

„Red keinen Quatsch!", hatte ihn Mina unterbrochen. Dann hatte sie sich wie selbstverständlich zu ihm ins Bett gelegt, ihr Handtuch beiseite geworfen und ihn geküsst.

Frank wurde warm bei dem Gedanken an diese Szene und an das, was darauf gefolgt war.

Jetzt saß sie vor ihm und schluckte den letzten Bissen Schoko-Brownie herunter. Er hatte gewusst, dass ihr die Schoko-Brownies von Milia's Coffee Bar schmecken würden. Es war seine Idee gewesen, hierher zum Frühstück zu gehen. Beseelt von der schönen Nacht hatten sie sich auf den Weg durch die Wuppertaler Fußgängerzone gemacht. Doch die volle Wucht des 21. Jahrhunderts mit seinen übergewichtigen Menschen, Teenage-Müttern, High-End-Handys, die überall klingelten, geschmacklosen Werbeplakaten und riesigen Schaufenstern hatte ihnen an diesem Morgen nichts anhaben können. Der Strom aus Klingeltönen oder Werbung für Klingeltöne oder Werbung für Musik, Werbung für Werbung, Musik aus Marketingkonzepten, Basslines for Better Business: Das alles prallte an ihnen ab, sie fühlten sich lebendig, im Hier und Jetzt. Das Gefühl, das Frank schon auf dem Dach des Birkerbads gemerkt hatte, erreichte seinen Höhepunkt an Intensität: Es ging ihm richtig gut. Und es gab nur eine Erklärung, woran das lag. Verstohlen sah er zu Mina auf. Ein paar Minuten lang sagte keiner von beiden etwas. Dann lachten beide.

„Schade, dass hier kein Zucker auf dem Tisch steht“, schmunzelte Mina noch immer amüsiert.

„Wieso?“, fragte Frank.

„Na, weil jetzt die Stelle kommt, wo ich nach dem Zucker greife, und du willst ihn mir geben, und dann berühren sich unsere Hände …“

Frank räusperte sich und grinste verlegen. Sie hatte gestern Nacht den Anfang gemacht. Jetzt war er dran. Er schob langsam seine linke Hand über den Tisch an seiner Kaffee-Tasse vorbei und berührte vorsichtig Minas Hand, mit der sie locker ihr Glas hielt.

„Etwa so?“

Mina musste wieder leise lachen und sah Frank in die Augen. „Ja. Genau so.“

„Siehst du. Geht auch ohne Zucker. Wird total überschätzt, das Zeug.“

Wieder lachte Mina: „Das ist ganz schön verrückt, was hier läuft. Ich meine, eigentlich kennen wir uns erst so richtig seit vorgestern …“

„Ja, aber wir hatten direkt einen krassen Einstieg!“, gluckste Frank.

Diesmal lachte Mina lauter. „Die letzten 48 Stunden, das war einfach zu viel …“

Auch Frank lachte. Aber beiden wurden sofort wieder ernst. Mina schob ihre andere Hand Frank zu. Jetzt hielten sie sich an beiden Händen und schauten sich über Kaffee- und Brownie-Reste hinweg tief in die Augen.

„Was machen wir jetzt?“, fragte Frank leise.

„Ich weiß nicht“, antwortete Mina, ohne den Blick abzuwenden. „Ich weiß nur, dass ich bei dir sein will.“ Was auch immer heute noch anstand, sie wollte bei Frank bleiben. Wenn sie ihre Mutter besuchte, würde er halt mitkommen. Zum ersten Mal konnte sie einen Menschen in die Nähe ihrer Mutter lassen. Außerdem spürte sie die Angst davor, dass, wenn sie allein zu ihrer Mutter ginge, es „Puff“ machen würde und alles wäre verschwunden. Die faszinierende Welt, in die sie gestolpert war. Dieser schräge Typ, der unter seiner elitären und verkauzten Oberfläche ein netter Kerl zu sein schien. Der große Auftrag von diesem Unbekannten. Die Chance, im Leben wenigstens einmal ein Puzzle wirklich zu lösen. Etwas zu bewegen. Was auch immer.

Aber das Wichtigste war: „Ich will bei dir sein", wiederholte Mina.

Frank lachte leise und beugte sich zu ihr. Ihm war warm. Tief in ihm drin. „Vielleicht können wir einfach noch eine ganze Weile zusammen lachen." Er schmunzelte. „Denn was besiegt die Furcht schon besser als ein ehrliches, frohes Lachen? Wenn man lacht, hat man keine Angst. Und wenn man zusammen lacht, ist das immer etwas Besonderes."

Ihre Gesichter näherten sich weiter. Frank drückte Minas Hände sanft. „Aber ich warne dich … Ich … habe einen Sprung in der Schüssel. Und ich hatte mir eigentlich vorgenommen, mich nie wieder zu verlieben."

Mina legte ihre Lippen auf seinen Mund. Als sie sich küssten, drehte sich das Universum, es drehte sich schneller als gestern Nacht. Frank fühlte es deutlich. Und er saß still, weil er sich an Minas Lippen festhielt, den Lippen einer Frau, die fest auf dem Boden dieses Planeten stand, der mit 30 Kilometern pro Sekunden um eine Sonne raste und sich dabei auch noch torkelnd um seine Achse drehte. Hätte er losgelassen. Aber Frank ließ nicht los. Und er hatte Lea zum ersten Mal seit Jahren komplett vergessen.

Kapitel 15

Doom Doom. Doom. Die Bässe dröhnten. Sie flogen ihnen entgegen wie Vögel mit gewaltigen Flügelschlägen. Mina und Frank schritten im Takt über das Kopfsteinpflaster, die Blicke gebannt auf das riesige Feuer gerichtet, das jemand in einem alten Schrott-Container entfacht hatte. Doom. Doom. Doom.

Es war eine schwarze Nacht. Im Wind wehten Wolken wie düstere Schleier vor dem Vollmond und ließen das milchweiße Mondlicht in rhythmischen Intervallen für wenige Sekunden frei. In der Dunkelheit konnten Frank und Mina die zuckenden, hellen Flammen erkennen, die wild im Sturm flackerten und ihre gigantischen Schatten auf die Altbaufassade des Proberaumhauses vor ihnen warfen, in dem die Party stattfand. Die Körper der anderen Besucher, die mit ihnen in die Richtung marschierten, aus der die Musik kam, oder um das wärmende Feuer huschten, konnten sie nur erahnen. Sie liefen weiter über das verlassene Nordstadt-Areal, das sich vor dem Haus, in dem Mina und Philippa wohnten, erstreckte, und kamen zum Eingang des Proberaumhauses. Die verschimmelten unterirdischen Räumlichkeiten des heruntergekommenen Altbaus boten regelmäßig Platz für Partys. Links von der offenstehenden Tür loderte das Feuer in die Höhe, etwa 20 Meter weiter zu ihrer Rechten flackerte orangenes Licht aus dem Schlagbaumtunnel. Mina wusste: In dem Tunnel flatterten nachts Fledermäuse. Tagsüber rasten über den Steinmauern des markanten Bauwerks unzählige Autos und Lkw wie Ameisenkolonnen. Denn der Tunnel lag unter einer großen Straßenkreuzung. Heute Nacht würde es über ihm still sein. Dafür würde unter ihm die Post abgehen: Bis unter den Tunnel erstreckten sich die Katakomben des Proberaumhauses, hier würde die Halloween-Party steigen.

Mina und Frank reihten sich in eine Schlange am Eingang ein.

Mina war unbehaglich zumute, und sie befiel Zweifel, ob sie das Richtige taten. Falls sie auf der richtigen Spur waren, lag hier der Kerker der Finsternis. Ob der Herr der Furcht die Dunkelheit in dieser Nacht wohl freilassen wollte, indem er an diesem Punkt, an dem alle wichtigen Leylinien zusammentrafen, magische Kräfte bündelte und gezielt zur Zerstörung des Kerkers einsetzte? Die Gebäude, die an den entscheidenden Ley-Punkten Solingens standen und ein Pentagramm formten, hatte er gekauft. Zuletzt das Birkerbad. Die Kaufurkunde war wie angekündigt heute unterschrieben worden. Aber selbst wenn ihre Vermutung stimmte: Was konnten sie schon ausrichten? Auf der anderen Seite war es ausgeschlossen, nichts zu tun und abzuwarten. Dieser Entschluss war unerschütterlich. Es war richtig, dass sie hier waren. Mina drückte Franks Hand und sah zu ihm hinauf. Das Flackern des Feuers erhellte sein markantes Gesicht. Die Nähe, die sie zu diesem Mann spürte, wuchs von Stunde zu Stunde. Sie hatten auch diesen Tag gemeinsam verbracht. Gemeinsam waren sie zu Minas Mutter gefahren – darauf bedacht, nicht von Arbeitskollegen gesehen zu werden. Später hatten sie bei Mina eine Tiefkühlpizza verdrückt. Mina hatte Philippa angerufen und erfahren, dass sie schon früh in den unterirdischen Gängen des Proberaumhauses abgetaucht war, um die Dekoration für die Party vorzubereiten.

Mina schmiegte sich in der Kälte an Frank. Die Schatten des Feuers tanzten auf der Häuserwand. Jetzt waren sie an der Reihe. Ein junger Typ mit abrasierten Haaren und Ohren, die von münzgroßen Löchern durchsiebt waren, stand vor einem Tapeziertisch und kassierte das Eintrittsgeld. Das gedimmte Licht erhellte nur spärlich den schmalen Korridor, der in die Unterwelt des Proberaumhauses führte.

„Ich stehe auf der Gästeliste und bringe meinen Freund mit“, sagte Mina.

„Alles klar“, grinste der hagere Junge und strich ihren Namen auf einem Stück Papier durch. „Grüßt mal die Philippa von mir. Die schwirrt da unten rum. Hat mal wieder bei der Deko mitgeholfen, echt Klasse. Und die Hologramme: Total krass! Also dann: Happy Halloween!“, rief er. „Ach ja“, fügte er zwinkernd hinzu, „vergesst bloß nicht, nach Hause zu gehen.“

Mina drehte sich zu Frank um und reichte ihm ein paar Ohrstöpsel. „Hier", sagte sie, „die brauchst du."

Dann gingen sie Hand in Hand die schmalen Betontreppen hinab, Mina voran. Die Bässe schlugen ihnen immer heftiger entgegen. Frank bemerkte jetzt aber auch die feinen Melodien, die aus der Tiefe zu ihnen schwebten wie sanfte Botschaften von einem fremden Planeten. Über ihren Köpfen baumelten Halloween-Fratzen ausgehöhlter Kürbisse in verschiedenen Formen und Farben. *Philippas Werk,* dachte Mina, während die Bässe auf ihr Trommelfell einhämmerten. Ihr kamen die Kleingärtner in den Sinn. Wenn die wüssten, dass ihre Zierkürbisse auf einer Techno-Veranstaltung inmitten einer Horde ausgeflippter Party-People gelandet waren.

Mina und Frank waren unten angekommen. Die ohrenbetäubenden Bässe schlugen jetzt mit aller Heftigkeit in ihre Magengruben, sodass sie die eigenartigen Gestalten vor ihnen nicht sofort wahrnahmen. Frank musste einige Male die Augen schließen und wieder öffnen, um zu prüfen, ob er träumte. Vor ihnen breitete sich eine Halle aus, die gleichzeitig Tanzfläche war. Durch die Wolken der Nebelmaschine, die vom Boden aufstiegen, bewegten sich nicht nur Menschenkörper, die zu den tiefen Bässen ekstatisch tanzten, Arme und Beine von sich warfen oder über ihren Köpfen in die Hände klatschten. Die Tanzfläche wurde außerdem bevölkert von Wesen, die Frank und Mina mindestens ein Mal in ihrem Leben gesehen hatten: Ein bleicher Glatzkopf mit auseinanderstehenden Kaninchenzähnen und riesigen, dünnen Händen und traurigem Klaus-Kinski-Blick schwebte neben einem maskierten Mann mit Kettensäge und Metzger-Kittel über den Boden. Wenige Meter neben ihnen bewegte sich ein drahtiger Mann mit Hut, fiesen Gesichtszügen und einem gestreiften Pulli sowie einer Hand, die in vielen scharfen Klingen endete, und einer weiteren Gestalt mit unzähligen Nägeln im Glatzkopf, die lange, wallende schwarze Kuttengewänder trug, an denen von Gürteln und Riemen chirurgische Instrumente baumelten.

„Scheiße!", schrie Frank und blickte zu Mina hinab, um ihre Gedanken aus ihrem Gesicht zu lesen, das durch grelles Licht rhythmisch erhellt wurde. Waren sie etwa in die Jahreshauptversammlung aller Bösewichte des letzten Jahrtausends geplatzt? Was bei denen wohl auf der Tagesordnung stand?

„Ho-lo-gram-me!", rief Mina zu ihm hinauf. „Das machen die auf Techno-Partys öfter."

Den letzten Satz hatte Frank sicher nicht hören können. Gern hätte Mina ihm erklärt, dass Hologramme auf diesen Partys nichts Neues waren. Aber dass sich die Veranstalter ausgerechnet für Figuren aus Horrorfilm-Klassikern des vergangenen Jahrhunderts entschieden hatten, bereitete ihr Magenschmerzen. Schließlich war es wenige Tage her, dass sie echten Kobolden begegnet waren. Für sie war heute Nacht alles möglich. Ein Schauer lief ihr den Rücken hinunter, als sie beobachtete, wie ein Typ in der Mitte der Tanzfläche Essen in seinen Hals stopfte. Der dazu gehörende Zombi-Kopf hing an einem Zipfel nach hinten. Minas Beunruhigung wuchs.

Frank starrte wie gebannt auf die Wesen, mit denen er viele Nächte seines Lebens verbracht hatte – besonders mit dem Pinhead-Hologramm aus „Hellraiser", das jetzt auch noch eine Original-Puzzlebox auf seinem Zeigefinger in der Luft drehte. Dann glitt sein Blick fasziniert durch den Raum. An den Wänden um die Tanzfläche herum standen Spiegel, die Philippa und ihre Freunde von Schrottplätzen besorgt hatten. Dazwischen hatten sie Würfel aus Plexiglas aufgebaut, die abwechselnd in bunten Farben leuchteten. Vor den Spiegeln hingen Kürbis-Fratzen von der Decke herab und starrten auf Frank und Mina.

„Abgefahren!", schrie Frank Mina ins Ohr.

„Was?", brüllte Mina zurück und sah ihm dabei ins Gesicht.

„Ab-ge-fah-ren!", rief Frank erneut und zog bei jeder Silbe eine wortlautmalerische Grimasse. Sie hielten sich noch immer an den Händen. Frank streichelte Mina sanft über den Daumen. Plötzlich stieß sie jemand von hinten an. Sie drehten sich um.

Philippa stand vor ihnen mit weit aufgerissenen Augen, wedelte mit den Armen und schrie etwas. In ihre langen, blonden Zöpfe hatte sie künstliche Blumen geflochten. An ihren Handgelenken baumelten unzählige Armreifen. Sie umarmte Mina und hielt ihren Mund an ihr Ohr.

„Mensch, da bist du ja!“, kreischte sie.

Weil eine Unterhaltung bei der Lautstärke sinnlos war, bedeutete sie ihnen mit einer Handbewegung, ihr zu folgen. Sie liefen durch die hypnotischen Nebelschwaden und das zuckende, weiße Licht, vorbei an Körpern und Hologrammen, die sich zu den Bässen und Klängen wanden, und gelangten in eine Art Nebenraum, den Reste einer Rigips-Wand von der Halle trennten. Hier war es leiser. Philippa führte sie zu einem mit orangefarbenen Tüchern geschmückten langen Tisch mit Zierkürbissen (*Ob die wohl den ganzen Markt von den Dingern leer gekauft hatten?,* fragte sich Frank), hinter dem ein Regal mit alkoholischen Getränken aufgebaut war.

„Endlich sehe ich dich mal wieder“, platzte es aus Philippa heraus. Ihre Pupillen waren wie große, dunkle Teiche. „Ich fand's echt gut, dass du mich heute wenigstens mal angerufen hast, als du zu Hause warst. Wo steckst du denn die ganze Zeit? Aber wie ich sehe, geht es dir gut“, sagte sie und zwinkerte Mina zu.

Frank und Mina hielten sich noch immer an den Händen.

„Also das ist Frank, mein Kollege vom Solinger Morgenblatt“, sagte Mina schnell. „Frank: Das ist meine Freundin Philippa.“ Dann wandte sie sich wieder ihrer Freundin zu. „Philippa, es ist alles so verrückt, es gibt so viel zu erzählen, ich muss ...“

„Oh, und ob es das gibt!“, lachte Philippa und warf ihre Zöpfe nach hinten. „Ich bin gespannt! Aber jetzt gibt's erst mal für euch einen Begrüßungsdrink“, rief sie strahlend und winkte eine junge Frau mit Rosen in den Haaren herbei, die ihnen zwei orangefarbene Getränke in Plastik-Bechern reichte. Philippa nuckelte an ihrem Strohhalm. „Wie sollte man es hier auch ohne Alkohol oder anderen Drogen aushalten?“, murmelte Frank in sich hinein, dem die monotonen Bässe zu schaffen machten, und er nahm einen kräftigen Schluck. Mina sog vorsichtig am Strohhalm. Sie wollte klar bei Verstand bleiben heute Nacht. Das beunruhigende Gefühl, das die Freude, Philippa zu sehen, verdrängt hatte, kam wieder hoch.

„Wir sind ehrlich gesagt nicht hier, um Party zu machen“, betonte sie mit ernster Miene. Als sie Philippas fragenden Blick sah, ergänzte sie schnell. „Warum, erkläre ich alles ein anderes Mal.“

„Ich weiß zwar nicht, warum du gerade so verkrampft bist, aber es wird schon seinen Grund haben", lächelte Philippa, die sich an Minas plötzliche Stimmungsschwankungen längst gewöhnt hatte. Es irritierte sie nicht, dass Mina sie eben noch mit Freude umarmt hatte und jetzt so finster dreinblickte. „Wir reden ein anderes Mal drüber. Willst du noch einen Cocktail?"

Mina schüttelte vehement den Kopf und kniff die Lippen zusammen. Die Bässe dröhnten aus dem Nebenraum. Franks Eingeweide begannen zu rumoren. Das war wohl der Drink.

„Gibt es hier eine Toilette?", unterbrach Frank die beiden Freundinnen.

„Klar, aber du musst zwei Stockwerke hochlaufen, du findest das schon", erklärte Philippa freundlich. Dann blickte sie Frank nach, der davon joggte.

„Was ist denn mit dem los? Also, ich muss schon sagen, der ist echt ein bisschen schräg, genau wie seine Frisur. Aber irgendwie passt er gut zu dir."

„Mhm", machte Mina nachdenklich, sog am Strohhalm und ließ ihren Blick über alte, mit orientalischen Tüchern verdeckte Sofas vom Sperrmüll gleiten, auf denen sich Party-Gäste unterhielten, rauchten oder einfach nur der Musik lauschten. Ihr Blick blieb in einer Ecke hängen. Dort saß Cihan. Er unterhielt sich mit einem Typen mit langen, roten Haaren und einer riesigen Sonnenbrille mit rosa Plastik-Rand. Philippa folgte Minas Blick und senkte ihre bunt bemalten und mit goldenen Glitzer-Sternchen verzierten Augenlider.

Nach einer Pause fragte Philippa: „Weiß er, dass du und Frank …? Aber du und Cihan, ihr ward doch eh nicht zusammen, oder?"

„Nein, waren wir nicht", sagte Mina langsam und starrte weiter in Cihans Ecke. „Wir hatten auch schon ewig nichts mehr miteinander, bestimmt seit einem Jahr. Und trotzdem habe ich ein schlechtes Gewissen. Seltsam, oder?"

„Ich glaub, er hat sich nicht damit abgefunden, dass es aus euch nichts wird", erwiderte Philippa und schaute vorsichtig zu Cihan. Der diskutierte angeregt mit dem Mann mit Sonnenbrille. Jedes Mal, wenn sie ihn sah – ob bei ihnen in der Nachbarschaft, oder früher, wenn er Mina besucht hatte – kam ihr nur ein Gedanke:

Cihan sah einfach umwerfend aus. Sein kinnlanges, dunkles, dickes, lockiges Haar. Seine großen, grünen Augen mit den geschwungenen Wimpern, die intensiver als die Lichtinstallationen dieser Party strahlten und funkelten.

„Aber übel nehmen wird er dir deine Beziehung mit Frank auf Dauer nicht", fuhr Philippa fort. „Vielleicht solltest du mit ihm einfach sprechen." Nach einer kurzen Pause ergänzte sie: „Wobei ich sagen muss: Diese grünen Augen, die sind echt der Hammer!"

Mina musste lachen, und Philippa stimmte mit ins Lachen ein.

„Philippa, es tut mir leid, dass ich in letzter Zeit kaum zu Hause war, es ist so viel passiert, es ist so verrückt, du wirst mir nichts davon glauben", sagte Mina, nachdem sie zu Ende gelacht hatten. „Ich werde dir alles erzählen, wenn der richtige Moment gekommen ist, versprochen."

„Hey, ist schon okay", sagte Philippa und streichelte ihren Arm.

Cihan hatte die beiden Freundinnen nicht bemerkt. Gemeinsam mit dem Locken-Typ stand er auf und verschwand aus dem Nebenraum.

* * *

Frank trottete, so schnell er konnte, die Betontreppen hoch. Die Luft unten im staubigen, stickigen Gewölbe machte ihm zu schaffen. Und der Humor der Veranstalter, mit dem er unter normalen Umständen völlig einverstanden gewesen wäre, nagte auch an ihm. Nach der Nummer mit diesen Kobolden (so nannte Mina sie immer wieder, wusste der Geier, wo der Begriff herkam oder wie sie wirklich hießen) fand er es nicht witzig, ein riesiges Hologramm von Clive Barkers Pinhead vor sich hin- und herwabern zu sehen, um das eine Horde für eine Nacht auf Horror umgepolte Raver den Tanz ums Goldene Kalb veranstalteten. Auf so einer Party war er ohnehin noch nie gewesen. Unter alltäglichen Umständen wäre das sicher eine interessante und lohnenswerte Erfahrung gewesen. Aber vor dem Hintergrund, dass sie einen Anschlag von Dr. von Furcht erwarteten, war das ausgeschlossen. Schnell die Stufen hoch. Hauptsache, er kam so bald wie möglich zurück zu Mina. Nervosität machte sich auch bei ihm breit.

Vor den Klos stand eine Menschentraube. Auf Partys – ob legal oder illegal – gab es nie genug Toiletten. Frank zwängte sich durch die wartenden Frauen und Mädchen. Auf dem Herrenklo ging es wie immer schneller.

Plötzlich plärrte eine Stimme in sein Ohr: „Franky-Baby!!!" Entsetzt fuhr Frank herum. Nein. Bitte nicht.

Wenigstens war er dazu gekommen, aufs Klo zu gehen, während das Verbalgewitter über ihn erging. Das war der gute Teil. Der schlechte Teil war, dass er jetzt die Treppen hinunterstolperte mit Lea im Schlepptau. Er war froh, dass auch sie in Begleitung war. Jene Person war zwar ziemlich jung – im Höchstfall 20 Jahre alt – aber es war klar, dass das irgendwann passieren würde. In gewisser Weise fühlte sich Frank erleichtert. Und natürlich war ihr Begleiter Musiker – gewiss beim „Next Big Thing" des Buzzers. Er war Bassist, hieß „Schlack" – war echt schwer, sich bei diesem Lärm zu unterhalten – und spielte in einer Band, über die das Solinger Morgenblatt schon mal berichtet hatte.

„Vermisst". Das war eins der Wortfetzen, die in seine Ohrmuschel drangen. Komischer Name für eine Band.

Durch die engen Gänge und über die abenteuerlichen, schlecht ausgeleuchteten Treppen, vorbei an all der abgefahrenen Deko arbeiteten sie sich zurück in den Raum, wo Frank Mina und Philippa verlassen hatte. Hier konnte man sich unterhalten, weil die Musik nicht so laut war. Außer den beiden Freundinnen hingen hier noch immer bunt gekleidete Party-Gäste auf den Sofas ab, unterhielten sich und rührten ihre Strohhalme in den orange-farbenen Cocktails, die die nette Bedienung hinter der selbst gebauten, orangenen Theke ausschenkte. Der größte Teil der Besucher tummelte sich im Nebenraum auf dem „Main Floor" – dort, wo die Horror-Holos ihr Unwesen trieben. Vielleicht würde Frank jetzt aus Lea ein paar gescheite Sätze herausquetschen können. Hatte sie diesen jungen Typen auch in Solingen kennengelernt? Bei dem Sandmen-Gig?

„Also … braucht ihr was zu trinken? Was führt euch hierher? Ich wusste gar nicht, dass du auf solche Musik stehst …", begann Frank das Gespräch.

„Tu ich auch nicht, Franky-Baby. Rein professionelles Interesse“, erwiderte Lea.

„Ach so? Ähem.“

„Franky-Baby?“, fragte eine verdutzte Frauenstimme. Mina, gerade noch ins Gespräch mit Philippa vertieft, stand jetzt neben Frank. Besonders starke Bässe dröhnten durch die Rigips-Wand, dass man meinen konnte, nebenan sei ein Amoklauf mit einem auf Dumdum-Geschosse umgerüsteten Maschinengewehr im Gang.

„Ach ja, ähm, das ist Lea Étoile, von ihr habe ich, glaube ich, schon mal … erzählt, Lea, das ist Mina, wir arbeiten zusammen beim Morgenblatt …“ Beiläufig nahm Frank Minas Hand. Eine Bewegung, die ganz normal für ihn geworden war, und ein Gefühl von Wärme in ihm erzeugte.

Leas Augen verengten sich zu Schlitzen. „Angenehm“, sagte sie. Man konnte merken, dass es das nicht war.

„Öööh … ich bin Slug. Von Freakpatrol“, meldete sich der Typ mit der Pudelmütze und den vielen Pickeln neben Lea zu Wort.

Hießen die nicht „Vermisst?“, fragte sich Frank im Stillen.

„Ach? Von Freakpatrol?“, platzte es aus Mina heraus, die Lea ignorierte – und das nicht aus böser Absicht, da war sich Frank sicher, sondern weil sie noch nicht merkte, wie brisant die Situation war. Unbeirrt fuhr seine neue Liebe fort: „Ist euer Sänger inzwischen wieder aufgetaucht? Der war doch vermisst! Es gab keine Polizeimeldungen mehr, ich wollte neulich extra noch mal anrufen. Also, ich arbeite bei der Zeitung – oh, sollte ich vielleicht dazu sagen, …“

Ein angeregter Dialog kam zwischen Mina und Slug zustande. Philippa schlurfte an der Vierer-Gruppe vorbei und drückte jedem einen frischen Cocktail in die Hand.

„Soso. Mina“, sagte Lea leise mit immer noch zusammengekniffenen Augen, die Frank wie Rasierklingen anblitzten.

Frank schluckte. Und wusste nichts anderes zu sagen als: „Zigarette?“

„Deswegen hast du mich bei dem Sandmen-Gig so abserviert.“ Rasch hatte sie Frank am Arm gepackt und zwei Meter an ihrer Seite in eine dunkle Ecke geschleift. Sie sah immer noch hinreißend aus.

Das musste Frank ihr lassen. Aber die Anziehungskraft zu Mina war stärker.

„Ehrlich, Frank Fabel“, zischte sie, „das hätte ich nicht gedacht! Ausgerechnet du! All diese Schwüre im Mondenschein, Gedichte im Morgengrauen: ‚Ewig werde ich warten, bis die Sterne richtig stehen‘, blabla … und jetzt das! Hast du schon einmal daran gedacht, dass ich die Wiederannäherung zwischen uns beiden vielleicht auch initiiert habe, weil mir etwas an dir liegt? Weil ich dachte, dass wir es vielleicht doch noch einmal versuchen könnten? Himmel, ich habe sogar schon ernsthaft in Erwägung gezogen, die Leitung der Kölner Redaktion beim Buzzer zu übernehmen! Die Kölner! Nur wegen dir, du Trottel!“ Murphy's Law in Reinkultur. Ihre Schultern zitterten. Sie schluchzte plötzlich. „Wenn ich mich auf jemanden immer verlassen konnte, *someone to fall back on,* dann doch auf dich!“ Der letzte helle Vokal stieg ihre Kehle hoch wie eine Glasscherbe.

Ihr Gesicht schien zu verschrumpeln wie ein Apfel, den man über mehrere Wochen mit Zeitraffer filmt.

Frank tat etwas Unglaubliches. Statt sie in den Arm zu nehmen, zündete er sich eine Zigarette an.

Das war zu viel für Lea. Zu viel. In bester Catfight-Manier schlug sie im Stakkato, von Schluchzern geschüttelt, mit den flachen Händen auf Frank ein. Wow. Frank hatte sich immer gefragt, wie sie sich letztlich voneinander lösen würden. Er hatte nie gedacht, dass es so geschehen würde. Was für ein bescheuerter Mist.

Kippe und Brille flogen in hohem Bogen davon. Frank versuchte, Leas Handgelenke zu greifen. Was nicht machbar war. Er war überfordert. Wer wäre das in dieser Situation nicht gewesen. Autsch! Ein bisschen weh tat es schon. Da waren alle Sicherungen durch. Was sollte er tun? Instinktiv duckte sich Frank unter den nicht kräftigen, aber unglaublich zahlreichen und schnellen Schlägen. Bis etwas an ihm vorbeizuckte.

Whämm! Aus den Augenwinkeln, ohne Brille, sah Frank neben sich rote Locken über einer Lederjacke wogen. Lea taumelte zurück, und fiel auf ein schäbiges grünes Sofa, das hinter ihr an der Wand stand.

Mina stand neben Frank und rief zu ihm, aber zu Lea blickend: „Was geht denn hier ab!?“

„Was … was hast du gemacht!?“, stotterte Frank entgeistert.

„Das, was du hättest tun sollen!“, schnaubte Mina wütend und stemmte die Hände in die Hüften.

Philippa tauchte mit einem Gesichtsausdruck zwischen den beiden auf, der besagte, dass sie sich noch nicht so recht entscheiden konnte, ob diese Szene jetzt wirklich passiert war, oder nicht.

„Hhm“, meinte sie erstaunt, „so wie's aussieht, hast du ihr einen rechten Haken verpasst. Voll auf die Zwölf.“

Slug kam mit Franks Brille, die er aufgehoben hatte, angeschlurft und gab sie ihm zurück: „Whoa – ihr seid echt krasse Leute!“

Dann half er Lea, sich aufzusetzen. Sie stöhnte und hielt sich das Kinn. *War das Blut an ihrem Mundwinkel?*

Mina atmete so laut, dass es sogar über den Lärm aus dem Nebenraum zu hören war. Sie kniff die Augen zu und schüttelte den Kopf. Sie riss sich zusammen. „Okay. Ich entschuldige mich. Es tut mir leid. Aber jetzt haben wir hier alle keine Zeit. Wir müssen über ein paar andere Sachen reden. Jetzt. Sofort.“

* * *

Das war keine Musik mehr. Das war Wahnsinn. JTs Finger bewegten sich, ohne dass er wusste wie.

Nachdem das weiße Glühen des Kristalls ausgesetzt hatte und der Raum auf einmal in psychedelische Farben getaucht wurde, hatte er plötzlich das Gefühl, sich selbst wie aus weiter Ferne zu betrachten, durch einen Tunnel, dessen Bildschärfe an den Rändern seines Sichtfeldes verschwamm.

Etwas war in ihn hineingefahren. Etwas spielte den Klang des Chaos. Um eine Ordnung aufzulösen, die es gefangen hielt. Und durch die Farben kroch eine Finsternis. Sie schwang am Rande des Spektrums. Gewann Macht. Wurde stofflich. JT spürte sie. Als eine Art schwarzen Teer an seinen Fingern. Sie troff auf einmal aus der Gitarre, kam aus seinem Mund, lief in Form schwarzer, teeriger

Tränen aus seinen Augenwinkeln. Er konnte sich selbst in dem Lärm, der wie ein Orkan aus der Hölle klang, nicht hören. Aber JT wusste, dass er schrie.

* * *

Dr. Jorge von Furcht saß in einem Meeting ohne hinzuhören. Die Aussicht aus der 13. Etage faszinierte ihn viel mehr. Wenn diese sterblichen Insekten doch nur sehen könnten, was er sah. Wie die Kraftströme erglühten und anschwollen. Es würde funktionieren! Er würde triumphieren. Nach all diesen Zeitaltern. Er atmete hörbar und verächtlich durch die Nase aus. Heads of Departments! Lächerlich!

Alles, woran diese Würmer denken konnten, war, wie sie möglichst schnell noch zu irgendeiner jämmerlichen „Halloween"-Party kommen würden, zu der sie eingeladen waren. Er hingegen würde seinen Herrn sehen. Fragend sah ihn der letzte Abteilungsleiter an, als er mit seinem Vortrag fertig war. Genervt fuhr Dr. von Furcht mit seinem Sessel herum, blickte über den Tisch des Konferenzraums hinweg und machte gar nicht erst Anstalten, zu antworten. Stattdessen bekamen seine Lakaien eine Geste zu sehen, mit der man sonst eine Fliege oder Mücke verscheucht. Wenn es einem zu lästig ist, sie zu erschlagen, weil man sich gerade auf etwas anderes konzentriert.

„Jaja. Gut. Das wäre dann alles für heute. Ich sehe sie dann übermorgen, zum Neun-Uhr-Meeting. Nach dem ... Feiertag", verabschiedete Dr. von Furcht sein Gefolge, wobei er „Feiertag" aussprach, als verursachte das Wort Brechreiz.

Als endlich der letzte Anzugträger den Raum verlassen hatte, stand Dr. von Furcht auf. Mit einer Fernbedienung schloss er die Doppeltür zum Konferenzraum. Dann trat er ans Fenster und blickte in die Dunkelheit, auf die Stadt hinaus, durch die sich die Kraftströme entlang der Leylinien wie Lindwürmer wälzten, in düster glosenden, unheilvollen Farben. Es war nicht nur die ungewöhnliche Stärke der Leylinien, die hier stärker pulsierten als an anderen Orten dieser Welt, die sein Interesse an dieser Stadt geweckt hatten.

Sein Eroberungsfeldzug sollte ihm bei der Ausführung Genugtuung bereiten. Und die würde exponentiell mit jedem authentischen Schmerz, den ein Mensch verspürte, wachsen. Diese Stadt würde ihm mit Sicherheit jede Menge Schmerz menschlicher Kreaturen servieren.

Das Jahrhunderte alte Traditionsbewusstsein dieser Stadt, das auf den Schmiede- und Schleifkünsten von Zwergen und Menschen aufbaute und fest mit moralischen Werten verankert war, hatte sich als überaus zäh erwiesen: Er würde seine erbärmlichen Überreste in die Knie zwingen, sie endgültig brechen, und dazu jeden Funken Stolz der elenden Schwächlinge, die sich für überflüssige Albernheiten wie Menschlichkeit einsetzten. So würde diese Stadt zum Einfallstor werden für seinen ungeheuerlichen Plan, die totale geistige Ödnis über die Welt zu schwemmen wie eine gigantische Flut, die kein Erbarmen kennt.

Dieser junge Bannsänger (auch wenn er nach seinen Informationen nicht sang, sondern E-Gitarre spielte, aber das spielte keine Rolle), den diese pathetischen Zwerge herbeigeschafft hatten, die sich auf seine Seite geschlagen hatten und derer er sich hoffentlich bald würde entledigen können, leistete ganze Arbeit. Er würde ein Tor mit seiner Musik öffnen.

Bald würde der Zugang durch einen ganz bestimmten Konvergenzpunkt *frei* sein. Und *dann …* Ein Lächeln von der Anmut einer Pestbeule umspielte seine Lippen in seinem ledrigen, gebräunten Gesicht. Mit zwei Handgriffen öffnete er das große Panoramafenster vor sich.

„*Investor, Dr. von Furcht* – pah! Bald werden es alle wissen: Ich bin der Herr der Furcht!!!"

Die Aufschläge seines Sakkos blähten sich wie große, schwarze Flügel hinter ihm auf, als er sich in die Nacht emporschwang. Für einen Moment flackerten alle Straßenlaternen in Solingen. Spannungsschwankungen, würde es später wieder in der Zeitung heißen.

Der Herr der Furcht lachte. Ein Lachen, das sich wie ein böser düsterer Wind über den bergischen Höhenzügen verbreitete. Happy Halloween.

* * *

Jeremia erwachte schweißgebadet auf einer Parkbank am Entenpfuhl, aus dem Schlaf hochschreckend. Verdammt. Das nächste Mal sollte er sich nicht darauf verlassen, sich vom Herrn der Treppen eine Schlafgelegenheit organisieren zu lassen („Aber das ist eine ausgezeichnete Bank!"). Verdammt! Es hatte angefangen! Und er hatte verschlafen. Dieses Glühen am Himmel, Widerschein der Leylinien. Er musste etwas tun. Jetzt. Er sprang auf, ließ einen Haufen Zeitungsseiten und einen irritierten Ordnungsamtsmitarbeiter zurück, der ihn hatte ansprechen wollen, und rannte los. Vorbei an einer flackernden Straßenlaterne. Hätte dort jemand im Lichtkegel gestanden, hätte er gehört, wie Jeremia dem Himmel im Moment der Spannungsschwankung gepresst ein „Freu dich nicht zu früh!" entgegen zischte.

* * *

Mina hielt eine eindringliche Rede. Sie hatte niemand anderen in diese Geschichte mit hineinziehen wollen. Aber dieser Slug hatte alles geändert.

Am Ende fasste sie noch einmal zusammen und blickte in erstaunte Gesichter mit herabhängenden Unterkiefern. „Also, noch einmal: Frank und ich sind hier, weil wir damit rechnen, dass sich diese Nacht eine Art Dimensionstor öffnet, durch das eine Invasion stattfinden könnte. Und zwar durch die Wesen, die uns beinahe schon abgemurkst hätten vor wenigen Tagen. *Ihr* seid hier, weil ihr nach JT sucht – und weil ihr denkt, dass er von Aliens entführt worden ist. Das kann kein Zufall sein."

Lea schniefte auf dem Sofa. Frank hatte ihr die Hand auf die Schulter gelegt und blickte gespannt Mina an.

Philippa sah von einem zum anderen und verstand die Welt nicht mehr.

Slug ging nervös auf und ab und rauchte eine von Franks Menthol-Zigaretten. „Und … und ihr meint wirklich, dass dieser ganze krasse

Shit, der euch passiert ist, was mit JTs Verschwinden und den Aliens zu tun hat?“

Mina seufzte genervt: „Slug – es gibt keine Aliens. Zumindest nicht in dem Sinne. Deine Aliens sind unsere Kobolde. Und sie kommen aus einer anderen Dimension oder so. Einer Art … Unterwelt.“

„Das ist echt alles ganz schön stark. Und ihr meint, die haben ihn … entführt?“

Mina kam nicht umhin, den Gullydeckel, in dem der Zweig verschwunden war, vor ihrem geistigen Auge erscheinen zu sehen. Und die wilde Horde sich windender Leiber mit bleichen Augen und blitzenden Zähnen, die im Birkerbad hinter ihr und Frank her gewesen war. „Entweder das – oder Schlimmeres.“

„Was … Schlimmeres?“ Cihan stand im Türrahmen. Mit einem Blick hatte er die Szene erfasst. Die heulende Tussi auf dem Sofa, der kleine Kiffer mit der Pudelmütze, Philippa – und der Kerl mit der schlimmen Frisur. In was für Gesellschaft war Mina da nur geraten? Eigentlich hatte er sich entschuldigen wollen, weil er vorhin reflexartig aufgesprungen war, ohne Mina zu begrüßen. Vielleicht gelang es ihm, ins Gespräch einzusteigen und später ein Wort mit Mina zu sprechen. Ihm war gerade nach Menschen, mit denen er ein vernünftiges Wort wechseln konnte. Keine exzessiven Party-Leute, die nebenan völlig die Kontrolle verloren. Dort geschahen Dinge, die ihm nicht ganz geheuer waren. So hatte er die Flucht ergriffen.

„Hey, Philippa, ich, ich wollte euch nur zu der gelungenen Deko gratulieren“, redete er unsicher, in der Hoffnung, einen unkomplizierten Small-Talk führen zu können.

Philippa strahlte ihn an. Oh, Mann, was hatte der für Augen! Wie große, tiefe Teiche, deren Oberflächen leuchteten. Diese Augenfarbe, dieses schimmernde Grün!

Cihan war nervös. Warum starrten die ihn alle so an? Unsicher redete er einfach drauf los. „Ich muss sagen, mir ist das geradezu krass geworden, deshalb wollte ich nach euch sehen. Diese nackten Monster mit den kahlen Köpfen hinter den Spiegeln, die sich die Zähne lecken und die Wände rauf und runter kriechen. Da kriegt man echt ein bisschen Angst.“

Cihan lachte verkrampft. Aber warum lachte niemand mit?

„Kann ich verstehen ...“, wollte Philippa ansetzen. Aber dann hielt sie inne. Das hörte sich nicht nach ihrer Deko an.

Frank sah ihren verwirrten Gesichtsausdruck. Nach Minas beunruhigender Rede verstand er den Grund. Er war mit einem Satz auf den Füßen: „Monster? Hinter ... hinter den Spiegeln?“

Cihan wusste nicht, wie ihm geschah. Was war hier los? Mina schaute ihn entsetzt an. Die Tussi auf dem Sofa schluchzte wieder laut auf, Philippa stand mit offenem Mund da, und der Typ mit der Pudelmütze wedelte mit den Armen und sprang auf der Stelle auf und ab: „Die Aliens! Die Aliens! Das sind bestimmt die Aliens!“

Drogen. Das war die einzige mögliche Erklärung. Schlimme Drogen. Auch wenn Cihan sich ab und zu gerne einen rauchte. Das war zuviel. Er wollte weg hier. Da krachte es nebenan. Klirrendes, splitterndes Glas. Das hörte man auch über die Musik. Splitter, die in alle Ecken flogen. Entsetzte Schreie.

Sofort waren alle auf den Füßen, rannten nach nebenan zum Mainfloor. Die Musik lief unbeirrt weiter. Das Bild, das sich ihnen bot, war trügerisch. Die Spiegel, die an der Längsseite des Raums dominierten, waren zersprungen. Aus ihnen ergoss sich eine Welle jener Kreaturen in den Raum, die Mina und Frank schon im Birkerbad angegriffen hatten.

„Kobolde!“, schrie eine Stimme in Minas Kopf. Sie griff nach Franks Arm, ihre Finger krallten sich schmerzhaft fest in den Stoff seines Trenchcoats.

„Schei-ße!“, formten Franks Lippen lautlos zwei Silben. *Déjà-vu.* Diesmal waren da aber auch andere Wesen. Schatten in alten, verlotterten und verrosteten Rüstungen, deren Augen in Sehschlitzen glühten. Wie viel Substanz an ihnen war und zu wie viel Prozent sie ephemere Schatten waren, konnte man nicht genau sagen auf den ersten Blick. Aber sie trugen lange, rostige, schartige Schwerter bei sich. Die sahen zwar alt aus. Waren aber deswegen nicht weniger bedrohlich.

Das Bizarre war, dass die Party vor den Augen von Lea, Slug, Mina, Philippa, Frank und Cihan im Stroboskoplicht in Zeitlupe weiterlief. Geklatsche, Pfeifen, „Yeah!"-Rufe: Die Tanzenden waren begeistert. Offenbar dachten viele der Feiernden immer noch, dieser Auftritt gehöre zur Show.

Wie ein Blitz durchzuckte es Frank: Wenn hier das Schlimmste verhindert werden sollte, musste vor allem erst einmal die Musik aufhören. Sonst würde man oben im Erdgeschoss erst mitbekommen, was los war, wenn es schon zu spät war. Er streckte die Arme nach hinten, wodurch sein Mantel hinter ihm auf den Boden fiel. Er war sowieso ruiniert. Durch die vom Stroboskop in Augenblicke zerhackte Zeit raste er über die Tanzfläche zwischen den sich windenden Gestalten und Hologrammen, Kobolden und Schattenrittern hindurch. Wie ein geölter Blitz, im Zick Zack.

Schmerzhaft stoppte Frank am DJ-Pult. Beziehungsweise, er wurde von ihm gestoppt. Er hatte seine Geschwindigkeit, den mangelnden Grip seiner Vans und die Distanz zu der improvisierten Sperrholztheke, hinter der der DJ auf einem Podest residierte, falsch eingeschätzt. Autsch. Das gab eine Beule. Ein Blick über die Schulter zeigte ihm, dass die Leute, die am nächsten an den Wesen waren, zwar zurückwichen, ein paar sichtlich erschrocken, andere aber tanzten einfach ein paar Schritte rückwärts und feierten unbeirrt weiter. Unglaublich! Wer konnte nur der Meinung sein, dass eine Horde durch Spiegel brechender Monster zu einem Partyprogramm gehörte? Und was war mit den sieben Jahren Pech? Und warum dachte er jetzt idiotischerweise an so was?

Frank riss die improvisierte Klappe auf, sprang die zwei Stufen zum DJ hoch. Er riss ihm die Kopfhörer runter und brüllte: „Ausmachen!"

Entgeistert starrte der rothaarige Kerl mit dem Kinnbart, den wasserblauen Augen und einem gelben T-Shirt mit der Aufschrift „Wupperstrand" erst auf Frank, dann auf seinen Joint, dann wieder auf Frank. Frank machte die Augen zu, ballte die Fäuste – öffnete seine Augen wieder, stieß den DJ zur Seite und riss die Lichtleiste aus der Wand, in die Platten- und CD-Spieler eingestöpselt waren. Dann tat er das, was wohl das Klügste war, auch wenn es dämlich klang.

Er schnappte sich das Mikro für Durchsagen und schrie: „Feuer!! Alles raus!! Feuer!!"

* * *

Jeremia stand vor der Kohlfurther Brücke im Mondschein. Er holte tief Luft. Für einen Menschen wäre er nur ein Mann in einem langen Ledermantel im Dunkeln gewesen. Er stand in einem Strom aus Licht. Licht, das außer ihm in der Klingenstadt nur eine Handvoll Lebewesen wahrnehmen konnten.

Grübelnd starrte er auf die wenigen Überreste der Kohlfurther Brücke, immer noch außer Atem. Unzählige Holz- und Metall-Splitter lagen verstreut an den Ufern. Die Brücke über der Wupper war verschwunden. Das schwarze Wasser rauschte. Jeremia kramte in seinem Ledermantel und zog an einem langen, hölzernen Gegenstand, der in seiner Innentasche steckte. Zog weiter, kugelte sich fast den Arm dabei aus.

Er holte ein Didgeridoo hervor, um ein Trauerlied anzustimmen. Der merkwürdige Klang des Instruments, das so gar nicht in diesem Teil der Welt zu Hause war, erfüllte das Tal der Wupper, drang bis zum Café Hubraum in der Nähe an der Bundesstraße, an der Jeremia entlanggelaufen war. Zwei Starenkästen hatten ihn aufgenommen. Zum Glück würde er nie Tickets für die 120 Sachen in der 50er-Zone bekommen: Sein Mantel hatte kein Nummernschild. Das Brummen schwoll immer mehr an. Ein Igel verschluckte sich im Wald an einer Schnecke. Einem Bauern in wenigen Kilometern Entfernung wurde die Milch sauer. Ein Uhu flog durch die spiegelglatte Oberfläche eines Teichs, in eine Welt, in der nur Uhus allein glücklich und zufrieden lebten. Dann erstarb das Brummen. Jeremia hustete kräftig und schob seinen Stetson in den Nacken.

„Melodie Null, Effekt episch … wie diese Typen aus der Traumzeit das hinbekommen haben, ist mir bis heute ein Rätsel …“

Ein trauriges Lächeln umspielte seine Lippen, als er langsam auf die Kohlfurther Brücke zuging. Mit einem letzten Flüstern fielen kleine Stahlsplitter in die Wupper, die sie munter fortschwemmte. Der Lichtstrom war versiegt. Jeremias Augen nahmen nur noch die gütige Schwärze einer ruhigen, bergischen Nacht wahr.

Er lachte leise. „Warum diese Brücke?“, sprach er zu sich selbst, während seine dunklen Augen über die schwarzen Wellen des Flusses glitten.

„Das war zu einfach. Komm schon, Herr der Furcht, das kann doch nicht alles gewesen sein … an Samhain!"

Er steckte das Didgeridoo weg, was schneller ging, als es hervorzuholen, und schickte sich an, gemütlich Richtung Solingen zurück zu schlendern. Als er einen Stich im Herzen spürte. Deutlich. Jemand benutzte sein Zeichen. Frank Fabel. Ein ungeduldiges Rascheln lief durch Jeremias Mantel. „Ich hab dir doch gleich gesagt, dass das nicht alles sein kann!", rief er. Und lief erneut los, so schnell ihn seine Füße trugen. Was sehr viel schneller war als bei einem Menschen.

* * *

Feuer – das war das Stichwort für Mina. Feuerlöscher! Das war eine Waffe!

„Feuer!", schrie sie und blickte in die Gesichter der Menge. Einige hatten auf Franks Warnschrei hin ekstatisch in die Hände geklatscht.

Doch in diesen Sekunden veränderte sich die Situation schlagartig. Die Musik erstarb. Die Monster brüllten, als sei der Warnschrei auch zugleich ihr Startschuss, und in dem flackernden Licht sah Mina, wie in den Gesichtern der Party-Leute Begeisterung dem blanken Entsetzen wich. Die Menschenmasse, die eben noch Arme und Beine im gleichen Rhythmus euphorisch bewegt hatte, raste nun von Panik ergriffen Richtung Treppe, wobei Körper übereinander flogen, fielen, nieder getreten wurden oder über andere hinweg trampelten.

Cihan, Philippa, Slug und Lea ließen sich von Angst durchflutet mitreißen und verschwanden in der Menge. Die Monster rannten mit erhobenen Schwertern in den Schwarm Party-Besucher, Schreie des Entsetzens füllten den Raum. Blut spritzte.

Mina stolperte rückwärts zur Wand, auf ein Monster starrend, das auf sie zusprang. Sie riss einen Spiegel von der Wand, zerschlug ihn auf dem Boden und hielt den scharfen Gegenstand wie eine Lanze vor sich. Für das Wesen war es zu spät, rechtzeitig abzubremsen. Mit schwerer Rüstung rannte es auf Mina und durchbohrte sich selbst.

Röchelnd ließ es einen Meter vor Mina den Arm mit Schwert sinken und fiel zu Boden – beziehungsweise, die Rüstung fiel zu Boden. Leere Panzerplatten und Armschienen sowie der Helm kullerten über den Betonboden, das Kettenhemd fiel rasselnd in sich zusammen. Mina schnappte nach Luft.

Sie stand noch immer mit dem Rücken zur Wand. Schweißgebadet riss sie einen weiteren Spiegel an sich, hielt ihn wie einen Schild vor sich und hetzte zum DJ-Pult, neben dem sie einen Feuerlöscher entdeckt hatte. Überall Chaos, fliegende Körper, Blut, Brüllen. Sie ließ den Spiegel fallen, griff den Feuerlöscher.

„Frank!", schrie sie.

Frank, der mit dem DJ vom Mischpult aus in einer Starre des Entsetzens beobachtet hatte, wie sich die Party vor ihm binnen Sekunden in einen echten Horrorfilm verwandelt hatte, kletterte zitternd über die Anlage zu Mina. Instinktiv stellte er sich hinter sie.

Mina öffnete den Feuerlöscher – und sprühte los. Die weißen Löschwolken stoben aus dem Gerät. Mina sah, wie Monster und Kobolde auf sie beide zueilten. Eine fürchterliche Erkenntnis hatte sie ergriffen. Die Wesen hatten ihnen den Fluchtweg durch den Mainfloor zur Treppe, die nach oben führte, abgeschnitten. Es gab keinen Ausweg.

„Jeremia", flüsterte Mina und während sie, Frank deckend, Richtung Nebenraum lief, und die Wolken des Pulverlöschers abfeuerte, rief sie den fremd klingenden Namen immer lauter.

„Jeremia!" Frank und Mina schrien gemeinsam um ihr Leben.

Gleich sind wir tot, dachte Mina, als sie im Nebenraum angekommen waren und eine Horde Schwert schwingender Monster durch die Löschwolken auf sie zusprangen.

Da hatte Frank einen Geistesblitz – eine völlig idiotische Hoffnung. Aus seiner Hosentasche riss er den Edding aus Minas Küche und kritzelte in aller Windeseile an die Sperrholz-Wand hinter sich ein Pentagramm, malte dann so schnell es ging einen Notenschlüssel ins innere Feld. Dann machte er die Augen zu – und hoffte.

Plötzlich schwang sich jemand vor sie und wirbelte durch die Horde. Mina und Frank sahen in dem Nebel Arme und Beine, die körperlos durch die Luft flogen. Quieken. Kreischen. Wenige Augenblicke später schloss sie ein Mann in die Arme.

„Kommt, schnell“, keuchte Jeremia atemlos. „Raus hier!“

Teil zwei

Unterland

Techno-Party endet im Chaos

Polizei stürmt Halloween-Feier am Schlagbaum. Rätsel bei Ermittlungen.

Schlägereien, Drogen, Vandalismus: Eine Techno-Party am Schlagbaum endete in der Nacht zum Donnerstag im Chaos. Gegen drei Uhr morgens war die Polizei von Party-Besuchern verständigt worden. „Der Hintergrund ist uns noch nicht klar, da die Anrufer unter extremen Halluzinationen litten, die wahrscheinlich drogenbedingt sind", erklärt Dieter Radtke, Pressesprecher der Polizei, gegenüber dem Solinger Morgenblatt. „Den ersten Zeugenaussagen zufolge gehen wir davon aus, dass eine Massenschlägerei stattgefunden haben muss."

Die Party habe in unterirdischen, leer stehenden Geschossen eines Proberaum-Hauses am Schlagbaumtunnel in der Nordstadt stattgefunden. Es sei nicht bekannt, wer der Veranstalter war. Als die Polizei eintraf, „bot sich ein Ort der Verwüstung", so ein Beamter. Nach SB-Informationen lagen überall verstreut kaputte Spiegel und Kürbisse, die wohl zu dekorativen Zwecken verwendet worden seien, einige Wände waren zum Teil eingerissen. Blutspuren wiesen auf eine große Schlägerei hin, bei der es viele Verletzte gegeben haben muss. Zudem habe die Polizei verstörte Besucher vorgefunden, die sich in Nebenräumen der verwinkelten Katakomben versteckt hielten. Party-Besucher würden vermisst, erklärt der Pressesprecher. Der Drogenkonsum behindere jedoch die Ermittlungen. „Wir wissen nicht, welche Aussagen wir verwerten können, und wer tatsächlich vermisst wird." Die Polizei bittet um Hinweise. Ausführlicher Bericht folgt. red

Kapitel 16

Der Herr der Furcht – jetzt sah er tatsächlich so aus. Statt eines Anzugs trug er einen Harnisch unter seinem mattschwarzen, verstaubten Samtumhang. An seiner Seite hing ein langes Schwert. Vor dem er vor wenigen Augenblicken noch das Blut eines ungehorsamen Kobolds gewischt hatte. Schwarze Spritzer davon klebten in seinem Gesicht, das Licht des vollen Mondes spiegelte sich auf den Sporen seiner hohen Reiterstiefel.

Hier stand er im Kreis seiner Generäle, jener Schattengestalten mit den glühenden Augen hinter den Visieren ihrer gehörnten Helme, ein höhnisches Lächeln des Triumphs auf den Lippen.

Ehrfürchtig knieten sie vor ihrem Meister nieder, Raureif überzog die blanken Stellen ihrer uralten Rüstungen. Der Herr der Furcht hielt inne. Genüsslich sog er die eisige Novemberluft tief durch die Nasenlöcher und schloss kurz die Augen. Die Sterne funkelten über ihm wie abertausend kleine, böse Augen. Er wollte diesen Moment des Triumphs dieser Nacht voll auskosten. Dieser Nacht, in der man die Furcht wie einen bitteren metallischen Geschmack auf der Zunge schmecken konnte.

„Es – hat – funktioniert." Seine Stimme hallte hohl im Innenhof der zu dieser nächtlichen Stunde verlassenen Burg wieder, brach sich an den dunklen Mauern, ohne eine Spur des Gefühls zu hinterlassen, das ihn erfüllte. Der Bergfried von Schloss Burg: Vor Hunderten von Jahren hatten sie sich hier schon einmal zu ihrer letzten Schlacht gesammelt. Nur war ihnen da ein weniger positiver Ausgang beschieden gewesen. Heute hatten sie sich nicht einmal den Weg in die Festung freikämpfen müssen. Schließlich war Schloss Burg jetzt ein Museum.

Ein Museum! Ein Lachen stieg in ihm auf, das einem Sterblichen das Blut in den Adern hätte gefrieren lassen, wäre einer zugegen gewesen. Jetzt würden alle bezahlen! Besonders sein alter Feind Jeremia, der sich jetzt sicherlich schon wieder dachte, die Oberhand zu haben.

Eine der gehörnten Gestalten trat vorsichtig vor: „Aber … Sire? Ihr seid in Siegeslaune. Haben aber nicht die Streitkräfte des Propheten das Koboldheer zurückgeschlagen? Ist nicht die Dunkelheit immer noch gefangen in ihrem Verlies ewigen Lichts im Reich der Herrin der Spiegel?“

Der Herr der Furcht fuhr mit funkelnden Augen herum. Er schritt um den Richtplatz vor dem Bergfried, sein langer Schatten tanzte gespenstisch im fahlen Mondlicht über das schwere Tor aus Eichenholz, das in den Wehrturm hineinführte.

Dann stand er direkt vor der Gestalt in der Rüstung: „Du hast es nicht verstanden, oder Tchort? Du hast gar nichts verstanden! Wieso auch? Dein Geschäft ist es, mir zu dienen. Furcht zu verbreiten. Zu töten, wenn es sein muss. Nun, dann will ich dir und meinen anderen vier Generälen einmal auf die Sprünge helfen. Es läuft alles nach Plan! Der Kampf am Tunnel war eine unwichtige Belanglosigkeit, die den menschlichen Kreaturen die nötige Ablenkung von unserem eigentlichen Plan schafft.“

Der Gedanke an dieses spinnenhafte Mädchen verursachte ein Stechen hinter seiner Stirn. Sie war auch in der Nähe des Schlagbaumtunnels gewesen, als seine Kobolde und Soldaten das erste Mal in größerer Anzahl seit Zeitaltern das Oberland wieder betreten hatten. Er hatte sie gesehen. Vermutlich hatte Jeremia sie von Anfang an auf ihn angesetzt. Er musste vorsichtig sein. Jeremia hatte seine Spitzel vermutlich überall. Wer wusste schon, ob er seinen Generälen noch trauen konnte.

Er fuhr fort, eine dunkle, in einem nietenbeschlagenen Panzerhandschuh steckende Faust ruckartig hochreißend und sie wütend in den pechschwarzen Nachthimmel reckend, der wie Teer über der Szenerie hing: „Damit der Letzte es begreift – das hier war ein Test! Wir mussten wissen, ob wir die Tür zwischen Oberland und Unterland oder zu anderen Welten mithilfe dieses Bannsängers überhaupt aufstoßen können – und bei den dunklen Göttern, wir *können* es. Seid ihr nicht aus eurem Exil gerufen worden? Und konntet ihr dem Ruf, meinem Ruf, nicht problemlos folgen? Die Kohlfurther Brücke ist unwichtig! Ein wichtiger Eckpunkt des Leylinien-Netzes liegt nicht weit entfernt an der alten Papiermühle. Weil mir alle Eckpunkte gehören und wir den Bannsänger haben, werden wir das Tor zum Oberland erneut aufstoßen – erst dann werden wir tatsächlich die Kerkermauern, die die Dunkelheit einschließen, zum Bersten bringen. Das ewige Licht wird versiegen, so wie es immer bestimmt war. Das werden wir tun! Und zwar am Tag der Wintersonnenwende, am 21. Dezember 2012, in diesem magischen Jahr. Wenn die magische Potenz der Leyströme noch viel stärker ist als heute, wenn alle Konstellationen am Firmament zu dem Punkt zurückgekehrt sind, den sie zuletzt vor 3 600 Jahren innehatten!"

Er drehte sich herum und grinste in die Dunkelheit, das Grinsen eines Schädels. Seine Generäle waren Kämpfer, aber keine klugen Strategen. Dann befahl der Herr der Furcht: „Nun bringt den Spiegel! Die Tür ist offen – es wird Zeit, dass wir dem, dem wir die Treue geschworen haben, unsere Aufwartung machen!"

Bald würde die Dunkelheit frei sein. Nur noch wenige Wochen. Zur Wintersonnenwende, am 21. Dezember 2012. Wie lange hatte er auf diesen Tag gewartet. Nun stand er kurz bevor. Nichts würde ihn, den Herrn der Furcht, aufhalten. Schon gar nicht Jeremia, den manche einen Propheten nannten wegen irgendwelcher Dinge, die er vor Äonen getan hatte. Und seine menschlichen Würmer, die dieser Schwächling „Freunde" nannte.

„Dass ihn diese japsenden Sterblichen interessieren …", zischte der Herr der Furcht.

Wie einfältig diese Lebensform, diese Menschen, doch waren. Sie kreisten nur um sich – um ihre Sucht nach ständiger Nahrungsaufnahme, ganz gleich wie fett und dumm sie sie machte, um ihre albernen Krankheiten, um ihre lächerlichen Bauwerke wie Kirchtürme oder marode Brücken, um ihren befremdlichen Drang, zu malen, zu komponieren, zu dichten oder anderen nutzlosen Tätigkeiten nachzugehen. Wie ineffizient!

Selbst wenn er ein überflüssiges Gefühl wie Mitleid hätte empfinden können, er hätte es den Menschen nicht gegönnt. Sie hatten kein

Mitleid verdient. Der Herr der Furcht blickte in den Himmel und wippte auf den Zehenspitzen. Noch einmal atmete er tief durch, um diesen wunderbaren Gedanken, der ihn erfüllte, voll und ganz auszukosten. Der Plan war aufgegangen. Das Beste: Die Generalprobe hatte heute Nacht reibungslos funktioniert – wie großartig würde wohl die Vorstellung werden?

* * *

„Hier sind wir sicher", sagte Jeremia erleichtert ausatmend. Er hatte die Kreaturen in die Flucht geschlagen und Mina und Frank in einen Geheimgang gezerrt. Für Stunden, die ihnen wie Tage vorkamen, waren sie durch unterirdische Gänge gerannt, bis sie zu einer Kellertreppe gelangt waren. Die waren sie nach oben geklettert und durch eine Falltür in einen rustikal eingerichteten Souterrain-Raum gelandet, in den das erste blasse Sonnenlicht des Morgens des ersten Novembers durch kleine, mit gusseisernen Gittern versehene Kellerlöcher fiel. Er hing seinen Mantel an einen Kleiderständer.

Mina schloss die Falltür, blickte sich um und fragte Jeremia: „Wo sind wir?"

„Im Unterland, genauer gesagt unter dem Wipperkotten, der alten Schleiferwerkstatt an der Wupper, hier sind wir erst einmal sicher", sprudelte Jeremia drauf los. Als er die Fragezeichen in den Augen der beiden jungen Menschen las, entschuldigte er sich sogleich. „Ach ja, das Unterland. Das ist eine Art Parallelwelt, das müsste euch für den Anfang als Erklärung genügen. Hier gibt es viele Lebewesen, von denen die Menschen nichts ahnen, die ihnen aber wohl gesonnen sind. Die einfach nur vergessen wurden, als die Wunder des Fortschritts sich ausbreiteten." Sein Blick wanderte durch die gemütlich eingerichtete Stube, die allerdings etwas modrig roch. „Früher überschnitten sich die Welten, Menschen und die Wesen, die ihr gleich kennen lernen werdet, lebten beieinander und nahmen einander wahr. Das hat sich geändert. Die Menschen leben unter sich, und die anderen haben sich fast gänzlich ins Unterland zurückgezogen – von ihren modebewussten Kindern mal abgesehen."

„Ach?“, machte Frank. Das Monsterbekämpfen, Sich-Mit-Ex-Freundinnen-Prügeln, Durch-Finstere-Gänge-Kriechen, Blutspritzer-Aufs-Hemd-Bekommen und Großen-Geheimnissen-Hinterherspüren hatte seinen Enthusiasmus, der ihn vor einen Tag noch beflügelt hatte, sichtlich angegriffen. „Und wer wohnt jetzt hier? Was kommt als Nächstes? Der Wolf und die sieben Geißlein? Wassermänner? Elfen und Hobbits? Außerdem ist mein Hemd total versaut – irgendein armes Schwein hat eine Blutfontäne von sich gegeben, als diese Typen in den Rüstungen mit ihren Schwertern losgehackt haben – hat mich genau erwischt.“

„Also Tiermenschen gibt es im Bergischen nicht, weder im Ober-, noch im Unterland. Und Hobbits sind reine Fantasie. Die nächsten Elfen wohnen, glaube ich, in Sussex“, erwiderte Jeremia, sich versonnen mit der linken Hand ans Kinn fassend, während er mit der rechten Hand in der Hosentasche seiner Jeans nach irgendetwas kramte. „Hier werden wir es mit …“

Knarzend ging eine kleine Tür neben einer Anrichte auf, in der sich feines Service und akkurat, auf Kante gefaltete Spitzendeckchen neben einer Dröppelmina auftürmten. Hereingewatschelt kam ein kleiner alter Mann mit einem unbändigen grauen Bart, der fast bis zu seinen Knöcheln hing. Er trug eine alte Lesebrille und reichte Frank gerade einmal bis zur Hüfte.

„Ah! Da seid ihr ja endlich! Freunde von dir, Jeremia? Verzeiht, aber ich habe die letzten paar Sätze mitangehört – wenn du dich umziehen willst, junger Mann, da vorne steht eine Truhe, in der sind einige Oberland-Kleidungsstücke …“

Mina lächelte ihn voller Sympathie an.

Der Zwerg – denn offensichtlich war er genau das – grinste breit zurück, zeigte dabei eine Menge Goldzähne hinter seinem Bart, nahm die Schleiferkappe ab und sagte: „Ich bin Runwart.“ Er reichte Mina und Frank die Hand, zuletzt schlug er mit Jeremia ein. „Wie lange haben wir uns nicht gesehen, mein Freund? Es muss 100 Jahre her sein.“

„Es sind 100 Jahre vergangen“, nickte Jeremia. „Gut, dass dich meine Nachricht erreicht hat. Wir brauchen deine Hilfe.“

Runwart wies auf den Tisch mit vier viel zu niedrigen Stühlen aus schwerem, dunklem Holz. Fahles Licht schien durch ein kleines Fenster auf eine Spitzendecke, auf der eine Vase aus Ton stand. „Es gibt sicher viel zu besprechen. Besser wir fangen gleich an."

Frank schlurfte zur Truhe, um nach frischen Klamotten zu suchen. Nach zwei Minuten des Wühlens hatte er ein T-Shirt gefunden, das er über sein vollgeblutetes Hemd als zweite Lage zog. Er blickte an sich hinunter und seufzte: „Fußball, Ficken, Alkohol" stand auf seiner Brust. Na ja. Wenigstens passte das zu dem alten Bundeswehrparka, den er sich als Ersatz für seinen Mantel auserkoren hatte.

Mina blickte auf den Schriftzug und lachte laut auf. Sie marschierte zur Truhe und streifte sich ein viel zu großes, braunes Kapuzenoberteil aus Sackleinen über, das ihr fast bis zu ihren Knien hing und ab sofort ihren zerfetzten und völlig verschwitzten Pulli ersetzte. Die langen Ärmel krempelte sie mehrmals um.

„So", sagte Mina entschieden.

„Ein bisschen siehst du jetzt aus wie eine Schleiferin!", lachte der Zwerg herzlich.

„Es gab auch Schleiferinnen?", fragte Mina erstaunt.

„Natürlich", der Zwerg brüstete sich. „Auf alten Fotos sind Frauen, auch wenn man nicht auf den ersten Blick erkennt, dass es Frauen sind. Und die waren ganz bestimmt nicht da zum Kaffeekochen." Die goldenen Zähne blitzen aus seinem Mund. „Aber davon einander Mal, es gibt viel zu tun. Jetzt wird erst mal gefrühstückt."

Sie nahmen am Tisch Platz. Mina und Frank lauschten aufmerksam Jeremia und dem Zwerg.

Nach einer Weile trat eine untersetzte Zwergin mit dunkelroten Wangen in den Raum. Es war Ugelnia, Runwarts Frau. Erst legte sie Briketts im schwarzen Ofen nach, der in einer Ecke stand, dann deckte sie den Tisch mit einem blau-weiß gemusterten Kaffee-Service und tischte jede Menge Köstlichkeiten auf, darunter warme, duftende Rosinenstuten, kräftiges Schwarzbrot, sahnigen Quark, würzigen Käse, einen riesigen Schinken und ein Einmachglas, das bis oben hin mit Rübenkraut gefüllt war. Sogar Kottenbutter und Brezel fehlten nicht. Frank war wie vor den Kopf geschlagen. Also waren alle

Geschichten wahr: Die bergischen Schmiede und Schleifer hatten ihre Künste wirklich von den Zwergen erlernt. Das musste er erst einmal verdauen.

Nachdem Jeremia und Runwart sich über alte Zeiten ausgetauscht hatten und das Frühstück beendet war, legte Minas und Franks zweimaliger Lebensretter die Karten auf den Tisch. Er erklärte die Situation rund um die Machenschaften des Herrn der Furcht und kam zu folgendem Schluss: „Runwart, wir brauchen erst einmal Asyl. Wir sind im Oberland nicht mehr sicher. An Samhain hat der Herr der Furcht versucht, das Gefängnis der Dunkelheit zu zerstören. Allerdings ist ihm das nicht geglückt, da die Macht der Konstellationen anscheinend noch nicht groß genug war. Aus irgendeinem Grund hat er die Kohlfurther Brücke zerstört. Und ich muss zugeben: Das Ganze ergibt keinen Sinn."

Mina und Frank sahen sich entgeistert an – die Brücke war doch gerade erst saniert worden. Und war der magische Kerker, der die Dunkelheit bannte, denn nicht im Schlagbaumtunnel gewesen? Mina platzte mit genau dieser Frage dazwischen und berichtete davon, was sie in der parapsychologischen Forschungsstelle in Wuppertal rausgefunden hatten. Jeremia war sichtlich beeindruckt. Dann aber lachte er nur leise: „Seid nicht albern, der Tunnel stammt aus dem 19. Jahrhundert, der hat nichts damit zu tun. Der Kerker befindet sich an einer anderen Stelle. Die Menschen nannten ihn bloß damals den großen Tunnel, keine Ahnung, wie sie darauf gekommen sind. Die Mauern, die die Finsternis bannen sollen, liegen in einer anderen Welt – und zwar im Reich, das die Herrin der Spiegel regiert."

Jeremia ignorierte die Fragezeichen in den Augen von Frank und Mina und fuhr fort: „Der Herr der Furcht wird es wieder versuchen, am Tag der Wintersonnenwende, davon bin ich fest überzeugt. An diesem besonderen Datum kann er nicht vorbei. Wenn am 21. Dezember 2012 der alte Maya-Kalender abläuft, wird die Welt vollgepumpt sein mit magischer Energie wie seit Jahrhunderten nicht mehr. Ich weiß noch nicht, wie er es geschafft hat, schon an Samhain soweit zu kommen, aber ein mächtiger Bannsänger muss für ihn arbeiten. Anders kann ich es mir nicht erklären, dass er das Gefängnis, das die Herrin der Spiegel geschaffen hat, überhaupt angreifen konnte. Und er konnte seine Hauptmänner aus der Verbannung holen – etwas, das eigentlich auch nicht hätte passieren dürfen."

„Das sind für wahr schlechte Nachrichten." Runwart runzelte die Stirn und schob nervös ein Stück Käserinde mit der Messerspitze auf dem Rand seines Porzellantellers hin und her. Sonnenstrahlen fielen auf seinen grauen Bart. „Aber natürlich könnt ihr erst einmal eine Weile bei uns bleiben. Wir werden euch schon unterbringen."

„Euch? Es geht doch nur um Jeremia!", platzte es aus Frank heraus, der wieder nur noch eins wollte: Zurück in seine Elberfelder Wohnung und sich nach einer heißen Dusche mit Mina ins Bett legen, mit ihr gemeinsam bei Portishead einschlafen und mindestens zwölf Stunden pennen. Auch wenn der Kaffee, den diese Zwerge machten, noch so gut war. Auf was hatte er sich da eingelassen? Er blickte auf Mina, die ein hoch konzentriertes Gesicht machte.

Sie schien sich völlig sicher zu sein. Das Abenteuer hatte längst begonnen. Es gab kein Zurück.

Jeremia lachte und schüttelte den Kopf. „Wie stellst du dir das vor, Frank? Ich bin mit euch beiden zusammen gesehen worden. Mitten im Schlachtgetümmel. Außerdem habt ihr euch schon als nützlich erwiesen. Ich möchte jedenfalls gern glauben, dass unsere Wege sich nicht ohne Grund gekreuzt haben. Ob es euch gefällt oder nicht, fürs Erste bleibt ihr bei mir und unseren zwergischen Freunden."

Mina dachte, dass Jeremia jetzt eigentlich noch „Basta" hätte sagen müssen. Er tat es aber nicht. Die Abenteuerlust stieg in ihr auf, ihr Herz schlug heftig. Sie durften mit ihm für das Gute kämpfen – umso besser. Ihre Augen leuchteten vor Begeisterung.

„Ganz recht", schaltete sich Runwart wieder ein. „Aber nun verrate mir doch noch genau, was du vorhast, Jeremia. Wie willst du den Herrn der Furcht aufhalten?"

„Oh, das ist ganz einfach", lächelte Jeremia. „Ich werde das tun, was meine Zunft in solchen Situationen immer getan hat. Ich werde eine passende Melodie schreiben …"

Oje, was war das denn schon wieder für ein Unfug?, fragte sich Frank, in dem das Unbehagen zunehmend wuchs. Eine Melodie als Waffe?

„Es wäre uns eine große Ehre, wenn du das in unserer Obhut tun würdest", brummte Runwart Jeremia zu und strich sich den Bart.

„Aber ich werde Hilfe brauchen, allein einen so mächtigen Bannzauber zu erschaffen, geht sogar über meine Kräfte. Ein Orchester wäre gut …", sagte Jeremia versonnen und beim Sprechen langsamer werdend. „Und welche Zwischentöne ich anschlagen muss, um die Seele der Stadt richtig wiederzugeben, darüber muss ich mir auch noch klar werden." Er dachte an sein Zusammenspiel mit dem jungen Saz-Liebhaber auf dem Fronhof. Die Stadt war heute um einige kulturelle Facetten reicher als früher.

Frank konnte nicht mehr an sich halten: „Wieso Melodie? Ich dachte, wir müssen uns einen mächtigen Zauberer als Verbündeten suchen, mindestens aber Kämpfer, die diesen Herrn der Furcht aufhalten können …"

Jeremia lächelte milde: „Ihr Menschen lasst euch immer durch das Böse und die Methoden, mit denen es arbeitet, anstecken. Stets wollt ihr Feuer mit Feuer bekämpfen. Gerade das gilt es aber zu vermeiden, denn eine Untat macht eine andere nicht ungeschehen. Hättest du aufmerksam zugehört, wäre dir nicht verborgen geblieben, dass auch der Herr der Furcht Musik als Schlüssel benutzt in seinem Streben, das Gefängnis aus ewigem Licht zu vernichten, in das die Dunkelheit seinerzeit eingeschlossen wurde. Dafür benutzen er und seine Schergen sicherlich einen Bannsänger – einen Menschen, der bewusst oder unbewusst mit der Kraft seiner Musik das Gewebe der Magie zwischen den Welten zu beeinflussen vermag!" Jeremias Stimme wurde nachdenklich, er stützte das Kinn auf die Hand. „Er wird sie am Tag der Wintersonnenwende freilassen können – so viel steht fest. Die Spiegel werden fallen. Alles deutet darauf hin. Was wir also tun werden, um die Dunkelheit wieder zu binden, liegt doch auf der Hand."

Durchdringend blickte Jeremia von Frank zu Mina, von Mina zu Runwart und von Runwart wieder zu Frank. Seine Miene erhellte sich, und die Beine seines Stuhls schabten laut über die groben, steinernen Bodenfliesen, als er sich abrupt von der Tischkante zurückschob: „Wir sorgen dafür, dass eine Spiegelsinfonie aufgeführt wird, Frank Fabel! Ein noch mächtigerer Banngesang, als die Spiegelmagie, die die Dunkelheit schon einmal gebunden hat. Genau *das* ist die Melodie, die ich bis zur Wintersonnenwende schreiben und mit einem Orchester einstudieren werde. Gibt es das alte Musikzimmer unter Schloss Hackhausen noch, Runwart?"

„Na selbstverständlich, Jeremia!", sagte der Zwerg und schob sich ein weiteres Stück Käse in den Mund. Mina blickte verwundert zu Jeremia – was für Verbindungen er wohl noch hatte außer zu diesen wundersamen Zwergen, und wie erstaunlich schnell man sich an so etwas gewöhnte). Sie spürte, wie Frank ihre Hand nahm.

Jeremia und der Zwerg standen auf und machten sich daran, den Raum zu verlassen. Das Frühstück war damit beendet.

„Gut, dann machen wir uns am besten direkt an die Arbeit", verkündete Jeremia und schritt zur Tür, gefolgt von Runwart. „Ich muss sehen, wie viel von dem, was ich brauche, vorhanden ist, und was wir noch organisieren müssen." Zu Mina und Frank gewandt sagte Jeremia, als er die Klinke der kleinen Tür neben der Anrichte schon in der Hand hatte: „Ihr Zwei richtet euch besser fürs Erste in eurem neuen Leben ein. Auch auf euch warten Aufgaben. Aber jetzt ruht euch erst mal aus." Er zwinkerte ihnen zu und deutete mit einer Handbewegung zu einer kleinen Tür, hinter der Mina eine Abstellkammer vermutete. „Wie ich Ugelnia kenne, hat sie sogar ein Gästezimmer für euch."

Das schien Mina nicht zu freuen. Im Gegenteil. Sie wurde plötzlich ganz blass. Fragend hob Jeremia die Augenbrauen.

„Da ist noch etwas", sagte Mina leise. Ihr Gesicht war immer noch mit Schmutz und Schürfwunden übersät.

Jeremia sah ihr in die Augen und las ihre Gedanken. „Deine Mutter", erwiderte er sanft. „Keine Sorge. Du wirst ihr begegnen, obwohl du im Unterland bist. Oder vielleicht gerade deshalb."

Dann duckte sich Jeremia durch die Tür und war – Runwart im Schlepptau – auch schon in einem Gang, der sich hinter der Tür auftat, verschwunden. Das Letzte, was sie von ihm hörten war, wie er lachend zu Runwart sagte: „Oh Mann, und die Sache mit der Kohlfurth, ich war zu spät … wie ich das der Herrin der Brücken erklären werde, darüber habe ich mir auch noch keine Gedanken gemacht!"

Ugelnia trat herein. Dieses Mal trug sie eine dicke, schwere Schürze, die weniger für Hausarbeiten als für schwere, handwerkliche Arbeit gedacht war, und führte Mina und Frank durch jene kleine Tür in einen Raum, der so klein war, dass er beinahe gänzlich von dem Bett aus hellem, massivem Holz ausgefüllt wurde, das in der Mitte stand. Aufgeschüttelte Daunendecken warteten auf sie. Die Spitzenbezüge im Biedermeier-Stil strahlten trotz des spärlichen Lichtes weißer als jedes lupenreine Männerhemd aus Waschmittel-Werbespots.

„Falls ihr euch waschen wollt, setz ich heißes Wasser auf", erklärte Ugelnia, während sie mit ihren rauen, kräftigen Händen die Daunendecken glattstrich. „Fühlt euch wie zu Hause."

Mit den Worten stakste die quadratische Zwergin an den jungen Leuten vorbei und verließ den Raum. *Von hinten sah sie aus wie ein Mann,* dachte Mina.

Als ob sie auf diesen Moment nur gewartet hätten, ließen sich Mina und Frank samt Klamotten in die dicken Daunendecken fallen, die herrlich nach frischer Wäsche und einem Hauch Kölnisch Wasser dufteten, kuschelten sich aneinander und sanken in einen tiefen Schlaf.

* * *

Schon lange hatte sie das erste Sonnenlicht in die Verliese unterhalb des Bergfrieds getrieben. Immer noch stand in der Ecke der große Spiegel, nun mit Tüchern verhangen, über den er mit seinem Meister hatte sprechen können. Endlich, nach all diesen Jahren. Eine Stimme tief in seinem Inneren wurde nicht müde, das zu betonen. Auch für seine Generäle war es eine nützliche Lektion gewesen. Sie hatten gelernt, was es bedeutete, dem Herrn ihres Herrn vorlaut gegenüber zu treten. Die Reste Belephegors lagen rauchend in der Ecke, die Rüstung zu Schlacke verbrannt, der verkohlte Helm qualmte aus den Augenhöhlen. Zu schade – sie war seine einzige Generälin gewesen.

Er hatte mit seinem Herrn gesprochen, sich in der Dunkelheit verloren. Die Schwärze hatte ihn ganz erfüllt. Bald würde er diese krude, menschliche Form hinter sich lassen können. Aber vorher galt es noch eine Menge Anstrengungen zu meistern. Aus der Tiefe seiner dunklen Gedanken auftauchend drehte er sich zu seinen verbliebenen vier Adjutanten um. „Tchort! Hol mir den Kobold-Hauptmann. Es gibt viel zu tun. Es muss viel vorbereitet werden, dafür bleiben weniger als acht Wochen. Der Energiestrom im Pentagramm muss exakt gelenkt werden, und unsere kleinen kahlköpfigen Freunde werden einiges dazu beitragen müssen.“

Der Herr der Furcht lachte in sich hinein. Schon bald würden hier andere Seiten aufgezogen. Schon bald würden er und sein Meister ihren Sieg feiern – und alle Menschen würden sich wieder genau daran erinnern, warum sie gut daran getan hatten, als Kinder Angst vor der Dunkelheit gehabt zu haben.

Kapitel 17

Philippa wippte vor sich hin, die Arme um ihren Oberkörper geschlungen. Ihre roten, verweinten Augen blickten starr auf den grauen Teppichboden, den sie und Mina von den Vormietern übernommen hatten. Die verlaufene Schminke zog dicke, schwarze Linien über ihr Gesicht, und von ihren sorgfältig geflochtenen und geschmückten Zöpfen war nicht viel übrig. Das blonde, von der Flucht zerzauste Haar stand in alle Richtungen ab, vereinzelte Kunstblumen hingen in den verklebten Strähnen. Cihan schmerzte es, Philippa so leiden zu sehen. Behutsam legte er eine Hand auf ihren Rücken und versuchte, sie durch sein Streicheln zu beruhigen. Auch ihm saß der Schock tief in den Knochen. Als das Chaos im Untergeschoss des Proberaum-Hauses ausgebrochen war, waren Philippa und Cihan mit dem jungen Musiker und der Tussi, von denen er inzwischen wusste, dass sie Slug und Lea hießen, die Treppen rauf geflohen – mitten in einer Menge von Menschen, die sich stolpernd und schreiend fortbewegt hatte.

In dem Nebel hatte Cihan kaum etwas erkennen können. Die Szenen, die er wahrgenommen hatte, versuchte er nun krampfhaft zu verdrängen. Jedenfalls hatten er und die drei anderen es geschafft, während der Flucht beieinanderzubleiben. Gemeinsam waren sie durch das Chaos gerannt, die Treppen hinauf, raus an die Luft, und weiter über das Gelände, immer weiter, nach Luft japsend, die Schatten, Schreie und entsetzlichen Geräusche im Nacken. Instinktiv hatte Philippa den Weg zum Haus eingeschlagen, in dem sie mit Mina wohnte und das in der Nähe lag. Cihan war ihr mit Slug und Lea einfach hinterhergerannt, gefolgt von weiteren verzweifelten Party-Besuchern. Als könnte das Haus sie vor dem schützen, dem sie begegnet waren (was auch immer es war), hatte Philippa die Tür mit zitternden Händen aufgeschlossen. Party-Besucher waren mit entsetzten Gesichtern in den dunklen Hausflur gestürmt, bevor Philippa die Tür ins Schloss fallen ließ und panisch abschloss.

Seit Stunden hockten die jungen Leute nun in Philippas und Minas Wohnung im obersten Stock. Die Garderobe mit den unzähligen Mützen und Schals im Flur war unter dem Ansturm der Flüchtenden, die die Wohnung im Stil eines Sondereinsatzkommandos auf Psychotrip besetzten, zusammengebrochen. Einige der Flüchtlinge saßen mit leeren Blicken auf dem Boden in den Zimmern verteilt. Andere versuchten, eben diese Personen zu beruhigen, indem sie auf sie einredeten oder in den Armen hielten. Dann war da eine Gruppe junger Leute, die in der Küche Kaffee kochte und an die anderen verteilte.

Cihan tat sein Bestes, um Philippa zu beruhigen. Er kannte sie nicht gut, nur flüchtig von seiner Liebschaft mit Mina, aber er mochte sie. Die ganze Zeit saß er neben ihr auf dem Boden, immer wieder nahm er sie in den Arm, wenn sie wimmerte oder von einem Weinanfall geschüttelt wurde.

„Mina!“, schrie sie, „Mina!“

„Ich weiß nicht, wo Mina ist“, sprach Cihan so ruhig wie möglich. „Aber wir werden sie finden.“ Er machte sich entsetzliche Sorgen. In dem Durcheinander hatte er sie aus den Augen verloren. Auch die Polizei, die längst vor Ort eingetroffen war, hatte sie bisher nicht finden können.

„Das ist ja eine schöne Scheiße!“, erklang die Stimme von Lea. Sie trat ins Zimmer. Cihan sah auf. Bisher hatte Lea in der Küche gesessen und Kaffee getrunken. Feingefühl hatte sie noch nicht bewiesen. Im Gegensatz zu Slug, der seit Stunden hektisch durch die Wohnung lief, um Cihan immerzu Kaffee zu bringen, den Cihan nicht trank, oder um Waschlappen mit kaltem Wasser auszuspülen und diese auf die Stirn von Philippa zu legen, obwohl sie die immer wieder abwehrte. Auch jetzt kam Slug mit einer neuen Tasse Kaffee in den Raum und stellte ihn neben Cihan auf den Teppich. Mit besorgtem Gesicht hockte er sich neben Philippa.

„Die hat es erwischt, ich würde einen Arzt rufen“, sagte Lea entschieden und stellte sich vor die drei.

„Das machen wir schon“, sagte Cihan kalt, ohne zu ihr aufzusehen, und streichelte Philippas Rücken. Die Party-Besucher, die die Polizei in dem Proberaum-Gebäude gefunden hatte, waren in ärztlicher Betreuung. Aber nachdem bekannt wurde, dass als erstes Drogentests durchgeführt und die Aussagen nicht ernst genommen wurden, hatten die anderen Party-Gäste darauf verzichtet, der Polizei bei ihren Ermittlungen entgegenzukommen und sich zu melden.

„Also ich weiß nicht, was ihr macht, aber ich gehe jetzt", verkündete Lea. Was brachte es schon, in dieser Wohnung rumzuhängen – mit einem Haufen Leute, die sie gar nicht kannte? Sie musste sich sortieren, von diesem kranken Trip runterkommen. Und vielleicht, hoffte sie insgeheim, schaffte sie es, eine Super-Story aus diesem Irrsinn zu machen.

„Kommt ihr klar?", fragte sie Cihan, Slug und Philippa. Sie erwartete keine ernsthafte Antwort.

„Wir kommen schon klar", antwortete Cihan abweisend, was nach einem „Hau schon ab!" klang. Er würdigte sie keines Blickes.

„Dann geh ich mal", rief Lea beim Verlassen des Zimmers und war verschwunden.

Cihan saß links, Slug rechts von Philippa. Slug beugte sich vor und versuchte, Cihans Blick zu erhaschen. „Was machen wir jetzt bloß?", fragte er mit einem dicken Kloß im Hals.

Cihan kam ein Gedanke. Warum war er da nicht früher drauf gekommen? „Ich weiß, was wir jetzt machen", antwortete er mit fester Stimme. „Wir machen Musik."

„Was? Bist du bescheuert?", rief Slug fassungslos.

Cihan blieb ruhig. „Ich meine ja nicht irgendwelche Musik. Ich gehe nach nebenan nach Hause und hole meine Saz. Ich spiele und singe. Die Menschen früher haben immer gesungen, und nicht nur von Liebe. Sie haben auch von schlimmen Erlebnissen gesungen. Ich glaube fest daran, dass sie die so verarbeitet haben. Musik ist Medizin."

Slug war überrumpelt. „Aha", war alles, was er dazu sagen konnte, und rückte seine Pudelmütze zurecht.

Cihan ging nach Hause, während Slug bei Philippa sitzen blieb, und kam nach wenigen Minuten wieder. Eine Meydan Sazı, eine Saz mit enorm langem Hals, hatte er mitgebracht. Entschlossen packte er das Saiteninstrument aus, das ihm ungeheuren Respekt einflößte. Seine innere Stimme sagte ihm, dass jetzt ein guter Zeitpunkt war, dieses anspruchsvolle Instrument zu spielen.

Cihan stimmte die Saiten. Und spielte. Und sang. Cihan sang ein ergreifendes Volkslied nach dem anderen, ohne Unterbrechung, während seine Finger geschickt über die Saiten sprangen, von Tod, Verlust und Sehnsucht, von Trauer, die körperliche Schmerzen übersteigt, von eisiger Kälte und Schneewehen – und immer wieder von den Bergen. Ihm war, als seien sämtliche Traumata von Generationen in diese Melodien verwoben und als würden sie sich jetzt in diesem Moment wie ein Sicherheitsnetz unter die Seelen dieser Menschen spannen, die mit dem Erlebten aus der vergangenen Nacht in eine andere Welt zu driften drohten. Ein paar junge Leute kamen herein und setzten sich um Cihan, Slug und Philippa auf den Boden. Einige verstanden Türkisch und sangen leise mit. Ihre Köpfe waren nach unten gesenkt, die Augen geschlossen. Auch wenn die meisten in dieser Wohnung die türkische Sprache nicht verstanden, würden sie die Botschaft fühlen, da war sich Cihan sicher. Diese Musik ging ans Herz und noch viel tiefer. Sie floss durch den Körper, drang in die menschliche Existenz und in jeden Winkel der Seele – so lange man es zuließ. Und Philippa ließ es zu. Nach und nach löste sich ihr starrer Blick langsam auf, sie kam zu sich. Sie weinte zwar unablässig und warf ihren Oberkörper immer wieder auf den Boden. Aber etwas hatte sich verändert. Philippa war ins Jetzt zurückgekehrt. In diesen unendlichen Moment der Melodien.

Kapitel 18

Mina saß auf der Fensterbank. Wie war sie hierhergekommen? Sie besah ungläubig ihr angewinkeltes Knie, dann ihre Hand, die es umschlungen hielt. Der andere Arm hing lässig über der Fensterbank-Kante. Sie drehte ihren Kopf. Staunend erblickte sie im Halbdunkel ihre Mutter, die aufrecht in ihrem Bett saß und eine große Portion kalter Spaghetti in sich hinein schaufelte, die wahrscheinlich stundenlang auf dem Krankentisch neben ihr gestanden hatte. Der Vollmond durchflutete das Zimmer mit seinem bläulich-schimmernden Licht und beleuchtete die dunkelblaue Daunendecke, die Minas Mutter an den Rand des Bettes getreten hatte. Die Beatmungsmaschine stand in der Ecke des Zimmers und blubberte nicht wie sonst vor sich hin.

„Du sagst mir Bescheid, wenn ich die Maschine anmachen soll, okay?", sagte Mina zaghaft, die von dem Anblick ihrer schmatzenden Mutter ohne Schläuche in den Nasenlöchern so verdutzt war, dass sie kurz vergaß, dass sie sich eben noch gefragt hatte, ob sie einen Black-Out erlitten hatte.

Ihre Mutter mampfte gierig vor sich hin. „Ach was, die brauch ich nicht", entgegnete ihre Mutter mit vollem Mund. Ihre Wangen waren gerötet, das Haar klebte verschwitzt am Kopf.

Minas Herz hämmerte. Ihre Mutter hatte wochenlang kaum etwas gegessen. Die Maschine musste immer angeschaltet bleiben. War es möglich, dass ihre Mutter wieder gesund würde? Das wäre ein Wunder.

Ihre Mutter nahm den Teller und leckte die letzten Reste Soße ab. Dann blickte sie Mina mit großen Augen an. „Das war gut", sagte sie. „Aber weißt du was: Ich habe noch immer Hunger."

Minas Herz hüpfte. Sie sprang von der Fensterbank. Wie sie auf einmal in dem Zimmer ihrer Mutter gelandet war, interessierte sie nicht mehr. Jetzt gab es Wichtigeres. Sie lief nebenan in die Küche und schnappte sich ein Tablett, auf das sie einige Packungen Pudding, Bananen, Brot, ein Glas Orangensaft und Aufschnitt packte. Dann marschierte sie mit eiligen Schritten zurück in das Zimmer. Sie stellte das Tablett auf den Krankentisch und zündete Kerzen an. Ihre Mutter griff gierig nach einer Banane und schälte sie mit geschickten Bewegungen, ihre Wangen glühten. *Woher hatte sie auf einmal diese Energie?*, fragte sich Mina. Gestern noch hatte sie zu wenig Kraft gehabt, ohne Lehne aufrecht im Bett zu sitzen.

„Danke, mein Schatz“, sagte ihre Mutter lächelnd, ein Träger ihres baby-blauen Baumwoll-Pyjama-Tops war über die Schulter gerutscht.

Im Kerzenschein erkannte Mina, dass die Haut ihrer Mutter leicht gebräunt wirkte, als hätte sie die letzten Monate nicht im Haus, sondern am Meer unter der Sonne verbracht. Sonne. Das Wort blieb hängen. Wie düster die letzten Jahre gewesen waren. Mina hatte das Gefühl, für lange Zeit in einem schwarzen Tunnel gelebt zu haben, in den kein Sonnenstrahl fiel. Wo war sie gewesen, die Sonne, bis zu jenem Morgen, als sie mit Frank auf dem Dach des Birkerbades aufgewacht waren? Wie war es überhaupt dazu gekommen, dass sich Mina in dem Tunnel verirrt hatte und keine Sonne mehr sah? Die Stimme ihrer Mutter durchbrach den Gedankenstrom.

„Weißt du was? Du kannst mir noch einen Gefallen tun“, forderte sie mit fröhlicher, heller Stimme. „Wie wär's, wenn du etwas Musik auflegst? Am besten die CD, die ihr mir zum Geburtstag geschenkt hat, die tanzenden Derwische.“

„Meinst du nicht, Papa wacht davon auf?“, fragte Mina zögernd und schämte sich, dass sie so spießig reagierte.

„Ach was“, winkte ihre Mutter ab. „Der hört uns nicht.“

Mina ging zu dem Holzregal und schnippte eine esoterische CD nach der anderen mit dem Zeigefinger nach vorne, bis sie die Derwische gefunden hatte. Sie legte die Musik in einen tragbaren CD-Player und drückte auf Play. Die ersten Töne gingen ihr durch Mark und Bein, so schön waren sie. Aus weiter Ferne erklang die Ney, die Flöte der Sufis, und hinterließ eine Gänsehaut auf ihren Unterarmen. Mina schritt ruhig auf den Schreibtisch ihrer Mutter zu und zündete weitere Kerzen, die im Raum verteilt standen, und ein Räucherstäbchen mit Rosenduft an – als sei es das Selbstverständlichste der Welt. In den letzten Monaten hätte Mina das nicht gewagt, denn ihre Mutter hätte bei dem Rauch wohl einen Erstickungsanfall erlitten. Aber in diesem Moment, in dem die Musik anatolischer Derwische den Raum füllte, sagte ihr eine innere Stimme: Der Rauch konnte der Lunge ihrer Mutter nichts anhaben.

Die hatte inzwischen einen Pudding geöffnet und löffelte ihn genüsslich. „Und gleich trinken wir ein Gläschen Wein!“, rief sie, während um sie herum das Kerzenmeer flackerte.

Mina folgte dem Wunsch, holte eine Flasche Weißwein und schenkte sich und ihrer Mutter ein. Dann setzte sie sich ans andere Ende des Bettes, ihrer Mutter gegenüber, wo die zerknautschte Decke lag. Sie stießen an und tranken. Ihre Blicke glitten abwechselnd hinaus zum Vollmond, der zu wachsen schien, dann schauten sie sich in die Augen. Die mystischen Töne der Ney schwangen in der Luft und schienen den Rauch der Räucherstäbchen in Wellen hinter sich her zu ziehen.

„Wie geht es dir?“, fragte plötzlich ihre Mutter sanft.

Das goldene Flackern der Kerzen hatte das Mondlicht verdrängt. Mina war von der Frage so überrumpelt, dass sie nicht direkt antworten konnte. Das war eine Frage, die *sie* in den vergangenen Jahren immer ihrer Mutter gestellt hatte. Nicht umgekehrt. Mina atmete tief ein. Sie schloss kurz die Augen, nahm einen Schluck Wein, lauschte der Musik, und begann zu erzählen. Davon, dass sie lange Zeit gar nicht gewusst hatte, wie es ihr ging. Hätte ihre Mutter vor ein paar Wochen gefragt, ja, sie hätte diese Frage gar nicht beantworten können. Was waren ihre Bedürfnisse, was brauchte sie, um glücklich zu sein? Wie war es dazu gekommen, dass sie sich in einem dunklen Tunnel verirrt hatte? Das alles musste sie vergessen haben. Aber seit ein paar Tagen war alles anders.

Sie erzählte, dass sie jetzt einen Mann kennengelernt hatte, der genauso merkwürdig wie sie war, und den sie sehr mochte. Und der sie mochte – eine rothaarige, dünne Person, die in ihrer Grundschulzeit auf dem Nach-Hause-Weg ihren Körper täglich trainierte, indem sie vor den einfallsreichen Hänseleien und körperlichen Erniedrigungen ihrer Mitschülerinnen auf den nächsten Baum floh. Aber Mina erzählte nicht nur von ihrem neuen Freund. Da war noch etwas anderes, da waren seltsame Begebenheiten, eine Geschichte, in die sie reingezogen worden war.

Mit kindlicher Neugierde blitzte ihre Mutter sie schelmisch an.

Jetzt sprudelte aus Mina alles heraus. Die Kobolde, der fürchterliche Dr. von Furcht, mysteriöse Leylinien, die von Schließung bedrohten sozialen und kulturellen Einrichtungen dieser Stadt: Das hing alles zusammen, und Frank und sie würden kämpfen, damit das Gute siegen würde. Ja, das Gute würde siegen, und Jeremia und die Zwerge würden ihnen helfen.

„Das ist alles wirklich höchst interessant", sprach ihre Mutter, die aufmerksam zugehört hatte, und nahm einen großen Schluck Wein. „Und was werdet ihr als Nächstes tun?" Ihr kindlicher Gesichtsausdruck war verschwunden, ein wissender Blick glühte in ihren Augen.

Der schwere Rosenduft des Räucherstäbchens wurde immer intensiver und kribbelte in Minas Nase. Sie nippte in Gedanken versunken an ihrem Glas. „Jeremia sagt, wir können den Herrn der Furcht mit Musik besiegen. Jeremia will eine Sinfonie schreiben, die am 21. Dezember, also am Tag der Wintersonnenwende aufgeführt werden soll."

„Und dann?" Die Mutter lächelte weiter.

Mina zuckte die Achseln. „Na ja, so ganz wissen wir auch noch nicht, wie das funktionieren soll."

Ihre Mutter beugte sich lächelnd zur Seite, öffnete eine untere Schublade des Schreibtischs neben ihrem Krankenbett und holte einen Stapel Karten hervor. „Mal sehen", verkündete sie. Dann mischte sie die Karten.

„Zieh eine", forderte sie ihre Tochter auf und breitete die Karten auf dem Bett aus wie einen Fächer.

Mina zog eine Karte und drehte sie um. Eine nackte Frau mit zwei Stäben in den Händen posierte in einem grünen Kranz.

„Die Welt", verkündete ihre Mutter verschwörerisch. „Du gehst auf eine Reise. Zieh noch eine." Mina gehorchte auf der Stelle. Die

Flammen der Kerzen wanden sich auf und nieder. Als sie die Karte aufgedeckt hatte, blickte ihre Mutter einige Augenblicke auf eine Frau in einem langen Gewand. Sie hob ihren Kopf und sah Mina fest in die Augen. „Das ist die Hohepriesterin", sagte sie mit einem Funkeln in den Augen.

„Ist das nun gut oder schlecht?", fragte Mina mit Unbehagen in der Stimme.

„Ach, gut oder schlecht? Was soll das?", rief ihre Mutter spöttisch, winkte ab, und schüttete schwungvoll Wein nach. „Gut und Böse: Wen interessiert das schon?" Sie trank. Sekunden später breitete sich wieder ein Lächeln auf ihren Lippen aus. Ihre großen, blauen Augen ruhten wieder gütig auf ihrer Tochter. „Es ist alles eins, mein Schatz! Du brauchst keine Angst zu haben."

„Aber Mama, ich verstehe das nicht", entgegnete Mina unruhig, „was hat das mit der Hohepriesterin zu tun?".

„Es geht um deine innere Stimme, deine eigene Melodie. Ob du dich von ihr leiten lassen willst – das ist allein deine Entscheidung. Ob gut oder schlecht: Es kommt darauf an, was du daraus machst."

Mehr war wohl nicht herauszuholen aus ihrer Mutter, die in einer ihrer Nachttischschubladen kramte und schließlich eine silberne Kette hervorzog. An ihr baumelte ein Anhänger. Eine winzige, aufrechtstehende Frau aus Bronze – die Beine geschlossen – streckte ihre Arme in die Höhe. Über ihrem Kopf trug sie einen Kristall, der in dem Kerzenschein in vielen Farben funkelte.

„Hier, Mina", sprach sie feierlich. „Ich möchte, dass du das hier bekommst. Du wirst später noch verstehen, wofür." Mit einem Stirnrunzeln griff Mina nach der Kette und betrachtete den wunderschönen Anhänger.

„Nein, nein, leg sie an, du musst sie am Hals tragen und darfst sie nicht mehr ablegen."

Mina öffnete den Verschluss, legte die Kette behutsam an und befühlte den Kristall. Dann drehte sie die Karten um und mischte den Stapel.

„Komm, jetzt bist du dran!", forderte sie ihre Mutter auf. Die sah Mina einen Moment lang überrascht an, zog aber dann eine Karte.

Mina starrte auf das Symbol, das die faltige Hand ihrer Mutter vor ihr aufdeckte.

Ihre Mutter schmunzelte. „Na, das nenn ich mal eine gute Karte!", rief sie fröhlich und prostete ihrer Tochter zu, die sie fragend ansah. „Das ist die aufgehende Sonne", redete sie belustigt weiter. „Es gibt viele Bedeutungen, aber eine ist ganz wichtig."

Ihr Gesicht kam immer näher, fast berührten sich ihre Nasenspitzen. Mina wurde schwindelig, sie spürte den warmen Atem ihrer Mutter auf ihren Lippen, der nicht säuerlich roch wie sonst.

„Diese Karte bedeutet", wiederholte ihre Mutter flüsternd, und das letzte Wort würde in Minas Kopf hallen wie ein nicht enden wollendes Echo, „sie bedeutet: Wiedergeburt."

* * *

Die letzten Silben, die ihre Mutter gesprochen hatte, verklangen. Mina fühlte sich wie durch einen Tunnel gezogen, ein merkwürdiges Rauschen rollte durch ihren Kopf. Dann erwachte sie. Neben ihr schnarchte Frank. Sie lagen noch immer in der Kammer. Eine Kerze brannte auf dem Nachttisch. Wahrscheinlich hatte sie Ugelnia angezündet. Es musste inzwischen Abend sein. Mina kniff die Lippen zusammen, setzte sich kurz auf.

„Hm."

Der Traum ließ sie ratlos, aber weder traurig noch verstört zurück. Um ihren Hals hing der Anhänger aus ihrem Traum. Aber das wunderte sie nicht. Im Unterland war alles möglich. Sie legte sich wieder zurück auf die Matratze, schloss die Augen, kuschelte sich unter der Decke an Frank und war auch schon wieder eingeschlafen. Ihre linke Hand, die den Anhänger samt Miniatur-Frauengestalt und Kristall an der feingliedrigen silbernen Kette um ihren Hals fest umschlossen hielt, entspannte sich langsam.

Kapitel 19

Die Schatten wurden länger und die Wochen flogen vorbei wie das bunte Herbstlaub, das mehr und mehr zu einer Masse aus braunem Matsch wurde, die in der Gosse lag und am Asphalt klebte. Kahl ragten die Bäume des Bergischen Landes in den grauen Himmel. Mina und Frank waren Teil einer anderen Welt. Sie lebten bei Zwergen und gingen einem Mann zur Hand, den manche einen Propheten nannten. Jeremia arbeitete Tag und Nacht an der Sinfonie, die ein Übel bannen sollte, von dessen Einbruch in die Welt Mina und Frank bereits einen kleinen Vorgeschmack bekommen hatten. Das motivierte sie, mit ihrem Freund und Lebensretter dem Herrn der Furcht Einhalt zu gebieten – auch wenn sie manchmal das Gefühl hatten, eher Statisten zu sein, die Jeremia Gesellschaft leisteten.

Sie wohnten in unterirdischen Räumen unter alten Kotten, zwischen denen sie sich in von Fackeln ausgeleuchteten Stollen hin- und herbewegten, mal hier, mal da, je nachdem, welcher von Runwarts engsten Freunden sie beherbergte. Es war seltsam, wie schnell sich das Unterland in ihr neues Zuhause verwandelt hatte. Mina wunderte sich, wie wenig sie das Oberland vermisste. Sie begegnete ihrer Mutter, manchmal auch ihrem Vater, in unruhigen Träumen. Nicht selten kam es vor, dass sie dann schlafwandelte. Wenn sie aufwachte, fand sie sich bei Mondschein an der Wupper wieder und musste ihren Weg zurück zu dem Kotten suchen, unter dem sie und Frank untergebracht waren.

Von Jeremia hatte sie erfahren, dass Philippa und Cihan die Flucht aus dem Proberaumhaus überlebt hatten. Mehr musste Mina in diesen Tagen nicht vom Oberland wissen. Frank kam sogar ohne jegliche Botschaft aus dem Oberland aus. Er hatte eine Freundin, zu der er tiefes Vertrauen spürte, das er bisher nicht für möglich gehalten hatte. Sogar die Unsicherheit, die ihn bei Berührungen mit Mina in den ersten Nächten verfolgt hatte, verflog mit der Zeit.

Dennoch besuchten sie regelmäßig das Oberland. Sie standen – ganz dem Tagesrhythmus der Zwerge entsprechend – früh auf und genossen es, nach einem deftigen bergischen Frühstück stundenlang durch die dichten Wälder der Wupperhänge zu streunen. Oft liefen sie Hand in Hand rutschige, feuchte Waldhänge hinauf, um, wenn sie oben angekommen waren, die kalte Luft tief zu inhalieren und – überwältigt von der wetterunabhängigen Schönheit des Bergischen Landes – wortlos über eines der romantischen Täler zu blicken, aus dem dichte Nebelschwaden aufstiegen. Doch Leichtigkeit und Schönheit dieser Tage konnten nicht darüber hinwegtäuschen, dass sie alles andere als in einer Idylle lebten. Die Oberländer konnten sie nicht sehen. Dazu gehörte das verliebte Paar schon viel zu sehr zum Unterland. Es war ein Teil von ihm geworden. Spaziergänger, die ihre Wege kreuzten, sahen einfach durch sie hindurch. Umgekehrt mussten sich Frank und Mina vor merkwürdigen Erscheinungen in Acht nehmen. Die Zeit konnte Streiche spielen, wenn man zwischen Ober- und Unterland wechselte. Mal waren riesige Wohngebiete verschwunden, auf den Flächen erstreckten sich dann Heidelandschaften oder Buchenwälder, mal waren sonst stark befahrene Straßen einfach leer. Epochen überschnitten sich.

Doch auch vor Zwergen, die sie in dieser Schnittmenge wahrnehmen konnten, mussten sie sich hüten. Heimlichkeit war ein oberstes Gebot. Denn, so wurde Jeremia nicht müde zu betonen, es konnte durchaus sein, dass es unter den Zwergen im Unterland einzelne gab, die gegen Einflüsterungen des Herrn der Furcht und seiner Schergen nicht immun waren. Gerüchte waren zu Runwart gedrungen, dass sich Verräter auf die Seite des Herrn der Furcht geschlagen hatten.

„Sie haben vergessen, welche Rolle sie vor Urzeiten bei der Verbannung der Dunkelheit ins Gefängnis aus Licht unter Aufsicht der Herrin der Spiegel hatten.“ So sprach Jeremia eines regnerischen Nachmittags, als die drei in Runwarts Esszimmer saßen und eine kleine, aber feine bergische Kaffeetafel zu sich nahmen, die Ugelnia zubereitet hatte.

Mina setzte ihre Tasse ab. „Herrscherin der Spiegel. Den Begriff habe ich jetzt schon etliche Male gehört. Was hat es mit ihr auf sich? Wer soll das sein? Sie spielt eine wichtige Rolle beim Kampf gegen die Dunkelheit, die der Herr der Furcht in unsere Welt hineinlassen will, oder?"

„Herrin der Spiegel", verbesserte Jeremia mit hochgezogenen Augenbrauen. „Hatte ich das noch nicht erklärt?"

„Nö", meinte Frank kopfschüttelnd. „Wir wissen nur, dass sie etwas damit zu tun hatte, dass dieser Kerker für die Dunkelheit geschaffen wurde."

„Ja, richtig, das war ihre Hauptaufgabe. Nachdem die Dunkelheit gebannt worden war, sperrten meine Brüder und ich – damals waren die Bannsänger noch zahlreich! – die Dunkelheit in ein Gefängnis aus purem, reinem Licht. Das war eine Grenze, hinter der sie ihre Kräfte nicht entfalten und die sie nicht überwinden konnte. Aber ihr wisst alle, wie es mit Licht ist – es ist eine flüchtige Sache." Jeremia seufzte. „Und mit dem Feenlicht, das wir damals verwendeten, und das wir an einzelne Leitmotive unserer Gesänge knüpften, war es eine noch heiklere Sache. Also baten wir die Herrin der Spiegel um Hilfe."

„Ist das wörtlich zu nehmen, so – so wie der Herr der Treppen?", fragte Frank, der sich einiges zusammenreimte.

„Im Grunde ja", sagte Jeremia, während er sich Kaffee nachgoss. „Sie herrscht über die Spiegel, hinter den Spiegeln. Durch ihr Reich gelangt man von einem Spiegel zum anderen, und die Spiegel verbinden Orte in unterschiedlichen Welten. Eines ihrer Instrumente, ob Waffe oder Werkzeug, ist das Licht. Und deshalb war sie die logische Ansprechpartnerin dafür, als es darum ging, einen Kerker aus reinem Licht zu errichten …"

„Mbwoment Mal", sagte Mina um einen Mund voll Kuchen herum, „heißt das, ihr habt mit ihrer Hilfe, also mit Spiegeln, das Feenlicht in einen ewigen Reflex gebannt, sodass es immer um die Dunkelheit herum hin- und herreflektiert wird, und sie nicht herauskann?"

„Genauso ist es", strahlte Jeremia. „Ihr beiden habt schon richtig viel begriffen. Und ihr habt gelernt, zuzuhören. Ich denke, wir werden ganz schön weit kommen." Er seufzte, und das Lächeln verschwand von seinem Gesicht: „Aber ich habe seit einiger Zeit nichts mehr von der Herrin der Spiegel gehört.“ Seine Augen nahmen einen verträumten Ausdruck an. „Ja, ich habe dich schon lange nicht mehr besucht – vergib mir“, sagte er zu sich leise. Er räusperte sich und fuhr hörbar fort. „Die Tatsache, dass die Kobolde an Samhain durch die Spiegel auf die Party kommen konnten, ist kein gutes Zeichen. Die Kerkermauern wanken. Wir können nur hoffen, dass der Herrin nicht die Kontrolle über ihr Reich entgleitet, bevor die Sinfonie fertig ist – was mich daran erinnert, dass ich wieder an die Arbeit gehen sollte.“ Jeremia stand auf.

Rasch schluckte Frank seinen letzten Kaffee herunter und stellte noch eine Frage: „Und die Zwerge – die haben damals aber auch daran mitgeholfen, diesen Kerker aus Licht zu errichten?“

„In der Tat – sie haben die Spiegel geschliffen, denn wie ihr euch denken könnt, reicht für so eine Aufgabe kein einfacher Schmink- oder Badezimmerspiegel. Aber ach, sie wissen es nicht mehr. Alles, was die Zwerge sehen, ist, dass die Menschen sie vergessen haben, dass sie nicht den Respekt bekommen, der ihnen zusteht. Sie sind verletzt in ihrem Stolz – ein emotionaler Zustand, der rasch zu falschen Entscheidungen und schlimmen Folgen führen kann.“

„Ja aber, wo liegt denn nun dieser Kerker?“, setzte Mina noch einmal an.

Jeremia räumte bereits das Geschirr zusammen. „Unter dem größten Spiegel des Bergischen Landes“, gab er nur knapp und schmallippig zurück. Mina und Frank warfen sich einen verblüfften Blick zu. Zu dumm, dass es im Unterland mit der modernen Technik (und ihrem Funktionieren) nicht so weit her war. *Das* hätte Frank jetzt verdammt gern gegoogelt.

* * *

Jeremia sahen sie immer seltener, je kürzer die Tage wurden. Er vergrub sich im alten Musikzimmer, das der legendäre Zwergen-Kapellmeister Kraisler unter Schloss Hackhausen in Solingen-Ohligs eingerichtet hatte, kurz nach der Schlacht gegen die marodierenden

Koboldbanden am Landwehr-Brenkel. Wenn Frank und Mina ihn sahen, war es eine außergewöhnliche Erfahrung. Er schien aus sich selbst heraus zu leuchten – zumindest kam es Mina so vor. So sehr strahlte er ob der Aufgabe, der er sich verschrieben hatte. Der ganze Raum war mit Melodien erfüllt – auch, wenn Jeremia gerade nicht auf dem Flügel, der Klarinette, der Geige oder was auch immer musizierte. Wobei Mina sich inzwischen fragte, woher all die Instrumente kamen, die Jeremia immer, wenn man ihn gerade nach einer bestimmten Sache fragte (etwa: „Wie klänge das auf einer Panflöte?"), aus den Taschen seines Ledermantels zog. Man konnte die Kraft der Musik förmlich spüren. Ein Gefühl, dass Frank und Mina in ihren dunkelsten Stunden Hoffnung gab, in der bangen Zeit, die sie abwarten mussten, bis zur Wintersonnenwende.

* * *

Eines Abends wollte Mina nach Jeremia schauen, nachdem sie mit Frank von einem ihrer langen winterlichen Spaziergänge durch die Bruchwälder der Ohligser Heide gekommen war. Sie öffnete die knarrende Tür zu seinem Kellerzimmer. In ihrem Haar trug sie Farn, ihre rechte Hand umgriff einen Tannenzapfen – beides waren Mitbringsel. Jeremia raufte sich die Haare. Er war wie ausgewechselt. Im schwachen Licht der Petroleum-Lampe traten die Furchen, die der Gram in sein Gesicht zeichnete, noch deutlicher hervor.

„Was nutzt diese Komposition, wenn sie niemand hört?", rief er. „Eine Komposition lebt von ihrer Inszenierung, von einem riesigen, ergriffenen Publikum. Das schaffe ich doch nicht allein – selbst wenn ich mir noch zehn Instrumente mehr umhänge als Bob Dylan und sie dann alle auf einmal spiele! Es wird so nicht funktionieren, wir werden den Herren der Furcht niemals besiegen." Er bäumte sich verzweifelt nach hinten und schlug die Hände vor das Gesicht. „Außerdem brauchen wir Licht, ein gigantisches Lichterspektakel muss die Kraft der Musik unterstreichen, Licht und Musik müssen verschmelzen, sie müssen gemeinsam gegen die Dunkelheit kämpfen, dazu brauchen wir Spiegel, Spiegel, Spiegel, aber ich verstehe nichts von der Bühnengestaltung, ich bin Komponist, ich glaube, ich verliere den Überblick, nein, allein schaff ich das nicht, ich schaff das nicht, das ist zu viel, nein, nein, nein!“

Mina wusste nicht recht, was sie auf diesen Nervenzusammenbruch entgegnen sollte. „Denk nach“, sagte sie zu sich selbst. Auch wenn für sie die Vorstellung, wie der Herr der Furcht mithilfe einer „Spiegelsinfonie“ – so sollte die Komposition heißen – zu schlagen war, immer noch eine recht vage war: Ihr musste etwas einfallen. So viel hing von Jeremia ab, er durfte nicht verzweifeln.

„Wir brauchen also jemanden, der die Sinfonie in Solingen auf die Bühne bringt“, fasste sie ruhig zusammen, während sie auf- und abschritt. Jeremia ließ die Hände von seinem Gesicht gleiten und blickte zu ihr auf. Seine Gesichtszüge glätteten sich. „Wir brauchen jemanden, der alles so vorbereitet, dass die Dunkelheit dahin geht, woher sie kommt. Wir brauchen Musiker …“

„… ja, viele Musiker“, stimmte Jeremia mit ein, der sich wieder beruhigt hatte. „Viele Musiker, unterschiedliche Stile, Stile, die unterschiedlicher nicht sein können, und die doch harmonieren, und vor allem müssen diese Musiker und Musikerinnen die Musik im Blut haben, sie lieben, aus vollstem Herzen spielen, wir brauchen Töne, die Dimensionen sprengen.“ Jeremia hatte sich in Rage geredet, Schweißtropfen perlten an einer schwarzen Locke herab, die in seiner Stirn hing. Mit großen Augen sah er Mina an, die ihre Erregung zu unterdrücken versuchte.

In ihren Kopf strömten viele Ideen gleichzeitig. Vertraute Menschen, die sie schon lange kannte, tauchten vor ihrem geistigen Auge auf. Menschen, die ihre Hand ausstreckten und sagten: Wir sind dabei.

„Jeremia“, sagte sie mit leuchtenden Augen und einem Lächeln, das um ihre Mundwinkel tanzte, „ich kenne da jemanden, nein, besser gesagt, ich kenne ein ganzes Team, das uns weiterhelfen kann.“

Kapitel 20

Lea trat missmutig aus der Imbissstube von Dimitros in die feuchtkalte Luft, stellte mit gerümpfter Nase fest, dass ihre Klamotten für die nächsten hundert Jahre nach fettigen Pommes stinken würden und begann, ziellos die Focher Straße entlang zu laufen. Ihr Leben war durcheinandergeraten. Schlimm genug, dass die Sache mit Frank so gelaufen war – aber was danach passiert war, konnte sie bis jetzt kaum verdauen. Hatte Slug recht gehabt? Waren das wirklich Aliens? Oder stimmte die Geschichte, die Frank und seine – sie musste es wohl vor sich selbst zugeben – neue Freundin erzählt hatten? Kobolde?! In Solingen? Was steckte dahinter? Vor allen Dingen: Wo waren Frank und dieses rothaarige Mädchen? Was war nun mit dem verschwundenen JT?

Lea war angestachelt, dahinter zu kommen, was vor sich ging. Das war eine ganz heiße Story. Und Mimosen wie diese blonde Freundin von Frankys neuer Freundin und deren Macker, der sich nach der Party um sie gekümmert hatte, konnte sie nicht gebrauchen. Sie war eine Einzelkämpferin. Dieser Einstellung hatte sie viel zu verdanken, sowohl beruflich als auch privat. Jetzt wartete nicht nur die Story ihres Lebens. Vielleicht brauchte Franky ihre Hilfe, und wenn sie ihm half, hatte sie vielleicht eine Chance, ihn seiner Freundin auszuspannen und zurückzuerobern. Dass er sie fallen gelassen hatte, saß. *Sie* verließ Männer – nicht umgekehrt. Wobei sie auch ehrlich sein musste – seit sie Frank verlassen hatte, hatte es niemanden mehr gegeben, den sie hätte verlassen können. Unter denjenigen, die dieses Halloween-Massaker nicht überlebt hatten, schien Franky jedenfalls nicht zu sein. Sie hatte alle Register gezogen, um das abzuklären, bis hin zum Kaffeetrinken mit dem zuständigen Polizei-Pressesprecher im Wuppertaler Präsidium. Da hatte sie sich längst entschieden, sich wegen nervöser Erschöpfung mit Verdacht auf Burn-out vom Buzzer beurlauben zu lassen. Das zog immer, und auf ihr bestes Pferd im Stall konnten die Kollegen nicht verzichten. Sie hatte sich bei einer ehemaligen Kommilitonin in Wuppertal einquartiert. Was folgte, war mühevolle Kleinarbeit und intensive Recherche in Solingen und Wuppertal. Sie drehte jeden Stein um. Jeden. Sie versuchte, herauszufinden, was genau Frank in der letzten Zeit getrieben hatte – und was es mit JTs Verschwinden auf sich hatte.

Dieser Ansatz schien sogar vielversprechender. Nach langen Gesprächen mit den anderen Mitgliedern von Freakpatrol, mit Klassenkameraden und seiner Freundin kam sie endlich auf eine Spur, die man vielleicht nicht als heiß, aber als noch nicht ganz erkaltet bezeichnen konnte.

Mit großer Wahrscheinlichkeit hatte JT am Tag seines Verschwindens einen Proberaum gesucht. Vielleicht würde Lea wenigstens die Stelle einkreisen können, an der er ungefähr verschwunden sein musste, wenn sie mit vielen Menschen sprach, die ihn zuletzt lebend gesehen hatten. So war sie auf Dimitrios gestoßen. Der war zwar nicht besonders erbaut, weil er zunächst dachte, Lea sei von der Polizei oder vom Ordnungsamt (und erklärte mit seinem griechischen Akzent: „Iiin meiiinee Iiiimbiiiis iiiste aaaaless sauber, äährlich!“), aber als er merkte, dass sie im Auftrag eines Freundes nach dem, seit Oktober vermissten Jungen suchte, taute der kahlköpfige Grieche mit der Statur eines Bären schnell auf.

„Ja, därr isste iiier gewäsen, hat sisch ein Proberaum angessä-en. Abbe warr'e mit Bezaahlung nichte einverstaanden. Und da hattesisch schnell wiedda verabschiedet, weissdu? Aber isster gute Junge, viellaicht isste was passiert.“

Lea schlenderte gedankenverloren vor sich hin und bog in die Alberich-Straße ein. Hatte diese komische Kuh mit dem englischen Namen nicht was von Zwergen gefaselt? Das war wohl eine Straße, die nach einem der Zwerge in der Nibelungensage benannt war. War das der Wink mit dem Zaunpfahl vonseiten des Schicksals? Wenn ja, dann hatte das Schicksal einen komischen Sinn für Humor, der Frank gefallen hätte. Überhaupt. Frank. Es war einfach alles blöd gelaufen mit ihnen. Vielleicht hätte sie ihm einfach einmal deutlicher sagen sollen, was ihr an ihm gefiel. Seine Art, die Dinge ganz stoisch und von einer höheren Warte aus zu betrachten. Seine Tendenz, zu analysieren statt voranzupreschen, bevor eine Frage in einem Seminar anständig erörtert wurde. Seine Fähigkeit, Situationen mit Würde zu ertragen, die ihm in Wirklichkeit zuwider waren und die ihm alles abverlangten. Stattdessen hatte sie immer nur an ihm herumgenörgelt. Aber das war doch nur zu dem Zweck gewesen, ihm sein wirkliches Potenzial bewusst zu machen! Hätte er doch nur einmal den entscheidenden Schritt gemacht. Sich von seinen eigenen Dämonen befreit, seine Angst davor, auch einmal im Leben Erfolg zu haben, abgelegt. Sie wären ein unschlagbares Team gewesen. Und wieder vexierte sie der Stachel in ihrem Herzen: Er hatte ihre neulich ausgestreckte Hand ausgeschlagen. Er! Und das, obwohl sie sich nie so richtig voneinander gelöst hatten. Was ihr auch erst bewusst geworden war seit dieser furchtbaren Nacht, als Frank verschwunden war. Natürlich, sie waren kein Paar mehr. Wenn sie je wirklich eines gewesen waren. Aber verdammt noch mal, ihm musste doch klar sein, dass sie irgendwie noch zusammengehörten. So viel Grips hätte Lea Frank zugetraut. Ansonsten wäre es schließlich vorbei gewesen. End of the line. Keine Mails, keine Telefonate, keine Post, keine Weihnachtskarten, Ende, Aus. Dann wäre Schluss gewesen. Es war doch Frank gewesen, der immer von einem „schwebenden Verfahren“ gesprochen hatte?

Es begann zu schneien. Lea zog den Reißverschluss ihres N3B-Polarparkas (Standardausgabe der US-Streitkräfte für Air Force-Crews und U-Boot-Besatzungen in arktischer Umgebung, ein Original-NATO-Item, an das man nicht so ohne Weiteres in Europa herankam, verfeinert von einem japanischen Designerteam) bis an ihr Kinn hoch zu. Ob sie Frank jemals wiedersehen würde? Ob er noch lebte? Es war schon komisch. Sie hätte nie gedacht, dass ihr so viel an ihm liegen würde. Jetzt, wo sie ihn beinahe verloren hatte, ach was – vielleicht für immer verloren hatte. Ein kaltes, klammes Gefühl stieg aus ihrer Magengrube hoch, kroch durch den Brustkorb empor in den Hals. Das musste das Wetter sein. Das musste es sein. Lea zwinkerte Schneeflocken weg, die sich auf ihren langen Wimpern niedergelassen hatten.

Rechter Hand erstreckte sich eine langgezogene Böschung. Solingen bestand ja eigentlich nur aus Pampas, sobald man sich fünf Gehminuten von einem der diversen Subzentren entfernte. Lea hatte nie verstanden, was irgendwer an dieser Stadt finden konnte, die nur von ihrer Vergangenheit lebte und die aus ihrer Sicht keine Zukunft hatte, wie es nie eine Reunion der echten Manic Street Preachers geben würde.

Lea kam eine merkwürdige Idee. War nicht immer von anderen Welten und ähnlichem esoterischen Unsinn die Rede gewesen? Das Auto des Preachers-Gitarristen hatte man doch in den 90ern auf einer Brücke in England gefunden. Offene Türen, laufender Motor oder so. Und der Typ war einfach weg. Manche sagten vom Erdboden verschluckt. Manche sagten, von der Brücke gesprungen. Moment. Vom Erdboden verschluckt … Lea stakste vom Bürgersteig in die Böschung. Da der Boden gefroren war, kam sie gut voran. Auch wenn sie sonst nicht so die große Outdoor- und Querfeldein-Fanatikerin war. Vielleicht lag JT hier irgendwo. Oder was von ihm übrig war. Die Polizei hatte nur am Engelsberger Hof, in der Nähe von Schloss Burg, in Müngsten und in der Nähe der Sengbachtalsperre gesucht. Wer weiß, was mit dem Jungen passiert war – die nahmen doch alle Drogen …

Aber was war das? Zwischen den kahlen Büschen dort oben. Ein alter Luftschutzbunker. Dunkle Eingänge gähnten wie leere Augenhöhlen, zwei nebeneinander, neben einem mit Graffiti beschmierten Transformatoren-Häuschen. Daneben stand das obligatorische Warnschild der Stadtverwaltung. Die Eingänge waren verschlossen. Mit einem schweren Vorhängeschloss, und Lea hatte keinen Bolzenschneider dabei. Für einen kurzen Moment überlegte sie tatsächlich, zurück zu Dimitrios zu gehen, um ihn um Werkzeug zu bitten. Was für eine Schnapsidee – im wahrsten Sinne des Wortes. Der würde ihr nur wieder einen Ouzo einhelfen („Isste gut gägen Kälte, weissu?"). Trotzdem ließ die Idee sie nicht los, auch wenn sie vor Kälte eine triefige Schniefnase bekommen hatte. Wenn JT vom Erdboden verschluckt war, konnte er genauso gut in einen Bunker geklettert sein. Und Lea hatte mehr als einmal über Bunkerbesichtigungen geschrieben. Irgendwo gab es immer zusätzliche Luftschächte bei dieser Art der unterirdischen Bauweise. Hinter dem Bunkereingang stieg der Hügel sanft an, in den das Schutzbauwerk eingegraben war. Lea bahnte sich einen Weg durch das kahle Gesträuch auf die Hügelkuppe. Schon aus einigen Metern Entfernung sah sie, dass die Mühe nicht umsonst sein würde. In eine schwere Betonplatte vor ihr war eine rostige, stählerne Luke eingelassen. Die stand ja offen! Binnen einer Millisekunde fielen alle Puzzlestücke an ihre Plätze. Leas melancholische Stimmung war wie weggeblasen. Zumindest JTs Verschwinden würde sich womöglich doch rückhaltlos aufklären lassen. Lea trat vorsichtig näher an das Loch, der gefrorene Boden knirschte unter ihren Stiefelsohlen. Eine Leiter war innen an der Mauer befestigt. Sie beugte sich hinunter, um mit ihrer kleinen LED-Leuchte, die sie an ihrem Schlüsselbund immer bei sich trug, in den Schacht zu leuchten. Ob der Abstieg wohl leicht wäre? Die Leiter jedenfalls schien stabil zu sein und dürfte sich in jedem Fall als hilfreich erweisen …

Lea setzte einen Fuß auf eine der obersten Sprossen. Und dann den zweiten. Wenigstens trug sie Handschuhe. Aber so oder so würde sie nach dieser Exkursion wie ein Waldschrat aussehen. Ob sie vielleicht jemanden hätte anrufen sollen, der sich mit so was auskannte? Ach, Unsinn! Als sie sich für diese Reportage in Kolumbien eine Woche lang mit einer Ameisenstraße ihren Schlafsack teilen musste, hatte sie gelernt, sich über Recherche-Umstände nicht zu beschweren. Jemand, der einem unter die Arme griff, wollte in der Regel auch irgendwas. Und wenn es nur ein Teil des Honorars für die Story war, um die es ging. Aber – was war das?

Plötzlich waren überall Arme. Hilfreiche, hilfreiche Arme. Die aus dem Schacht kamen. Die ihr „hinabhalfen". Obwohl sie das gar nicht wollte. Die sie hineinrissen. Die ihr den Mund zuhielten. Das graue Lukenrund, einen Ausschnitt des Himmels zeigend, wurde immer kleiner über Lea, während sie in einem Knäuel von Armen abwärts gerissen wurde. Und plötzlich schloss es sich mit einem hässlichen Quietschen, Kreischen und Knarzen. Nicht gut. Gar nicht gut. Frank, du Arschloch! Alles wegen dir.

Kapitel 21

Termitenstaat. Ein verlassener Termitenstaat. Ein verlassener Termitenstaat, der auf seinen Untergang wartete. Das war das Rathaus bei Nacht, dieser eckige Klotz mit unzähligen Fenstern. Es war nach elf Uhr. Dr. Metzger saß an seinem Schreibtisch und starrte durch das riesige Bürofenster in den Schneematsch der Dezembernacht. Er fragte sich, wie das gläserne Rathaus wohl für einen Passanten aussehen musste, der sich um diese Uhrzeit über den verlassenen Platz traute. Alle Fenster waren schwarz, nur seines leuchtete. Wie ein letzter, schwach glimmender Stern im kalten Universum, in dem sonst alle anderen Sterne verloschen waren. Er war allein. Es war nur noch eine Frage der Zeit, dann würde er nicht mehr da sein. Die letzten Positionen, die Geld für die kulturellen Einrichtungen der Stadt fließen ließen, würden bald aus dem städtischen Haushalt gestrichen werden. Sein Job war auch bald dran. Das winzige Büro als Teil der „Regionalen Koordinierungsstelle zur Qualitätssicherung und Vernetzung kultureller Angelegenheiten in den Städten Wuppertal, Solingen und Remscheid“ (RKQVKA für W/SG/RS) würde auch unter den Sparhammer fallen. Er war der letzte Termit. Mit Verwunderung und auch ein wenig Faszination stellte Dr. Metzger fest, dass er nicht nur dabei war, seinen Job, sondern auch seinen Verstand zu verlieren.

„Was soll's?“, fragte er sich und zuckte leicht die Schultern. Erwartungsvoll blickte er abwechselnd in die Gesichter von Wilhelm von Humboldt und Erasmus. Als ob er die Meinung der beiden Männer hören wollte, deren Miniatur-Büsten vor ihm auf der Schreibtischkante saßen und ihn ernst anstarrten. Jetzt wollte er sogar mit Toten sprechen! So ging das nicht weiter, es war höchste Zeit, Feierabend zu machen und nach Hause zu gehen. Dr. Metzger wollte gerade seinen Computer ausschalten, als er von einem dumpfen Poltern aufgeschreckt wurde. Entsetzt starrte er auf einen antiken Holzschrank vor der Wand gegenüber seines Schreibtischs, der mit einer eindrucksvollen Sammlung von Ausstellungskatalogen gefüllt war. Verrücktwerden hatte er sich anders vorgestellt: Eigenartige Gedanken waren bei zu viel Arbeit, zu vielen Einsparungen und zu wenig Anerkennung in Ordnung, aber Halluzinationen? Angespannt starrte er auf den Schrank.

„Herr Dr. Metzger?“, hörte er eine bekannte Frauenstimme dumpf hinter dem Holz hervordringen. Dr. Metzger räusperte sich. Eine allzu schlimme Halluzination konnte das nicht sein.

„Ja, bitte?“, reagierte er verwundert, aber auch höflich auf diese Frage.

„Hier ist Frau O'Sullivan, könnten Sie uns bitte aufmachen?“

„Aber selbstverständlich, Frau O'Sullivan ich komme sofort“, rief er, eilte zum Schrank, aus dem die Stimme kam, und drehte den Schlüssel. Unter dem untersten Regal steckten zwei Körper, die sich hustend auf den Büroboden vor seine Füße rollten.

„Frau O'Sullivan? Ich weiß ja, dass Sie immer lange arbeiten, aber das ist nun wirklich ein unerwarteter Besuch!“, rief er erstaunt aus.

Ihm war durchaus bewusst, dass er eigentlich hätte fragen müssen, was sie um alles in der Welt in seinem Schrank machte, und dann auch noch zu dieser Uhrzeit und in männlicher Begleitung. Vor seinen Füßen lag ein Mann von auffällig kräftiger Statur, dessen Gesicht er unter den schwarzen Locken nicht erkennen konnte. Gleichzeitig nahm Dr. Metzger zur Kenntnis, dass ihm die Antwort gleichgültig war. Es war so weit: Er wurde verrückt. Jetzt galt es, seine Würde zu bewahren und sich mit Stolz seinem Schicksal zu stellen. Mina O'Sullivan und ihre Begleitung waren aufgestanden. Dr. Metzger betrachtete fasziniert den kräftigen Mann mit ausdrucksstarker Nase, einem Outfit und dem Charisma eines Action-Helden eines Fantasy-Klassikers aus Hollywood.

Als würde er jeden Tag bei Fremden im Büro aus dem Schrank kriechen, klopfte sich dieser den Staub von seinem Ledermantel und sagte: „Schön haben Sie es hier! Ein feiner Schrank – 'n bisschen eng vielleicht …“

„Herr Dr. Metzger“, sprudelte Mina drauf los, nachdem sie ihm förmlich die Hand geschüttelt hatte. „Es tut mir wirklich leid, Sie so spät und auf diese eigentümliche Art zu stören, aber es ist dringend. Wir haben keine Zeit zu verlieren. Darf ich vorstellen? Das ist Jeremia. Jeremia: Dr. Metzger.“

Höflich lächelnd schüttelte Dr. Metzger dem Unbekannten die Hand, die mindestens doppelt so groß war wie seine. Der Blick aus den Augen des Mannes strahlte Weisheit und Kraft aus – wie der Blick eines Yogi, eines Schamanen oder eines anderen Heiligen. Das war in der Tat eine höchstinteressante Vision. Spektakulär! Neugierig betrachtete er die junge Frau, die verhalten neben der paladinartigen Halluzination vor ihm stand. Vielleicht war wenigstens sie wirklich da? Oder auch nicht – egal! Langsam fand Dr. Metzger Gefallen am Verrücktwerden. Diese Situation war um einiges spannender als der Arbeitsalltag in der Verwaltung, in dem er die Ursache seiner langjährigen Magenbeschwerden und seines Sodbrennens sah. Vor allem: Er war nicht allein.

„Nehmen Sie doch Platz“, trällerte Dr. Metzger seinen Besuchern entgegen und tänzelte zurück zu seinem Schreibtisch, wo Erasmus, Wilhelm von Humboldt und die Kaffee-Maschine warteten. „Kaffee?“, war die einzige Frage, die er stellte. Eine angenehme Gelassenheit breitete sich in ihm aus. Er versorgte Frau O'Sullivan, den merkwürdigen Herrn und sich selbst mit einer Tasse Kaffee, dann setzten sie sich in die Besucherecke seines Büros.

Mina legte sofort los. Wild gestikulierend fasste sie den Stand der Dinge zusammen. Dr. Metzger nickte zunächst freundlich lächelnd. Als Mina jedoch auf die Spiegelsinfonie zu sprechen kam, veränderte sich seine Stimmung. Die Mischung aus Interesse und distanzierter Gelassenheit, mit der er den Prozess des Verstandverlierens bis jetzt beobachtet hatte, schwand. Konzentriert hielt er einen Finger an die Nasenspitze und lauschte gebannt Mina, die jetzt voll in Fahrt war. Diese junge Frau hielt eine Art Plädoyer für das Theater. Eine Spiegelsinfonie im Theater … Das war es! Er verstand zwar nicht warum, und was das Projekt mit Kobolden, Dr. von Furcht und der Dunkelheit zu tun hatte (natürlich war es draußen um diese Uhrzeit dunkel!). Aber sein Puls schoss hoch, der Magen krampfte sich zusammen – doch dieses Mal nicht als Folge von psychosomatischen Wechselwirkungen zwischen Verzweiflung und der übernatürlichen Produktion von Magensäure. Es war Begeisterung, ein Höhenflug der Euphorie!

Auch Jeremia war von Minas Plädoyer ergriffen. Jetzt redete er begeistert auf Dr. Metzger ein, schilderte ihm synkopische Läufe, Centonisationen, diatonische Moduswechsel und vieles mehr. Dr. Metzger war zwar kein Musikwissenschaftler und verstand kein Wort, verfolgte aber glühend jede Silbe dieses Menschen, auf den er sein Leben lang gewartet hatte. Hier vor ihm saß ein Mann, den diese Stadt brauchte. Und jetzt fing dieser Prophet sogar an, Musik zu machen. Er zog erst eine Bratsche aus seinem Mantel, dann eine Trompete, schließlich eine Oboe, eine Triangel und eine Querflöte.

Begeistert applaudierte Dr. Metzger und lachte, woraufhin Jeremia zurücklachte und laut verkündete: „Hey! Und jetzt kommt der beste Teil, pass auf, Bruder!"

Nach einer sehr musikalischen Stunde hatte Dr. Metzger seine Entscheidung getroffen: Verrückt werden, war wunderbar! Er stand auf, ging auf seinen übergroßen, quietschenden Schuhen ein paar Schritte zum Fenster, drehte sich um und blitzte seine Gäste mit schelmischen Augen an.

„Großartig!", rief er. „Frau O'Sullivan, ich muss sagen, das klingt zwar alles ganz unglaublich – aber ich bin begeistert, besonders von Ihrer Musik, Herr Jeremia."

„Also helfen Sie uns?", fragte Jeremia aufgeregt.

„Helfen?", brach es aus Dr. Metzger heraus. „Ich werde alles dransetzen, dass es eine Spiegelsinfonie geben wird – und wenn es das Letzte ist, dass ich hier tun werde! Ich wiederhole: alles!"

„Haben Sie eine Idee, wie sie das Ganze finanzieren?", fragte Mina.

„Natürlich!", entgegnete Dr. Metzger und wunderte sich selbst über seinen unbändigen Optimismus. Er würde sie alle zusammen trommeln – alle Solinger Unternehmen, denen ihr Standort am Herzen lag, er würde alle Politiker und Politikerinnen für das Vorhaben gewinnen. Noch waren nicht alle Sterne im Termitenstaat verloschen. Es schlug Mitternacht. Bald brach ein neuer Tag an – und sein Feldzug würde beginnen.

Kapitel 22

Cihan ging neben Philippa her. Es war der erste Tag seit jener schrecklichen Nacht, an dem sie sich vor die Haustür wagte. Cihan hatte sie zu einem Spaziergang überreden können. Besorgt sah er Philippa von der Seite an, während sie mit gebeugtem Rücken und gesenktem Blick um das Theater trottete. Durch die Einkaufszone der Innenstadt zu laufen, war zu riskant. Womöglich hätten Arbeitskollegen die krank gemeldete Philippa gesehen. Dann wäre sie ihren Job im Jugendheim los gewesen. Was seine Arbeitskollegen gesagt hätten, war ihm herzlich egal. Insgeheim war er froh, dem öden Büroalltag entkommen zu sein, auch wenn das mit so schrecklichen Umständen verbunden war – die Gewalt in jener Nacht, Minas Verschwinden, Philippas gesundheitlicher Zustand. Eine kleine Runde um das Theater, das nicht weit von Philippas Wohnung entfernt gegenüber vom Rathaus lag, würde für den Anfang reichen. Hauptsache, Philippa ging nach all den Wochen endlich wieder vor die Haustür.

„Da vorne machen wir eine Pause", sagte Cihan und deutete auf eine Bank, die an einer vom geschmolzenen Schnee aufgeweichten Wiese stand. Philippa nahm wortlos Platz. Cihan holte eine Wolldecke aus seinem Rucksack, die er von Zuhause mitgebracht hatte, und wickelte sie fürsorglich um Philippa, vom Hals bis zu den Fußgelenken, damit sie in der Kälte nicht fror. Am Ende beugte er sich vor, legte seine Hände auf ihre Schultern und sah ihr fest in die Augen. Wieder rannen Tränen über Philippas Wangen. Cihan zog ein Taschentuch heraus und trocknete ihr behutsam das vom Weinen und von der Kälte gerötete Gesicht.

„Hey, Philippa, alles wird gut, glaub mir", sagte er sanft und strich ihr eine dicke Haarsträhne, die an ihrem Gesicht klebte, hinters Ohr.

So ging es seit Wochen. Philippa weinte oder sprach von jener Nacht und Cihan versuchte sie zu trösten, indem er ihr zuhörte, beruhigende Worte sprach oder für sie auf seiner Saz spielte. Er glaubte, was er da sagte. Mina war nicht tot. Jene furchteinflößenden Bilder, die Philippa nicht aus dem Kopf gingen, hatte er einfach an sich vorbeiziehen lassen, ohne mit ihnen in Berührung zu treten. Alles würde ein gutes Ende nehmen. Er wusste, dass Mina noch lebte. Hoffentlich passte dieser kaputte Typ gut auf sie auf.

Zur großen Verwunderung einer Handvoll Anhänger aus der Techno-Szene, die sich nach jener Nacht in Philippas Wohnung einquartiert hatten, weil sie einfach nicht wussten, wie sie ihr Leben nach jenen Erlebnissen weiterführen sollten, wurde Cihan nicht müde, Philippa zu trösten.

Seine scheinbar unversiegbare Geduld flößte auch Slug großen Respekt ein, der sich dieser neuen Wohngemeinschaft angeschlossen hatte und Cihans Anweisungen bezüglich Einkäufen, Putzen oder der Pflege von Philippa ohne mit der Wimper zu zucken befolgte. Für Cihan war diese bedingungslose Fürsorge selbstverständlich. Er wunderte sich, dass es in Philippas Bekannten- und Freundeskreis niemanden zu geben schien – von Mina abgesehen – der sich um sie kümmern wollte.

Cihan öffnete ein Päckchen aus zerknittertem Alufolie. Mit zwei Fingern griff er nach einem klebrigen Stück Baklava und hielt es lächelnd vor Philippas Mund. Es fehlte nur, dass er „A“ sagte wie ein Kinderarzt. Philippa lachte leise vor Rührung auf, schniefte und wischte sich den Schnodder von der laufenden Nase.

Cihan war unermüdlich, dachte Philippa. Er gab einfach nicht auf. Sie beugte sich nach vorn, öffnete den Mund und ließ sich das süße Stück in den Mund schieben. Philippa fühlte die wärmende Decke um ihren Körper und die Süßigkeit auf ihrer Zunge, die ihre bisherige Definition von „süß“ bei Weitem übertrumpfte. Wie einfach waren Cihans Methoden. Und wie wirkungsvoll. Sie fühlte sich gleich besser. Cihan setzte sich dicht neben sie und aß ebenfalls Baklava.

„Danke“, sagte Philippa auf einmal klar und deutlich. Cihan hätte sich beinahe verschluckt. Es war das erste Mal, dass Philippa von etwas anderem als von jenen Erlebnissen und von ihrer Sorge um Mina sprach. Unter der Wolldecke kroch ihre kleine Hand hervor und ergriff die seine. Cihans und Philippas Hand lagen ineinandergefaltet auf Cihans Oberschenkel.

„Das ist okay“, murmelte Cihan auf Philippas Dank hin, druckste herum, wusste plötzlich nicht mehr, was er sagen sollte. Ihm wurde etwas mulmig zumute. Sein Herz schlug schneller. Was geschah hier gerade? Philippa ist einfach nur dankbar, sonst nichts, redete er sich ein. Auf der anderen Seite fühlte sich die Art, wie sie sich an den Händen hielten, nicht nach Freundschaft an. Und Cihan spürte, wie gerne, ja, mit was für einer Leidenschaft, er ihre Hand hielt.

Er öffnete den Mund, um etwas zu sagen, als er eilige Schritte vernahm. Philippa und Cihan fuhren herum und sahen einen Mann mit südländischen Gesichtszügen, mit Hut und in dunklen, abgenutzten Klamotten auf sie zukommen. Sein Ledermantel wehte hinter ihm im Herbstwind. Philippa sprang reflexartig auf und wollte die Flucht ergreifen, die Wolldecke blähte sich auf und segelte davon. Cihan hielt die Freundin zurück.

„Warte“, sagte er gebannt, „den kenn ich.“

* * *

Die Aussicht auf baldige Proben für die Spiegelsinfonie beflügelten Jeremias Geist und Herz. Jeglicher Zweifel war verflogen. Das Team stand. Und was für eins! Es waren nur wenige Wochen bis zur Wintersonnenwende, bis zum Abend der Aufführung. Aber gemeinsam würden sie es schaffen.

Jeremia hatte Cihan und Philippa vor dem Theater aufgespürt und dazu überredet, ihm nach Schloss Hackhausen in Solingen-Ohligs zu folgen. Philippa hatte sich anfangs gesträubt, zu groß war ihr Misstrauen. Aber am Ende hatte sie Cihan, dem die Begegnung mit dem Fremden auf dem Fronhof nicht mehr aus dem Kopf gegangen war, überzeugt, dass sie diesem Mann trauen konnten. Am Ende siegte die Sehnsucht nach der Gewissheit, dass es Mina gut ging.

Gemeinsam standen Mina und Philippa nun mit vor Freude verweinten Augen im Musikzimmer, das in den Katakomben unterhalb des Wasserschlosses lag. Der unterirdische Raum ähnelte mit seinen

Flügeltüren und dem beeindruckenden Spiegel im Rokoko-Stil dem Musikzimmer aus dem Oberland. Nur dass er keine Fenster besaß. Die Freundinnen hatten die Arme untergehakt.

Neben den Freundinnen stand Frank und lauschte den Ausführungen des vor Enthusiasmus explodierenden Jeremias, der kreuz und quer durch den Raum lief und immer wieder die Wörter „Sinfonie!“, „Spiegelinstallation!“, „Licht!“ und „Theater!“ fallen ließ.

Cihan wippte von einem Bein aufs andere. Er freute sich, dass Mina am Leben war. Er hatte sie zu Begrüßung heftig umarmt und mehrmals hintereinander auf die Wangen geküsst. Jeremia hatte ihm kurz darauf die große Aufgabe erteilt, ab sofort nichts anderes zu tun, als das Spielen der Meydan Sazı zu üben. Die Klänge dieses Instruments würden bei der Aufführung der Spiegelsinfonie eine bedeutende Rolle übernehmen. Trotzdem fühlte sich Cihan ein bisschen wie das fünfte Rad am Wagen. Philippa und Mina waren Freundinnen, Frank der Freund von Mina. Und er selbst? In welcher Beziehung stand er zu diesen Menschen – vor allem: zu diesen Frauen? Andererseits: War es nicht seltsam, dass er sich gerade jetzt über seine Beziehungen zu Frauen Gedanken machte, anstatt sich pausenlos über diese extrem merkwürdige Situation zu wundern?

Dr. Metzger saß auf einem Schemel und quittierte jede Äußerung Jeremias mit einem heftigen Kopfnicken und vor Begeisterung glühenden Wangen. Zwischendurch wanderte sein Blick zu der blonden, jungen Frau. Mit ihr und Runwart, der vorhin das Zimmer verlassen hatte, um Tee zu machen, würde er ein Team aufstellen, das für die Inszenierung der Sinfonie zuständig war. Er würde mit einem Haufen vor Leidenschaft glühender Menschen zusammenarbeiten, und gemeinsam würden sie die Stadt retten!

„Aber woher bekommen wir so schnell Musiker und Musikerinnen für ein ganzes Orchester her?“, fragte Frank skeptisch.

„Das lass nur meine Sorge sein“, entgegnete Jeremia mit einem kecken Blitzen in den Augen. Er setzte an, noch etwas zu sagen. Doch dazu kam er nicht.

Auf dem Flur vor dem Musikzimmer hörten sie Runwarts wütende Stimme. „Nein, ganz bestimmt nicht. Nein! Du kannst da nicht rein!

Hey!“ Es rumpelte kräftig an den Flügeltüren zum Musikzimmer, dann sprangen sie auf und jemand stürzte, sich auf dem Boden überschlagend, herein.

Es war ein junger Zwerg mit zotteligen braunen Haaren und einem ebensolchen Bart. Seine Füße steckten in Nike-Turnschuhen, die er unter einer Lederhose trug, die wiederum unter einem Kettenhemd hervorlugte. Schon kam Runwart hinterhergestürzt, die Brille schief auf der Nase, die Haare durcheinander, das Schleiferkäppi hatte er verloren. Er hielt ein Stuhlbein in der Hand, das er drohend über seinem Haupt schwang: „Wie kannst du nur? Dir werd ich's zeigen!“

Der junge Zwerg war Jeremia direkt vor die Füße gerollt. Mit einer lässigen Handbewegung stoppte der Musiker Runwart und hielt dem Häufchen Elend die Hand hin, das sich mit beiden Armen vor den Hieben zu schützen suchte, die jeden Moment auf es niedergehen mussten.

„Halt ein, Runwart. Ich denke, er wollte zu mir.“ Die Freunde tauschten untereinander fragende Blicke.

„Kennt den jemand?“, raunte Mina.

„Nö“, meinte Frank.

Im Licht einer Petroleumlampe half Jeremia dem jungen Zwerg auf, machte auf einem Klavierhocker Platz, indem er halb fertige Partituren der Spiegelsinfonie auf die Seite legte.

„Aber … aber so geht das doch nicht“, protestierte Runwart.

„Genau das versuche ich Ihnen ja schon seit Monaten zu sagen“, schniefte der junge Zwerg mit weinerlicher Stimme.

„Was geht so nicht? Was bedrückt dich? Wer bist du, und was führt dich zu mir, junger Freund?“, fragte Jeremia sanft, dem verängstigten Jungen die Hand auf die Schulter legend.

„Mein Name ist Statius. Ich gehöre zu Dóinas Sippe. Und da sind … da sind … schlimme Sachen passiert.“ Jeremia blickte in Runwarts Richtung auf. Seine Miene verfinsterte sich.

„Runwart, Frank, Mina. Schließt die Tür und schiebt am besten noch ein Klavier davor.“

Nachdem die Flügeltür verbarrikadiert war und sie dem jammernden Zwerg auf dem Klavierhocker etwas heißen Tee eingeflößt hatten, fing er endlich an, zusammenhängend zu erzählen. Franks Haare, die ihm wirr um den Kopf hingen (hier unten gab es kein Haarspray) fingen an, sich wieder aufzustellen, zumindest fühlte es sich so an. Mina wurde bleich, Philippa und Cihan verstanden kein Wort, und Runwart schüttelte mit bebenden Lippen unablässig den Kopf. Dr. Metzger hatte einen hochroten Kopf. Einzig Jeremia beherrschte sich. Aber der Blick in seinen Augen spiegelte Wut und stählerne Entschlossenheit.

„Also, das ist es, worauf es hinausläuft", schloss Statius seinen Bericht. „Dóina und einige andere radikale Druiden haben diesen jungen Bannsänger entführt, um sich gegen das Versprechen, dass alles wieder so wird, wie es dereinst war, an dem Plan dieses Oberländers zu beteiligen. Wer konnte denn ahnen, dass das der Herr der Furcht war …" Wieder brach Statius in Schluchzen aus.

Mina schluckte hart. Die Beschreibung des jungen Bannsängers passte genau auf den verschwundenen Jungen. Auf den Freund, den Slug auf der Technoparty gesucht hatte.

„Und außerdem", fuhr Statius fort, „haben sie jetzt seit zwei Wochen noch eine Oberländerin in ihrer Gewalt. Die war wohl auf der Suche nach diesem jungen Bannsänger, weil ihr ein Freund von ihm erzählt hatte, dass er verschwunden sei. Und sie vermutete auch, dass noch jemand anders im Unterland festgehalten wurde. Ein gewisser Fränkkibäibi, nach dem hat sie immer gerufen …"

Alles Blut wich aus Franks Gesicht. Jeremia verlor die Fassung. Er feuerte ein Stück Kaminholz in die Ecke, schlug mit der Faust gegen einen Gong und trat zwei Notenständer über den Haufen. „Verdammt. Verdammt! Verdammt! Der Herr der Furcht hat jetzt sogar zwei Trümpfe im Ärmel: Diesen jungen Bannsänger und dieses Mädel!"

Er hielt einen Augenblick inne, schloss die Augen, atmete tief durch und versuchte sich angestrengt zu sammeln. Dann fragte er Statius nach dem Ort aus, an dem die beiden jungen Leute gefangen waren. Statius verriet, dass JT und Lea von Zwergen bewacht wurden. JTs anfängliches „Gefängnis" in der Nähe eines Bunkers war verlegt worden, inzwischen befanden sich beide an demselben Ort.

„Immer wieder sind Leute durch Spiegel gegangen“, erinnerte sich Statius, „so etwas habe ich früher noch nie gesehen. Und zuletzt haben sie auch den jungen Oberländer durch einen Spiegel mitgenommen, Dóina und die anderen …“

Cihan sah besorgt zu Philippa. Sie zitterte.

„Okay“, fuhr Jeremia fort, den Impuls unterdrückend, nicht weitere Möbel vor Wut kurz und klein zu schlagen. „Immerhin wissen wir jetzt mit Sicherheit, wo die beiden sich befinden. Im Kerker der Finsternis. Dieser Kerker zeigt scheinbar Risse, sonst könnte sich das Gefolge des Herrn der Furcht nicht einfach so zwischen Kerker und Unterland hin- und herbewegen. Und deshalb haben sie JT dorthin gebracht, damit er ihm mit seiner Musik am 21. Dezember den Rest gibt, um die Dunkelheit zu befreien. Ich weiß auch, wie man dorthin gelangt – nämlich über jenes Reich, in dem die mächtige Herrin der Spiegel regiert. Sie war es, die die Dunkelheit in jenem Kerker des Spiegelreiches mit Licht gebannt hat. Wir haben nur ein großes Problem: Wer befreit die beiden? Es wäre schon schwierig genug, wenn ich dies tun würde. Man kann nicht so einfach durch das Reich der Spiegel durchspazieren. Aber ich fürchte, dass ich für diese Aufgabe nicht in Frage komme. Die Zeit rennt uns weg. Ich muss komponieren, sonst schaffen wir es nicht mehr mit der Sinfonie, ich muss mich an die Zeitrechnung der Menschen halten – ich brauche jede Minute mit Dr. Metzger, Cihan und dem Orchester – sonst schaffe ich es nicht, ihnen genug von den Melodien einzuhauchen … Verdammt!“ Jeremia ballte die Faust.

„Das ist nicht schlimm“, sagte Frank trocken. Er richtete sich zu seiner vollen Größe auf, strich sich eine Haarsträhne aus dem Gesicht. Früher hätte er jetzt eine Zigarette gebraucht. Nun fiel ihm auf, dass er seit der Technoparty vor über einem Monat nicht mehr geraucht hatte. „Das ist nicht so schlimm“, wiederholte er mit etwas mehr Leben in der Stimme und nahm Minas Hand. „Wenn du uns sagst, wie wir zum Kerker der Finsternis gelangen, werden wir gehen, um die beiden da raus zu holen.“ Nach einigem Zögern nahm Jeremia diesen Vorschlag an. Ein Befreiungsplan musste her. Nervös schritt er auf und ab. „Als Erstes müsst ihr wissen, wie man in das

Reich der Spiegel gelangt. Das war lange Zeit ein großes Geheimnis. Der Eingang befindet sich unter dem größten aller Spiegel hier im Bergischen Land …“

Mina bekam ihren konzentriert-abwesenden Gesichtsausdruck: „Erwähnt hast du das schon einmal, Jeremia. Aber ist das nun im übertragenen Sinne gemeint oder wörtlich?“

„Wörtlich! Er liegt unter der Sengbachtalsperre! Der größte Spiegel des Bergischen Landes ist deren Wasseroberfläche! Ihr müsst dorthin und die Herrin der Spiegel um Hilfe bitten, ihr müsst sie finden und dann den Kerker aufspüren, um dem Treiben dort ein Ende machen.“

Plötzlich stiegen in Mina Erinnerungen an einen Besuch bei ihrer Mutter auf, der ihr noch immer wie ein Traum vorkam. Der Raum, in dem sie sich befand, verlor dagegen an Farbe, die Stimmen um sie herum schienen von weit her zu kommen. Die Tarotkarten. Eine Reise. Eine Hohepriesterin. Aber sie kam nicht dazu, zu Ende zu denken. Schon diskutierten Dr. Metzger, Runwart, Frank und Jeremia Details der Rettungsaktion. Mina gab dem schniefenden Statius schnell ein Taschentuch und versuchte sich wieder auf das Gespräch zu konzentrieren. Cihan war an Philippa getreten, die mit unruhigen Augen das Gespräch verfolgte, und hielt ihre Hand.

„Wir wollen die beiden befreien und ohne, dass Zwerge zu Schaden kommen“, murmelte Jeremia vor sich hin. „Heiliges Wasser könnte helfen. Wenn die Zwerge damit bespritzt werden, könnte es sein, dass der böse Fluch des Herrn der Furcht, mit dem er die Zwerge manipuliert, aufgehoben wird, vielleicht wären sie dann wieder bei Sinnen. Aber woher nehmen wir jetzt eine Heilquelle? Gibt es so etwas in Solingen?“ Fragend schaute er die beiden jungen Journalisten an.

Frank kratzte sich am Kinn und schien angestrengt nachzudenken. Als er dann sagte „Und was wäre mit Tränengas, K.-o.-Tropfen oder so was?“, sah Jeremia ihn nur mit glühenden Augen drohend an, woraufhin Frank kleinlaut „Tschuldigung …“ sagte.

Mina fiel ein Artikel ein, den sie vergangenes Jahr über den Solinger Stadtteil Gräfrath geschrieben hatte. Musste es eine Heilquelle sein?

„Wir haben einen alten Wallfahrtsort, hier in Solingen“, begann sie.

„Die Geschichte, die dahinter steckt, hat mich immer beeindruckt. Es soll im 14. Jahrhundert gewesen sein. Ein Ritter war am Berg Sinai unterwegs, dort ist er an einen Knochensplitter von der Heiligen Katharina von Alexandria gekommen. Die Reliquie wollte er nach Gräfrath bringen. Denn dort lebte seine Schwester, die hieß ebenfalls Katharina. Den Knochensplitter verlor der Ritter leider, nachdem er Schiffbruch erlitten hatte.

Trotzdem fand die Reliquie ihren Weg nach Gräfrath. Als der Ritter in Gräfrath ankam, erfuhr er, dass ein Engel seiner Schwester den Knochensplitter überbracht hatte." Mina machte eine Pause und sah ihre Mitstreiter und Mitstreiterinnen nacheinander erwartungsvoll an, als wolle sie sagen: „Interessant, was?" Frank reagierte mit Stirnrunzeln. Worauf wollte seine Freundin hinaus?

Philippa sagte noch immer nichts. Aber sie hatte sich beruhigt, nachdem das Gespräch auf eine Legende gelenkt worden war. Ihr rastloser Blick war verschwunden. Sie lauschte diesem kurzen Vortrag zur Solinger Stadtgeschichte.

Cihan hatte den plötzlichen Übergang vom Kerker in der Spiegelwelt zum Thema „Heilwasser" nicht mitbekommen, zu sehr war er abgelenkt von Philippas emotionalem Zustand, den er permanent beobachtete. Er verstand spätestens jetzt nur noch Bahnhof. Diese Szene mit ihren vielen Informationen wirkte auf ihn wie ein falsch zusammengeschnittener Film, in den aus Versehen Teile unterschiedlicher Plots geraten waren.

Dr. Metzger hörte angeregt zu. Faszinierend das Ganze!

„Jetzt kommen wir zum Wasser", fuhr Mina fort. Frank entspannte sich, seine Ungeduld ließ nach. „Der Knochensplitter sonderte Flüssigkeiten ab, darunter Blut, Honig, Öl und Wasser. Diese Flüssigkeiten wurden aufbewahrt. Wegen ihnen pilgerten große Menschenmassen nach Gräfrath."

Jeremias Stimmung erhellte sich. „Ja richtig, genau! Wie konnte ich das nur vergessen", murmelte er.

Davon ermutigt schloss Mina: „Vielleicht kann uns das Wasser weiterhelfen. Die Reliquien werden im Klingenmuseum aufbewahrt."

Frank und Jeremia sahen sich an. „Es könnte funktionieren", sagte Jeremia langsam, dann lachte er laut auf: „Es wird funktionieren! Ha! Ich habe euch doch gesagt, es ist nicht ohne Zweck, dass ihr hier seid! Bloß: Wie kriegen wir das Wasser auf die Zwerge?"

„Sagt dir der Begriff Super Soaker etwas?", fragte Frank vorsichtig. Jeremia lachte nur, imitierte eine Schießbewegung mit dem Zeigefinger und machte ein zischendes Geräusch.

„Es gibt da noch ein Problem", unterbrach Mina. „Wie kommen wir an die Reliquien? Und außerdem glaube ich nicht, dass die Flüssigkeiten die Jahrhunderte überlebt haben."

„Kein Problem!", lachte ihr Jeremia zu. „Zeitliche Überschneidungen an Konvergenzpunkten sind ein Klacks im Unterland. Man muss nur den richtigen Führer haben, damit man nicht aus Versehen in der falschen Epoche landet. Ich habe einen guten Freund, der euch helfen wird."

„Wo werden wir ihn finden?", fragte Mina.

„Über eine steile Treppe, die hinauf zur Klosterkirche in Gräfrath führt. Dort oben wird er auf euch warten. Mit Treppen kennt sich mein Freund bestens aus." Jeremia schüttelte den Kopf und setzte sich ans Klavier, wild drauf los spielend.

Für Frank und Mina war es das Zeichen zu gehen. Vor der Tür zum Musikzimmer drückte Mina Frank einen Schmatzer auf die Wange. Sie verabschiedete sich herzlich von Philippa und Cihan – sie hatten keine Zeit zu verlieren – und zog Frank an ihrer Hand hinter sich her zum nächsten Aufgang.

„Ich glaube, an diese Gespräche im Unterland muss ich mich noch gewöhnen", sagte Cihan matt, noch immer Philippas Hand haltend und zur Tür starrend, die Frank und Mina offengelassen hatten. Auch Jeremia, Runwart, Statius und Dr. Metzger hatten den Raum verlassen. Was sie hier so eben alles zu hören bekommen hatten!

„Echt krass", war Philippas Kommentar zu diesem Dialog, dessen Geschwindigkeit und bizarren Inhalten eine Horde Techno-Fans auf Speed nicht hätten übertrumpfen können.

Cihan drehte sich zu ihr um. „Und? Bist du dabei?", fragte er vorsichtig.

Sie sah ihn an, die Ringe unter ihren Augen zeugten von den

Strapazen der letzten Wochen. Die Erlebnisse hatten Muster in ihr Gesicht geschnitzt wie in ein weiches Stück Holz. Aber ihr Blick war klar und entschlossen.

„Ja“, antwortete sie nur und schaute wieder Richtung Tür. Sie drückte Cihans warme Hand. „Komm, lass uns zu den anderen gehen. So wie die Zwerge aussehen, legen sie Wert auf gutes Essen. Und da kann ich was von vertragen“, zwinkerte sie. Sie sah die Freude in Cihans Augen glimmen – darüber, dass sie ohne Aufforderung essen wollte. Ihr Herz machte einen Sprung. Sie war noch lange nicht gesund, aber sie hatte ihre Ohnmacht überwunden, diese lähmende, quälende Ohnmacht. Jetzt war ein Wendepunkt. Sie würde bei den Vorbereitungen zur Sinfonie mitanpacken, wo es nur ging – und dass sie dazu in der Lage sein würde, hatte sie Cihans warmem Händedruck zu verdanken.

Kapitel 23

Frank und Mina marschierten durch die Nebelschwaden der mittelalterlichen Gassen Gräfraths, die Hände fest ineinander verschlungen. Mina merkte, dass Frank sie krampfhaft festhielt. Zum Sprechen blieb keine Zeit, Frank hetzte über das feuchte Kopfsteinpflaster bergab, als ob es kein Morgen gäbe.

Das Abenteuer, das auf sie wartete, machte sie zwar nervös, flößte ihnen aber keine Angst ein. Zumindest Mina nicht. Im Gegenteil. Besonders jetzt, da sie eine Entscheidung getroffen hatten und es kein Zurück mehr gab, dachte Mina, dass ihr die Aufgaben, die sich ihr im Unterland stellten, schon gefallen konnten. Sie genoss noch immer das befreiende Gefühl, am monotonen Alltag, unter dem sie vor einiger Zeit beinahe zusammengebrochen wäre, erst mal nicht teilnehmen zu müssen. Trotz der Eile lächelte sie gelassen, während um sie herum gehetzte Menschen aus Hauseingängen auf die schmalen Gassen traten und Autos quietschend in viel zu kleinen Buchten parkten. Diese Alltagsszenen des Oberlands schienen nur aus der Ferne, wie aus einer anderen Epoche, zu ihnen zu dringen.

Frank allerdings stand unter Strom. Und Mina verstand das auch – irgendwie. Er begab sich in Gefahr, gemeinsam mit der Frau, die neu in sein Leben getreten war, um jene Frau zu retten, die er lange Zeit geliebt hatte. Eine verrückte Situation, fast ein bisschen poetisch. Als sie ihn kennengelernt hatte, hätte sie so eine Seite an ihm nie für möglich gehalten.

Es war immer ein Erlebnis, wenn sich Zeiten oder Orte aus den Welten überschnitten. Gerade hier, in der Nähe zur Gräfrather Klosterkirche, einem mächtigen Konvergenzpunkt von Leylinien, passierte das immer wieder. Und wer einmal zwischen den verschiedenen Realitätsebenen hin- und hergewechselt war, kam in der Regel nicht mehr umhin, das zu bemerken. So wie Frank und Mina. Hin und wieder sahen sie unbekannte Wesen im Vorbeigehen in Kellerlöchern, oder sie wunderten sich über die Verwandlungen von Bauwerken und Ortschaften, die es in ihrer Zeit nicht mehr gab. Wie in diesem Moment, als sie auf den Gräfrather Marktplatz traten.

Sie strengten sich an, damit sie durch die immer dichter werdenden Nebelschwaden überhaupt etwas erkennen konnten. Ein Brunnen stand in der Mitte des Platzes, den Fachwerkhäuser und Gründerzeitbauten einkreisten. Vor ihnen, dort, wo die Treppen nach oben führten, hätten sie eigentlich ein bekanntes Solinger Café sehen müssen. Statt eines Cafés war dort nur ein altes Fachwerkhaus. Um die Ecke traten zwei Zwerge, grüßten mürrisch und verschwanden im Nebel mit einem Holzwagen, der mit Weinflaschen gefüllt hinter ihnen über die holprigen Kopfsteine polterte.

„Erstaunlich", flüsterte Frank. „Wir sind wohl schon so lange auf der Ebene der Zwerge, dass diese beiden Gesellen sofort erkannt haben, dass wir dahin gehören, wo sie herstammen."

„Es könnte auch daran liegen, dass sie letzte Woche bei Runwart Getränke geliefert haben", entgegnete Mina trocken. „Die holen sie bestimmt aus der alten Schänke, die es vor vielen hundert Jahren mal gab. Dabei lohnt sich das nicht: Soll verdammt schlechter Wein gewesen sein."

„Oh", meinte Frank. „Nun ja."

Sie hielten sich noch immer an den Händen und zitterten in der Dezemberluft. Rechts führte eine steile Treppe zur Klosterkirche. Frank blickte hoch. Sein Unterbewusstsein hatte sich offenbar fest vorgenommen, jede Treppenstufe einzeln zu begutachten, bevor es seinem Wachbewusstsein erlauben würde, auch nur einen Fuß auf die alte Klosterstiege zu setzen. Würden sie dort oben dem Herrn der Treppen begegnen?

„Herr Fabel, nun das ist eine Überraschung!"

Mina und Frank fuhren herum. Durch die Nebel trat eine kleine Gestalt, Frank erkannte als erstes ihre Augen.

„Frau Werfel!", rief er erstaunt. Emma Werfel musste, aus dem Künstlerhaus an der Ecke des Marktes kommend, schon eine Weile zu ihnen herüber geblickt haben. Neben sich auf dem Boden hatte sie ein großes, flaches, rechteckiges Paket abgestellt. Aber warum konnte die alte Dame die beiden sehen? Die kleine Frau mit der dicken Fellmütze hatte seine Gedanken auf der Stelle erraten.

„Ach, Herr Fabel, warum sollte ich Sie nicht sehen können? Ich renne doch nicht mit Scheuklappen durchs Leben!", zwinkerte sie ihm zu, ließ ihren Blick auffällig auf seine Hand, die Minas umklammerte, gleiten und sah seiner Freundin neugierig in die Augen. Frau Werfel lächelte schelmisch. „Wie ich sehe, sind Sie mit ihren Recherchen weitergekommen. Interessant, das Unterland, nicht? Man bekommt einen ganz anderen Blick auf die Dinge, das ist befreiend, nicht wahr?"

„Ähm, ja", entgegnete Frank. „Vielen Dank noch mal für Ihre Hilfe neulich, ohne die wären wir wahrscheinlich nicht hier." Mina hatte er längst von Frau Werfel erzählt. Er wollte gerade den Mund öffnen, um sie um Rat zu fragen, doch Emma Werfel war wieder schneller.

„Wenn Sie zum Herren der Treppen möchten, sind Sie hier unten falsch", erklärte sie beiläufig. „Sie müssen erst die Treppe hinauf, dort oben wartet er sicher schon beim alten Gutshof mit den alten Weinkellern."

Emma Werfel lächelte ihr geheimnisvolles Lächeln. „Frank Fabel, ich muss jetzt leider los, während der Augenblicke, in denen wir hier stehen, ist im Oberland wesentlich mehr Zeit vergangen, und dort habe ich auch meine Termine. Also dann: Ich wünsche Ihnen viel Glück", sagte sie, während sie ihren Kopf nach unten senkte, um ihre Mütze zu richten. Dann nahm sie das Paket neben sich vom Boden auf und wandte sich zum Gehen. Nach ein paar Schritten drehte sie sich noch einmal zu dem Paar um, das ihr verwundert nachschaute. „Und bitte grüßen Sie den Herren der Treppen von mir, Frank Fabel!"

Bevor Emma Werfel in eine der kleinen Seitenstraßen verschwand, erhaschten Frank und Mina einen Blick auf die Vorderseite des Pakets, das sie bei sich trug. Es war ein in Packpapier eingeschlagenes Gemälde, von ihrem Mann Stijn. Vorn war die Umhüllung heruntergeklappt und flatterte im Wind. Das Bild zeigte einen Mann, der durch einen Spiegel ging. Mina und Frank sahen sich an.

„Na, dann. Auf geht's", sagte Frank gepresst.

Sie spurteten die steilen Treppen hinauf. Der Nebel lichtete sich und gab die Klosterkirche preis, die vor ihnen emporragte. Eine Madonna in einem blauen Umhang starrte mit ihren kleinen, schwarzen Augen aus dem Gemäuer auf Frank und Mina herab. Unter dem durchdringenden Blick traten sie in die Gasse neben der alten Stiftskirche und schauten um sich. Der Ort schien wie ausgestorben. Stille. Keine Autos, keine Stimmen. Nur ein leiser Windhauch. Die Fensterläden der dicht aneinander gebauten Fachwerkhäuser waren geschlossen. Jetzt erst fiel ihnen auf, dass am anderen Ende der Gasse auf der anderen Seite der Hauptverkehrsstraße die Sparkasse fehlte. Dafür stand dort ein eindrucksvolles Haus, rietgedeckt, aus prächtigem Fachwerk gebaut, dessen Balken die Runen Berkana und Ansuz als Schutzrunen in der Stützkonstruktion angeordnet, zeigten. So ein prächtiges, zweistöckiges Fachwerkhaus hatten Frank und Mina noch nie gesehen. Es musste alt sein, denn es gab zwar die verschieferte Wetterseite, aber die Fenster waren noch winziger als bei den meisten anderen bergischen Fachwerkhäusern, und ihre Läden waren nicht in dem typischen Grün gestrichen. Über dem Eingangsportal prangte eine Inschrift in Buchstaben, die in einem kitschigen Fantasy-Film gotische Fraktur gewesen wären. So war es aber eine merkwürdige mittelalterliche Schriftart, die weder Frank noch Mina lesen konnten – außerdem war sie aus der Entfernung schwer zu erkennen. Das musste der alte Gutshof sein, der bereits im frühen Mittelalter errichtet worden war. Mina und Frank schritten weiter durch die Gasse an der Kirche vorbei.

Mina schaute instinktiv auf zu einem der Häuser zu ihrer Rechten. Sie wusste, dass es sich um eine Einrichtung für betreutes Wohnen von psychisch Kranken handelte. Sie zupfte an Franks Ärmel. Er folgte ihrem Blick, als sie mit hochgerecktem Kinn auf das Haus gegenüber der Kirche wies. Hinter jedem Fenster stand ein Mensch. Lachend. Rufend. Stumm auf sie zeigend. Winkend. Zehn verschiedene Fenster und zehn verschiedene Menschen. Die sie sahen.

Frank zog an Mina: „Los, komm lieber weiter." Im Geiste ergänzte er: Hoffentlich wohnen wir nicht bald auch da. Schließlich erleben wir im Moment auch keine normalen Sachen.

Einer der Bewohner riss ein Fenster auf. „Schaut nicht zu uns!", rief er freundlich, die anderen Frauen und Männer nickten zustimmend, „jenen, den ihr sucht, findet ihr da drüben!"

Frank und Mina drehten sich zum Gutshof. Sofort forderte die Vorderfront ihre volle Aufmerksamkeit. Gebannt blickten sie auf die Haustür, die sich etwa 50 Meter entfernt knarrend öffnete. Heraus stolperte ein zerzauster Mensch mit wirren, langen weißen Haaren, einem ebensolchen, widerspenstigen Bart, einer kleinen Nickelbrille und einem alten Wehrmachtsmantel, mit unzähligen Strickschals behangen. Er rülpste vernehmbar und torkelte auf einen Einkaufswagen zu, den er neben einem Fuhrwerk geparkt und neben den Pferden ordentlich an der Tränke festgebunden hatte.

„Der Herr der Treppen", flüsterte Frank.

Das war der Herr der Treppen? Mina hatte ihn sich etwas anders vorgestellt, mehr wie einen edlen Ritter, vielleicht sogar eher im Stil eines Grafen von Berg. Stattdessen stand dort drüben ein Obdachloser. „Das ist ja ein Penner", wisperte Mina eher verblüfft als enttäuscht – sie hatte schon wieder einen von Franks Snobismen in seiner Beschreibung des Herrn der Treppen vermutet.

Trotz der Entfernung hörten Frank und Mina ihn zu einer monotonen Melodie singen: „Wir saufen bis wir umfallen, wir saufen bis wir umfallen, wir saufen bis wir umfallen …"

Er stolperte der Straße entgegen und schob seinen Wagen, ohne auf die Fuhrwerke, die dort auf einmal hin- und herfuhren, zu achten. Auch einem Polizeiwagen und einem Skater wich er schlingernd, aber gekonnt aus, ohne dass seine Bewegungen ihn besonders anzustrengen schienen. Dann war er auf der anderen Seite der Straße und damit an der Gasse der Klosterkirche angekommen.

„Von dieser Ineinanderschiebung der Zeitebenen kriegt man ja echt Kopfschmerzen", stöhnte Frank. „Lass uns lieber mal schauen, dass wir hier fertig werden. Außerdem kaufe ich mir sonst am Ende noch Zigaretten, wenn ich hier irgendwo welche kriege …"

Mina lachte: „Komm, wir gehen ihm entgegen. Oh Mann, ist der breit, ob der uns echt helfen kann?"

Vorsichtig gingen Frank und Mina dem Herrn der Treppen entgegen, während die Menschen hinter den Fenstern alles neugierig beobachteten. Der Herr der Treppen schien Frank und Mina gar nicht zu beachten. Er lief die Gasse entlang und summte leise eine Melodie, den Blick auf die Fenster gerichtet.

Als er auf einer Höhe mit Frank und Mina war, ließ er plötzlich seinen Einkaufswagen los, der noch einen halben Meter weiterrollte. Beschwörend hob er die Arme und blickte über Frank und Mina hinweg zu den Fenstern.

„Dominus scalarum sum!“, rief er mit einer nach mindestens fünf Jahrzehnten Rotwein und Schwarzem Krauser klingenden Stimme.

Die Bewohner des Wohnheims jubelten, ihr Applaus schwoll immer noch an, als er ein Stück grüner Kreide aus der Manteltasche zog, und SILENTIUM auf das Kopfsteinpflaster schrieb. Genau vor den Füßen Franks und Minas. Als er sich ihnen gegenüber aufrichtete, herrschte Totenstille.

Der Herr der Treppen hatte eine Verschwörermiene aufgesetzt und sagte: „Sieh an, sieh an, der aufmerksame junge Mann aus der Schwebebahn ... Ich hätte nicht gedacht, dass Jeremia ausgerechnet dich schickt – und dann auch noch mit so einer reizenden Begleitung.“ Er griente Mina an und hauchte ihr einen Handkuss auf den Handschuh.

„Oh“, machte Mina. Wache Augen lachten sie an. *Das war irgendwie richtig charmant,* dachte Mina. „Hallo“, grüßte sie freundlich und selbstbewusst.

Frank tappte in der Kälte zitternd von einem Bein aufs andere. Der Herr der Treppen rieb sich mit einer Hand, die in einem durchlöcherten Halbfinger-Handschuh steckte, über den Mund. „Mein alter Freund Jeremia hat mir mitteilen lassen, was ihr wollt“, kam er gleich zur Sache.

„Kommt mit.“

Flink drehte er sich um, Frank und Mina folgten ihm, ohne ein Wort zu sagen. Sie liefen um die Kirche zum Tor. Frank und Mina stiegen die Stufen zum Eingang hinauf, während der Herr der Treppen hinaufzugleiten schien. Oben angekommen, schlug er sich mit der flachen Hand vor die Stirn, drehte sich um und pfiff laut auf zwei Fingern. Da kam sein Einkaufswagen wie von Geisterhand geschoben um die Ecke gerollt.

„Pass genau auf", brummte er. „Du weißt, bei welcher Art von Besuch du sofort Alarm schlagen musst."

Der Wagen klapperte lustig mit den leeren Weinflaschen, die in seinem Korb lagen. Ohne Zweifel würde er sie sofort auskippen, um Lärm zu schlagen falls jemand auftauchte, dem weder der Herr der Treppen noch Mina und Frank begegnen wollten. Aber wo war nun plötzlich Mina? Frank schaute die Stufen hinunter, dann rechts eine lange alte Mauer entlang.

Sie hatte nicht anders gekonnt, als zu dem Bogen in der Mauer zu schreiten und einen Blick in den Hof zu werfen – dort, wo in ihrer Realität, in der sie zuvor gelebt hatten, das Klingenmuseum stand. Hinter kahlen Buchen erblickte sie das alte Damenstift. Gebannt starrte Mina in den Hof. Aus der Ferne meinte sie, ein Lachen zu hören, das lauter wurde. Plötzlich kam eine Gruppe Stiftsdamen in weißen, flatternden Gewändern und schwarzen Umhängen um die Ecke, sie plauderten, einige lachten verschmitzt auf. Aus der Entfernung war Mina, als würden sie schweben, aber auf den zweiten Blick sah sie, dass die Füße der Stiftsdamen den Boden berührten. Eine Frau fiel ihr besonders auf: Sie war schlank und anmutig, die langen, dunkelblonden Haare trug sie offen. Ihr lautes, herzliches Lachen versetzte Mina einen Stich. Vor ihren Augen schritten nun all diese Frauen aus einer anderen Zeit durch diesen verwunschenen Hof und verschwanden hinter den uralten Gemäuern.

Mina verspürte den Drang, zu rufen „Halt, bleibt stehen!", sie wollte ihnen hinterherrennen. Doch ihre Beine fühlten sich an wie Blei, ein Kloß brannte in ihrem Hals. Sie schluckte. Plötzlich legte sich eine schwere Hand auf ihre Schulter. Mina zuckte zusammen.

„Sie gehen fort, das kannst du nicht ändern", brummte ihr ein tiefer Bass ins Ohr, der von Tabakgeruch und einer unglaublichen Weinfahne begleitet wurde. Jetzt erst wurde Mina bewusst, dass Tränen ihre Wangen hinab rannen. Die Szene mit den Stiftsdamen war eine des Abschieds, der Vergänglichkeit. Sie schluchzte und hielt ihre Hände vor das Gesicht. Der Herr der Treppen streichelte sanft ihre Schulter, dann tätschelte er ihr den Scheitel. „Komm jetzt, ihr müsst los. Sonst krieg ich Ärger mit Jeremia."

Mina prustete in ein uraltes Taschentuch, das ihr der Herr der Treppen gereicht hatte, schluckte ein paar Mal schwer und machte kehrt.

Vor dem Eingang der Klosterkirche stand Frank. Gemeinsam betraten sie die Kirche. Es roch nach Weihrauch, durch die Kirchenfenster floss milchweißes, gedämpftes Licht.

„Aber finden wir die Reliquien nicht im Klingenmuseum?", hallte Minas verschnupfte Stimme durch das Kirchengewölbe. Dann dämmerte es ihr: In dieser Welt gab es kein Klingenmuseum. Sie mussten an einen heiligen Ort zu einer Zeit, als die Menschen noch an dessen Heiligkeit glaubten, wo Heilwasser noch echtes Heilwasser war. Und der Herr der Treppen war ihr temporaler Touristenführer – sie hätte sich ja schon beinahe nebenan im Hof in der Zeit verlaufen. Die Reliquien mussten in der Kirche sein, da, wo sie hingehörten.

Auf ein Zeichen hin blieben Frank und Mina stehen. Der Herr der Treppen schritt allein voran, näherte sich andächtig dem Altar.

Er marschierte zu ihm hinauf, bekreuzigte sich, schlurfte um den Altar herum und trat auf die Tür zur Sakristei zu, die neben einem Triptychon in die Wand eingelassen war. Er hantierte mit einem riesigen, rostigen Schlüsselbund, verschwand in der Sakristei und kehrte wenige Minuten später zurück. In seinen Händen trug er vorsichtig mehrere längliche Gegenstände, die in ein staubiges, violettes Samttuch eingeschlagen waren. Als er sie auswickelte, kamen drei mit goldenen Miniaturen von gotischen Turmhelmen verzierte Phiolen zum Vorschein, die mit Flüssigkeiten gefüllt waren. Er hielt sie nacheinander gegen das Licht und schwenkte die Behälter, einen nach dem anderen, sodass der Inhalt glitzerte. Er legte zwei der Gefäße vorsichtig auf das Samttuch, das er auf einen Hocker neben den Altar legte und schlurfte mit der Dritten zu Frank und Mina zurück, wobei er sich diesmal nicht bekreuzigte, als er den Altarraum über die drei Stufen verließ, sondern eine Art lässigen militärischen Salut in Richtung des gotischen Schmerzensmanns oberhalb des Tabernakels schickte.

„Milch und Honig findet ihr in den anderen Flaschen", sprach er langsam mit seiner rauen Stimme, als er wieder vor Frank und Mina stand, „aber nur diese Flüssigkeit kann euch weiterhelfen: Wasser." Er räusperte sich, zog die Nase hoch und fuhr fort, nachdem er sich mit seinem Fingerhandschuh den Gesichtserker abgewischt hatte: „Auch wenn ich zugeben muss, dass mir Wein um einiges lieber ist. Aber gegen die Zwerge und andere Schergen des Herrn der Furcht wird nur das Wasser was ausrichten. Ihr dürft nicht vergessen: Sie glauben daran."

Frank streckte seinen Arm aus und nahm das Fläschchen behutsam entgegen. Er betrachtete die funkelnde Flüssigkeit mit zusammengekniffenen Augen und warf dem Herrn der Treppen einen entschlossenen Blick entgegen. „Ja", sagte der leise, „auch er wird dran glauben."

Benommen verließen Frank und Mina die Kirche und den Herrn der Treppen, der ihnen noch einschärfte: „Wenn ihr mal einen Ausweg braucht – achtet auf mein Siegel. Ihr werdet es erkennen."

Jetzt mussten sie nur noch das Wasser verdünnen, wie Jeremia es ihnen geraten hatte, und ihre Supersoaker-Kartuschen damit befüllen. Die „Waffen" hatte Statius dankenswerterweise organisiert. Dann galt es, nur noch einige letzte Vorbereitungen zu treffen und das große Wagnis einzugehen. Den Blick hinter die Spiegel zu werfen. Was auch immer sie dort finden würden.

Kapitel 24

Philippa folgte barfuß den vertrauten Klängen, die leise durch die Flügeltüren des Musikzimmers drangen. Auf Zehenspitzen tänzelte sie durch den schmalen Gang unter Schloss Hackhausen, sodass die weite, blaue Baumwollhose um ihre Beine schlackerte, über die ein viel zu großes T-Shirt hing. Sie fühlte sich beschwingt und genoss jede Berührung ihrer nackten Füße mit dem Holzboden. Dabei wunderte sie sich über diese Leichtigkeit. Denn bei Sonnenaufgang – oder wie auch immer man das weiße, fahle Licht am grauen Himmel, das nur spärlich die gefrorene Schneeschicht erhellte, die das Bergische Land in der Nacht überzogen hatte, nennen sollte – waren Frank und Mina aufgebrochen, um sich mit Supersoakern und heiligen Flüssigkeiten aus der Klosterkirche Gräfrath auf eine gefährliche Reise in die Spiegelwelt zu begeben. Erst gestern hatten sich die Freundinnen nach Wochen wiedergesehen, heute Morgen hieß es erneut Abschied nehmen. Es blieb nur Zeit für eine kurze, feste Umarmung. Doch zu ihrer Verwunderung war Philippa der Abschied leichtgefallen. Statt Angst hatte sie Zuversicht ergriffen. Die gestrigen Ereignisse waren zwar ziemlich bizarr und die neuen Gestalten, die sich hier in der Unterwelt – nein, im „Unterland" – aufhielten, recht merkwürdig, aber es hatte gutgetan, ihren Erklärungen und Plänen zu lauschen. Am Ende hatte Philippa sogar Ideen beigesteuert und eine eigene Aufgabe gefunden, mit der sie zur Aufführung der Spiegelsinfonie beitragen konnte.

Ja. Das war es. Sie hatte eine Aufgabe. Sie hatte endlich einen Platz gefunden. In welcher Welt auch immer.

Gleich würde sie mit den Vorbereitungen beginnen. Beflügelt von diesem Vorhaben, das mit jeder Note aus dem Musikzimmer immer mehr an Leichtigkeit, Schwung und Energie gewann, hüpfte sie auf die Flügeltüren zu und stieß sie auf. Mit Schwung öffneten sich die Türen.

Die Musik verstummte. In dem fensterlosen, mit Petroleumlampen erhellten Zimmer saß Cihan barfuß auf einem Schemel und blickte überrascht zu ihr auf. Er trug einen zerlumpten, graugestreiften Schlafanzug, der aus Runwarts Truhe stammte, die der Zwerg nach Schloss Hackhausen transportiert hatte, weil diese sich als wahre Fundgrube für ins Unterland verirrte Oberländer erwies – sei es, weil jene Oberländer nach einem Kampf mit Kobolden und einer langen Flucht völlig verschmutzt und abgerissen hierher kamen oder einfach nur eine Schlafgarnitur benötigten. Cihans schlanke Finger umgriffen akrobatisch den Hals seiner Saz, seine Rechte verharrte in einer Schlag-Bewegung über den Saiten. Seine Haare waren mindestens so ungekämmt wie die Philippas, die schwarzen Locken standen in alle Himmelsrichtungen ab.

„Guten Morgen!", rief Philippa fröhlich und hüpfte auf ihn zu, ihr offenes, strubbeliges Haar wippte auf und ab. „Du siehst ja genauso verpennt aus wie ich!" Sie blieb vor Cihan stehen und streckte ihre Hände aus. „Was hältst du davon, mit mir eine Tasse Kaffee zu trinken?"

Philippa hatte sich nach dem Abschied von Mina und Frank für eine Stunde hingelegt, der Schlaf steckte ihr noch in den Knochen. Aber nach einer Tasse Kaffee würde sie sich waschen und anziehen – und der Tag konnte losgehen.

Cihan schaute in Philippas fröhlich glänzende Augen. Er fühlte sich benebelt. Nach dem Abschied, der jetzt einige Zeit her sein musste, war er ungewaschen ins Musikzimmer gerauscht, wo seine Meydan Sazı auf ihn wartete. Seitdem hatte er unablässig gespielt und die Zeit völlig vergessen. Philippa hatte was von Kaffee gesagt. Eine gute Idee.

„Eine gute Idee", wiederholte er seinen Gedanken laut, legte das Instrument benommen auf den Schemel und ließ sich von Philippa aus dem Musikzimmer ziehen. Auf dem Gang lösten sich ihre Hände voneinander – so, als sei es zwischen ihnen nur erlaubt, Hände zu halten, um Trost zu spenden, den anderen zu beruhigen oder – wie es eben der Fall war – wenn eine kindliche, verspielte Art und Weise alle anderen Gefühle, die zwischen Mann und Frau entstehen können, überspielte.

Sie liefen den Gang entlang, bogen um die Ecke und traten in eine kleine, altmodische Teeküche. Sie nahmen an einem einfachen Holztisch Platz und machten sich ran an den köstlichen Kaffee und die frischen Brötchen, die von dem eiligen Frühstück, das sie mit Frank und Mina zu sich genommen hatten, übrig geblieben waren.

„Das hier ist eine ganz schön abgefahrene WG", lachte Philippa, während sie einen vielsagenden „Oh-Gott-Was-Soll-Das?"-Blick durch den kleinen, mit Porzellan vollgestopften Biedermeierschrank und mit einfachen Gasherd ausgestatten Raum gleiten ließ. An einer Wand hing ein düsteres Ölgemälde von einer etwa hundert Jahre alten Frau mit Dutt und teigiger Gesichtsfarbe, die so leidend dreinblickte, als würde sie jeden Moment vor Gram tot umfallen.

„Abgefahren?", lächelte Cihan. „Bis vor Kurzem fand ich die WG von dir und Mina abgefahren. An eurem Herd funktionieren nur zwei von vier Herdplatten, der Toaster ist lebensgefährlich, und sonst habt ihr kaum Möbel – mal abgesehen von den Matratzen, den Sitzkissen und dem kaputten Videorekorder. Wer hat eigentlich heutzutage noch einen Videorekorder? Mal abgesehen davon, dass momentan Technofans aus der ganzen Region eure WG belagern." Jetzt, da es Philippa besser ging, machte es Cihan aus irgendeinem Grund Spaß, sie ein bisschen aufziehen und auf ihren Wunsch, mit ihm über dieses spießige Interieur lästern zu wollen, nicht einzugehen. Cihan fand diese Herberge des Unterlandes um einiges gemütlicher als Philippas und Minas WG-Wohnung.

„Ehrlich gesagt", fuhr er fort und schlug mit dem Teelöffel auf den Rand seiner Tasse, „dieses Porzellan hier finde ich echt schön."

„Ist ja schon gut, ich hab's verstanden!" Philippa zog einen Flunsch und rührte den Zucker in ihrem Kaffee um. Sie hatte doch nur ein bisschen Spaß machen wollen – und Cihan nahm das so ernst. Philippa nahm die Kaffeetasse zwischen beide Hände und führte sie an ihre Lippen. Als sie gerade einen Schluck nehmen wollte, sah sie Cihan an. Er zwinkerte ihr amüsiert zu. Sie musste lachen und setzte die Tasse ab, bevor sie getrunken hatte. Dann strich sie sich verlegen über das Haar. Warum war sie auf einmal so nervös? Cihan lächelte noch immer.

„Weißt du, wie viel Uhr wir haben?“, fragte Philippa, weil sie nicht wusste, was sie sonst sagen sollte.

„Keine Ahnung“, antwortete Cihan und begann, bedächtig Butter auf eine Brötchenhälfte zu schmieren, die vor ihm auf dem Teller lag. Philippa sah auf seine Hände. *Was passierte hier gerade?*

Die letzten Wochen waren sie sich nah gewesen, weil es Philippa schlecht ging und Cihan sich um sie kümmern konnte. Jetzt ging es ihr besser und sie war sich nicht sicher, ob sie sich nun langsam voneinander entfernen oder sich näherkommen würden. Vielleicht hatte Cihan ja wirklich nur für sie sorgen wollen. War sie jetzt uninteressant für ihn? Philippa beobachtete, wie Cihan das geschmierte Brötchen in den Mund steckte und abbiss. Er hatte ihr doch gerade so nett zugezwinkert! Andererseits wollte sie ihm nicht zu viel Interesse gegenüber zeigen. Denn wenn er sie dann abwies, würde sie sich lächerlich machen.

„Ich glaub, ich mach mich langsam mal fertig“, sagte sie und versuchte, locker zu klingen. Aufgrund ihrer Unsicherheit klang der Satz aber abweisend.

„Wohin gehst du denn?“, fragte Cihan verwundert mit vollem Mund. Er hatte gedacht, dass sie noch eine Weile hier gemeinsam sitzen würden. Warum sprang sie auf einmal auf?

„Ich soll mich um die Spiegelinstallationen kümmern, die im Theater bei der Aufführung eingesetzt werden“, erklärte Philippa. „Erinnerst du dich an die Deko von der Party? Das hab ich alles gemacht mit Freunden zusammen. Dieses Mal wird das eine aufwendigere Sache. Dazu brauche ich die Hilfe von ein paar Leuten, die sich super damit auskennen und vor allem auch Ahnung von der Technik haben. Das Ganze soll schließlich eine riesige Licht-Show werden.“

„Ich dachte, das baut alles Runwart mit den Zwergen!“, rief Cihan aus. Bei der Vorstellung, dass Philippa die nächsten Wochen nicht in seiner Nähe sein würde, zuckte er innerlich zusammen.

„Runwart macht da mit, er hilft beim Bau der Spiegel. Jeremia hat von Damaszenerstahl gesprochen, der für die Rahmen verwendet werden soll, und dieser Stahl ist Runwarts Spezialgebiet“, erläuterte Philippa.

„Aber von der modernen Technik hat der leider keine Ahnung." Sie fügte hinzu: „Ich weiß schon, wer dafür geeignet ist."

„Und wer?", fragte Cihan erstaunt.

„Na, die Technofans, die meine Wohnung belagern!", rief Philippa aus. Sie stand auf und hüpfte aus der Teeküche. *Lieber einfach abhauen,* dachte sie sich. Vor Situationen, die sie durcheinanderbrachten, floh sie stets. Nicht, dass sie noch aus Versehen ihre Gefühle preisgab.

Cihan saß allein im Petroleumlicht und frühstückte zu Ende. Im ersten Moment war er verwirrt gewesen, dass Philippa einfach so abgehauen war. Dann kehrte sein Lächeln zurück und haftete sich fest an seine Mundwinkel. Cihan schüttete sich eine neue Tasse Kaffee ein und schlurfte aus der Küche. Seine Saz wartete. Es würden in der Tat ein paar wirklich interessante Wochen werden.

Kapitel 25

Hinter den Stahlgittern des Tierheims kläfften die Hunde und fletschten ihre Zähne. Frank und Mina eilten mit großen Schritten über den vereisten Schneeboden am Tierheim vorbei, darauf bedacht, ihre Furcht zu verbergen. Jeremia hatte sie gewarnt. Sie waren nicht im Oberland, sondern noch immer in einer Parallelwelt, die jener Umgebung, die sie bisher Realität genannt hatten, nur auf den ersten Blick sehr ähnlich war. Je näher sie der Sengbachtalsperre und dem Eingang kamen, desto stärker wirkten die Kräfte der Spiegelwelt, desto mehr weichte das Erscheinungsbild ihrer Umwelt auf wie eine verlassene Sandburg in rauer Brandung, den Kräften der unerbittlichen See Tribut zollend. Die Projektionen der Gegenwart, so die Worte Jeremias, würden verschwimmen mit Erinnerungen und sich vermischen mit Gefühlen wie Angst oder Hoffnung.

Ein Bullterrier sprang mit weit aufgerissenem Maul und einer solchen Wucht immer wieder gegen den Zaun, dass Mina vor Entsetzen innerlich jedes Mal zusammenzuckte, in der Angst, die Pfosten würden aus dem Boden gerissen. Dabei waren die Gefühle, die diese außer Rand und Band geratenen, herrenlosen Hunde in ihnen hervorriefen, ein entspannter Spaziergang am Wupperufer im Vergleich zu dem, was Frank und Mina noch erwartete. Sie mussten sich zusammenreißen. Was auch immer ihre verborgenen Ängste und Sehnsüchte ihnen zeigen würden: Die dunklen Gefühle durften niemals die Oberhand gewinnen.

Das hatte Jeremia den beiden eingetrichtert, bevor sie das mit einem Kamin beheizte Musikzimmer unter Schloss Hackhausen verlassen hatten, um zu ihrer Reise aufzubrechen. Es war noch gerade Zeit für ein Frühstück geblieben – und ein schneller Abschied von Jeremia, Runwart, Philippa und Cihan. Mina und Frank hatten hastig Brötchen verschlungen und dabei aufmerksam zugehört, wie

Jeremia die Regeln vortrug: „Vor allem müsst ihr euch auch immer wieder vergewissern, wo ihr seid, wenn ihr erst in der Spiegelwelt angekommen seid – sonst verliert ihr euch in den Realitätsströmungen, die dort vorherrschen, und findet vielleicht gar nicht mehr heraus, oder landet in einer Realität, die nicht die eure ist. Aber ihr könntet sie dann für eure halten – und dann wäre es zu spät ..."

Deshalb sollten Frank und Mina auf Kleinigkeiten achten, um sich immer wieder daran zu erinnern, dass sie sich in der Spiegelwelt befanden, und nicht in der Welt, die sie als ihre Realität kennengelernt hatten. Konnten sie ihre Umgebung mit Gedankenkraft beeinflussen? Sahen ihre Hände normal aus? Oder ihre Spiegelbilder, falls sie sich irgendwo reflektierten? Funktionierten technische Geräte so, wie sie sollten?

Bei Frank, so Jeremia, würde ein Blick auf seine mechanische Armbanduhr reichen: „Wenn das Zifferblatt merkwürdig aussieht oder Zeiger gegen den Uhrzeigersinn laufen oder zu schnell und zu langsam, dann hast du einen guten Anhaltspunkt."

Sich selbst und die Umgebung ständig zu beobachten, um sich nicht zu verlieren, sowie die Gefühle genau unter Kontrolle zu behalten, damit die dunkle Seite nicht die Oberhand gewann – das waren die wesentlichen Anweisungen Jeremias, die er ihnen in aller Hast gab. Am Ende hatte ihr neuer Freund sie kurz und innig umarmt und viel Glück gewünscht. Dann waren sie eilig losgezogen.

Die dicken Jacken schützten vor der eisigen Kälte, und in den Innentaschen hatten sie ein paar Butterbrote verstaut. Um die Schultern baumelten die Supersoaker. Doch vor dem Eintauchen in den größten aller Spiegel würden sie alles ablegen müssen. Alles.

Frank fröstelte jetzt schon bei dem Gedanken. Das Tierheim, das in einem Tal zwischen den dichten Wäldern der Wupperhänge lag, hatten sie jetzt zum Glück hinter sich.

„Hier hoch", gab Mina energisch den Weg vor und wies auf einen Pfad. Sie schoben sich an einer Schranke vorbei und marschierten einen breiten, steilen Waldweg hoch. Frank sah um sich und ihm schauderte. Keine Menschenseele würde ihnen begegnen. Sie waren allein. Kahle, riesige Bäume ragten auf allen Seiten mit spitzen Ästen und knochiger Rinde wie Skelette in die Höhe, während der Schnee unter ihren Wanderschuhen knirschte. Das war außer ihrem Atem das einzige Geräusch, das Frank wahrnahm. Nie hätte er gedacht, dass Stille ein solches Grauen in ihm hervorrufen könnte. Um nicht in Panik zu geraten, konzentrierte er sich auf seinen Atem, auf die Wolken, die er rhythmisch ausstieß, und seine Schritte. Sie stapften und stapften, ohne ein Wort zu sagen, immer weiter nach oben.

Als sie eine Gabelung erreichten, machten sie Halt. Jeremia hatte ihnen aufgetragen, an dieser Stelle eine Pause zu machen und den Proviant zu verzehren. Dies würde ihre letzte Mahlzeit sein, bevor sie in die Spiegelwelt eintraten. Frank und Mina standen mitten auf der Kreuzung und blickten ängstlich umher. Nur noch wenige hundert Meter müssten sie einen Hang hinab laufen und sie hätten die Staumauer der Sengbachtalsperre erreicht. Eine Armee an schwarzen Tannen umzingelte sie hier oben, eine gefrorene Schneeschicht überzog den Boden, über ihren Köpfen erstreckte sich weiß-grauer Himmel.

Die Macht der Spiegelwelt war jetzt offenkundig, sie durchströmte ihre Körper. In ihrem Inneren vernahmen sie ein leises Rauschen, ein fremdes Pulsieren, das sich in ein tiefes, dumpfes Dröhnen verwandelte und gegen ihre Trommelfelle schlug. Mechanisch griffen sie in ihre Innentaschen, holten die Butterbrote heraus, zerrten das Papier herunter und begannen zu essen. Sie wagten es nicht, sich auf die Holzbank zu setzen. Zu groß war die Gefahr, dass der Schlaf sie übermannte. Mit aufgerissenen Augen standen sie sich gegenüber, zitterten vor Kälte und versuchten, so bewusst wie möglich, die Mahlzeit zu sich zu nehmen. Das Rauschen wurde lauter.

„Achtet auf jeden Bissen, kaut langsam.“ Auch das war ein merkwürdiger Ratschlag Jeremias gewesen. Das Essen sollte sie ins Jetzt holen und hielt sie davon ab, in den Kerker der Angst zu stürzen.

Klappernd kauten sie auf ihren trockenen Broten herum. Mina schluckte und merkte, wie das Brot langsam ihre Speiseröhre hinab rutschte. Jeremias Worte zeigten Wirkung. Das Rauschen nahm ab, sie kam wieder zu sich. Die Furcht, die sich vorhin in ihrem Magen ausgebreitet hatte wie eine klebrige, schwarze Pfütze Pech, war in die Ecke gedrängt worden.

Auch Franks ängstlicher Blick war gewichen. Mit Appetit verspeiste er den letzten Happen und trank eine kleine Plastikflasche Apfelschorle auf Ex.

„Bereit?", fragte Mina Frank.

„Bereit!", antwortete Frank und zog sie an sich.

Ihre roten Locken, die unter ihrer Wollmütze hervor guckten und sich in der nasskalten Luft kringelten, rochen nach Winterwald. Sie schlossen ihre Augen und küssten sich. Ob es das letzte Mal war? Diesen Moment würden sie niemals vergessen. Mit diesem Gedanken lösten sie sich aus ihrer innigen Umarmung. Dann marschierten sie entschlossen Hand in Hand den Hang hinunter. Dabei war ihnen, als würden sich rechts und links vom Weg die schwarzen Tannen lichten, als würden sie den Weg frei machen. Mina atmete tief durch und drückte immer wieder Franks Hand, um sich in den Zustand zu holen, den sie Gegenwart nannte. Trotz seiner Aufregung genoss Frank das Gefühl, mit sicheren Schritten den Berg hinab zu schreiten und seine Freundin an seiner Seite zu spüren. Die Schranke zur Staumauer kam näher.

Jetzt waren sie da.

Ohne zu zögern, stiefelten sie auf die Mauer, die als Weg entlang des Stausees zum anderen Ufer diente, während ein eisiger Wind um sie herum kleine Schneewehen aufwirbelte. Hinter dem Geländer rechts von ihnen gähnte neben dem gewaltigen Mauerwerk die Tiefe. Der Waldboden weit unten war mit Schnee bedeckt. Sie wagten nur einen kurzen Blick zur linken Seite, während ihre Wanderschuhe dumpf auf den Beton prallten. Dort breitete sich die riesige, schwarze, glatte Wasseroberfläche aus. Der Stausee war der größte aller Spiegel – eingerahmt von dunklen Wäldern.

Die Angst stieg wieder in Mina auf, ihr Atem wurde kürzer. Sie warf ihren Kopf in den Nacken und sah in den Himmel. Über ihr zogen sich in der eisigen Kälte plötzlich dunkle Wolken zusammen und senkten sich langsam. Aus der Ferne hörte sie einen Raben schreien, Gänsehaut kroch ihr über den Rücken wie ein drahtiges Insekt. Mina schloss die Augen, biss sich fest auf die Lippen und beschleunigte ihre Schritte. Dann öffnete sie wieder ihren Blick und fixierte energisch ihr Ziel, auf das sie zusteuerten: einen kleinen Staumauerturm mit Spitzdach.

Frank hatte ebenfalls mit Panik zu kämpfen, auch über ihm schien sich der Himmel zu verdunkeln, die Dunkelheit streckte ihre dünnen Finger nach ihm aus, um geduldig seinen Brustkorb zu öffnen und in ihn hineinzuschleichen. Er schnappte angeekelt nach Luft. Doch er schaffte es. Frank konzentrierte sich auf den Boden und spürte Minas kleinen, festen Griff, der ihm zu sagen schien: Weiter! Die dünnen Finger der Dunkelheit glitten vor seinem geistigen Auge zurück, der Himmel erhellte sich, sein Blick klärte sich auf wie nach einem Gewitter.

Vor ihnen wartete der Turm. Die erste Probe hatten sie bestanden.

Sie hielten an. Abwechselnd schauten sie auf den Turm, dann sich gegenseitig in die Augen. Nach ein paar tiefen Atemzügen begannen sie, sich langsam auszuziehen. Ein Kleidungsstück nach dem anderen fiel auf den Betonboden. Mützen, Schals, dicke Jacken, Minas Kapuzen-Oberteil aus Sackleinen, Franks „Fußball-Ficken-Alkohol"-T-Shirt, die Wanderschuhe, Jeans, Socken, Unterwäsche.

Sie standen voreinander. Nackt.

In dem eisigen Wind zitterten sie so heftig, dass ihre Zähne aufeinanderschlugen, die helle Haut ihrer Körper verfärbte sich an einigen Stellen lila.

„At-hat-men", stotterte Mina bibbernd, „Jeremia ht' gsgt' htmen, tief h-tmen."

Atmen. Immer atmen. Das hatte Jeremia gesagt. „Wer atmet, dem kann die Kälte nichts anhaben."

Wenn dieser verdammte Wind nicht wäre, dachte Frank, während er hörte, wie ihre Zähne klapperten.

Mina hob den Kopf und blickte ihn angestrengt an. Frank strich ihr eine Locke, die an ihrer Stirn klebte, zur Seite und küsste ihr auf die Wange. *Wie seltsam das war,* dachte er, *so beieinanderzustehen, umhüllt von unvorstellbarer Kälte, völlig entblößt, nackt bis auf die Haut.*

Wieder so ein Moment, den man niemals vergisst, dachte Mina. Das heftige Zittern ließ nach.

Frank trat einen Schritt zurück und machte Mina eine Räuberleiter, sodass sie über den Zaun klettern konnte. *Dabei hätte ich die wohl eher gebraucht,* dachte er, während er ihren zierlichen, aber muskulösen Körper über das Gitter klimmen sah. Danach tasteten seine Hände sich an dem Gitter hoch. Seine Zehen versuchte er dabei, in die Gitterlöcher zu schieben, fast schrie Frank vor Kälte auf, kletterte aber weiter. Der Wind pfiff sein Konzert und sauste ihnen um die Ohren. Oben auf dem Gitterzaun stützten sie ihre Arme auf die schmale Eisenstange, hielten für einen Moment die Luft an, schwangen ihre Beine auf die andere Seite und kletterten das Gitter neben der Turmmauer hinab. Hier war die richtige Stelle zum Eintauchen in den Spiegel. Ihre Hände umkrallten noch immer das Gitter, dass die Adern hervortraten, die Muskeln ihrer Arme spannten sich, sie lösten ihre Zehen vom Zaun, sodass die Beine in der Luft schwangen. Unter ihnen wartete das Wasser, der schwarze Spiegel. Mit Mühe und Not zwangen sie sich, nicht in den Himmel zu schauen.

Der Anblick des Himmels würde kurz vor dem Eintauchen so unbeschreiblich faszinierend sein, hatte Jeremia sie gewarnt, dass sie sich von ihm nicht losreißen könnten. Dann würden sie erfrieren. „Denn die Spiegelwelt versucht, das Eintauchen von Eindringlingen zu verhindern", hatte ihr Freund erklärt, „gleichzeitig will sie entdeckt werden."

„Aber ist das nicht paradox?", hatte Frank stirnrunzelnd gefragt.

„Oh, nein, mein Freund", hatte die Antwort Jeremias geheißen, und er hatte beim Sprechen wissend gelächelt, „in der Spiegelwelt ist nichts paradox, weil jedes Ding dort stets sein eigenes Gegenteil beinhaltet. Weil sich viele Welten in ihr spiegeln."

Jetzt hingen sie am Zaun über der Wasseroberfläche und konnten die gewaltige Schönheit des Himmels nur erahnen, der Farben und Muster im Wechselspiel vor ihren Gesichtern über das Gitter wie wundersame Schatten gleiten ließ. Nur noch wenige Sekunden, und sie würden von ihrer Neugier besiegt die Köpfe gen Himmel kippen, um dem Ursprung dieser Reflexion ins Antlitz zu schauen.

„Ich zähle bis drei!", schrie Mina durch den heulenden Wind, der ihre Haare zerzauste. „Bei drei: loslassen!"

Sie lösten eine Hand vom Gitter, sodass sie nur noch mit einer

Hand am Zaun hingen, ihre Zehenspitzen berührten fast die Wasseroberfläche. Mit der freien Hand umfassten sie die des anderen. Immer schneller warf der Himmel sein Spiegelbild hinab, rot, blau, grün, gold, die Farben wechselten in einem fort, und Mina schrie. „Eins! Zwei! Drei!"

Und sie ließen los.

Kapitel 26

Jeremia konnte es kaum fassen: Wie sich das Blatt doch innerhalb kurzer Zeit wenden konnte. Zwar machte er sich Sorgen um Frank und Mina, die heute Morgen so überstürzt aufgebrochen waren, dass man, wenn man „überstürzt" im Lexikon nachschlug, gewiss ihr Bild dort finden würde. Aber jetzt galt es erst einmal, sich um einige andere Dinge zu kümmern, nachdem er die Fahrt von Schloss Hackhausen hoch nach Solingen in Dr. Metzgers altem Fiat Panda überlebt hatte. Mehrfach wären sie fast in einer Schneewehe hängen geblieben oder auf der spiegelglatten (welch Ironie!) Stadtautobahn in die Leitplanke gekracht. Jetzt aber stand Jeremia mit triefendem Ledermantel, total durchnässtem Hut (am Mittag hatte es wieder geschneit) und immer noch mit Schneematsch bedeckten Stiefeln im Flur des Hauses der Jugend an der Dorper Straße. Draußen schritt unausweichlich der Dezember voran, der dem Winter auf dem Fuße folgte. Es war der 6. Dezember 2012. Ein trostloses Datum. Aber was war dieser Tag gegen trostlose Daten wie den 17. Juni 1953, den 9. November 1918, den 1. September 1939 oder den 18. Mai 1980 gewesen. Kein Vergleich! Es würde schon werden!

Neben ihm trat Dr. Metzger aufgeregt von einem Fuß auf den anderen. Er trug nur schwarze, abgewetzte Oxfords mit Ledersohle, wodurch seine Füße halb erfroren waren, als sie den Panda aus der letzten Schneewehe, in der sie am Mangenberg hingen, hatten schieben müssen.

Jeremia nahm den Hut ab und sah sich um. Die Jugendeinrichtung war ihm auf der Stelle sympathisch.

Dr. Metzger wickelte sich aus seinem Trenchcoat und einem viel zu langen, viel zu bunten Schal, den ihn seine Schwester vor vielen Jahren gestrickt hatte. „Jeremia, meinen Sie, dass dieser Ort für die Proben passend ist ...?"

„Was? Ha! Werter Freund Dr. Metzger – ich liebe es! Die meisten großartigen, ungewöhnlichen Werke entstehen nicht an Orten, die der gemeine Theaterbesucher für Kulturtempel hält. Dieses Haus ist wichtig für die Kinder dieser Stadt, es ist voller Leben“, lachte Jeremia. Pfützen hinterlassend machten Jeremia und Dr. Metzger einen Slalom um einige Eimer herum. Geschmolzener Schnee tropfte durch das Dach. Offenbar war kein Geld da, um die Schäden zu reparieren.

Das Haus der Jugend lag nicht weit weg vom Theater – dem Ort, an dem die Spiegelsinfonie erschallen würde. Es musste dieser zentrale Punkt in der Stadt sein, den die meisten Menschen eindeutig mit Kultur identifizierten. Hierhin würden sie in ausreichender Zahl strömen, um (unbewusst) dazu beizutragen die Stadt, ja, die Welt vor dem eisigen Griff der Furcht und der Dunkelheit zu schützen. Dr. Metzger würde Himmel und Hölle in Bewegung setzen, dass jeder Platz besetzt sein würde.

Als Jeremia seine Hand auf den Griff der Tür zu dem Raum legte, den Dr. Metzger ihm zu betreten bedeutete, fühlte er in den Fingerkuppen das wohlbekannte Prickeln, das ihn stets vor größeren Arbeiten begleitete. Gut. Gleich würde er den ersten Schwung Musiker und Musikerinnen treffen, die Dr. Metzger zusammengetrommelt hatte. Die das Rückgrat des Orchesters sein würden, das seine Spiegelsinfonie spielen würde.

In dem großen Raum, der sonst als Turnhalle diente, war es zugig. Da saßen sie also, die eingeschüchterten Musiker und Musikerinnen, die seit Jahren um den Erhalt ihres regionalen Orchester bangten, über das ständig der Rotstift baumelte wie ein Damoklesschwert. Was für ein trauriger Anblick, so talentierte Leute so zu behandeln. Was für eine Schande. Mehr konnte Jeremia nicht denken, als er vor die versammelten Leute ans Dirigentenpult trat. Desillusioniert und mit leeren Augen blickte ein alter Fagottist Jeremia an, während ein junger Posaunist nervös seine Noten sortierte und eine Geigerin mittleren Alters verächtlich mit über einer viel zu weit auf der Nasenspitze sitzenden Brille Jeremia anblickte. Der seufzte innerlich – also los! Manchmal musste man einfach nur das Feuer in verzweifelten Seelen wieder entfachen. Oftmals, das wusste Jeremia aus langer Erfahrung, waren gerade diejenigen, die schon glaubten, sich selbst aufgegeben zu haben die, die einen Banngesang mit der richtigen Energie – und der gebotenen Vorsicht, ohne Übermut zu spielen im Stande waren. Er ließ seinen Mantel hinter sich fallen, warf seinen Stetson auf einen Klavierhocker links von sich (hier gab es ein Klavier!) und grinste seine Musiker breit an.

Das gute Dutzend Musiker und Musikerinnen blickte skeptisch zurück. Dr. Metzger hatte ihnen einen „Top-Mann" versprochen, jemanden, der unglaubliche Musik mit ihnen spielen würde, der die Kultur, ach was, die Klingenstadt retten würde.

Vor ihnen stand nun ein wie irre grinsender Kerl undefinierbaren Alters, mit kinnlangen, wirren schwarzen Haaren, einem finsteren, undefinierbar indisch-südländisch-arabisch wirkenden Gesicht mit einer unglaublichen Hakennase, der einen schwarzen Kapuzenpulli und eine alte schwarze Armeehose trug, in denen er nach deren Aussehen zu schließen schon seit zwei Monaten zu schlafen schien, von den Stiefeln mal ganz abgesehen, die früher einmal NATO-Fallschirmjägerstiefel gewesen sein mochten, und in denen er – ihrem Abnutzungszustand nach – von Sibirien zu Fuß nach Solingen gelaufen war.

Langsam fingen die Musiker und Musikerinnen an, zu tuscheln. Jeremia grinste noch ein wenig, lachte einmal kurz auf, als das Tuscheln lauter wurde, blickte über die Köpfe hinweg zu Dr. Metzger, der die Tür schloss und sich mit einem Stofftaschentuch über das vor Aufregung gerötete Gesicht fuhr. Ein netter Kerl, aber er musste auf seinen Blutdruck aufpassen und lernen, die Ruhe zu bewahren.

Jeremia fokussierte sich wieder auf die Musiker, hob die rechte Hand. Das Getuschel erstarb. „Ich weiß, was ihr jetzt denkt. Ich habe auch einmal so gedacht. Das war vor sehr, sehr langer Zeit …" Bei den Meistersingern in Nürnberg, setzte er in Gedanken hinzu. Bei den *Original*-Meistersingern. „Ihr werdet sagen: Was ist der Kerl für eine Witzfigur? Wo kommt er her? Was soll das Ganze? Was für eine Chance haben wir? Und vielleicht auch: So einen Quatsch haben wir noch nie gemacht." Nickend blickte Jeremia jedem einzelnen der Anwesenden in die Augen.

„Dann wird es höchste Zeit, dass ihr jetzt damit anfangt. Dass wir damit anfangen. Dass wir den Menschen zeigen, warum sie uns brauchen. Warum ohne uns alles trostlos ist. Der Anfang ist gemacht. Ihr habt die Noten bekommen, die Dr. Metzger für euch kopiert hat? Das ist der Grundstein des Stücks, das wir spielen werden. Das die Wende bringen kann. Es ist noch ein langer Weg. Wir werden diese Sinfonie proben und einstudieren, *während* ich sie fertigschreibe. Tag und Nacht. Das wird nicht einfach werden. Aber es wird sich lohnen. Und ich garantiere euch: Man wird sich an eure Namen erinnern. Man wird sich an die Apostel erinnern, die die Kultur in der Klingenstadt davor bewahrt haben, vom Orkus verschluckt zu werden. Seid ihr bereit?"

Die erste Geigerin, die Frau mit der Lesebrille auf der Nasenspitze, tippte sich mit einem Zeigefinger langsam, dreimal hintereinander an die Schläfe.

Gut so, dachte Jeremia, *das ist immerhin ein Anfang.*

In die Stille hinein sagte die Geigerin: „Sie, mein Herr, sind vollkommen wahnsinnig. Aber ich muss sagen, Ihre ersten Partituren für diese Sinfonie sind schlichtweg genial, und Dr. Metzger ist über jeden Zweifel erhaben. Und wir haben nichts zu verlieren. Natürlich bestehe ich darauf, dass Sie ein Wahnsinniger sind. Doch vielleicht ist das im Moment das Einzige, was uns noch retten kann: Die Hilfe eines Irren."

Jeremias Grinsen wurde breiter. Dann fing er an zu lachen. Und lachte. Und lachte. Und alle lachten mit. Als nach ein paar Minuten das große, reinigende Gelächter erstarb und alle Musiker und Musikerinnen nicht mehr angespannt und frustriert, sondern gelöst auf ihren Stühlen saßen, wischte Jeremia sich eine Träne aus dem Augenwinkel, holte tief Luft und sagte: „Ich bin wahnsinnig. Oh ja. Das habt ihr schon begriffen. Sehr gut. Holt eure Instrumente hervor. Denn ich werde euch noch etwas anderes lehren. Ihr seid ein Leviathan. Ein stolzer Drache, der auszieht, eine dunkle Macht zu bekämpfen. Die Macht des Kulturpessimismus, des dumpfen, geistigen Verfalls im Lande, wenn ihr so wollt. Setzt Begriffe ein, die euch gefallen, es spielt keine Rolle. Solange ihr das Richtige dabei fühlt. Die Tatsache, dass ihr meinen Noten gefolgt seid, hierher, um mich zu treffen, sagt mehr aus, als tausend Worte. Ihr seid gekommen, weil ihr immer noch daran glaubt, dass ihr besser sein könnt, als ihr seid. Und ich sage euch: Ihr seid besser. Ihr seid ein Drache. Ihr seid Leviathan."

Jeremia streckte seine rechte Hand hinter sich – und aus der Innentasche seines Mantels zischte ein Taktstock aus Ebenholz, direkt zwischen seinen Fingern landend, unbemerkt von den Musikern oder Dr. Metzger – wobei Letzterer sich über so etwas schon nicht mehr gewundert hätte und froh war, dass Jeremia sich zu seinem Wahnsinn bekannte.

„Ihr seid Leviathan", sagte Jeremia eindringlich, „und ihr werdet dazwischen gehen. Zwischen die angreifende Dunkelheit und die ahnungslosen Menschen, die nicht wissen, was sie tun sollen, die nicht wissen, was da kommt. Die nur merken, wie sich in ihren Herzen die Furcht ausbreitet." Jeremia hob den Taktstock und blickte mit geweiteten Augen in die Runde. „Aber weil ihr Leviathan seid, werde ich euch zähmen müssen. Ja, zähmen. Wisst ihr, eine Rockband ist immer da, wo ihr Anführer ist. Zack, auf einen Schlag." Und der Taktstock knallte aufs Pult. „Aber ein Orchester, auch eines mit nur einer so kleinen Keimzelle – wir werden noch wachsen, oh ja! – ist ein behäbiges Monster. Es spielt immer mindestens einen Schlag hinter der Zeit, es hat die Trägheit der Masse. Ich aber werde euch zähmen. Ihr werdet dort sein, wo ich bin, und ich werde dort sein, wo ihr seid. Wir werden da sein. Wo die Menschen uns brauchen." Und als die Instrumente gestimmt waren, hob Jeremia den Arm, zählte leise „Four-beat-two-one" und kam nicht umhin an den Satz von Hermann Hesse zu denken: Jedem Anfang wohnt ein Zauber inne.

* * *

Der Zauber wirkte. Allein die nächsten Tage waren unglaublich. Es kamen Musiker und Musikerinnen aus ganz Solingen, die sich seit jeher für eine lebendige Kulturlandschaft in der Klingenstadt eingesetzt hatten. Ganz unerhörte und ganz unterschiedliche Menschen. Sie alle halfen Jeremia, die Sinfonie besser zu verstehen, während er weiter an ihr arbeitete. Und sie ermöglichten es ihm, so zu arbeiten, wie es angesichts der Kürze der Zeit angemessen war: im Schichtbetrieb, rund um die Uhr. Vormittags probte er beispielsweise mit dem regionalen Sinfonie-Orchester, die allesamt Leadparts und Soli spielen würden, nachmittags arbeitete er mit Schülern und Schülerinnen aus der Musikschule, abends probte er mit jungen Bands aller Stilrichtungen, die sonst nur in einem Kulturverein in Solingen-Wald zu erleben waren, und mit spanischen Musikern und Musikerinnen, die sich ganz dem Tango verschrieben hatten, spät abends gab es dann noch eine Probe mit einem Familien-Orchester, das sonst im Stadtteil Aufderhöhe ausschließlich in Küchen probte (*Sachen gibt's …*, sagte sich Jeremia).

Dabei war auch ein junger, talentierter Rockmusiker, dessen Freund in die Fänge des Herrn der Furcht geraten war. Den Kontakt hatten Philippa und Cihan hergestellt. Slug hieß er. Keine Probe ließ er aus. Hartnäckig übte er E-Gitarre und E-Bass, wohlwissend, dass jede seiner Handlungen, bis hin zum einfachsten Akkord, der nur wenige Sekunden erklang, zum Gelingen der Sinfonie und zur Befreiung seines Freundes aus den Klauen der Dunkelheit beitragen würde.

Doch Jeremias wichtigster Verbündeter beim Komponieren blieb Cihan. Verbissen spielte der junge Mann pausenlos seine Meydan Sazı, erzeugte Klänge und setzte Kräfte frei, die Dimensionen zu sprengen vermochten. Jeremia musste keine neuen, ungewöhnlichen Taktfolgen, keine bizarren rhythmischen Muster erklären: Jegliche Taktfolge, und war sie noch so komplex, spielte Cihan mit einer Selbstverständlichkeit, als bestimme sie den Rhythmus seines Herzens.

Diese Momente der Kreativität, die aus der Reibung, aus dem Austausch mit anderen Musikern und Musikerinnen hervorging, waren es, aus denen Jeremia Energie schöpfte. Und wann immer Dr. Metzger sich besorgt nach seinem Befinden erkundigte, stahl sich ein Lächeln zwischen die Ringe unter Jeremias Augen, und er klopfte seinem Gefährten auf die Schulter: „Machen Sie sich darum mal keine Sorgen, Freund Metzger. Das hier ist nicht das erste Mal, dass ich mir das Schlafen abgewöhnt habe.“

Kapitel 27

Als Mina erwachte, streichelte lauwarmer, nach Frühling duftender Wind ihre Wangen. Sie öffnete die Augen und schaute in das strahlende Blau des Himmels. Das Summen einer Biene drang in ihr Ohr. Mina blinzelte und sah grüne Halme, die über ihr hin und her wogten. Sie lagen mitten in einem Feld, abgeschirmt von hochwachsenden Gräsern. Frank musste im gleichen Moment zu sich gekommen sein. Als Mina ihren Kopf zur Seite fallen ließ, blickte sie direkt in seine grauen Augen, vor die ein paar schwarze Haarsträhnen fielen. Sie strengte sich an, die Augen offen zu halten. Müdigkeit füllte ihre Gliedmaßen, schwer wie Blei. Zugleich durchflutete sie unendliche Entspannung, ein Gefühl, das sie in dieser Intensität noch nie erlebt hatte. War es etwa Glück? Mit einem schwachen Lächeln hob sie langsam eine Hand, um über Franks raue Lippen zu streicheln.

Er schloss für einen Moment die Augen, um die Berührung zu genießen. Auch er kämpfte gegen den Schlaf. Wie gerne wäre er in einem dieser nach feuchter Erde und nach Schafgarbe duftenden Winde entschlummert. Aber eine Stimme warnte ihn. Betört von Minas Streicheln und tiefer Glückseligkeit zog er die Augenlider mit Mühe und Not hoch. Er schluckte. Seine Kehle war so trocken, als hätte er tagelang kein Wort gesagt.

„Wir dürfen nicht schlafen, Mina", sagte er leise, während ein glückliches Lächeln auf seinen Mundwinkeln ruhte, sodass diese ernste Feststellung eher wie ein Seufzen klang. Er hätte genausogut sagen können: „Oh, ist das aber schön."

„Ja", hauchte Mina. Sie ließ ihre Hand sinken. Schwerfällig stützten sie sich auf dem unebenen, feuchten Feldboden ab und richteten sich auf. Sie trugen dieselbe Kleidung wie im Unterland, obwohl sie diese bei der Sengbachtalsperre abgelegt hatten. Die Müdigkeit ließ langsam nach. Sie standen nebeneinander und ließen ihre Blicke über das Feld schweifen – Mina in ihrem zu großen Kapuzenoberteil aus Sackleinen und Jeans, Frank in seinem Bundeswehrparka, Cord-Anzug, abgewetzten Vans und mit seinem neuen Lieblings-T-Shirt „Fußball, Ficken, Alkohol". Die saftig-grünen Gräser wogen sich sanft im Wind, die Sonne strahlte. Der Wind schien immer neue Düfte des Frühlings zu ihnen zu tragen.

Vor Faszination hielten sie den Atem an. Jenseits der mit Gras bewachsenen Ebene, auf der sie standen, war am Horizont eine Art Meer zu erahnen. Dort sah die Landschaft aus wie ein Dalí-Gemälde, das zu lange im Tiefkühlfach gelegen hatte. Sachte glitten riesige Eisberge in der Ferne vorbei, wie stille, in Gedanken versunkene Riesen, die man besser nicht stört. Und vielleicht waren sie das ja auch.

Doch unter der Harmonie, die die Landschaft der Spiegelwelt darbot, lag eine mächtige Spannung, die Gewissheit, dass sie in wenigen Augenblicken in ein Bild tiefster Beunruhigung umschlagen konnte.

„Und die Wetterverhältnisse der Spiegelwelt sind launischer als die im Bergischen Land", hatte Jeremia gewarnt. Jedenfalls so, wie sie das Bergische Land bisher gekannt hatten. Denn schließlich hatte auch die Spiegelwelt ihr Bergisches Land.

„Auch wenn das hier ja offenbar eher ein Eisbergisches Land ist", murmelte Frank.

„Wo sind wir?", fragte Mina.

„Keine Ahnung", entgegnete Frank mit Erschöpfung in der Stimme.

Auch Minas Zunge fühlte sich noch immer wie Blei an. Sie blickten sich weiter um. Zu ihrer Rechten lag ein Waldrand und weiter vorne … Minas Herz machte einen Sprung, als sie jenes strahlende Gebäude wenige hundert Meter vor sich emporragen sah. Erst kam es ihr wegen der Eisberge und des Meeres am Horizont vor wie ein Leuchtturm. Dann durchzuckte sie die Erkenntnis – im übertragenen Sinne war der Turm das auch.

„Was?", fragte Frank benommen beim Anblick.

„Der Lichtturm!", rief Mina mit einer hellen Kinderstimme aus.

Der Lichtturm. Jener alte Wasserturm im Stadtteil Gräfrath, am höchsten Punkt Solingens. Der wohl verfallen wäre, hätte ihn nicht ein Architekt vor dem Abriss bewahrt, renoviert und dem maroden

Gebäude eine neue, faszinierende Gestalt gegeben. Auf einem schmalen Rumpf saß eine Glaskuppel, die bei Nacht in der Welt, die Mina und Frank als ihre Realität anerkannten, grünlich leuchtete.

Wie alles in der Spiegelwelt – ob Landschaft oder Gebäude – ähnelte auch der Lichtturm seinem Pendant aus einer anderen Realität nur auf den ersten Blick. Das Schauspiel, das der Lichtturm in der Spiegelwelt bot, verschlug Mina den Atem. Das Sonnenlicht brach sich im Glas, und die Kuppel funkelte und strahlte in allen Farben und sendete Botschaften des Lichts über das grüne Feld. Es war, als ob sie jemand freundlich rief.

„Ich habe den Lichtturm schon oft bei uns gesehen, aber noch nie war er so wunderschön!", sprudelte Mina begeistert hervor und zog unruhig an Franks Ärmel, den Blick nicht von dem geheimnisvollen Bauwerk wendend.

Auch Frank hatte den Atem angehalten, während er beobachtete, wie die Kuppel farbige Funken um sich warf. In dem Moment wusste er, wen sie hier finden würden.

„Die Herrin der Spiegel", sagte Frank feierlich, mit einem Zittern in der Stimme, von dem er hoffte, dass Mina es nicht bemerkte, und legte den Arm um seine Freundin. Was für ein Moment. Er hätte hier mit ihr so stehen können, bis zum Ende seines Lebens. Hier auf diesem Feld, diesem verdammt grünem Feld, auf das die Sonnenstrahlen unaufhörlich hinab schienen. Doch dann meldete sich wieder Jeremias Stimme in seinem Hinterkopf. Sie hatten eine Aufgabe zu erfüllen und mussten weiter. Die Herrin der Spiegel wartete.

Las Mina seine Gedanken? Ruckartig drehte sie sich zur Seite und marschierte los.

„Komm'", rief sie Frank zu, während sie durch die Gräser stapfte, „wir müssen einen Weg finden, das hat uns Jeremia gesagt, und dort zwischen Feld und Waldrand wird sicher ein Weg liegen." Frank blickte ihr nach, dann stieß er mit dem Fuß an etwas, als er dabei war, ihr zu folgen. Ein alter Armee-Rucksack? Was sollte das? Da war ein Zeichen drauf. Ein Notenschlüssel in einem Pentagramm … Natürlich! Jeremias Zeichen! Hatte der große Zampano also dafür gesorgt, dass sie ihr Zeug dabeihatten.

Frank bedeutet Mina, kurz zu warten, als sie über die Schulter blickte. Er kniete sich ins hohe Gras, öffnete den Rucksack. Ja, natürlich. Die beiden Supersoaker und die „Munition", Kartuschen mit dem Wasser aus der Heilquelle. Auch wenn er sich dabei idiotisch vorkam, murmelte Frank schief grinsend leise ein „Danke", dann schnappte er sich den Rucksack, stand auf und folgte Mina, angespornt von dem Gedanken, schon bald der Herrin der Spiegel zu begegnen. Mina nickte lachend, als er ihr das Symbol auf dem Rucksack zeigte. Wer hätte gedacht, dass sie so einfach zur Herrin gelangen würden? Franks Beine fühlten sich nun leicht an, er genoss es, wenige Meter hinter Mina zu marschieren und ihre roten Locken in der Sonne leuchten zu sehen. Sein Herz pochte so stark, dass er die Schläge im Hals fühlte, fast Schluckauf davon bekam. Würde alles ein gutes Ende nehmen? Machte der Irrsinn, den sie in den letzten Monaten durchgestanden hatten, doch Sinn?

Nachdem sie sich durch die hohen Gräser gekämpft hatten, gelangten sie auf einen schmalen Feldweg, der mit einer leichten Steigung geradeaus zum Lichtturm führte. Der Turm strahlte immer noch. Mina lachte Frank an. Noch ganz außer Atem fassten sie sich an den Händen, holten tief Luft und gingen weiter. Nach ein paar Minuten schien Frank, dass der Raum um sie herum sich verengte, der Pfad vor ihnen wurde schmaler. Was war hier los?

Mina blieb stehen und spähte vom Pfad aus links in den düsteren Wald. Durch das Blätterdach fiel keine Sonne. Frank Stimmung schlug um. Ihm schauderte. Der Himmel schien ihm dämmrig zu werden. Auch er wagte einen Blick in den Wald, an dem der Feldweg vorbeiführte. Zwischen den dichten Laubbäumen war nichts als Schwärze zu erkennen. Es war, als blickte er in das Gegenstück zu der Idylle des hellen Feldes, von dem sie gekommen waren, als prallten zwei Welten aufeinander, die Dunkelheit auf das Licht. Mina schien diese Gegensätze nicht wahrzunehmen. Das las Frank von ihrem Gesicht. Sie blickte in das Dickicht, aber in ihren blauen Augen blitzte Faszination auf statt Angst. Frank warf noch mal einen kurzen Blick in den Wald, von dem sie nur wenige Schritte entfernt standen.

Was hatte ihnen Jeremia eingetrichtert? „Sucht nach Wegen.

Sobald ihr einen gefunden habt, dürft ihr niemals von ihm abweichen. Haltet eure Gefühle im Zaum und lasst euch nicht von einem falschen Pfad verleiten – achtet auf die Zeichen!“

Frank schluckte. Reflexartig drückte er Minas Hand fester und ging los. Seine Freundin, die noch dabei war, wie gefesselt in die Dunkelheit zu starren, stolperte hinterher, um Schritt zu halten. Ihre gute Laune ließ nicht nach.

„Wir sind gar nicht weit weg“, rief sie aus, „gleich sind wir bei der Herrin, und alles wird gut.“

Eilig stolperten sie über den lehmigen Boden. Doch plötzlich blieb Mina erneut wie angewurzelt stehen. Frank sah seine Freundin erschrocken an. Ihr Gesicht, das eben noch vor Hoffnung und Liebe geleuchtet hatte, war leichenblass. Mit weit aufgerissenen Augen starrte sie durch ihn durch, ihre Lippen presste sie fest aufeinander.

„Hast du sie gehört?“, flüsterte sie.

Frank beobachtete starr vor Entsetzen, wie sich Mina langsam dem Wald zuwandte. Er spürte, wie ein eisiger Wind seinen Nacken striff. Das Licht hatte sich verändert. Der Himmel musste sich zugezogen haben, aber Frank wagte nicht, nach oben zu blicken und Mina aus den Augen zu lassen.

„Sie ist da“, flüsterte sie erneut, „aber wo? Ich kann sie nicht sehen …“ Während sie sprach, schritt sie Zentimeter für Zentimeter auf den Waldrand zu und streckte ihre Arme aus, um die Zweige eines Busches beiseitezuschieben.

Frank kroch eine Gänsehaut über den Rücken. Wen sollte seine Freundin mit „sie“ gemeint haben? Tapsig folgte Frank Mina und griff ihre Hand. Ihre raue Hand, die mit ihren vielen Falten viel besser zu einer 80-Jährigen gepasst hätte als zu ihr. Moment. Hand? Falten? Was war mit dem Pfad, auf dessen Rand sie nun standen? Seine Beine wabbelten wie ausgeleierte Federn in einem alten Mechanismus, der Boden fühlte sich komisch an.

Was hatte Jeremia gesagt? *Wenn etwas komisch ist, sieh auf deine Uhr.*

„Meine Uhr …“, murmelte Frank, wie spät war es überhaupt? Er blickte auf seine Uhr: 50.65 Uhr. Er riss das Handgelenk hoch und starrte erneut mit weit aufgerissenen Augen auf das Ziffernblatt. Zwei Sekundenzeiger rasten wild hintereinander her. Gegen den Uhrzeigersinn. Der Schrei brach mit der Wucht tonnenschwerer Verzweiflung aus ihm heraus, dass es überall im Wald widerhallte und irgendwo in den Ästen vor ihnen ein paar seltsame Vögel aufflatterten und blaue Federn verloren, die vor Mina langsam zu Boden segelten.

„Neeeeein!“ Er packte Mina am Handgelenk und riss sie herum. Die Spiegelwelt war dabei, sie beide zu verschlucken, sie hinein in den Wald in eine Richtung zu führen, die ihnen nicht bestimmt war. In eine Welt, in die sie nicht gehörten. Mina starrte ihn mit glasigen, großen Augen an. Ihre Hand sah wieder normal aus. Aber mit ihrem Blick stimmte etwas nicht. Ihre Augen wirkten leer, sahen durch ihn hindurch.

„Lass mich los!“, fauchte sie und versuchte, sich aus Franks Griff zu befreien. „Sie ist da, ich muss zu ihr, ich muss ihr helfen!!!“

Frank zuckte und ließ ihren Arm los. Er wollte ihr nicht wehtun. Sein Herz hämmerte vor Angst. Sie durfte nicht in die Dunkelheit des Waldes entgleiten, er musste sie zurückhalten. Sie waren nur etwa einen halben Meter über den Wegesrand getreten. Aber: Sie hatten den Pfad verlassen. Sie mussten zurück. Sofort. Das war ihre letzte Chance. Bevor noch wer weiß was passierte. Bevor er sie für immer verlor.

„Bitte, Mina“, flehte Frank, nur mit Mühe und Not seine Panik unterdrückend. Seine Unterlippe bebte. „Geh nicht in den Wald rein, du weißt doch, was Jeremia gesagt hat – wir dürfen nicht zulassen, dass wir von unserem Weg abkommen. Wir dürfen nicht irgendwelchen Trugbildern Glauben schenken, egal, wie real sie uns vorkommen!!!“

Er fragte sich nur, was Mina gesehen und gehört hatte. Kalt schwitzend schaute er für einen Moment, sich hektisch umblickend, Richtung Lichtturm. Vielleicht hatte er innerlich gehofft, der Anblick würde ihm neue Hoffnung schenken und eine zündende Idee bescheren, wie er Mina zurückhalten konnte, ohne Gewalt, ohne sie gegen sich aufzubringen. Doch zu seinem Entsetzen erkannte Frank, dass der Lichtturm in weite Ferne gerückt und nur noch als kleiner Punkt am Horizont zu erkennen war, knapp vor diesen vermaledeiten, kalbenden Gletschern auf dem Wasser. Nein, korrigierte er sich sofort in Gedanken. Nicht der Turm hatte seinen Standort gewechselt. Sie hatten sich von ihm entfernt – in ihren Herzen.

Instinktiv griff er von hinten nach Minas Hüfte. Seine Finger krallten sich in den Stoff des Kapuzenoberteils, er hörte den Stoff reißen, als er sie zitternd zur Faust ballte. Ihm musste etwas einfallen. Mina wand sich in seinem Griff, schob mit ihren Händen Äste und Blätter beiseite, reckte und streckte ihren Oberkörper nach allen Seiten, um eine geeignete Stelle zu finden, an der sie in den Wald schauen konnte – in die Richtung, aus der sie jene vertraute Stimme vernommen hatte. Sie hatte gerade einen besonders großen Ast nach unten gedrückt und zwischen Zweigen und mit Blättern verhangenen Ästen einen Blick geworfen, als sie innehielt. Sie holte tief Luft, ihr Atem rasselte wie der eines Asthmatikers, während Frank sich an sie klammerte.

„Da! Schon wieder!", krächzte sie. „Da ist sie!" Ihre Augen waren weit aufgerissen und fixierten einen Punkt im dichten, dunklen Wald.

Franks Herz pochte immer noch bis zum Hals.

„Wer?", presste er mit kehliger Stimme hervor.

Zwischen den dicht aneinander stehenden Eichen- und Buchenstämmen konnte er nichts erkennen. Ein Knacken. Sie zuckten zusammen. Frank zögerte jetzt nicht mehr. Seine Arme umschlossen inzwischen Minas Taille wie eine Fessel, nun hob er sie einfach hoch und fing an rückwärts zu gehen, besser gesagt: zu stolpern. Minas Füße baumelten ein paar Zentimeter über dem Boden.

„Da ist sie!", schrie sie jetzt hysterisch, während ihre Arme in der Luft wild fuchtelten, ihre Hände Äste griffen, um sich festzuhalten, wobei sie sich die Handflächen an Dornen blutig aufriss und sie den Oberkörper nach vorne beugte, um sich zu befreien. „Lass mich los!"

Sie versuchte, nach Franks Knien zu treten. Doch der ließ nicht locker. Er drückte Mina fest an sich und wagte es, kurz über die Schulter zu schauen. Gut. Der Pfad, dessen Grenze sie eben nur für einen halben Meter überschritten hatten, lag plötzlich Meter weiter hinter ihnen. Über ihnen hing auf einmal ein schweres, undurchdringliches Blätterdach. Obwohl sie eben am Waldrand gestanden hatten. Da machte sich die Panik plötzlich richtig breit. Wenn Frank Mina jetzt verlöre, wäre sie auf immer verschwunden. Frank wusste nicht warum. Aber er spürte, dass es so war. Tränen schossen ihm in die Augen. Verzweifelt schluchzte er auf, während er seinen Griff um Mina so fest machte, wie er nur konnte. Zurück. Nur nicht loslassen. Zurück.

„Siehst du denn nicht?“, schrie Mina. Tränen erstickten beinahe ihre Stimme. „Da ist meine Mutter!“ Klar und deutlich vernahm sie die Stimme ihrer Mutter. So, als stünde sie dicht neben ihr.

„Mina“, raunte ihre Mutter, „hilf mir“. Sie musste doch dort sein. Und da war sie. In der Dunkelheit erkannte Mina deutlich die Umrisse ihrer Mutter, auch wenn sie diese im Zwielicht zwischen den Bäumen nur erahnen konnte. Ihre Mutter schritt langsam auf sie zu. Mina erahnte, wie das Moos unter den Füßen der Frauengestalt nachgab, fühlte ihren pfeifenden Atem, den sie unter der körperlichen Anstrengung ausstieß. Würde Mina ihr nicht entgegenkommen, würde ihre Mutter auf dem Weg zu ihr vor Erschöpfung zusammenbrechen und sterben, das wusste sie. Doch Frank wollte das verhindern, er hielt sie fest, er wollte, dass ihre Mutter starb. Wie sie ihn hasste! Mina keifte, stieß mit den Ellbogen nach ihm, schlug auf seine Hände ein, die vor ihrem Bauch ineinander verkeilt waren.

Doch Frank war sich einer anderen Tatsache wohl bewusst. Wenn dieses Trugbild, das Mina im Gegensatz zu ihm wahrnehmen konnte, wenn dieses Trugbild sie erreichen sollte, wären sie für immer verloren. Es war ein namenloses, kaltes Grauen, das von seiner Magengrube heraufstieg, das mit eiskalter Hand nach seinem Herzen griff und seinen Atem schneller gehen ließ, das ihm eine fürchterliche Gewissheit gab. Das wäre das Ende. Zitternd zog er Mina, weiter rückwärts taumelnd, mit sich, ihre Schläge kaum wahrnehmend, stolpernd, stammelnd, die Augen auf die Richtung fixiert, in der Mina ihre Mutter sah. Er wagte es nicht, zu blinzeln. Er wusste nicht, was er sehen würde, wenn er seine Augen nach dem Schließen wieder geöffnet hätte, und sei es für eine Sekunde. Und er wollte es auch nie erfahren.

„Mina, Mina, hö-hör mir zu.“ Frank schluchzte, während er

sprach. Mehr Schläge. Mehr Schreie. Sie spuckte, schrie furchtbare Dinge, von denen er nie gedacht hätte, sie einmal von ihr zu hören, sie war wie besessen. Doch bei Frank liefen nun einfach die Tränen. Er hatte noch nie vor einer anderen Person geweint. Nicht einmal vor Lea. Und das, was er jetzt sagte und wie er es sagte, hatte kein anderer Mensch bisher je von ihm zu hören bekommen. Jede Spur von Sarkasmus war aus seiner Stimme verschwunden.

„Ich … ich will dir nur helfen", sagte er stockend, die Nase hochziehend, und spürte, wie er etwas ruhiger wurde, wie sein innerer Schwerpunkt zurückkehrte, jetzt, wo er sich zum Sprechen hatte überwinden können.

„Geh nicht weiter in den Wald – ich weiß nicht, ob da jemand ist, und wenn ja, wer da ist, aber es ist nicht deine Mutter. Es ist nicht deine Mutter! Es. Ist. Nicht. Deine. Mutter! Deine Mutter ist bei deinem Vater und ist krank, sehr, sehr krank. Du kannst ihr nicht helfen, Mina. Wenn du da rein gehst, kommen wir noch weiter von dem Weg ab, und wir sind alle verloren. Alle. Dr. Metzger, Emma Werfel, der Doc, JT, die Zwerge, Philippa … einfach alle. Sogar Jeremia. Jeder! Dann hat der Herr der Furcht ohne jeden Kampf gewonnen. Willst du das? Willst du das?!?!?" Seine Stimme überschlug sich. Und nach einem lauten Schluchzen rief er, „Versteh doch, das ist nicht deine Mutter! Mina, ich liebe dich, verstehst du das, ich liebe dich! Geh nicht zu den Toten!"

Er merkte, dass Mina aufgehört hatte zu toben. Ihr Körper hing steif in seinen Armen, den Kopf noch immer geradeaus in das Dickicht gerichtet. Er hörte, wie sie leise weinte.

„Ich liebe dich." In diesem Satz lag Magie. Franks Worte erreichten Mina aus weiter Ferne. Was war hier los? Was hatte sie getan? Eine der blauen Federn, die noch immer durch das Dickicht schwebten, segelte sachte gleitend dicht vor ihrem Gesicht vorbei. Franks Worte klangen wie eine ferne, unendliche traurige Melodie. Ihre Bedeutung war überwältigend.

„Ich liebe dich auch", flüsterte sie.

Sie fühlte sich klar. Schmerzhaft brannte sich eine Erkenntnis in ihr Bewusstsein: Frank hatte recht. Sie konnte ihre Mutter nicht retten. Es war ein Trugbild, das sie in die Dunkelheit zerren wollte. Aber es war nicht ihre Mutter. *Was für Schmerzen Erkenntnis doch bereitete,* dachte Mina. Erschöpft und mit schlaffen Gliedern wie eine Marionette hing sie in Franks Armen. Nur ein leises Schluchzen schüttelte sie, während Frank sie weiter sanft rückwärts zog, bis sie den Pfad erreicht hatten. Wie groß war die Traurigkeit, aber wie unendlich war auch ihr Glück. Die Erkenntnis, dass sie liebte, überhaupt fähig war, zu lieben, strömte warm in ihren Adern. Was für eine Ironie, dass sie ausgerechnet in einer merkwürdigen Dimension jenseits aller rationalen Begriffe, einer Art Twilight Zone, in der Spiegelwelt erkennen musste, wie schmerzhaft es war, Trugbildern zu entsagen und das wahre Leben anzunehmen, statt Reflexionen und Erinnerungen nachzulaufen. Wie schwer es war, wirklich bei einem anderen Menschen zu sein. Und wie wunderschön.

Endlich standen sie wieder auf dem Weg. Frank hielt Mina noch immer von hinten umschlungen, rieb sein Gesicht in den Locken seiner Freundin, um sich die Tränen aus den Augen zu wischen, und drehte dabei seinen Kopf zur Seite. Durch den Schleier aus Tränen, der seine Sicht verhing, konnte er den Lichtturm nur undeutlich erkennen. Aber was er sah, trieb seinen Puls in die Höhe vor Freude. Er hatte sich nicht getäuscht.

„Mina, schau!“, flüsterte er hoffnungsvoll. „Als du in den Wald wolltest und wir uns gestritten haben, war der Lichtturm so weit weg, ich konnte ihn kaum noch sehen. Jetzt sind wir ihm näher als zuvor.“

Langsam löste sich seine Umklammerung. Sein Blick haftete an dem Turm, der aufragte wie ein Zeigefinger, den ein strenger Lehrer hebt, wenn seine Schützlinge wieder einmal eine Lektion erst durch schmerzliche Erfahrung begriffen haben. Mina schaute weiter in den Wald. Niemand war zu sehen oder zu hören. Vor ihr lag nur die Stille des Dickichts, das nach Moos duftete. Dann löste sie ihren Blick von den Bäumen, dem Zwielicht und allem, was sich dort noch verbergen mochte. Sie rieb sich die Augen, trat dicht neben Frank und schaute mit ihm gemeinsam zum Turm. Sie schritten weiter über den holprigen Feldweg, ohne ein Wort zu sagen.

Kapitel 28

Cihan stand auf einem verwaisten Industriegelände in Solingen-Ohligs, sein Blick wanderte unsicher die alten Backsteinmauern entlang, glitt über eingeschlagene Fensterscheiben, lieblos hingeschmierte Graffiti und Stahltüren. Welcher Eingang mochte es sein? Der eisige Wind, der Plastiktüten, aufgeweichte Kartonfetzen und Cola-Flaschen über das mit Schneeresten bedeckte Areal fegte, durchdrang seine Winterjacke. Cihan zitterte. Er wollte gerade weiter laufen, als sich eine Kellertür nur wenige Meter rechts von ihm entfernt öffnete. Cihan vernahm ein Husten, das von einem Fluchen begleitet wurde.

„Hallo?", rief er zaghaft und ging auf eine Betontreppe mit verrostetem Stahlgeländer zu, die zu der Kellertür hinab führte. Eine kleine, kräftige Männergestalt trat aus der Tür. „Runwart!", rief Cihan freudig überrascht. Der mürrische Blick des bärtigen Zwerges schwand in Sekunden, und in seinem Gesicht breitete sich ein freundliches Grinsen aus.

„Cihan, was für eine Überraschung, dass du uns hier besuchst!" Leicht gebückt schwang der Zwerg seine Arme zur Seite und bedeutete dem jungen Mann einzutreten. Cihan ging vorsichtig die vereisten Betonstufen hinab, während sein Atem große Wolken ausstieß. Die Kälte war ihm zutiefst zuwider. Hoffentlich waren die Räume drinnen beheizt. Zur Begrüßung hielt er Runwart höflich die Hand hin und blickte ihm in die Augen.

Der Zwerg hatte mit dieser respektvollen Geste nicht gerechnet und zog eilig seine Hand hervor. Seine Augen leuchteten vor Begeisterung zu Cihan empor, der einen Kopf größer war. Es gab tatsächlich noch junge Leute mit Manieren! Dieser Mann war ganz nach seinem Geschmack. Wenn er doch mit ihm statt … Er schob den Gedanken beiseite.

„Wie schön, dich zu sehen!“, erklärte Runwart feierlich durch seinen langen grauen Bart. „Aber jetzt mal schnell hinein mit dir!“

Der Zwerg geleitete Cihan durch einen dunklen, kalten Kellerraum.

„Was führt dich hierher?“, fragte Runwart.

„Ich wollte einfach mal schauen, wie ihr so vorankommt“, antwortete Cihan zurückhaltend. Seine Stimme und Schritte hallten durch den Keller.

„Kein bestimmter Grund?“, fragte der Zwerg.

„Kein bestimmter Grund“, antwortete Cihan. Das war gelogen. Betontreppen führten sie durch das Treppenhaus hoch zum Erdgeschoss. Runwart stieß eine graue Stahltür auf. Aus der ehemaligen Fabrikhalle wehten Cihan Staub und Zigarettenqualm entgegen, die von Klängen elektronischer Musik begleitete wurden.

„Diese elende Raucherei geht mir auf den Geist!“, fluchte Runwart laut, als er in die helle Halle trat und dabei kräftig ein paar Mal hintereinander hustete, um seine Abscheu zu unterstreichen.

Cihan trabte folgsam hinterher. Die Melodien schallten leise durch den riesigen Raum, in dem ein ziemliches Chaos zu herrschen schien. Überall standen Paletten herum, auf denen sich Berge undefinierbarer Gegenstände aus Stahl auftürmten, die von einem Schrottplatz zu stammen schienen. Über den Betonboden verstreut lagen Reste vergilbter Plastikplanen. Weiter hinten in der Halle vor den großen Fabrikfenstern, durch die das graue Tageslicht fiel, schien der eigentliche Arbeitsplatz zu sein. Cihan erkannte aus der Entfernung eine Gruppe junger Leute. Sie knieten gebeugt auf dem Boden. Drei kleine Gestalten weiter rechts – ein sehr alter, kräftiger Mann und zwei jüngere mit Käppis – begutachteten offenbar Material auf einer Palette und wählten brauchbare Stücke aus. Einer von ihnen hatte zotteliges, braunes Haar und kam Cihan bekannt vor. Links am Fenster standen Elektro-Geräte, die über- und nebeneinander gestapelt eine kleine Wand bildeten. Sie gehörten mit Sicherheit den Personen, die sich um die Lichtinstallation der Spiegelsinfonie kümmern sollten. Davon hatte Philippa erzählt. Philippa …

Cihan konnte sie nicht entdecken. Er fühlte, wie sein Herz vor Aufregung heftiger schlug. Er hatte sie in der letzten Zeit nur flüchtig beim Frühstück unterhalb von Schloss Hackhausen gesehen und wenige Worte mit ihr gewechselt. Die Ereignisse nahmen sie beide zu sehr in Anspruch. Cihan übte Tag und Nacht, Philippa arbeitete an der Installation für die Spiegelsinfonie auf diesem Ohligser Industriegelände mit einem Team aus Zwergen und Techno-Fans, die sich mit Technik bestens auskannten. Cihan hatte sich überwunden, hierhergekommen, um mit ihr zu sprechen. Er wollte ihr sagen, wie er sie vermisste, dass er …

Doch Runwart riss ihn aus seinen Gedanken. „Und was soll das jetzt schon wieder?“, schrie der Zwerg jetzt richtig wütend und trat mit Wucht gegen einen Gegenstand vor ihm auf den Boden, den Cihan nicht sehen konnte, weil die breiten Schultern Runwarts ihm die Sicht versperrten. Ein Scheppern war zu hören. Vorsichtig beugte sich Cihan von hinten über Runwart und erspähte einen offenen Werkzeugkasten.

„Wie oft habe ich es gesagt, wie oft?“, rief Runwart, bückte sich und ergriff einen Hammer, der quer im Kasten lag und garantiert nicht zu dem Bohrerset gehörte, das die Kiste beherbergte. „Jedes Werkzeug gehört an seinen Platz! Begreift ihr das nicht?“

Er erhob sich und marschierte mit dem Hammer, den er in der erhobenen Hand wie ein Schwert trug, auf das andere Ende der Halle zu. Cihan folgte ihm mit schnellen Schritten. Der alte Mann und die beiden Jüngeren, die rechts an der Palette standen, blickten ihnen entgegen. Die Gruppe junger Erwachsener, die auf dem Boden knieten, schien sich dagegen für Runwarts Wutausbruch nicht zu interessieren und arbeitete einfach weiter, ohne aufzuschauen.

„Yo!“, rief der Jüngste des Dreiergespanns an der Palette aufgeregt, als Runwart und Cihan die Gruppe fast erreicht hatten.

„Herr Runwart!“, bebte die Stimme des anderen, kleinen Mannes mit den zotteligen, braunen Haaren. Jetzt erkannte Cihan ihn. Es war Statius. Jener Zwerg, der in das Musikzimmer von Schloss Hackhausen gestürzt war, um von der Entführung zu berichten. Runwart hatte das schlechte Gewissen dieses jungen Zwergs anscheinend für seine Belange nutzen können.

„Yo!“, rief erneut der Jüngste der drei, den Cihan für einen kleinen Jungen hielt, und fuchtelte beim Anblick des heraneilenden Runwarts mit erhobenem Hammer mit den Armen. Das musste Palin sein, der Freund von Statius. Das hatte Jeremia erzählt. Die beiden jungen Zwerge hatten sich von Dóinas Sippe gelöst und auf die Seite der „Guten“ geschlagen. Jetzt halfen sie beim Bau der Spiegel für die Installation.

Der alte Zwerg an der Palette ergriff nun das Wort. Oder war es kein Zwerg? War es etwa ...

„Run-wart!“, sagte die stämmige Person mit rauer, aber gutmütiger Stimme, die einen Tick zu hell klang für einen Mann. Es war eine Zwergin. Sie drehte sich von der Palette weg und ihre rechte Hand beschrieb einen kleinen Bogen in der Luft, der sagen sollte: Schwamm drüber, ist doch alles halb so wild! Die gedrungene, viereckige Frau mit einem roten, verschrumpeltem Gesicht, in dessen Falten die Augen fast völlig versunken waren, trug eine schwere, braune Schürze (aus welchem Jahrhundert die wohl stammte?), die bis auf den Boden hing, unter dem grauen Kopftuch lugten ein paar silbrige Haare hervor. Cihan blinzelte ein paar Mal. Er konnte kaum glauben, dass eine Frau vor ihm stand. Ihre Ausstrahlung war auf den ersten Blick durch und durch männlich.

„Duuu weiiiißt doch, wie die jungen Leute sind, jetzt reeeeg' dich doch nicht jedes Mal so aaaauf ...“, sagte sie gedehnt. Aber weiter kam sie nicht.

„Wie kannst du das sagen?“, schnitt ihr Runwart wütend das Wort ab.

„Seit vierhundert Jahren arbeite ich in meinem Kotten, seit vierhundert Jahren!“

Er schien sich jetzt richtig in Rage zu reden, dachte Cihan. Vielleicht war das ein längst überfälliger Wutausbruch. „Und jetzt sitze ich seit Tagen in einer riesigen Fabrikhalle mit einem Haufen Nichtsnutze, die nichts der Reihe nach machen, sondern immer alles gleichzeitig, sodass mir schwindelig wird, und die es noch nicht mal hinbekommen, ihr Werkzeug anständig wegzupacken!“, schrie Runwart mit hochrotem Kopf und drehte sich einmal um die eigene Achse, mit einer weiten Armbewegung in die riesige Halle zeigend. „Hier sieht's aus wie auf einer Müllkippe! Diese Musik tut in meinen Ohren weh! Hier soll ich arbeiten? Soll so unser Kotten auch eines Tages aussehen, willst du das, willst du das? Nach vierhundert Jahren, nach vierhundert Jahren, nach vierhundert Jahren?"

Die letzten Worte klangen wie eine springende Platte. Runwart griff sich in seinen grauen Bart, raufte ihn, beugte sich vornüber und stieß einen Wutschrei aus. Palin und Cihan schauten betroffen auf den tobenden Zwerg, der vor ihnen auf den Boden stampfte. So auch eine junge, rauchende Frau mit Cordmantel und dunklem Kurzhaarschnitt sowie drei junge Männer, die auf dem Boden gearbeitet hatten, und inzwischen aufgestanden waren. Cihan kannte sie vom Sehen. Sie hatten sich nach jener Party in Philippas und Minas WG einquartiert. Vor ihnen auf dem Boden lag eine Art rechteckiger, gemaserter Stahlrahmen, in dem Cihan ein Mosaik aus unzähligen Spiegelglassplittern erkannte. Die vier hatten wohl mit einer Engelsgeduld die Spiegelsplitter angebracht. Cihan nahm den stechenden Geruch eines mit Sicherheit extrem ungesunden Klebstoffs wahr.

„Heeeeeyyyy!", sagte die Frau versöhnlich, wobei ein Zungenpiercing in ihrem Mund aufblitzte. Mehr wusste sie offenbar nicht zu sagen.

Der Zwergin wurde es zu bunt. „Runwart, jetzt reiß dich mal zusammen!", forderte sie und stapfte entschlossen auf den Zwerg zu, der sich noch immer fluchend an den Haaren riss. Ihre schwere Schürze klatschte beim Gehen gegen die Knie. Dann packte sie ihren Mann bei den Schultern und schaute ihm direkt in die Augen. Ihre Gesichter waren nur Zentimeter voneinander entfernt. Runwart verstummte.

„Auch mir ist der Kotten lieber, Runwart, auch ich weiß nicht, ob es unseren Kotten bald noch gibt, weil dieser eingebildete Professor-Doktor-was-weiß-ich von Furcht oder so ihn gekauft hat – pah, Professor Taugenichts wäre wohl ein passenderer Name, wie ich den nicht abkann, dieser ekelhafte Schnösel, der soll mir bloß mal in die Quere kommen, dem zieh ich eins mit meiner alten Eisengusspfanne über den Schädel – ja, Runwart, auch mir fällt die Arbeit in diesem neumodischen Gebäude in all diesem Kürmel nicht leicht!", schimpfte sie ohne Unterbrechung, während leise im Hintergrund die distanzierten, elektronischen Töne dahin plätscherten, die zu dieser aufgeladenen Szene überhaupt nicht passten. *Wie skurril,* dachte Cihan. Zwei Zwerge in uralten Handwerker-Outfits stritten sich in einer Fabrikhalle bei Trance-Musik.

„Sieh dir diese jungen Leute an!", hörte er die Zwergin den alten Zwerg zurechtweisen. „Ja, sie tragen unmögliche Gewandungen, ja, sie haben eine seltsame Art, zu sprechen, sie sagen tausend Mal am Tag ‚Heeeey, Mann!'" Die Zwergin sprach „Hey, Mann!" so übertrieben aus und imitierte dabei die pseudo-coole Mimik von Jugendlichen so gekonnt mit herunter schlackernden Armen und nach oben gezogener Lippe, dass Cihan ein plötzliches Lachen nur mit Mühe und Not unterdrücken konnte.

„... und sie sind Kettenraucher und wissen nicht, wie man Ordnung hält, und ja, diese seltsamen Töne aus diesen komischen Geräten finde ich ganz fürchterlich. Aber ...", die Zwergin holte tief Luft, um Runwart die folgenden Worte kräftig ins Gesicht zu schmettern, „... sie arbeiten pausenlos, Tag und Nacht sind sie hier mit uns in diesen kalten Räumen, und hast du sie ein einziges Mal klagen hören? Nein? Dann hör jetzt auf mit der Jammerei!"

Bei dem Wort „Jammerei" schüttelte sie Runwart mit ihren kleinen, aber ausgesprochen kräftigen Händen an den Schultern. Dann ließ sie los, drehte sich zu den jungen Leuten, die mit offenen Mündern auf die beiden Zwerge starrten, und sagte bestimmend: „Weiter arbeiten!"

Die vier gehorchten sofort, knieten nieder und machten sich wieder an ihre Aufgaben.

Die Zwergin fuhr die beiden jungen Zwerge an. „Das gilt auch für euch, Palin und Statius! Verflucht sei Dóina!"

Palin öffnete ängstlich den Mund – wahrscheinlich wollte er „Yo!" sagen, hatte aber wohl ausnahmsweise gemerkt, dass dieser Ausspruch in diese Situation nicht ganz passte, und drehte sich wortlos mit Statius zur Palette, auf der sie hektisch in dem Stahl-Schrott zu wühlen begannen. Die Zwergin wandte sich Runwart zu, der seufzend auf den Boden stierte. Sie musterte ihn, ein besorgter Blick huschte über ihr rundes, mit geplatzten Adern übersätes und gerötetes Gesicht.

„Du brauchst Ruhe“, sagte sie leise, damit die anderen es nicht hörten. „Geh du für zwei Tage in den Kotten, ich kümmere mich um alles.“

Runwart wollte gerade protestieren, als sie drohend die Hand hob. Die andere hatte sie in die Hüfte gestemmt. „Widersprich mir nicht!“

Mit einem freundlichen, aber durchdringenden, Respekt einflößenden Blick, um den sie wohl jeder Abteilungsleiter der Metallindustrie beneiden würde, befahl sie Cihan, der stumm neben Runwart stand: „Begleite Runwart nach unten. Bevor er geht, soll er dich zu den anderen führen. Der Chef soll hochkommen. Ich will wissen, wie weit sie ist.“

Wie weit *sie* ist?

Wie weit *er* ist, berichtigte Cihan die Zwergin im Stillen. Er wagte es nicht, zu sprechen.

Ohne eine Erwiderung abzuwarten, drehte sich die Zwergin um und ging zu den jungen Zwergen, die emsig an der Palette zugange waren.

„Also, Jungs, so geht das aber nicht, nein, nein, nein, ihr müsst genau hinschauen, nicht immer alles schnell-schnell machen, lieber ruhig und gründlich, seht genau her, Da-ma-sze-ner-stahl erkennt man daran, dass er, wenn man ihn mit Säure behandelt, Maserung preisgibt. Die ergibt sich wiederum durch das Falten des Materials im Schmiedeprozess. Es gibt aber auch noch andere Möglichkeiten, Damaszenerstahl zu erkennen …“, hörte Cihan die Zwergin sagen, als er der Gruppe den Rücken kehrte und dicht hinter Runwart durch die Halle zu jener Tür schritt, durch die sie erst vor wenigen Minuten eingetreten waren.

Erst als sie im Treppenhaus ankamen und die Tür hinter ihnen zugefallen war, traute sich Cihan, wieder zu sprechen. „War das Ihre Frau?“, fragte er den bedrückten Runwart, dem es schwer zu schaffen machte, von der Arbeit weggejagt zu werden.

In seinem langen Leben hatte er zwei Mal nicht arbeiten können – ein Mal nach jenem Drachenkampf in der Teufelsschlucht, der ihn als junger Mann beinahe das Leben gekostet hatte (wie lang war das wohl her?) und einmal, als er untertauchen musste, weil er einen Generalstreik im Oberland mitorganisiert hatte. Jener Streik, ja, das war eine feine Sache, auch wenn viele Streikende erschossen worden waren. Das war der letzte gemeinsame Kampf von Zwergen und Menschen, zu Tausenden gingen sie im Bergischen auf die Straßen und kämpften für ein besseres Leben. Das waren noch Zeiten! Runwart zupfte bei dieser Erinnerung an seinem Bart.

„Was? Ach ja!" Ihm fiel die Frage wieder ein, die ihm Cihan, der junge Mann mit den guten Manieren, gestellt hatte. „Stimmt, du kennst sie doch gar nicht!", antwortete er mit einem Seufzen. „Ugelnia. Das ist meine Frau."

Sie gingen einen feuchten Kellergang entlang, den elektrische, mit Spinnweben überzogene Halogenleuchten erhellten, bis Runwart vor einer der vielen Stahltüren halt machte.

„Das ist die Kammer, in der Ugelnia und ich wohnen", erklärte der Zwerg, während er aufschloss. „Ich hole nur eben ein paar Sachen, dann führe ich dich zu den anderen."

Sie traten ein, und Runwart knipste das Licht an. Der kleine, fensterlose Kellerraum löste in Cihan ein Gefühl der Beklemmung aus. Stockflecken überzogen die feuchten, grauen Backsteinmauern. An den Wänden gegenüber und links standen zwei Holzpritschen mit Wolldecken. Allein beim Anblick dieser „Betten" tat Cihan der Rücken weh. Runwart marschierte zu einer Pritsche und öffnete einen braunen Koffer, der auf dem Boden lag.

„Und hier leben Sie?", fragte Cihan. Ihm gelang es nicht, sein Entsetzen zu verbergen. Wie froh war er, dass er in einem beheizten Raum unter Schloss Hackhausen wohnen durfte!

„Jeremia hielt es für das Beste, dass wir alle in dieser Fabrik wohnen, bis wir unsere Arbeit erledigt haben", erklärte Runwart, der mit dem Rücken zu Cihan gewandt vor dem Koffer hockte und Kleidungsstücke aussortierte.

„Aber in Schloss Hackhausen ist doch sicher noch ein Platz für Sie und Ihre Frau, ich kann gerne Jeremia fragen, ob ..." Cihan verstummte, als sich Runwart zu ihm umdrehte und neugierig ansah.

„Das ist wirklich sehr freundlich von dir, junger Mann, aber warum sollte ich in Schloss Hackhausen wohnen wollen?", fragte der Zwerg mit neugierig blitzenden Augen.

„Ähm, ich meine, ist es denn hier nicht ungemütlich?", fragte Cihan unsicher, in der Hoffnung, den alten Mann nicht zu verärgern.

„Ihr wisst nichts über die Zwerge, gar nichts", sagte Runwart leise viel mehr zu sich selbst als zu seinem Gegenüber. Zu Cihan gewandt sprach er: „Meine Frau und ich haben die meiste Zeit unseres Lebens in feuchten Löchern gewohnt – mal von den letzten fünfzig Jahren abgesehen, in denen wir unseren Kotten gemütlich eingerichtet haben. Aber was sind fünfzig Jahre bei einem Leben, das Jahrhunderte überdauert? Von jenen Löchern habt ihr jungen Leute gar keine Ahnung! Die Kälte, die Krankheiten, die Schmerzen, der Hunderte von Jahren anhaltende Hunger. Ich weiß, was ich sage, wenn ich erzähle, dass Daunenbetten, wie wir sie inzwischen haben, was Feines sind und der Kaffee aus dieser wunderbaren Porzellan-Kanne – meine Frau hat ein Händchen für feines Geschirr – köstlich schmeckt."

Runwart hockte noch immer vor dem Koffer und lächelte Cihan von unten an. Doch dann erschien ein müder, trauriger Ausdruck in seinen Augen. Er senkte den Kopf und schaute auf seine geöffneten, rauen Handflächen mit unzähligen Furchen. „Aber oft wünsche ich mir die alte Zeit zurück. Es klingt verrückt, und ich kann's selbst kaum glauben. Ich will tatsächlich jene Zeit zurück, trotz der Krankheiten und des Drecks. Ich will die Tage zurück, die ich von morgens bis abends lang schmieden durfte, und die Menschen uns für unsere Schmiedekunst dankbar waren. Als die Kunst der alten Meister noch etwas galt und das Geheimnis des Stahls in unseren Herzen lag, als sie noch kein Spekulationsobjekt gieriger Kaufleute war. Aber jetzt haben sie uns vergessen. Einfach vergessen."

Cihan tat der Zwerg, der da unten vor ihm auf dem Boden hockte und auf seine roten, zerfurchten Hände sah, entsetzlich leid. Ein Kloß setzte sich in seinem Hals fest. Es stimmte, was Runwart erzählte. Er selbst hatte noch nie etwas von der Geschichte der Zwerge gehört. Die Menschen hatten die Zwerge tatsächlich vergessen.

Runwart fuhr leise fort. Er sprach zu sich selbst. „Wir wollen den Herrn der Furcht besiegen, damit wir zum letzten Mal zeigen können, dass die Menschen uns Zwerge brauchen. Dass nur wir wissen, wie man Damaszenerstahl richtig schmiedet, der den dunklen Kräften Widerstand leisten wird, wenn die Spiegelsinfonie auf die Bühne kommt und den Zuschauern ein Lichtspektakel um die Ohren fliegen wird. Aber das ist nicht der einzige Grund: Wir wollen verhindern, dass der Herr der Furcht uns das Letzte nimmt, was wir haben: unseren Kotten." Nach einer Pause kam er zu Cihans Frage zurück. „Aber weißt du, auch wenn wir den Herrn der Furcht besiegen, geht die Zeit der Zwerge zu Ende. Ugelnia und ich werden verschwinden. Nach unserem letzten Auftritt werden sich hinter uns die dichten Nebel der Vergangenheit schließen wie ein schwerer Bühnenvorhang, der das Oberland vom Unterland trennt. Bis dahin hausen wir in einem feuchten Loch wie diesem hier, so wie wir es die meiste Zeit unseres Lebens gewohnt waren. Es ist eine Art Nach-Hause-Kommen."

Cihan schluckte bei diesen Worten, die ihm fast das Herz zerrissen.

„Aber was soll's!", sagte Runwart, zuckte die Schultern und machte sich wieder an seinen Koffer, ohne Cihan anzusehen.

Um nicht unnütz dazustehen, schaute sich Cihan im Zimmer um. Zumindest tat er so. Er war vielmehr damit beschäftigt, den Kloß im Hals runterzuschlucken. Weil es außer den beiden Pritschen und dem Koffer nichts zu sehen gab, drehte er sich zum Eingang. Er musste sich ablenken. Nicht mehr an diese traurige Geschichte denken, es würde schon alles gut werden. Das Kellerlicht flackerte.

Cihan schaute in die Ecke hinter der Tür, in der ein hüfthohes, eisernes Regal stand. Ein seltsamer Gegenstand auf dem Regal erregte seine Aufmerksamkeit. Cihan trat heran. War das eine Skulptur? Vor ihm streckte sich ein Fantasiegeschöpf aus Stahl mit dem Kopf eines Drachen und den Körper eines Raubvogels. Beim genauen Hinsehen entdeckte Cihan, dass das etwa 50 Zentimeter hohe Gebilde aus unzähligen, filigranen Metallteilchen bestand, die miteinander verbunden waren.

„Was ist das?", fragte Cihan erstaunt, ohne sich nach Runwart umzuschauen.

„Ich bastle gerne", hörte er Runwart gleichgültig murmeln.

Basteln? Das hier war ein Kunstwerk. So wie Cihan den Zwerg einschätzte, hatte er dieses Geschöpf aus Schrott erschaffen. Und vermutlich vor mehreren Menschenzeitaltern auch in Natura gesehen. Die Erschaffung dieser Skulptur musste unendlich viel Geschick und Zeit erfordert haben. Auf Cihan übte sie eine unglaubliche Anziehungskraft und Faszination aus. Dieses Werk musste Runwart viel bedeuten, sonst hätte er es nicht von einem Ende der Stadt bis nach Ohligs geschleppt. Cihan war berührt. Gleichzeitig spürte er einen Anflug von Empörung. Warum stand dieses Kunstwerk versteckt in einem Kellerloch, anstatt in der Glas-Vitrine einer Ausstellung? Darüber musste er mit Jeremia sprechen.

„So, fertig, wir können gehen", erklang Runwarts Stimme hinter ihm.

Cihan drehte sich um und sah den Zwerg an, der einen gefüllten Jutebeutel in der Hand hielt. Er sagte: „Komm', jetzt gehen wir zum Chef", und verschwand hinter der Tür.

Bevor Cihan dem alten Mann aus dem Zimmer folgte, warf er einen nachdenklichen Blick auf das stolze, schöne Fantasiegeschöpf, das verlassen in der Ecke dieses Verlieses die Zeit überdauerte, kniff die Augen eine Sekunde lang zusammen und musste unwillkürlich lächeln. Runwart hatte sich geirrt. Die Zeit der Zwerge war auf keinen Fall vorbei – noch lange nicht.

* * *

Der Chef war stoned. Philippa saß in einem abgedunkelten Kellerraum auf einem alten Sofa, während Gesprächsfetzen aus einem chaotischen Stimmgewirr in ihre Ohrmuscheln drangen und als Elementarteilchen durch ihr Gehirn huschten, das sich in diesen Minuten (oder waren es Stunden?) nicht wie der komplexe Zentralcomputer eines intelligenten Lebewesens, sondern eher wie ein klebriger, schwerer Klumpen anfühlte.

Warum hatte sie bloß an dem Joint gezogen? Philippa hatte seit jener Nacht unter dem Schlagbaumtunnel keine Drogen angerührt. Die Realität war seitdem abgedreht genug. In der Zeit, die sie mit dem von ihr aufgestellten Team hier auf dem Ohligser Industriegelände schuftete, genoss sie ihre Klarheit und Entschlossenheit. Und jetzt das!

Gerade noch hatten ihre Freunde Patrick und Fabi nach tagelangem Tüfteln und Programmieren einen Teil der geplanten Lichtershow zum ersten Mal in diesem kleinen, dunklen Kellerraum simuliert. Sie hatten sich danach begeistert umarmt und einfach gut gefühlt. Dann ließ Fabi einen Joint rumgehen. *Warum nicht?,* fragte sich Philippa und zog. Mit einem Schlag fegte das Dope ihre klaren Gedanken, ihre Gefühle weg.

Und jetzt saß sie total breit auf diesem Sofa, während Fabi und Patrick irgendwas zu den technischen Details der Lichtershow faselten. Philippa verstand kein Wort. Sie stierte auf ein Lichterspiel, das der Projektor an die Wand zauberte. Ihr Gehirn verklumpte immer mehr. Das ging nicht. Das Projekt war zu wichtig. Sie musste wieder klar werden. Sie musste raus an die Luft. Raus. Philippa stand mit einem Ruck auf und stakste auf die Tür zu. Aus weiter Ferne hörte sie die Stimmen von Patrick und Fabi, die ihr irgendwas hinter herriefen. Sie vermochte nicht zu sprechen. Ihre dicke, schwere Zunge klebte am Gaumen, die trockenen Lippen waren wie zugetackert. Raus.

Philippa riss die Tür auf. Das grelle Kellerlicht stach in ihre Augen wie spitze Pfeile. Sie schloss die Augen für einen Moment und riss sie mit Mühe und Not wieder auf. Scheiße. Sie sah das Gesicht von Cihan, dann seine erhobene Faust. Faust? Hä? Ach so, er wollte wohl gerade klopfen. Neben ihm stand Runwart. Philippa schwankte. Sie kämpfte dagegen an, dass ihre bleischweren Augenlider über ihre Augäpfel rutschten, sie versuchte, den Mund zu öffnen. Cihan!

Cihan starrte sie entsetzt an, während Runwart sprach. Sie strengte sich an, diese Sprache mit diesen vielen gedehnten Vokalen zu verstehen, die ihr mit bekifftem Kopf so fremd vorkam. Aber ja doch, das war Deutsch! Das verstand sie. Runwart sagte was davon, dass Ugelnia mit ihr sprechen wolle, und dass er jetzt gehen würde. Runwart gab Philippa und Cihan zum Abschied die Hand und verschwand. Scheinbar hatte Runwart nichts von ihrem Zustand mitbekommen. Aber dafür Cihan umso mehr. Das Entsetzen in seinem Blick war der Wut gewichen.

„Cihan!“, presste Philippa hervor. Das Sprachvermögen kehrte zurück. Sie musste jetzt versuchen, weiter zu reden. Aber was konnte sie sagen? *Los, streng dich an!,* befahl sie sich.

„Du hast einfach keinen Respekt!“

Cihans Wort klangen so eiskalt, dass Philippa fröstelte. Keinen Respekt. Keinen Respekt. Respekt. Das Wort hatte sich verselbstständigt, spukte in ihrem Kopf herum. *Nein, das stimmt nicht, warte Cihan.* Er dachte jetzt sicher, dass er sich in ihr getäuscht hatte, dass sie wie damals, als sie mit Mina in der WG gewohnt hatte, eine Kifferin war, die nicht viel auf die Kette kriegte, aber das tat sie, nein, sie hatte sich geändert, sie war ein anderer Mensch geworden, und das hatte sie auch ihm zu verdanken. Doch ihre Zunge wog zehn Tonnen, und so blieben diese Worte in ihrer Mundhöhle stecken und drangen nicht hinaus in die Welt der artikulierten Geräusche. Philippa musste zusehen, wie sich Cihan umdrehte und im flackernden Kellerlicht durch den Gang verschwand.

Nur ihre Lippen gehorchten ihr und formten eine Bitte: „Warte!“

Kapitel 29

Als sie an ihrem Ziel angekommen waren, sahen sie stumm den weißen Lichtturm hinauf. Dann öffnete sich eine schwere Eisentür vor ihnen, deren Oberfläche spiegelblank poliert war. Bleich starrten ihre verzerrten Ebenbilder sie an. Mina und Frank traten ein. Der Lichtturm der Spiegelwelt ähnelte von innen kaum seinem Gegenstück aus Franks und Minas Realität.

Es ist wie in einem Traum, dachte Frank. Auch in Träumen scheinen Orte so vertraut – und zugleich doch so fremd.

Tageslicht fiel durch die schmalen, hohen Fenster auf den glatten, rötlichen Marmorboden der leeren geräumigen Eingangshalle. Nur an der linken Wand hing ein großer, ovaler Spiegel mit einem verschnörkelten, goldenen Rahmen. Frank konnte ihn keiner Stilrichtung zuordnen. Immer, wenn er gerade meinte, eine Epoche identifiziert zu haben, fielen ihm neue, verwirrende Details auf.

In der Mitte führte eine Wendeltreppe mit einem im floralen Stil gehaltenen Jugendstilgeländer steil aufwärts in den nächsten Stock, der so weit oben lag, dass Frank beim bloßen Anblick schwindelig wurde.

Mina fühlte sich wie in einem Märchen. Wenn sie nur wüsste, in welchem? Sie musste trotz des überstandenen Schreckens schmunzeln. Bei den sieben Zwergen waren sie ja schon gewesen. Ein seltsamer, bekannter Geruch, der gar nicht an diesen Ort zu passen schien, stieg ihr in die Nase. Er erinnerte sie an den Rosenduft der Räucherstäbchen ihrer Mutter.

Krachend fiel die Tür hinter ihnen ins Schloss. Erschrocken schauten sie sich um.

„Willkommen."

Mina und Frank fuhren herum. Gegenüber vom Spiegel, auf der anderen Seite der Halle stand eine Frau. Ihre Schönheit fesselte die beiden derart, dass sie keinen klaren Gedanken fassen, geschweige denn sich fragen konnten, woher die Frau so plötzlich gekommen war. Die Herrin der Spiegel. Sie musste es sein. Mit wachen, klugen, mandelförmigen Augen, über denen sich, schwarze Brauen wölbten, sah sie Frank und Mina an. Die weichen Züge ihres schneeweißen Gesichts wirkten mädchenhaft, aber ihren Augen sah man an, dass sie unermesslich alt war. In ihrem durchdringenden Blick spiegelte sich ein Meer aus Wissen, Erfahrung und Fähigkeiten. Ihre schweren, rubinroten Haare hingen in sanften Wellen bis zu ihrer Hüfte herab, die ein goldener Gürtel umschloss.

Ein dunkelgrünes Kleid aus Samt, das bis auf den Boden fiel, hüllte ihren Körper ein.

„Ich hätte nicht gedacht, dass ihr den Weg so schnell hier rauf findet", hallte durch den Raum ihre Stimme, die sowohl freundlich, als auch ein wenig spöttisch, liebevoll und distanziert zugleich klang. So viele Widersprüche auf einmal verwirrten Frank. Und doch, vielleicht auch gerade deshalb, war er so fasziniert, dass er seinen Blick von dieser Frau nicht abwenden konnte. Er ließ den Rucksack von der Schulter gleiten, der seltsam langsam und sachte zu Boden fiel und mit dem Symbol Jeremias zur Herrin der Spiegel zeigend liegen blieb. Um die vollen Lippen schwang ein Lächeln, als die Herrin auf den Rucksack blickte, das Zeichen erkannte und dann wieder Frank fixierte. Ihre Hände hielt sie vor dem Schoß gefaltet. Frank errötete.

„Herrin", begann nun Mina, und ihre Stimme klang, nachdem die Herrin der Spiegel gesprochen hatte, merkwürdig klein und verloren.

„Nennt mich nicht Herrin, ich bin eine Frau", unterbrach sie die Herrin der Spiegel scharf, und ihre Augen blitzten. „Eine solche Anrede dulde ich nicht in meinem Reich. In eurer primitiven Sprache spiegelt sich die Rückständigkeit der Gesellschaft, in der ihr lebt, ihre Einseitigkeit, ihre Disharmonie. Denn sie kennt keinen passenden Begriff, der meine Aufgabe beschreibt. Und so biete ich euch an, mich bei meinem Namen zu nennen." Mina und Frank hielten unwillkürlich den Atem an. „Mein Name ist Berkana", verkündete die Herrin der Spiegel ohne Pathos.

„Ber-ka-na", sprach Mina andächtig, „wir brauchen Eure Hilfe."

Sie machte eine Pause, um nach den richtigen Worten zu suchen.

„J-ja, g-genau!", stotterte Frank.

„Die benötigen alle Wesen, die mich aufsuchen, aber nur wenige kommen bei mir an", entgegnete Berkana kühl lächelnd. „Na ja, nicht immer. Ein guter Freund von euch hat mich hier aus anderen Gründen besucht, aber das ist schon lange her", ergänzte sie mit einem Zwinkern, sodass Frank erneut errötete.

„Jeremia?", platzte es ihm vor Verwunderung heraus.

„Auch er musste jedes Mal hart kämpfen, um den Weg zu mir zu finden", sprach die Herrin der Spiegel einfach weiter, ohne seine Frage zu beantworten. „Unsere stärksten Gegner sind immer wir selbst."

Noch immer hatte sie ihren durchdringenden Blick auf das Paar gerichtet. Sie las ihre Gedanken. „Ihr denkt an den Herren der Furcht. Ihr meint, das sei euer stärkster Gegner?"

Die Herrin der Spiegel lachte auf. Danach breitete sich ein gütiges Lächeln über ihr ganzes Gesicht aus. „Da habt ihr wohl nicht ganz unrecht, aber was wäre der Herr der Furcht ohne seine gehorsamen Knechte, die nur an eine Kraft glauben, die Kraft der Angst?"

Nun strahlte sie Mina und Frank an. „Ihr habt es geschafft, ihr habt längst eine schwierige Aufgabe bestanden, ihr habt euch euren Ängsten gestellt, eure Ohnmacht bezwungen, ihr habt euch für einen neuen Weg entschieden. Das ist mutig. Deshalb kann ich euch helfen."

Wie in einem Film, der sich vorspult und dabei ganze Sequenzen auslässt, kam die Herrin der Spiegel auf Frank und Mina zu. In nur wenigen Sekunden hatte sie die Halle durchquert und stand nun vor ihnen.

Mina redete einfach los. „Berkana, wir brauchen deine Hilfe. Die Dunkelheit droht, befreit zu werden, und Jeremia sagt, nur du kannst uns helfen, sie zu verbannen." Berkana zu duzen erschien ihr jetzt selbstverständlich. Überhaupt verlor Mina jede Scheu – so, als ob sie die Herrin der Spiegel schon lange kannte. Rasch erzählte sie von der Spiegelsinfonie. Ihre Stimme überschlug sich, während sie hastig erklärte, dass sie vor der Aufführung der Sinfonie noch einige Oberländer aus den Klauen des Herrn der Furcht würden befreien müssen – und dass sie deshalb rasch, rasch zu dem Gefängnis mussten, das sich laut Jeremia an den Grenzen ihres Reichs befand. Und dass nur die Herrin ihnen helfen könne. Wie – das stehe in der Nachricht von Jeremia.

Frank zog einen Umschlag hervor und überreichte ihn der Herrin der Spiegel, wohl darauf bedacht, nicht ihre Hände zu berühren.

Die Herrin streichelte sanft das dicke Siegel auf dem Brief. Mit einem geheimnisvollen Lächeln blickte Berkana noch einmal auf Jeremias Symbol auf dem Rucksack, der zwischen Frank und Mina auf dem Boden lag. Dann drehte sie sich um und glitt leise in sich hineinlachend davon. Nach einigen Schritten (konnte man so eine Art der Bewegung Schritte nennen?) bedeutete sie Frank und Mina mit einem verschmitzten Zwinkern, ihr zu folgen.

Warum trägt sie eigentlich keine Krone?, fragte sich Frank, dem ganz schwindlig war. *Nicht, dass sie das bräuchte, um ihre Autorität zu unterstreichen. Aber irgendwie würde es zu ihr passen. Eine Krone.*

Berkana bei ihrer Fortbewegung zuzusehen, führte bei Frank zu einer Art Seekrankheit. Er kniff die Augen zu und ließ sich von Minas Hand weiterführen.

Vor der Wendeltreppe machte Berkana halt und wandte sich wieder den beiden jungen Leuten zu. Voll Anmut streckte sie ihren schlanken Arm zur Seite, an dem der dunkelgrüne Samt ihres Gewandes herabfloss, und zeigte mit ihrer schneeweißen Hand nach oben.

„Geht jetzt an mir vorbei, steigt die Stufen hinauf und öffnet die Tür“, sprach sie in einem ernsten Ton. „Und ihr werdet euren Weg finden.“

„Ist die Tür denn nicht verschlossen?“, fragte Mina ungläubig.

„Natürlich ist sie das!“, lachte die Herrin der Spiegel, „aber den Schlüssel hast du bereits.“

Ihre Augen fixierten Minas Hals. Mina zog die feine Silberkette hervor. An deren Ende funkelte der Anhänger mit dem Kristall, den ihre Mutter ihr in jener Nacht gegeben hatte. Jener schlanke, metallene Frauenkörper, der die beiden Arme in die Höhe streckte und zwischen denen das Kristall glitzerte. Mit zwei Fingern hielt Mina das Glas vor das Licht, das sich sogleich brach und Strahlen in vielen Farben aussandte. Mina blickte hinauf und erkannte, dass durch den Gang der Wendeltreppe schwach die Restreflexe ganz ähnlichen Lichts geisterten, die offenbar von oberhalb aus der Kuppel kamen.

„Alles Gute“, sagte Berkana gütig und sah ihnen nach, als Mina und Frank die gusseisernen Stufen mit dem Muster aus Sanduhren, Mondsicheln, Sonne und Sternen erklommen.

Oben angelangt, zwang sich Frank, nicht nach unten zu sehen, die Höhe brachte seine Knie zum Wackeln. Schwitzend starrte er auf den Anhänger, den Mina wie einen Schlüssel mit dem Kristall voran in das eiserne Schlüsselloch der geschmiedeten Stahltür steckte. Ein kunstvoll verschlungenes, abstraktes Knotenmuster bedeckte die gesamte Tür. Hunderte von klitzekleinen Minas tanzten auf der polierten Oberfläche, aus allen möglichen Perspektiven betrachtet, über die Rundungen und Wölbungen der Streben, die die Tür formten. Als ob in ungezählten Parallelwelten gleichzeitig diese Tür von einer Armee von Minas geöffnet werden sollte. Frank musste wieder einen Anflug von Seekrankheit niederkämpfen, die Realität um ihn herum schien ins Schwanken zu kommen. Seine Hand krallte sich um das Jugendstilgeländer, dass die Knöchel hervortraten.

Ein warmes, goldenes Licht schimmerte für einen Augenblick aus dem Schlüsselloch, dann geschah etwas, das Mina ihr markantes „Oh!“ und Frank ein unwillkürliches „Blimey!“ entlockte. Die Tür öffnete sich, indem sie sich *entknotete.* Die einzelnen, unzähligen Stahlstreben glitten mit einer quecksilbrigen Leichtigkeit lautlos auseinander, sie bogen sich, flossen fast auf Seite, bis die Tür sich ganz in den Rahmen zurückgezogen hatte.

Mina und Frank fuhren zurück, hielten sich die Arme schützend vor die Augen. Das Licht schoss ihnen nur so entgegen. Mina kniff ihre Lider fest zusammen, vor ihr tanzten blaue Flecken. Vorsichtig öffneten sie ihre Augen und ließen ihre Arme sinken.

Das Funkeln der Kuppel von außen war nichts im Gegensatz zum Anblick, der sich in ihrem Inneren bot. Lichtstrahlen in allen Farben spannten sich kreuz und quer durch den runden Raum wie ein immer dichter werdendes Netz, das unaufhörlich funkelte, das – nur für den Augenblick gewoben – ständig seine Farben und Formen änderte. Mina und Frank erkannten die Ursache für dieses Funkeln, das für die Ewigkeit bestimmt war: Der komplette Saal war mit Spiegeln verkleidet. Hier begann die Welt hinter den Spiegeln.

Sie standen in einem Labyrinth von Spiegeln, von dem jeder ein Eingang zu einem anderen Leben war, abhängig davon, wer im Ober- oder Unterland oder sonst wo in diese Spiegel schaute. Schattenhafte Wesen schienen dort entlang zu huschen, wo die Lichtreflexe für den Bruchteil eines Augenblicks nachließen.

Mina beschlich Misstrauen. Auch wenn die Herrin der Spiegel mit Jeremia befreundet war, war sie sich nicht sicher, ob man ihr bedingungslos über den Weg trauen konnte. Die Herrin schien ein wenig wankelmütig zu sein. Mina befürchtete einen Moment lang, die Strahlen könnten wie feine Klingen ihr Fleisch zerschneiden. *Blödsinn!,* schalt sie sich und wagte einen Schritt in den Saal. Sie ging durch die Strahlen, die sich kreuzten und ihre Farben änderten, hindurch. Sie atmete aus. Das Misstrauen verflog, und Mina schritt entschlossen durch das Lichternetz in die Mitte des Saals. Sie warf den Kopf in den Nacken, ließ ihren Blick von der verspiegelten Kuppel an Strahlen hinab gleiten und drehte sich dabei im Kreis. Während sie den Moment genoss, von Licht umschlossen zu sein, wanderten ihre Augen über die Spiegel. Dann marschierte sie auf einen fünfeckigen Spiegel zu. Oben auf dem Rahmen ging eine Sonne auf.

„Bist du dir sicher, dass es der hier ist?“, fragte Frank leise, der sich zögernd hinter ihr in den Raum hineinwagte.

„Ganz sicher“, sagte Mina ernst. „Die aufgehende Sonne: Dieses Symbol habe ich auf einer Tarotkarte für meine Mutter gezogen. Es bedeutet: Wiedergeburt.“

* * *

„Unglaublich!“, rief Dr. Metzger, als Jeremia und Cihan geendet hatten, und klatschte heftig in die Hände. Während unter Hochdruck die Proben mit dem „Spiegelorchester“ weiterliefen, hatte Jeremia mit Cihan an den Passagen und Motiven gearbeitet, mit denen er nicht weiterkam. Nun war Dr. Metzger in den Genuss der ersten privaten

Vorführungen der ergänzten Schlüsselpartien gekommen. Jeremia lehnte sich mit geschlossenen Augen zurück und ließ die Finger sanft von den Tasten des Klavierflügels gleiten. Cihan saß neben ihm auf einem Schemel, noch immer hielt er den letzten Akkord am langen Hals seiner Saz, seiner Meydan Sazı. Zum ersten Mal hatten sie einen Ausschnitt der neuen Fassung der Spiegelsinfonie gespielt. Jeremia hatte es von Anfang an gewusst: Die Saz vom Fronhof würde noch eine große Rolle spielen.

Noch nie zuvor war Musik mit einer solchen Kraft durch Cihans Adern geflossen. Er schloss die Augen, um der Energie nachzuspüren, seine Knie zitterten.

Dr. Metzger wischte sich mit einem Taschentuch Schweiß von der Stirn. Dann beugte er sich über den ovalen Tisch aus Kirschholz, der auf einem persischen Teppich stand, und schenkte Çay nach. Aus einer silbernen Kanne goss er dunkelrotes, durchgezogenes Teewasser in die kleinen Teegläser mit Goldrand und füllte diese mit gekochtem Wasser aus einer weiteren Kanne auf.

„Unglaublich, unglaublich", wiederholte er und schüttelte den Kopf.

Nach einer Atempause nahmen Jeremia und Cihan langsam in den antiken Stühlen Platz. Als Dr. Metzger die Teegläschen verteilt hatte, reichte er eine Porzellandose mit Zuckerwürfeln herum. Noch völlig von der Vorstellung benommen, rührten sie in ihren Teegläschen und griffen nach klebrig-süßem Baklava und Honigringen – ein Geschenk von Cihan, das Jeremia auf einer dekorativen Schale neben einem Körbchen mit Muzen in der Mitte des Tisches auf einer Biedermeier-Spitzendecke platziert hatte.

„Und, wird die Sinfonie rechtzeitig fertig?", fragte Dr. Metzger und schlürfte Tee, während er mit bangem Blick nach dem Wandkalender schielte. Nur noch wenige Tage bis zum 21. Dezember. Von Adventsstimmung keine Spur.

„Mit der Komposition bin ich jetzt so gut wie fertig", antwortete Jeremia und nahm mit zwei Fingern sein Glas. „Jetzt kommt es nur noch darauf an, die tausendköpfige Chimäre zu zähmen, die wir erschaffen haben – die Politik wird sich noch wundern." Jeremia ließ sein kehliges, warmes Lachen hören.

„Wunderbar", rief Dr. Metzger begeistert und berichtete von seinen Vorbereitungen. Alles lief nach Plan. Den großen Theatersaal hatte er für den 21. Dezember freigehalten. Sogar ein Darbuka-Spieler und eine Ney-Spielerin, Bekannte von Cihan, würden bei den Proben noch hinzustoßen.

„Denken Sie an das Publikum!", mahnte Jeremia. „Wir brauchen so viele Zuhörer wie möglich, und vor allem auch Kinder!"

„Selbstverständlich", entrüstete sich Dr. Metzger feierlich, „arbeiten wir eng mit Schulen zusammen. Es gibt sogar ein neues Projekt, das von Musikerziehern ehrenamtlich betreut wird: SIS – Sinfonie in der Schule. Das wird kein Geplänkel für ein uraltes Publikum, das wird ein Jahrhundertereignis, an das sich ganz Solingen für immer und ewig erinnern wird!"

„Und wie läuft es mit der Inszenierung?", fragte Cihan. Philippa und er waren sich seit dem Vorfall im Industriegebiet aus dem Weg gegangen. Sie waren sich so nah gewesen. Jetzt waren sie weiter voneinander entfernt denn je. Aber er wollte nicht den ersten Schritt machen und das Gespräch suchen. Schließlich war er sauer auf sie. Er war nur für sie zu dem Industriegebiet gekommen, hatte all seinen Mut zusammengenommen, um seine Gefühle zu offenbaren. Doch als er vor ihr stand und sie ihn völlig bekifft ansah, hatte er nur noch Wut und Abscheu empfunden. Für Runwart und Ugelnia spürte er Respekt und Achtung – aber für Philippa und ihre Kiffer-Freunde? Zählte für sie so etwas wie Freundschaft überhaupt? Konnte man sich auf sie verlassen? Auf der anderen Seite spürte Cihan zu seiner Beunruhigung, wie diese negativen Gefühle sein Spielen beeinflussten. Sie mussten zusammenhalten, sie mussten sich vertragen. Wie sonst konnten sie den Herrn der Furcht besiegen? Und außerdem vermisste er Philippa. Er vermisste sie schrecklich. Ob er vielleicht doch …

„Die Spiegel hat das Team soweit zusammen, es sind eine ganze Menge", berichtete Dr. Metzger. „Ich werde mich morgen mit Philippa, Runwart und Ugelnia treffen. Dann geht's ab ins Theater, wo alles angebracht wird." Verwundert sah er, dass Cihan kaum zuhörte.

„Das hört sich doch fabelhaft an!“, rief Jeremia. Er nahm einen Schluck Tee und starrte versonnen auf die zwei übereinandergestellten Teekannen. Eine Pause entstand. Angespannt hielt Jeremia den Atem an, in der Stille trat das Ticken einer Kuckucksuhr hervor. Er bemerkte Cihans Unaufmerksamkeit nicht.

Er dachte an den jungen Bannsänger, der gefangen gehalten wurde, um den Kerker der Finsternis zu sprengen (was nach Jeremia nicht mehr aufzuhalten war). Und er dachte an Mina und Frank. Wie sie aufgebrochen waren, um sich auf eine gefährliche Reise zu begeben, auf eine Reise, in der sie in Tiefen hinabsteigen mussten, die Jeremia mehr Gänsehaut verursachten als das Gefängnis der Dunkelheit. Die Reise in die Spiegelwelt, mit ihren eigenen Gesetzen und ihrer eigenen Zeit.

Kapitel 30

Frank und Mina standen vor dem fünfeckigen Spiegel, der mit einer aufgehenden Sonne verziert war. Nach unten hin verjüngte sich der Rahmen, ruhte sanft etwa einen Zentimeter über dem Boden des Saals.

Es war das erste Mal, dass Frank durch einen Spiegel ging.

Mina streckte die Hand aus, berührte die Spiegeloberfläche. Neben ihr tat Frank das Gleiche. Es gab ein Geräusch, wie wenn jemand ein großes, dünnes Stahlblech hin- und herbiegt.

Wooammp.

Die Oberfläche des Spiegels schlug Wellen wie die Oberfläche eines stillen Weihers, wenn man einen Kiesel hineinwirft, dort, an der Stelle, wo Mina sie mit dem Finger berührte. Frank tat es ihr gleich – und machte den Fehler, den Finger wieder zurückzuziehen. Wie Quecksilber hing die Spiegeloberfläche an seinem Finger …

„Was zum …?!?!?“ … und schwang dann zurück in den Rahmen. Wodurch sie Frank und Mina ruckartig mit sich zog, als ob sie an einem gespannten Gummiband hingen. Sie wurden durch den Spiegel katapultiert.

Und drehten sich. – Und drehten sich. Für einen Moment lang glaubte Frank, sich übergeben zu müssen. Die Geometrie des Raums – so war sie nicht richtig. Als ob alle Dimensionen durch sich selbst hindurchgestülpt worden seien. Das war nicht richtig. Sie stürzten weiter durch Räume mit mehr Dimensionen, als Frank Finger hatte – und im Moment hatte er wirklich ganz schön viele. Und dann ein Tunnel. Eine immer engere Öffnung. Ein hohes, höher werdendes, hässliches, schabendes Rauschen in den Ohren. Auf einmal war da wieder schummriges Licht. Sie kamen hart auf dem Boden auf und rollten über Steine und Kiesel. *Autsch.* Frank war schwindlig, er musste husten.

Mina rappelte sich neben ihm auf. Sie sah sich wild nach allen Seiten um. Dann zerrte sie Frank an den Aufschlägen seines Bundeswehrparkas in eine sitzende Position. Von der aus er das sah, was er sich nicht wirklich hatte vorstellen können.

Sie lagen auf einer Klippe in einer gigantischen Höhle, die von Fackeln und milchigem Licht erleuchtet wurde, das von einigen Spiegeln stammte.

„Schau dir den Boden an, den Fels …", murmelte Mina.

Frank nickte nur stumm.

Eine schmale, gerade mal einen Meter breite Felsenbrücke mit einer Länge von gut 30 Metern verband den Vorsprung, auf dem sie sich befanden, mit der gegenüberliegenden Seite der Höhle. Darunter gähnte ein tiefer, schwarzer Abgrund. Auf der anderen Seite stand ein Gebilde, das aussah wie ein großer, zwanzigseitiger Würfel, er war sicherlich zehn Meter hoch, und zum Teil mit den Felsen verwachsen. Daneben stand ein merkwürdiger Apparat, der ständig seine Form zu ändern schien unter einem unablässigen metallischen Quietschen und Knarzen. Da waren mehrere schattenhafte Gestalten, die sich im Dunkel bewegten, eine sehr große, zwei in menschlicher Größe und etliche kleinere Schemen. Ein schwacher Schrei ertönte. Lea.

Dann eine dröhnende Stimme: „Spiel! So spiel doch! Sie stirbt, wenn du nicht spielst!"

„Das ist Dr. von Furcht", wisperte Mina und verbesserte sich sofort. „Ich meine natürlich der Herr der Furcht."

Frank zeigte nach rechts. Sie kauerten dicht am Boden. Scheinbar hatte sie noch niemand auf der anderen Seite bemerkt. „Hier rechts gibt es einen Vorsprung, der im Halbkreis zur anderen Seite führt. Ich werde wohl mit dem Rücken zur Wand balancieren müssen. Aber es könnte klappen", flüsterte Frank.

„Wieso nur du? Was mach ich?", fragte Mina.

„Du gehst über die Brücke und lenkst sie ab."

„Ist das dein Ernst? Sollten wir nicht …?"

Aber Frank war schon auf den Füßen und verschmolz mit den Schatten.

Mina blieb nichts anderes übrig. Langsam erhob sie sich. Sie nahm den Supersoaker mit dem heiligen Wasser aus dem Knochensplitter von St. Katharina aus dem Rucksack und schritt, die Waffe allerdings nicht im Anschlag, sondern mit der Mündung auf den Boden zeigend, über die schmale Brücke auf die andere Seite zu.

Schon bald konnte sie genauer erkennen, was da los war. Etwa ein halbes Dutzend Zwerge schob Wachdienst, zumindest konnte man das aus der Art und Weise schließen, wie sie mit Beilen und Keulen bewaffnet herumstanden. Zwei von ihnen hatten Armbrüste. Derjenige, der am nächsten zur Brücke stand, rief laut „Horrido!“, als er Mina entdeckte.

Sie ging langsamer, aber trotzdem unbeirrbar weiter. Jetzt konnte sie genau erkennen, wer da zwischen dem Würfel und der sich ständig bewegenden und verbiegenden Maschine stand. Ein großer Mann in Rüstung, mit einem samtenen Kapuzenmantel und einem Langschwert, eine dürre, ausgemergelte Gestalt in Jeans und einem dreckigen T-Shirt, die eine Mosrite-E-Gitarre in den Händen umklammerte sowie, neben der Maschine, ein eine schwarze Kutte tragender Mann mit langen grauen Haaren, dunklen, tief in den Augen liegenden Höhlen und einem Gürtel, an dem unzählige Werkzeuge hingen.

Bei dem Ruf des Zwergs fuhr der große Mann im Umhang herum – und verwandelte sich. Er begann an den Rändern dunkelblau zu glühen, drehte sich schnell um seine Achse. Und dann stand dort Dr. von Furcht.

„Oooooh, Frau O'Sullivan! Wie schön, dass Sie mich hier besuchen! Fantastisch! Sie kommen gerade rechtzeitig. Wir sind hier in der finalen Phase eines überaus interessanten Projektes. Aber um es abzuschließen, muss erst einmal diese nicht mehr ganz zeitgemäße Skulptur verschwinden.“

Er wies mit dem Daumen über die Schulter auf den mit dem Felsen verwachsenen Ikosaeder, dessen dreieckige Facettenflächen mit einer tief unter dem polierten Granit glosenden Lumineszenz leuchteten – als ob Licht durch sie floss. Ein kaltes Lächeln spielte auf seinen ledrigen Gesichtszügen. Seine Worte hallten in der großen Höhle hohl nach.

„Gestatteten Sie mir, dass ich Ihnen meine Mitstreiter vorstelle – also die kleinen Kerle sind meine Ordner, sehen Sie mir bitte nach, dass ich mir die Namen nicht merken kann, mit Anstreichern oder Kellnern geht es mir auch immer so. Das hier, der junge Mann mit der Gitarre, das ist JT, mein künstlerischer Berater. Und das dort, neben diesem entzückenden Apparat, das ist der Ingenieur …"

JT starrte Mina an wie eine Halluzination und hielt sich an der Gitarre fest, als ob sie das Einzige war, was ihm Halt gab. Der Ingenieur, ein Mann von grotesker Hässlichkeit mit unzähligen Narben, schickte Mina ein kurzes, krampfhaftes Lächeln und verbeugte sich kurz – was irgendwie ironisch wirkte. Da war wieder das Schreien – schwach, aus dem Inneren der Maschine. Wo war Frank?

„Oh, geben Sie darauf nichts, Frau O'Sullivan. Das Ding muss mal geölt werden. Im Übrigen ein ganz entzückender Apparat …"

Langsam kam Mina näher. Die Zwerge fassten ihre Waffen fester. Einer richtete seine Armbrust auf Mina. Sie konnte deutlich die Schweißperlen auf der Stirn und die Ringe unter den Augen von JT erkennen. Hinter ihm tuckerte ein Rasenmähermotor, ein altes Röhrenradio diente als improvisierter Verstärker für seine E-Gitarre. Der Herr der Furcht lächelte und schnippte eine Spinne vom Ärmel seines Anzugs. Der Ingenieur war dabei, mit einem Schraubenzieher eine Abdeckungsplatte an der Maschine zu befestigen. Es war, als ob sie atmete. Wo war Frank? Mina wurde schlecht.

Nun war sie nah genug heran, dass sie auf die Seitenpartie der Maschine blicken konnte. Da drin lag Lea, in zerfetzten Klamotten, aus unzähligen kleinen Wunden und Schnitten blutend, festgeschnallt auf einer Art Bett, über ihr jede Menge Nadeln an beweglichen Armen, oberhalb der Öffnung, durch die man sie hineinbugsiert hatte, unzählige Stellräder. Drumherum war alles in Bewegung. Ständig klappten Gelenkstangen um, drehten sich Zahnräder, schnappten Ventile, zischte es an hydraulischen Leitungen.

Der Herr der Furcht klatschte in die Hände. „Sie kommen wirklich gerade rechtzeitig, Frau O'Sullivan! Da es unserem jungen Freund JT an ausreichender Motivation fehlt, seine Aufgabe zu erfüllen – über die Sie garantiert das Wichtigste wissen, sonst wären Sie ja nicht hier – haben wir versucht, ihn zu motivieren, indem wir ihm verdeutlichten, in was für einer uuuunangenehmen Lage unsere unbekannte Schönheit hier sich befindet, die in diese Maschine gefallen ist – bedauerlicherweise."

Er wischte sich mit einem Seidentaschentuch die Stirn ab und fuhr dann fort: „Bedauerlicherweise hat die Gute aber kein sehr großes Durchhaltevermögen. Jetzt noch weiterzumachen hieße, sie zu töten, vermutlich stürbe sie am Schock, auch wenn wir sie bisher kaum angeritzt haben. Und dann hätten wir ja keinen …", der Herr der Furcht lächelte und genoss jede Silbe des nächsten Wortes „keinen *In-cen-tive*, keinen Motivationsanreiz mehr. Und da kommen Sie gerade recht."

Der Blick in seinen Augen verhärtete sich, er schnippte mit den Fingern und wies mit einer knappen Geste auf Mina. Die zwei Zwerge, die der Brücke am nächsten waren, rückten vor. „Es ist übrigens schön, dass Sie ein Spielzeug mitgebracht haben", höhnte der Herr der Furcht, auf die große Wasserpistole blickend, „denn genau das wollen wir doch alle zusammen machen – spielen!"

Doch Mina reagierte schneller als die Zwerge, die in Laufschritt verfielen. Sie riss den Supersoaker hoch, pumpte fixer, als sie es je in ihrem Leben für möglich gehalten hätte, und schoss. Als erstes auf den Zwerg mit der Armbrust hinter den beiden, die auf sie zujoggten. *Splatch!* Er drehte sich mit einem gurgelnden, erschrockenen Schrei pirouettenartig um seine eigene Achse und fiel zu Boden. Dann gab sie Stoff. Hose area – die Gartenschlauchtaktik. Es plätscherte mindestens fünf Sekunden lang. Mit einer Uzi hätte sie die beiden Beil-Männeken, die auf sie zurannten, in der Mitte durchgesägt. So gingen sie nur patschnass in die Knie, stöhnten, hielten sich den Kopf und blieben gefährlich nah am Rand der Verbindungsbrücke liegen, die sie bereits betreten hatten. Mina nahm Anlauf und sprang über die beiden Figuren hinweg. Da zischte etwas an ihrem Ohr vorbei – verdammt, der zweite Zwerg mit Armbrust. Aber er würde ja erst mal nachladen – verdammt! Klick klack. Eine Repetier-Armbrust. Schon wieder schussbereit.

Mitten im Lauf blieb Mina abrupt stehen. Er stand rechts von ihr, halb von der Maschine verborgen, gab dadurch, dass er sich nun hinkniete ein noch kleineres Ziel ab. Sie würde ihn so nie erwischen, und er war fast außer Reichweite.

Doch auf einmal – *Splotsch!* Zischte es hinter dem Zwerg, der die Augen verdrehte und zusammensackte, zusammenhanglos murmelnd („Was? Wo bin ich? Was ist das für ein Ding? Wo sind die Cornflakes …?“). Frank stand hinter ihm, die Mündung seines Supersoakers tropfte noch. Er sprang um die Maschine herum, Laute von sich gebend, die Kampfschrei sein sollten. „Aaaaaaah!!“

Noch drei Zwerge. Dr. von Furcht wurde bleich im Gesicht

Der Ingenieur schien von der Szene keine Notiz zu nehmen, so sehr war er in seine Arbeit vertieft. Aus den Augenwinkeln nahm Frank im Vorbeispringen wahr, dass er an einem Ghettoblaster hantierte, der an die Maschine angeschlossen war. *Merkwürdig. Egal. Nicht dran denken. Pumpen. Schießen.*

Drei Zwerge waren noch übrig. Einen erwischte Frank, den zweiten Mina. Der dritte wurde von den beiden Zwergen überwältigt, die Mina zuerst an der Brücke getroffen hatte. Offenbar hob das heilige Wasser wirklich den verderbten Einfluss des Herrn der Furcht auf.

Der war darüber überhaupt nicht erfreut. Mit einem Wutschrei, der nicht entfernt menschlich klang, riss er die Arme hoch, stand in schwarzen Flammen und hatte seine wahre Gestalt wieder angenommen. Frank blickte an ihm hoch. Und hoch. Und hoch. Der war doch vorher nicht drei Meter groß gewesen? Jetzt schien er es zu sein. Seine Augen glühten rot. Wütend packte er sein Schwert, riss es aus der Scheide und köpfte mit einem Streich die drei Zwerge, nachdem er einen halben Schritt auf sie zugemacht hatte. Die Geräusche, die er nun von sich gab, klangen eher nach einem wütenden Stier. Einem Stier, dem Frank jetzt allein gegenüberstand. Mina hatte JT am Kragen gepackt und hinter die Maschine gezerrt. Seine Gitarre lag auf dem Boden, ganz nah am Verstärker. Eine hässliche, permanente Rückkopplung lag in der Luft. Für eine Millisekunde passierte nichts. Die Zeit schien stillzustehen. *Als ob ein Engel vorüberschritt*, dachte Mina.

Dann ging alles ganz schnell. Franks Gedanken rasten. *Er wird es glauben. Er wird es glauben. Er wird es glauben – und ich* auch!

Aus irgendeinem Grund, den Mina nicht näher verstand, schrie Frank „Das ist Batteriesäure, du Arschloch!" und verpasste, ständig nachpumpend, dem gurgelnden und zurücktaumelnden Herrn der Furcht eine Salve nach der anderen.

Mina hatte bis jetzt den Ingenieur in Schach gehalten und versucht, ihn daran zu hindern, die Maschine wiedereinzuschalten. Der war aber vollauf mit dem Ghettoblaster beschäftigt, grinste Mina auf seine widerliche Art an – und tat sonst gar nichts. Lea schien wieder bei Bewusstsein zu sein, zumindest ein wenig. Sie wimmerte.

Da riss Franks Stimme Mina aus ihrer Starre. „Mina! Hier rüber!"

Mina verpasste vorsichtshalber dem Ingenieur eine Ladung St. Katharinen-Brunnen und sprang dann an Franks Seite.

„Halt drauf! Mein Tank ist gleich leer!"

Das ließ sich Mina nicht zweimal sagen – die Wirkung konnte sich sehen lassen. Tatsächlich schien das Wasser den Herrn der Furcht zu verletzen. Er ächzte. Dort, wo das Wasser ihn direkt getroffen hatte, stieg Rauch oder Dampf von seiner Haut auf, ganz so, als ob es ihn wirklich verätzte. Jetzt stolperte er unkontrolliert rückwärts über die Körper der Zwerge, die er geköpft hatte. Im gleichen Moment gab Franks Supersoaker den Geist auf. Furzend erstarb der Wasserstrahl, wurde zum pinkelnden Rinnsal und versiegte. Ohne Seitenblick zu Mina, die weiterspritzte, ließ Frank die Waffe fallen – und sprang vor.

Was für ein Bodycheck. Frank hielt sich den Kopf – und wurde, wie wenige Minuten zuvor JT, von Mina hinten am Kragen gepackt. Damit er nicht hinterherfiel. Denn genau das geschah in diesem Moment mit dem Herrn der Furcht, dem Frank mit einem wahnwitzigen Manöver den Kopf in den Magen gerammt hatte, unter seinem Brustpanzer. Er taumelte rücklings über die Kante des Abgrunds, neben der wie aus dem Fels gewachsenen Brücke.

Für eine schreckliche, gefrorene Sekunde blickten sich Frank und der Herr der Furcht in die Augen. Es drehte Frank den Magen um. Davon würde er noch seinen Enkelkindern erzählen – die Furcht der Furcht. Dieser Abgrund schien noch tiefer als die bodenlose Schwärze, in die der Herr der Furcht nun stürzte. Oder wer auch immer er war. Keine berühmten letzten Worte. Nur Schock in seinen Augen, Ungläubigkeit. Frank stolperte noch zwei Schritte vor, ging auf die Knie, um nicht Gefahr zu laufen, hinterherzufallen. Mit den Händen stützte er sich am Rand des Abgrunds ab. Er blickte über den Rand. Nichts. Pure Schwärze. Der Herr der Furcht war verschwunden. In dem Moment, als er ihm in seinem Herzen keinen Raum mehr eingeräumt hatte. Sollte das der Schlüssel gewesen sein? War das nicht zu einfach? Nur sein samtener Umhang hatte sich an einem Felsvorsprung verfangen. Schwankend stand Frank auf. Er fasste neuen Mut. Doch da – ein Schrei! Lea!

Da stand dieser Kerl neben der Maschine. Immer noch. Der, den der Herr der Furcht als den Ingenieur vorgestellt hatte. Mina hatte sich inzwischen JTs Gitarre geschnappt. Martialisch schwang sie sie über dem Kopf. Offenbar war auch ihr Supersoaker so gut wie leer. Das noch an der Gitarre hängende Kabel sang durch die Luft wie eine Schwalbe im Hochsommer.

„Krümm ihr auch nur noch ein Haar, nur noch ein Haar, und ich spalte deinen Schädel mit dieser weißen Mosrite, und wenn es das verdammt Letzte ist, was ich tue!“ Mina war außer sich. Und das war auch gut so.

Auf seinen abgewetzten Vans (Warum bloß waren die auch in der Inkarnation der Spiegelwelt abgewetzt?) hetzte Frank vorwärts: „Ich würde tun, was sie sagt, Ingenieur. Sonst hast du das letzte Mal irgendwo eine lockere Schraube angezogen.“

Der Ingenieur wischte sich einige Tropfen des heiligen Wassers aus dem Gesicht und lächelte mit seiner vernarbten Hässlichkeit. „Es ist nicht nötig, solche Töne anzuschlagen. Genauso wie es Verschwendung ist, mich mit diesem Wasser zu bespritzen. Ich bin der Ingenieur. Ich bin ein Techniker. Ich glaube nicht an solche Dinge. Ich glaube an zwangsläufige Notwendigkeiten, an die bedingungslose technische Lösung für anstehende Probleme. Ich erfülle nur meine Aufgabe. Und wo wir von der gerade sprechen“, er steckte seinen Schraubenschlüssel weg und nahm einen Spannungsprüfer von seinem Werkzeuggurt: „Die ist so gut wie beendet.“

„Was, was soll das heißen?“, brüllte Mina, der Tränen in den Augenwinkeln standen.

Frank war bestürzt. Besonders darüber, dass er sie ausgerechnet in diesem Moment wunderschön fand. So schön, wie nie zuvor. JT war hinter ihr zu Boden gegangen und schnappte nach Luft wie ein Fisch auf dem Trockenen.

„Das soll genau das heißen. Ich erfülle nur meine Aufgabe. Sonst nichts. Ihr kennt dieses Mädchen? Sie ist eure Freundin? Nehmt sie bitte heraus. Alles hat hier ein zu abruptes Ende gefunden. Diese Maschine war nur für sie bestimmt. Ich demontiere sie jetzt." Mit diesen Worten stolzierte er auf die andere Seite der Maschine, die in ihren pulsierenden Bewegungen ruhiger geworden war.

Frank nahm Mina sanft, aber bestimmt die Gitarre ab. „Lass mal. Er hätte genug Gelegenheit gehabt, uns in den Rücken zu fallen oder sonst was zu tun." Zusammen mit seiner Freundin hob Frank seine Ex vorsichtig aus den Eingeweiden der Maschine. Sanft legten sie sie auf den felsigen Schieferboden. Lea keuchte, sie blutete aus kleinen Wunden, als ob eine Horde wütender Heinzelmännchen mit dem Nagelset des Todes über sie hergefallen sei.

„Verdammt", murmelte Mina. „So kriegen wir sie nie im Leben transportiert, was sollen wir machen?"

Frank sah Mina nachdenklich an. Dann sagte er langsam: „Aaaalso ... Das Wasser in unseren Flitschspritzen – das ist doch Heilwasser. Sollte das nicht ...?"

„Du könntest recht haben ..."

Mina nahm ihren Soaker zur Hand. Frank sagte schnell: „Aber nicht irgendwie einreiben oder so. Wir haben nicht mehr viel von dem Zeug. Gib es ihr lieber zu trinken, damit sie überhaupt auf die Füße kommt."

Inzwischen sprang Frank auf, spurtete zu seinem Supersoaker, den er ein paar Meter entfernt hatte fallen lassen, hob ihn auf und ging damit zu JT. Rasch kniete er sich neben den bewusstlosen, völlig erschöpften und entkräfteten Jungen, öffnete mit zwei Fingern seinen Mund, schraubte den Tank von seiner Wasserpistole und ließ die letzten Reste der kostbaren Feuchtigkeit als dünnes Rinnsal, das sie noch waren, auf dessen Zunge laufen.

Das Resultat war frappierend. JT schluckte, hustete und öffnete die Augen. Er setzte sich auf, sah mit schreckgeweiteten Augen Frank an und sagte: „Hi. Ich hatte gerade gehofft, es wäre alles nur ein Albtraum gewesen, aber das ist es ja doch nicht. Seid ihr das Rettungskommando? Lasst uns bloß hier verschwinden, bevor noch mehr von diesen Irren hier auftauchen. Seid ihr von der Polizei oder so?"

„Nö", sagte Frank und musste bei der Fortsetzung seiner Antwort schmunzeln. „Wir sind … vom Solinger Morgenblatt."

JT klappte den Kiefer nach unten, machte keine Anstalten, ihn wieder in die andere Richtung zu bewegen.

„Jetzt komm hoch, Großer, sonst bringen Freakpatrol noch ihr erstes Album ohne dich raus, und das wollen wir doch nicht, oder?"

Auch Lea war inzwischen wieder bei Bewusstsein. Schwach und ziemlich lädiert stand sie neben Mina, die sie stützen musste. Sie lächelte Frank an und schenkte auch Mina ein Lächeln. „Wow. Ne krasse Rettungsaktion. Du und deine neue Freundin, ihr habt doch mehr drauf, als ich dachte. Wenn ich noch mal gerettet werden muss, wende ich mich, glaube ich, gleich an euch."

Frank konnte nicht umhin. Er joggte auf Lea zu und umarmte sie kurz und heftig, während Mina JTs Gitarre aufhob. „Brauchst du die noch?"

Doch bevor JT antworten konnte, hatte Mina die Gitarre fallen lassen, krachend zerbarst sie in zwei Teile. Mina starrte auf das Instrument – woher kam diese infernalische Kakofonie von Akkorden? Die Gitarre war zerstört, und JT spielte auch nicht. Mit einem Seitenblick stellte sie fest, dass er auch nicht die Ukulele aus der Hölle unter dem Pulli hervorgezogen hatte, was den Lärm durchaus erklärt hätte. Ihre Augen weiteten sich.

Genau so ging es Frank, der ebenfalls herumgefahren war. Er starrte den Ingenieur an. Der offenbar auf den Knopf gedrückt hatte. An diesem Gettoblaster. Eine unglaubliche Musik hob an, als ob die Räder der Sphärenmechanik aus ihren Leitschienen gesprungen seien, als ob alle Hunde der Hölle gleichzeitig heulten, als ob die Gangunterwelt zum Weltuntergang tanzte. Als ob in den Köpfen von Lea, JT, Mina und Frank sechshundertsechsundsechzig Lemuren mit

Kreissägen statt Gitarren „Highway to hell" rückwärts spielten. Nur schlimmer.

JT übergab sich. Das war das Stück, das er gespielt hatte. Diese Hurensöhne hatten es aufgenommen. Die Vier hielten sich die Ohren zu. Und hörten doch die Stimme des Ingenieurs ganz deutlich, begriffen rasch, dass sie sie nicht mit den Ohren, sondern direkt in ihren Köpfen hörten.

„Bitte geht ein paar Schritte auf Seite …" Der Ingenieur lächelte sie an. Dann erhob sich die Maschine, in die der Ingenieur und der Herr der Furcht zuvor Lea gesperrt hatten.

„Hey!", brüllte Frank, sich immer noch die Ohren zuhaltend. Dampf strömte aus der Maschine, die Höhle mit einem heißen Sturmbrausen erfüllend. „Was ist denn das jetzt? Ich dachte, Sie hätten die Maschine demontiert!" Fast hätte er hinzugefügt: „Sie hatten es doch versprochen!" Aber nur fast.

Der Ingenieur lächelte milde, die Narben in seinem Gesicht gaben seinem Ausdruck dabei einen immer wieder neuen, interessanten Hässlichkeitskoeffizienten. „Bitte, Herr Fabel, Sie werden es mir nachsehen", er steckte den Schraubendreher weg, den er gerade noch in der Hand gehalten hatte, nahm eine Lesebrille aus einer der Taschen seines schwarzen Kittels und putzte sie mit einem leidlich sauberen Baumwolllappen. „Die Maschine, die Frau Étoile gefoltert hat, existiert nicht mehr. Ich habe sie demontiert und mit ein paar wenigen Handgriffen etwas Neues erschaffen." Er setzte sich die Brille auf, die Gläser blitzten: „Wenn Sie so wollen, habe ich den Geist in der Maschine befreit …"

Und wie. Die Maschine erhob sich mit einem kreischenden Geräusch von Metall auf Metall zu ihrer vollen Größe – und fing an zu tanzen. Der Boden bebte. Immer lauter schwoll der infernalische Lärm an, der kaum mehr als Musik zu bezeichnen war.

„Ich sage es noch einmal – bitte, gehen Sie alle auf Seite. Ich tue nur meine Pflicht. Ich erfülle die letzte Anweisung, die mir gegeben wurde, für den Fall, dass Dr. von Furcht etwas zustoßen sollte."

JT dämmerte es als Erstes. Er packte Frank und Mina und zog sie auf die schmale Brücke, über die sie gekommen waren. Frank nahm eine sichtlich verwirrte Lea fest an der Hand und riss sie hinter sich her, als er begriff, was JT vorhatte – was *die Maschine* offensichtlich vorhatte.

Gerade noch rechtzeitig entkamen sie auf die Brücke. Da stürmte die Maschine vor und rammte die Seiten des riesigen steinernen Ikosaeders, die ihr zugewandt waren. Die hatten schon vorher angefangen, grünlich zu leuchten. Der Krach war unglaublich. Und noch viel schlimmer: Die Felsbrücke schwankte unter ihren Füßen. Es rasselte, irgendwo in der Nähe ging eine Lawine von Gesteinssplittern ab. Sie waren fast auf der anderen Seite, drehten sich noch einmal um. Sie sahen nur Dampf, Rauch, ein grünes Glühen – und spürten einen Hauch von Kälte, der sich langsam ausbreitete. Dann war für einen Moment alles in ein blendend weißes Licht getaucht, das Frank an den Lichtblitz einer nuklearen Explosion erinnerte. Super, das war's, dachte er schon. Aber nach ein paar Sekunden stellte er fest, dass er doch noch etwas sehen konnte. Und dass es noch kälter in der großen Höhle geworden war.

Ein letztes Mal hörten sie die Stimme des Ingenieurs: „Ich an Ihrer Stelle würde fliehen. Was hier gefangen war, wird nun bald frei sein. Und wenn Sie es nicht glauben, Herr Fabel, nehmen Sie mein Siegel als Beweis – das Siegel des Herrn der Maschinen!"

Da fühlte Frank in seiner zur Faust geballten Rechten – mit der Linken hielt er Leas Hand – etwas spitzes, scharfkantiges, rundes. Ein Zahnrad. Sie rannten los. Sie blickten nicht zurück.

Nur einmal fuhr Minas Kopf herum, während ihre Füße sie, wie von selbst und so schnell sie konnten, über die schmale Brücke trugen. Etwas löste sich aus ihrer Tasche, schlug hinter ihr auf dem Boden auf, kullerte blechern klingend über den Schiefer. Das Give-away von D.A.R.K.-Consulting: die Aluminiumbox! Wo kam die denn jetzt auf einmal her? Mina riss ihren Blick wieder nach vorn. Was auch immer es war, es war nicht gut. Der Deckel der kleinen Box war abgesprungen, und sie war leer. Keine Schwärze mehr darin, nur noch blank poliertes Aluminium.

Die anderen hatten schon einen kleinen Vorsprung, und Mina sprintete umso schneller hinter ihren Freunden her. Sie rannten, so schnell sie konnten.

Kapitel 31

Aber Sie verstehen nicht, mein Herr …“ Dr. Metzger versuchte, die aufgebrachten Demonstranten zu beruhigen, die sich in der trüben Dezemberluft vor dem Theater versammelt hatten und lautstark gegen die bevorstehende Aufführung der Spiegelsinfonie protestierten. Niemand anders in einer verantwortlichen Position hätte sich unaufgefordert den Beschimpfungen einer wütenden Menschenmenge gestellt – außer Dr. Metzger. Er war beseelt von seiner Mission, die in ihm einen längst tot geglaubten Kampfgeist entfacht hatte. Er würde auch diese Menschen, die sein Projekt hassten, von der Bedeutung der Sinfonie überzeugen. Es war ein Kampf gegen die dunklen Mächte, die sein jahrelanges Engagement als regionaler Kulturbeauftragter zu einer erniedrigenden, kräftezehrenden Sisyphos-Arbeit degradierten, die jedes kulturelle Projekt, jede öffentliche Einrichtung in ihren eisernen Klauen gnadenlos zu zermalmen drohten. Es war auch ein Kampf gegen lebendige Taschenrechner auf zwei Beinen, die kulturelle Errungenschaften als unwirtschaftlich abstempelten, sie aus sämtlichen Haushalten dieser Republik ausradierten – und über Visionäre wie Dr. Metzger die Nase rümpften. Aber er, Dr. Metzger, hatte sich längst gegen diese dunklen Kräfte gestellt, er war ausgezogen, um das Theater zu retten. Er hatte Jeremia Kontakte zu Musikerinnen und Musikern vermittelt, Tag und Nacht an der Organisation der Aufführung gesessen, hatte Bettelbriefe an Sponsoren verfasst und ein ungewöhnliches, aber kompetentes Team aufgestellt, das sich um die gewaltige Licht- und Spiegelshow kümmerte, die das Publikum fesseln würde.

Heute Abend war es endlich soweit. Es war der 21. Dezember 2012, und die Uraufführung der Spiegelsinfonie stand bevor. Jeder Zuschauer, jede Zuschauerin würde dann wissen, warum sie das Theater brauchten wie die Luft zum Atmen. Diesen Kampf war er seinen

Helden aus Jugendzeiten schuldig: Goethe, Nietzsche, Heinrich Mann. Aber auch den Menschen, die jetzt vor ihm standen. Er würde sie mit flammenden Worten überzeugen, er würde die Fahne der Freiheit des Geistes schwingen, er würde …

„Was verstehe ich nicht?!", brüllte ihn ein bärtiger Mann von kräftiger Statur an und riss Dr. Metzger aus seiner leidenschaftlichen Gedankenkette. An deren Ende sah sich Dr. Metzger, wie er – die hoch erhobene Fahne der Freiheit schwenkend – auf einem Schimmel über ein Schlachtfeld über zertrampelte Taschenrechner galoppierte, während die Sonne am blutroten Horizont aufging, an dem ein riesiges Bild von einem Menschen mit zwei Köpfen prangte – es waren die stolzen Gesichter von Erasmus und Wilhelm von Humboldt.

„Was verstehe ich nicht?", schrie der Mann erneut, der sich von Dr. Metzgers sanftem Lächeln und glasigem Blick nicht ernst genommen fühlte. „Dass die Stadt Geld für diesen Unfug verprasst, während die Spielplätze vor unserer Haustür vergammeln und die Schule meines Sohns aussieht wie ein Obdachlosenheim in der Bronx? Und das ein paar Tage vor Weihnachten, da gibt man denen Geld, die es wirklich brauchen, und verprasst es nicht für eine Lasershow. Ja, das verstehe ich nicht! Erklären Sie mir das!"

Jedes seiner Worte wurde von einer weißen Atemwolke untermalt, die in das Gesicht von Dr. Metzger stob. Dr. Metzger musste dabei an einen Feuer speienden Drachen denken. Achtung. Jetzt ging die Fantasie zu sehr mit ihm durch. Er riss sich zusammen und versuchte, sich auf den Mann vor ihm zu konzentrieren, der sich dicht vor ihm aufbäumte und mit hochgezogenem Kinn auf ihn herabblickte. Die anderen Demonstranten, darunter viele Familien mit Kindern, standen um die beiden Männer herum. Fröstelnd tapsten sie in der Kälte von einem Bein auf das andere, während sie die Stangen ihrer Transparente festhielten und mit leeren Blicken das Geschehen beobachteten.

Dr. Metzger rieb sich seine durchgefrorenen Hände und startete einen neuen Erklärungsversuch. Er ging einen Schritt zurück von dem wutschnaubenden Familienvater und wandte sich der Menschenmenge zu. Seine Augen leuchteten vor Begeisterung. „Ich verstehe

Sie sehr gut", sprach Dr. Metzger feierlich. Seine rhetorisch geübten Handbewegungen untermalten seine Worte wie die eines Dirigenten. „Ich gebe Ihnen völlig recht: Die Stadt muss mehr für die Kinder tun, für Eltern, damit es den Menschen hier gut geht, damit sie hier gerne wohnen. Aber …", Dr. Metzger hielt den Zeigefinger bedeutsam in die Höhe und machte eine kurze Pause. „Aber dazu gehört auch Kultur. Wer will denn in einer Stadt leben, in der es eines Tages kein Museum, kein Kulturzentrum, ja, kein Theater mehr gibt? Noch gibt's das alles! Aber die Einsparungen werden niemals ein Ende finden, sie werden eines Tages an jeder öffentlichen Einrichtung ankommen. Die einen wird es härter treffen, als die anderen, aber die meisten können ohne öffentliche Gelder nicht überleben. Und wenn Menschen eines Tages fortziehen, weil ihnen die Stadt zu trist vorkommt, taucht das nicht in unseren Berechnungen auf, was die Spardiskussionen angeht. Es wird immer wieder derselbe Rechenfehler begangen."

„Solange mein Mann keine Arbeit hat, ist mir das Theater völlig Wurscht!", unterbrach ihn eine schrille Frauenstimme aus der Menge.

„Für uns geht alles den Bach runter, mein Mann und ich können uns doch noch nicht mal einen Kinobesuch leisten! Haben Sie eine Ahnung! Unsere Kinder reißen sich in unserer Nachbarschaft die Hosen kaputt, weil sich niemand um den Spielplatz kümmert. Da, wo wir wohnen, gibt's keine Straßenbeleuchtung mehr, wir sind der Stadt doch völlig egal! Hören Sie auf mit Ihrem Theater! Das ist doch nur was für Leute wie Sie mit Geld!" Die Frau erntete Applaus.

„Das stimmt nicht!", protestierte Dr. Metzger laut. „Das Theater ist für alle Menschen da, das werden Sie sehen, und zwar heute Nacht! Ich bitte Sie, nein, ich flehe Sie an, kommen Sie heute Abend ins Theater und schauen Sie sich die Vorstellung an. So etwas gab's noch nie, noch nie haben so viele Menschen bei einer Sinfonie mitgeholfen. Ich bitte Sie! Der Eintritt ist frei …"

„… wenn Sie mir einen Bus besorgen, der mich anschließend nach Hause bringt, komm ich gern!", ertönte eine weitere Frauenstimme.

„Genau, das ist es!", rief eine andere Frau, „die Stadt *will* ja gar nicht, dass Leute wie wir ins Theater gehen, sonst würden für Leute, die sich das Benzin nicht leisten können, abends genug Busse fahren!"

Unruhe in der Runde. Dr. Metzgers Wangen waren dunkelrot verfärbt, noch immer felsenfest von seiner Mission überzeugt, blickte er den Demonstranten um sich herum fest in die Augen, einem nach dem anderen. Die Unruhe verstummte. Nur der schneidende Winterwind heulte zwischendurch leise auf, die Plakate raschelten.

„Wenn Sie mir nach der Vorstellung, nach dieser unglaublichen Spiegelsinfonie, sagen, dass das Theater kein Ort für Sie ist", fuhr er entschlossen fort, und seine Augen verkleinerten sich auf Stecknadelkopf-Größe, „dann schmeiß ich alles hin. Das schwöre ich Ihnen. Aber bitte geben Sie dem Theater noch eine Chance. Nur diese." Dr. Metzger war zufrieden mit seinen Worten. Er bemerkte in seiner Euphorie nicht, dass seinen Worten ein Quäntchen zuviel Pathos innewohnte für eine frierende Menschenmenge, die noch immer nicht ganz verstand, woher die Stadt nach jahrelangem Spareifer auf einmal das Geld hatte, das sie in einen Haufen Spiegel, Kabel und Lampen steckte. Und dann diese riesigen Sponsoren-Plakate, auf denen sich unter anderem die Stadtwerke präsentierten. Hätten die für das ganze Geld nicht wieder ein paar Busse mehr ins Verkehrsnetz schicken können? Immerhin würden die Musiker, so hatten sie in der Lokalpresse gelesen, umsonst auftreten. Und das Baumaterial sollte angeblich vom Schrottplatz stammen. Stimmgemurmel breitete sich wieder aus. Die Vorstellung war beendet.

„Mama, ich will nach Hause", sagte ein kleiner Junge mit roten Wangen und Pudelmütze.

Dr. Metzger betrachtete ihn in Gedanken versunken, als sich eine Hand auf seine Schulter legte. Er fuhr herum. Vor ihm stand dieser junge Musiker (wie hieß der doch gleich – Snatch, nein, Duck?).

„Wir sind bald soweit", flüsterte dieser. „Möchten Sie es sich anschauen?"

Dr. Metzger nickte wissend. Die Menschenmenge löste sich langsam auf. Er bemerkte, wie das Sonnenlicht schwächer geworden war und um ihn herum Autos, Straßen, Wohnhäuser und das Restaurant gegenüber vom Theater bläulich schimmerten.

Schon bald würde es dunkel werden, und auf sie wartete die längste Nacht des Jahres. Ob sie jemals wieder Sonnenlicht erblicken würden? Entschlossen zogen sie in das Theater. Ihr Plan musste einfach funktionieren.

* * *

Die Dunkelheit war frei. Sie war hungrig und wütend, und sie war ihnen auf den Fersen. Nicht gut, gar nicht gut. Fast hätten sie den rechten Pfad genommen, der von der Brücke wegführte, auf deren anderer Seite das Gefängnis gelegen hatte. Aber ein Wink Jeremias (wie machte er das nur?) belehrte sie eines Besseren. Munter hüpfte sein Rucksack, den Frank und Mina hier zurückgelassen hatten, hinter der Brücke in Richtung linker Gabelung. Keine Frage. Das war der richtige Weg. Und hier fiel Frank auch wieder ein, was zu tun war. Zum Theater … zum Theater … Sie mussten die entfesselte Dunkelheit hinter sich herlocken. Irgendwie würden sie den Weg schon zum Theater finden, hatte Jeremia gesagt. Steinchen spritzten unter Franks Füßen zur Seite weg, während er auf dem Weg rannte, die anderen hinter sich. „Die große Maschinerie wird schon laufen, alle Räder werden irgendwie ineinandergreifen …" Die Räder …

Franks Hand schloss sich so fest um das kleine Zahnrad in seiner Rechten, dass es schmerzte. Jetzt mussten sie auf die Zeichen vertrauen. Und einfach schnell sein. Schnell sein.

Den Rucksack hatten sie schon lange überholt. Wie JT und Lea dieses Tempo nur aushielten nach allem, was sie mitgemacht hatten? Vielleicht sollten Frank und Mina, wenn alles vorbei war, aus St. Katharinen-Brunnen einen Energydrink machen. Mit gutem Marketing und einem Produkt mit dieser Wirkung wären sie bald in der Lage, sich zur Ruhe zu setzen. Keuchen. In dem Dämmerlicht. Wunde Fußsohlen, brennende Lungen. Weg mit diesen irren Gedanken! Wo war nur ein Zeichen? Das Halbdunkel vor ihnen schien immer weiter zurückzuweichen, wie ein Flur, der immer nur länger und länger wird, durch den man in einem Albtraum rennt. Bei der nächsten Abzweigung – es musste doch eine kommen, verdammt! – brauchten sie ein Zeichen. Oder ein Wunder. Aber das lief in ihrer Situation so gut wie auf das Gleiche hinaus.

* * *

Philippa wartete ungeduldig auf der Bühne des fensterlosen Konzertsaals, die grelle Bühnenbeleuchtung trieb Schweißperlen auf ihre Stirn. Draußen ging die Sonne sicher gerade unter. Alles war vorbereitet. Bald würde es losgehen. Was sie wohl erwarten würde? Ihre Gedanken schweiften ab. Ihr mit einer dunklen Schmutzschicht überzogenes Gesicht blickte starr und müde in den Saal, der viel zu große und mit öligen Flecken übersäte Blaumann hing schlaff an ihrem Körper herunter, in der linken Hand hielt sie einen Schraubenzieher fest umklammert. Ihr schauderte noch immer bei dem Gedanken an die Halloween-Party, die vor knapp zwei Monaten nicht weit entfernt in den Katakomben des Proberaumhauses stattgefunden hatte, die bis unter den Schlagbaumtunnel reichten. Ob sich das entsetzliche Chaos wohl heute Nacht wiederholen würde? Außerdem schweiften ihre Gedanken immer wieder zu Cihan. Ob sie ihn vor der Aufführung noch einmal sehen würde? Sie dachte oft an ihn. Meist nachts, wenn sie sich auf einer alten Matratze in der verlassenen Ohligser Fabrik wälzte.

Die Spannung wich aus ihrem Gesicht, als sich die Tür des Konzertsaals öffnete, Slug und Dr. Metzger eintraten und an den Sitzreihen vorbei auf sie zukamen. In dem riesigen Saal wirkten sie wie Zwerge, und ihre Begeisterung für das, was hier im Saal entstanden war, konnte man ihnen jedes Mal, wenn sie den Raum in den letzten beiden Tagen betreten hatten, von Weitem aus dem Gesicht lesen. Sie musste lächeln. Erleichtert winkte sie den beiden zu. Dann drehte sie sich zum hinteren Bühnenbereich um und rief: „Sie sind da!“ Hinter einem beiseitegezogenen Vorhang erklang ein Scheppern.

„Mist!“, fluchte Runwart und kam auf die Bühne gehumpelt. Er rieb sich das Knie rieb und schimpfte. „Warum muss man eine Bohrmaschine, lose Schrauben und einen Hammer auf einer Kiste gleich vor einer Tür ablegen? Das verstehe ich nicht, nein, ich versteh's einfach nicht.“

Runwart stellte sich kopfschüttelnd neben Philippa mit schmerzverzogenem Gesicht und ließ sein Knie los. Philippa hatte nichts erwidert und ihre Aufmerksamkeit wieder den beiden Ankömmlingen zugewandt, die auf die Bühne zumarschierten. Runwart seufzte. Er bereute sein Gejammer. Er wurde alt. Früher hätte er nicht gejammert. Schon gar nicht vor einer jungen Frau. Und vor allem nicht vor *dieser* jungen Frau.

Auch wenn die Arbeit unter der ständigen Beobachtung von Dr. Metzger verlief, so war es Philippa, die das Team leitete. Runwart und Ugelnia zollten ihr dafür großen Respekt. Philippa hatte die notwendigen Treffen auf dem Ohligser Industriegelände organisiert, bei denen sie Aufgaben verteilte und zum neuesten Stand der Dinge berichtete. Runwart und Ugelnia hatten sich um die Wiederverwertung des Damaszenerstahls gekümmert und die nötigen Rahmen und Schienen hergestellt, auf denen die jungen Leute Spiegelsplitter klebten. Jene jungen Leute hatten vor allem eine komplexe Lichtinstallation ausgeklügelt, die viel technisches Wissen erforderte. Alles in allem war es das intensivste Projekt, an dem Runwart jemals mitgearbeitet hatte. Für die Installation im Theater hatten sie nur wenige Tage Zeit gehabt. Runwart spürte noch immer ein schmerzhaftes Pochen in seinem rechten Knie. Die Wut war verflogen. Eins musste er den jungen Leuten lassen: Auch wenn sie keinen Ordnungssinn besaßen, seltsame Frisuren und Metall im Gesicht trugen, das eher in seine Werkstatt gehörte, so hatten sie verdammt viel Ahnung, was Technik und Geschmack anging. Ihre Finger waren so schnell über Computertasten gesprungen, hatten so viele Kabel ein- und ausgesteckt, dass ihm beinahe schwindelig geworden wäre. Sie hatten kunstvolle Spiegelmosaike hergestellt, die auch in Runwarts Garten gut ausgesehen hätten. Und vor allem hatten sie unermüdlich gearbeitet – von den Raucherpausen mal abgesehen.

In der Tat. Die alten Zwerge und die jungen Leute hatten ein gutes Team abgegeben. Warum fiel Runwart erst jetzt auf, wie gut sie zusammengearbeitet hatten? Wurde er etwa zu einem Nörgler wie sein Vater? Runwart strich sich nachdenklich über seinen verschwitzten Bart. Dann räusperte er sich und wechselte das Thema.

„Da kommt jetzt wohl die Abnahme", lächelte er Philippa verschmitzt von unten an. Die Frau mit den langen, blonden Zöpfen war mehrere Köpfe größer als er. Sie lächelte zurück. Gemeinsam sahen sie Slug und Dr. Metzger entgegen.

Slug und Dr. Metzger standen jetzt vor der Bühne. Der Kulturbeamte lächelte sie zuversichtlich an.

„Wo sind die anderen?“, fragte Dr. Metzger.

„Die kommen später wieder. Ich habe sie eben nach Hause geschickt, damit sie sich ein paar Stunden ausruhen können“, antwortete Philippa.

„Wer weiß, wozu die ihre Kräfte später noch brauchen, wenn's soweit ist.“ Wenn's soweit ist. Dieser Satz bereitete Unbehagen. Sie schwiegen.

Dr. Metzger unterbrach die Stille. „Dann wollen wir mal sehen, was ihr heute so gemacht habt!“

„Okay!“ Philippa lächelte. „Slug und Runwart, ihr kümmert euch jetzt um das Licht.“

Slug hüpfte auf die Bühne und lief zu einem Computer am Rand. Runwart verzog sich wieder außer Reichweite im hinteren Bereich.

„Los!“, rief Philippa.

Das Licht erlosch. Sie standen im Finsteren. Doch dann bot sich Dr. Metzger ein Schauspiel, wie er es noch nie zuvor gesehen hatte. Violette, grüne, gelbe, rote Strahlen leuchteten in den alten Theatermauern auf und reflektierten sich in den unzähligen Spiegelmosaiken, die überall an den Wänden des Saals, an der Decke und hinter der Bühne angebracht waren. Am kürzesten Tag des Jahres, auf den die längste Nacht folgen sollte. Dr. Metzgers Herz schlug vor Aufregung schneller. Die Welt konnte nicht schlecht sein. Nicht, wenn sie einen solchen Zauber bieten konnte.

„Was meinen Sie, wie das heute Nacht mit der Musik wirkt, wenn alles nach Plan läuft?“, fragte Philippa stolz. Sie konnte die Begeisterung des Kulturbeamten, der reglos neben ihr stand, fühlen. Die Anerkennung hatten sie auch verdient. Es hatte viele Stunden und Nerven gekostet, bis sie die Spiegelmosaike erstellt hatten.

Dr. Metzger legte seine Hand auf Philippas Schulter. Dann sprach er mit Anerkennung, sodass seine Stimme durch den Konzertsaal hallte: „Ihr seid ein Segen, ihr alle!“

Er ließ seinen Blick durch den Saal über die Spiegel wandern und ergänzte eilig, aber im feierlichen Ton: „Auf uns wartet die Vorstellung unseres Lebens."

Die Dunkelheit war im Anmarsch.

Kapitel 32

Die Kaffee-Überdosis begann zu wirken. Eben noch hatte Kulturredakteur Dr. Tiberius Geradewaat Mühe gehabt, seine Augen offen zu halten, als ihm der Oberbürgermeister im Theater-Foyer die Hand geschüttelt und irgendetwas erzählt hatte. Hoffentlich hatte er keine Fragen gestellt, betete Dr. Geradewaat vor sich hin, denn er hatte einfach nur genickt und verkrampft gelächelt, während er dagegen ankämpfte, dass seine Augäpfel unter die zitternden, bleischweren Lider rollten. Seit Monaten litt der Kulturredakteur an Schlaflosigkeit, weil ihm sein Kopf nach einem zehnstündigen Arbeitstag grenzenlosen Stresses gemeine Streiche spielte und vor seinen Augen Überschriften und Bildlegenden mit katastrophalen Rechtschreibfehlern tanzen ließ, die keine Ruhe geben wollten. Bei jeder Korrektur, die er im Geiste vornahm, lachten die Buchstaben laut auf und reproduzierten sich zu weiteren Fehlern. Manchmal hatte Dr. Geradewaat das Gefühl, der Redaktionsstress fresse ihn am lebendigen Leib auf. Hätte er sich doch bloß auch aus dem Staub gemacht, wie seine beiden jungen Kollegen, die um die Halloween-Zeit verschwunden waren. Die hatten sich garantiert einen VW-Bus besorgt und waren nach Portugal abgehauen, da war er sich sicher.

Plötzlich schlug das Koffein voll ein. Der Doc war hellwach. Mit weit aufgerissenen Augen stand er kerzengerade auf dem dunkelbraunen Teppich des Theater-Foyers, sein Trommelfell pulsierte. Mit allen Sinnen nahm er seine Umgebung wahr, scannte scharfsinnig kaum voneinander zu unterscheidende Männer in grauen Anzügen, Frauen in farbiger Abendgarderobe und Hochsteckfrisuren, schreiende Kinder, die von ihren Müttern gejagt durch den Raum flitzten, und pubertierende, gleichgültig blickende Jugendliche mit schwarz gefärbten Ponys, die ihnen jegliche Sicht versperrten. Dem Kulturredakteur war, als seien seine Ohrmuscheln um das Doppelte gewachsen, und die beschieden ihm ein geradezu übersinnliches Hörvermögen. All die Diskussionen von chemischen Drogen der Jugend von heute waren seiner Meinung bloß Ablenkung von der Droge Nummer eins: Kaffee. Ohne Kaffee wäre dieses irre System, das die Menschen zu grenzenloser Überarbeitung trieb, spätestens vor drei Jahren völlig zusammengebrochen. Auf der anderen Seite genoss er den Koffein-Trip in vollen Zügen. Und so spitzte er weiter seine Ohren, als ein interessantes Gespräch durch das Gemurmel der Menge zu ihm drang.

Er erkannte die Stimmen von Ex-Dezernent Wolfgang Wolf und Sparkommissar Dr. Ferdinand Fuchs. Den Sparkommissar, der für die Vorstellung offenbar aus Neuss angereist war, hatte er auf einer deprimierenden Pressekonferenz in Düsseldorf kennengelernt. Wenige Monate später gab's in einigen verschuldeten Städten ein paar Museen und freie Theater weniger. Wohin das wohl führte? Aber viel wichtiger: Warum war der Typ hier?

Unauffällig schenkte Dr. Geradewaat einer jungen Theatermitarbeiterin ein höfliches Lächeln, während er mit spitzen Fingern ein Sektglas von ihrem Tablett nahm und konzentriert dem Gespräch ein paar Stehtische weiter lauschte.

„Ferdinand, ich sach's dir, dieser Mann ist verrückt, wahnsinnig, völlig plem-plem", schimpfte Wolfgang Wolf und tippte sich an die faltige, hochrote Stirn. Der Ex-Dezernent hatte sich aus dem Öffentlichen Dienst zurückgezogen und war inzwischen hoch bezahlter Berater einer Agentur, die Zins- und Währungsswapgeschäfte mit einer Bank machte. Er presste seine schmalen, kleinen Lippen aufeinander, reckte das Kinn, zog seine buschigen, grauen Augenbrauen zu einem wichtigen, ernsten Blick zusammen und ließ diesen über die Köpfe der Besucher schweifen, die sich im gelben Licht des Foyers tummelten. Langsam führte Wolfgang Wolf sein Sektglas zum Mund und nahm einen kräftigen Schluck, während er den Worten von Sparkommissar Dr. Fuchs andächtig lauschte, der seine Äußerung mit einer Schimpftirade erwiderte. Wolfgang Wolf nickte zustimmend.

„Ich bin ganz deiner Meinung, Wolfgang, ich konnte diese Schöngeister nie leiden!", rief Dr. Fuchs mit einer energischen Handbewegung, dass Sekt aus seinem Glas schwappte und ein Tropfen auf seinem weißen Hemdsärmel landete, der aus einem grauen Jackett hervorlugte. „Diese Horde Kultur-Fetischisten besteht aus einem Haufen Verrückter, die sich ihr Leben lang in verstaubten Antiquariaten herumtreiben oder in ihren denkmalgeschützten Gruften mit Schlossgespenstern über die Weltrevolution diskutieren. Gleichzeitig sind die so was von unfähig, die brauchen eine Bedienungsanleitung für 'nen Schraubenzieher! Und sind nicht belastbar! Kein Stück belastbar! Arbeit? Kennen die nicht! Ein Haufen Mimosen sind das! Was soll's? Hauptsache, die bleiben wo sie sind, in ihren Museen, Burgen oder was weiß ich wo, Hauptsache sie bekommen kein Geld für ihre wahnwitzigen Ideen in die Hand gedrückt!" Sparkommissar Dr. Fuchs schnappte nach Luft. „Und das Wichtigste: Solche Leute können einfach nicht mit Geld umgehen", ergänzte er mit Nachdruck.

Als er sah, dass der Ex-Dezernent bei dieser Bemerkung seinen zustimmenden Kopfnick-Repeat-Modus unterbrach und beschämt die Augen niederschlug, klopfte er ihm tröstend auf die Schulter. „Das mit dem verzockten Milliönchen von der Stadt damals, das war was anderes. Wer konnte denn ahnen, dass bei den Finanzprodukten so viel Risiko im Spiel war? Und außerdem denkt da doch heute keine Sau mehr drüber nach. Nimm's nicht so schwer, Junge."

Die tröstenden Worte des langjährigen Freundes taten gut. Der Ex-Dezernent räusperte sich. „Die Stadt hat sich auf einen Verrückten eingelassen, einen Verrückten, den die Hausmeister nachts bei Selbstgesprächen hören und der irre lacht. Und jetzt haben wir den Salat! Eine Sinfonie der Wahnsinnigen mit einer total überkandidelten Lichtinstallation. Woher das Geld kommt, weiß kein Mensch – für ein Theater, das es im neuen Jahr nicht mehr geben wird! Es sei denn, eine chinesische Firma kauft es auf, Interesse gibt's bereits. Du weißt doch sicher, dass die Chinesen jetzt auch Kultur ..."

„Ruhig!", zischte Sparkommissar Dr. Fuchs. „Hattest du nicht gesagt, dass das mit dem Theater noch kein Mensch weiß? Und das mit dem chinesischen Kulturimperialismus wird den Leuten in Solingen bestimmt nicht gefallen. Kein Wort davon!"

Erschrocken fuhr der Ex-Dezernent zusammen. Er wollte die

Worte seines Kumpels gerade erwidern, als Dr. Geradewaat auf die Männer zutrat und ihnen die Hand reichte.

Diesen Augenblick der Metamorphose wollte sich der Journalist nicht entgehen lassen. So, so. Der Sparkommissar und der Ex-Dezernent waren wohl befreundet. Und hatten sich soeben wunderbar verplappert. Das Theater: in wenigen Wochen dicht.

„Guten Abend", grüßte er freundlich. Mit Genuss und einem sanften Lächeln beobachtete er, wie sich Ausdruck und Farbe in den Gesichtern der Männer verwandelte. Mit Blässe, aber auch einer aufgesetzten Glückseligkeit im Gesicht, als hätten sie gerade einen Intensiv-Yoga-Kurs hinter sich, lächelten sie dem Kulturredakteur süß entgegen. Sie seien gespannt auf die Vorstellung, erklärten Dr. Fuchs und Wolfgang Wolf einstimmig, schließlich stünden gleich so viele unterschiedliche Solinger und Solingerinnen aus so vielen Musik-Szenen auf der Bühne, aber trotzdem wüsste niemand so genau, was sie erwarte, und überhaupt sei das mit der Spiegelsinfonie eine hervorragende Idee, dass sie keine Ahnung hätten, wer hinter der Komposition stecke, ja, das mache die ganze Sache noch viel spannender, und schließlich sei das Theater eine so wichtige Einrichtung für die Stadt, da müsse man mal so richtig Flagge zeigen.

Dr. Geradewaat lauschte interessiert und tat so, als notiere er sich das ein oder andere Zitat auf seinem Notizblock. Zwischendurch nahm er einen Schluck aus dem Sektglas, das er auf dem Stehtisch platziert hatte. Im Geiste formulierte er seine Fragen, die er nach der Vorstellung wie in Watte verpackte Giftpfeile abschießen wollte – auf Personen, von denen er sicher war, dass sie von der bevorstehenden Schließung wussten. Der sonore Theatergong unterbrach seine Gedankenströme. Höflich beendete Dr. Geradewaat das Gespräch, das er allein aus psychologischen Gründen geführt hatte, steckte seinen Notizblock ein, trank das Glas leer und begab sich in die Menschenmasse, die im Gänsemarsch in den Saal drängte. Es wurde Zeit für die Spiegelsinfonie.

***

Cihans Herz klopfte bis zum Hals, als er hinter der Bühne langsam auf die Frauengestalt zusteuerte, die vor einem Mischpult stand.

„Philippa?", rief er heiser und räusperte sich. Philippa drehte sich um.

„Cihan!", rief Philippa überrascht.

In ihrem Gesicht las er Verwunderung. Cihan blieb etwa einen Meter vor ihr stehen. *Wenn sie wüsste, was mich dieser Moment an Überwindung kostet,* sagte er zu sich selbst, während er in ihr erstauntes Gesicht schaute. Er musste sich zusammenreißen, durfte jetzt nicht umkehren. Er musste es sagen. Er zählte bis Drei. Eins. Zwei. Drei. Jetzt!

„Ich wollte mich entschuldigen", presste er gequält hervor. Das war der Anfang. Weitermachen! Nicht aufhören! „Es tut mir leid." Gut so. Weiter! „Ich war sauer, ich bin wegen dir gekommen, ich wollte dir so viel sagen, dann habe ich mit Runwart geredet, ich war so aufgewühlt, und dann komme ich zu dir, und du bist total breit." Die Betonung lag auf den letzten Worten, und die klangen einen Tick zu vorwurfsvoll. Nicht gut.

„Ähm." Wie ging es weiter?

„Cihan, ich habe nur das eine Mal gekifft, das war reiner Zufall, dass du gerade dann vorbeigekommen bist", erwiderte Philippa streng. „Außerdem habe ich keine Lust, mich vor dir zu rechtfertigen, ich kann machen, was ich will." Das war kein Vorwurf, sondern einfach eine Feststellung.

Cihan sagte: „Okay."

Philippas Blick wurde weicher. „Trotzdem war das eine Scheiß-Situation. Mir tut es leid", sagte sie leise und blickte kurz zu Boden. So standen sie einen Moment lang da. Nun war es Philippa, die ihren Mut zusammennahm, um eine Frage zu stellen, die ihr auf der Seele brannte.

„Du hast gesagt, du wolltest mir was sagen, als du in die Fabrik gekommen bist. Was denn?"

Cihan machte einen Schritt auf sie zu. „Philippa, ich …"

„Ey, Cihan, da bist du ja! Bist du wahnsinnig? Die Vorstellung geht gleich los, jetzt komm, Mann!“

Philippa und Cihan zuckten zusammen. Es war Slug. Sein hochroter Kopf schien vor Aufregung kurz vor der Explosion zu stehen. Er winkte Cihan energisch zu sich.

Cihan drückte Philippa kurz die Hand. „Später!“, flüsterte er.

„Okay“, sagte Philippa lächelnd. Und als sie sah, wie Cihan hinter dem fluchenden Slug hinter dem Vorhang verschwand, musste sie noch mehr lächeln. „Später“, hatte Cihan eben gesagt. Cihan war einfach ein ungeschlagener Optimist – und was für einer!

* * *

Sie rannten weiter durch das Halbdunkel dieses Ortes, der einer gigantischen Höhle glich. Nach einer Abzweigung, an der Frank ein kleines Piktogramm eines Einkaufswagens, grün an der Wand fluoreszierend, entdeckte, gelangten sie in einen riesigen, kavernenartigen Raum, in dem gigantische Stalaktiten von der Decke hingen und fahl glitzerten mit einer eigenartigen Lumineszenz. Mina rannte voraus, gefolgt von JT und Lea. Frank lief am Schluss, um Rückendeckung zu geben, und die verletzten Freunde im Auge zu haben. Und weil seine Raucherlunge schlapp zu machen drohte – auch wenn er seit Langem keine Zigarette mehr angefasst hatte. *Selbst wenn ich das Oberland wiedersehen sollte, rauche ich nie wieder,* dachte er, und fühlte sich, als ob er in Gedanken japste.

Ihr Verfolger, die Dunkelheit, war nicht weit, ein dumpfes Dröhnen drang aus der Ferne und schwoll mit jedem Schritt an. Es war, als ob sie wütend war, weil Frank den Herrn der Furcht erledigt hatte. Er fühlte, dass es so sein musste. Gut. Dann würde sie ihnen wenigstens folgen. Die Höhle weitete sich. Ruß wirbelte in der Luft, heiße Schwefelwolken stiegen aus Spalten empor und behinderten die Sicht. Zu spät bemerkte Mina deshalb, dass der schwarze Felsboden, auf dem sie liefen, immer schmaler wurde, bis er sich in eine Mauer wandelte, die kaum einen Meter breit war und rechts und links steil in die Tiefe schoss. Ohne zu zögern, rannte sie weiter über die grauenerregende Brücke mit ihren endlosen Schluchten, stolperte über Steine und glitt über ölige Pfützen. Sie durften auf keinen Fall anhalten, die Dunkelheit saß ihnen im Nacken.

„Ich kann nicht mehr!“, hörte Mina Leas Stimme keuchen, dann ertönte ein barsches „Weiter!“ aus Franks Mund und hallte durch die schwefelige Luft, die immer stickiger wurde.

Etwas fiel hinter ihr zu Boden. Mina wirbelte herum und riss in einem Bewegungsablauf JT hoch, der gestolpert war, packte ihn grob am Oberarm und lief weiter. Dabei zerrte sie den hechelnden Musiker hinter sich her. Das Dröhnen kam näher und formte sich in ihrem Geist zu einer finsteren, schweren Wolke. Die schmale Felswand, auf der sie liefen, bebte.

„Scheiße!“, schrie JT.

„Hör – nicht – hin!“, brüllte Mina im Befehlston und wandte für einen Augenblick ihren Kopf, um JT anzublitzen.

Nach Luft schnappend stolperten die Freunde die letzten Meter über die schmale Mauer, während kleine Steine unter ihren Turnschuhen auseinanderstoben und in die Abgründe fielen, deren Tiefen sie nur erahnen konnten. Das Dröhnen schmerzte in ihren Ohren, die Angst lähmte jeden vernünftigen Gedanken, als die Mauer unter ihnen zu bröckeln begann, doch ihre Beine gaben nicht nach. Mit letzter Kraft erreichten sie die andere Seite.

Die Höhle wurde hier wieder schmaler, verengte sich mehr und mehr zu einem Tunnel. Hinter ihnen erschütterte ein Erdbeben diesen düsteren Ort, den Kerker der Finsternis, dessen Macht die Fesseln des Lichts für eine Ewigkeit gebannt hatten. Mina hörte, wie hinter ihnen, vor dem Tunnel, durch den sie nun rannten, in der großen Höhle Gesteinsmassen auseinanderbrachen, Felsbrocken aufprallten, Schwefelquellen zischten und alles zum Zittern brachten. Bei jeder Erschütterung krampfte sich Minas Magen zusammen.

„Und jetzt?“, keuchte JT, der seinen Oberkörper nach vorne beugte und die Hände in die Seiten stemmte. Sie mussten hier raus. Noch immer schwer atmend, schaute Mina nach vorn. Schweiß perlte von ihren Schläfen. Ein bläulicher Lichtkegel fiel auf eine Wand, etwa 50 Schritte entfernt am Tunnelende. Ein merkwürdiges Muster – waren das Ansuz-Runen? Nein. Mina sah genauer hin und rannte auf das Ende des Tunnels zu. Wenn er bloß nicht eingestürzt war. Aber nein! Das war kein Muster.

„Kommt!", rief sie forsch und winkte mit der Hand, „Kommt! Da ist eine Treppe!"

* * *

Dr. Geradewaat hatte einen Platz neben einer Schulklasse erwischt. „Zahid, hampel nicht so herum!"

Fünf Plätze weiter wies eine Lehrerin mit blondem Pagenschnitt einen kleinen Jungen zurecht, der neben ihm auf dem rot gepolsterten Klappsitz saß. Der schaute mit großen braunen Augen zu dem Kulturredakteur auf, seine Beine schwang er auf und ab, sodass die Sitzreihe bebte. Der Doc lächelte unsicher zurück. In seiner ganzen Journalistenlaufbahn war er noch nie einem Erwachsenen begegnet, der ihn eingeschüchtert hatte. Aber Kinder flößten ihm Unbehagen ein. Er hatte immer das Gefühl, durchdringende Kinderaugen würden auf den Grund seiner Seele schauen. Und womöglich noch weiter. Dr. Geradewaat wollte gerade sein Programm aus der Hosentasche ziehen – das er zwar in- und auswendig kannte, aber noch einmal studieren wollte, um dem Kinderblick zu entgehen – als der Junge etwas sagte. Das tat er mit einer solchen Abgeklärtheit, einer solchen Ruhe, dass dem Doc das Blut in den Adern gefror.

„Die Kobolde kommen, und sie werden uns alle töten."

Ein Mädchen mit geflochtenen Zöpfen, das neben Zahid saß, fing an zu weinen.

„Zahid, hör auf, Bianca zu ärgern, siehst du nicht, dass sie Angst bekommt?", schimpfte die Lehrerin.

„Aber ich ärgere Bianca doch gar nicht", protestierte der Junge. „Es ist so, die Kobolde …"

„Schluss jetzt!", zischte ihn die Frau über die Köpfe der kleinen Theaterbesucher hinweg an. Wahrscheinlich hätte sie mit dem Jungen den Konzertsaal verlassen, wäre in diesem Moment nicht das gedimmte Licht nun völlig erloschen.

Dr. Geradewaat sah im Dunklen, wie weitere Menschengruppen in den Saal des Theaters strömten und sich beeilten, auf den Stufen im Durchgang Platz zu nehmen. Noch nie war das Theater so voll gewesen. Das laute Stimmgewirr verstummte. Ein schwaches, gelbes Bühnenlicht erhellte den schweren, dunkelroten Vorhang, der sich nun langsam öffnete. Durch den Saal wanderten die Akkorde einer E-Gitarre, die so einfach aber zugleich so traurig-schön und rein klangen, dass Dr. Geradewaat vor Ergriffenheit den Atem anhielt. Mitten auf der Bühne stand einsam ein junger Mann in Jeans und ungekämmten Haaren, der liebevoll die Saiten zupfte. Jetzt schalteten sich nach und nach Strahler ein – zunächst auf, dann vor der Bühne und zuletzt im ganzen Saal. Die Veranstalter (wer auch immer dahintersteckte) hatten nicht zu viel versprochen. Die Lichtstrahlen bohrten sich wie hauchdünne, lange Nadeln durch die Dunkelheit und trafen auf kunstvoll angefertigte Spiegelmosaike, die nicht nur als Bühnenkulisse, sondern an allen Wänden und sogar an der Decke des Saals befestigt worden waren, wo sie sich reflektierten und ein Netz aus farbigen Weben entstehen ließen.

„Ein Spiel der Unendlichkeit", flüsterte Dr. Geradewaat vor sich hin, der in diesem Lichtspektakel jegliches Raumempfinden verloren hatte. Die Streichinstrumente des Orchesters vor der Bühne setzten nun langsam ein. Die Violinen hinterließen eine zarte Spur im Klangraum des Theaters, die Bratschen und Bässe folgten, der Klang breitete sich aus wie das Gefieder eines großen, fabelhaften Vogels, der seine Flügel zum Fluge spreizt. Behutsam setzten die Holzbläser und Holzbläserinnen mit einem klagenden Schicksalsthema ein, Oboe und Fagott wetteiferten in weiten Melodiebögen, die Streicher und Streicherinnen nahmen sich zurück. Dann kamen nach einem sachten Wirbel auf der Pauke und einem Versprechen der Becken an die weitere Aufführung die Blechbläser und -bläserinnen hinzu – ein erstes verhaltenes Crescendo, aufgebaut auf einer Harmonik, die weder ganz zum Abend-, noch zum Morgenland gehörte, flutete aus dem Orchestergraben ins Auditorium. Fasziniert lauschte der Kulturredakteur dieser wild zusammen gesetzten Gruppe aus Schülern und Schülerinnen, Rentnern und Rentnerinnen, Berufsmusikern und

Berufsmusikerinnen. Was da gespielt wurde, war nicht nur alles andere als dilettantisch, sondern es kam von Herzen und sprühte vor Leidenschaft. In einer solchen geballten Ladung, dass Dr. Geradewaat bereits jetzt gegen die Tränen ankämpfen musste. Nach den ersten Minuten entspannte sich sein Körper ein wenig, und er kehrte zurück in seine Beobachter-Rolle. Er warf einen Blick auf den unbekannten Dirigenten, der im Orchester-Graben nur als Silhouette mit wilden Bewegungen zu erkennen war. Wer war dieser Mann? Doch seine Aufmerksamkeit wurde erneut abgelenkt. Ein weiteres Instrument, das Dr. Geradewaat nur selten in seinem Leben gehört hatte, füllte den Raum mit Wehmut. Auf der Bühne war ein weiterer junger Mann erschienen, während er das Saiteninstrument spielte, und nahm auf einem Hocker neben dem Gitarrenspieler Platz. Die Saz hatte ihren Auftritt.

* * *

Ein Zeichen leuchtete deutlich vor ihnen an der Treppe. Noch ein Einkaufswagen.

„Was ist das denn schon wieder für ein Hokuspokus?“, fragte Lea erschöpft. Sie hatte genug von Zaubereien. Ging das nicht alles ein bisschen einfacher? Eine Treppe ohne Schnickschnack hätte es auch getan.

„Der Herr der Treppen“, antwortete Mina in einem abgehackten Befehlston, „mit seinem Symbol weist er uns den Weg. Los jetzt.“

Frank stellte sich Mina für einen Moment in der Uniform eines Drill-Seargent vor. Doch er schob den Gedanken schnell beiseite. Die steile Steintreppe, die fast senkrecht durch den sich nach oben krümmenden Tunnel hinaufführte, zog seine volle Aufmerksamkeit auf sich. Mit Herzklopfen beobachtete er, wie seine Freundin die Arme nach oben streckte, ihre winzigen Hände an den unebenen, steilen Stufen entlang tasteten und sie dabei versuchte, mit ihren Füßen am Beginn der rutschigen Treppe Halt zu gewinnen. Wie an einer Kletterwand.

Gab es denn in dieser verfluchten Spiegelwelt nicht mal eine stink-

normale Treppe für stinknormale Normalsterbliche?, fragte sich Frank, und er merkte, wie Lea seine Gedanken las und ihn mit einer Spur von Hohn von der Seite ansah. Wut stieg in ihm auf.

Entschlossen stellte er sich dicht hinter Mina, die die unförmigen Stufen langsam hochkletterte. Dann musterte und befühlte er aufmerksam die Stufen.

„Hier rechts oben, über deiner Hüfte, da ist eine tiefe Einbuchtung, da hast du bestimmt Halt", erklärte er. Mina winkelte ihr rechtes Bein an, tastete mit dem Fuß nach der Stelle, stützte sich ab und zog sich weiter nach oben. Dann kroch sie behände weiter, den Weg für die Flüchtenden auskundschaftend, die ihr mühsam folgten.

* * *

Dr. Geradewaat presste seinen Rücken weiter in die Lehne, als säße er in einem abstürzenden Flugzeug. Nur dass ihm nicht Entsetzen vor einem baldigen Aufprall entgegen schoss, sondern Überwältigung. Die Sinfonie hatte bald ihren Höhepunkt erreicht. Die Strahlen bewegten sich immer schneller, während ein helles Geigensolo einsetzte, untermalt von elektronischen Beats.

Slug hatte von der E-Gitarre zum E-Bass gewechselt. Jetzt gab er die Leitlinie vor, seine dunkel wummernde Melodie gab dem Ganzen Halt, es war sein großer Moment. Am liebsten hätte er einen sechsseitigen Bass, wie ihn Spezialisten wie Peter Hook verwendeten, gehabt – aber dafür hatte in der Kürze der Zeit niemand sorgen können, und Slug hatte kein Geld. So spielte er die hohen Noten seiner Lead- und Solopassagen halsbrecherisch nah am Körper des Instruments, wickelte dabei seine Finger akrobatisch um den Hals, ließ sie zurückschnellen auf dem Fretboard, wenn die Melodie die lange Kette der Töne entlang abwärts taumelte. Die Streicher und Streicherinnen folgten ihm wie ein großer, samtener Umhang, den er als meterlange Schleppe hinter sich herzog, sich auffächernd wie das Kielwasser eines Schiffes in ruhiger See.

Cihan war sein großes Vorbild. Was er mit der großen Meydan Sazı schaffte, davor durfte Slug bei seinem alten 50-Euro-E-Bass (Second-

Hand) mit dem zerkratzten Tool-Aufkleber und den Sprüngen im Lack nicht zurückschrecken.

Plötzlich verstummten alle Instrumente. Und wie aus der Ferne näherten sich behutsam die Klänge von drei Instrumenten: der Saz, dem E-Bass und der Shakuhachi, der japanischen Bambus-Flöte. Langsam schwebten die Töne der Instrumente aufeinander zu, wanden sich, umschlangen sich, bis sie sich schließlich vereinten. Die Lichtstrahlen schienen die Bewegungen der Klänge nachzuahmen.

Dr. Geradewaat war so hingerissen von der Darbietung, dass er seinen spektakulären Aufmacher für die morgige Ausgabe längst vergessen hatte. Aber der eigentliche Höhepunkt sollte noch kommen – und die Grenzen seiner Vorstellungskraft endgültig sprengen.

* * *

Ein weiteres Piktogramm des kleinen, glühenden Einkaufswagens wies ihnen am oberen Ende der Treppe zuverlässig den Weg. Sie krochen noch ein Stück bergauf. Die Treppe hatte sich plötzlich – und physikalischen Regeln zum Trotz – in einen engen Stollen verwandelt, der immer weniger steil verlief und am Ende schließlich zu einem Kanal wurde, durch den sie alle gerade so eben hindurch passten.

Aus dem Loch gekrabbelt standen sie auf einer kreisrunden Fläche, inmitten unzähliger Stalagmiten und Stalaktiten, die wie eine Lichtung in einem Wald aus Stein wirkte. Die Tropfsteine glitzerten und fluoreszierten im Dunkel, dass Frank, Mina, Lea und JT der Atem stockte. Die Szenerie war von dem bläulichen Licht, das die Steine verströmten, ausgeleuchtet. In der Mitte der „Lichtung" standen zwei große, überdimensionierte Einkaufswagen.

Sie befanden sich erneut in einer Höhle, besser gesagt auf dem Boden einer Schlucht. Weit oben schien eine Öffnung zu sein, durch die blaues Licht schimmerte. Die Luft hier drin roch frisch, nicht stickig.

Der Duft der bergischen Wälder im Winter, dachte Mina und schloss die Augen. Doch die liebliche Erinnerung wurde von grollendem Donnern überrollt.

Durch den Kanal, durch den sie gerade gekrochen waren, rumorte es. Und prompt „dimmte" sich das Licht der Steine. Als ob die Schatten aus dem Kanal tief Luft geholt hätten, um es einzuatmen. Das Licht. Die Dunkelheit. Es war so weit. Was nun?

„Das ist doch ein Scherz", murmelte Lea leise und trocken.

„Was zum Henker sollen wir jetzt machen?", keuchte Mina, die Hände auf die Knie gestützt, den Oberkörper vornübergebeugt, wodurch ihr widerspenstiges Haar wirr nach vorn hing.

Frank drehte sich einmal ratlos um seine Achse, dann taumelte er wie vom Schlag getroffen auf die Einkaufswagen zu. Mit wilden Augen drehte er sich zu den anderen um: „Schnell! In die Wagen!"

Jetzt wackelte der Boden. Gesteinsstaub rieselte herab. Ein dumpfes, dräuendes Stöhnen, dessen Basston sich bis in die Knochen der vier Flüchtenden fortsetzte, sorgte dafür, dass alle auf einen Satz bei Frank waren. Er war schon in den rechten Einkaufswagen geklettert und half nun Lea, hinterherzusteigen, während Mina und JT sich nach hektischen Sekunden panischer Kraxelei in den großen Drahtkorb des linken Gefährts setzten.

Keine Zeit mehr. Keine Zeit. Das Licht schwand. Die Schwärze stieg wie Quecksilber im Kapillar eines Thermometers durch den Schacht. Man konnte es *fühlen*.

Mit schreckgeweiteten Pupillen starrten Mina, Lea und JT auf das Loch, durch das sie gekrochen waren. Aus dem nun ihr Ende kommen würde. Da legte Frank den Kopf in den Nacken und schrie, was seine Lungen hergaben: „Dominus scalarum! Dominus scalarum, ascende nos!" Sein Lateinlehrer wäre stolz auf ihn gewesen. Ein Lichtblitz zuckte von oben herab, er teilte sich, erfasste die beiden Einkaufswagen wie zwei Spotlights. Langsam, sich dann auf Schritttempo steigernd, erhoben sie sich in die Höhe. Schwankend, aber stetig.

Wie die Gralsschale in Wagners „Lohengrin", dachte Frank. Er blickte aus dem schaukelnden Korb nach oben ins Licht. „Danke", flüsterte er.

Mina aber sah hinunter. Hinunter in einen pechschwarzen Strudel, der den Raum unter ihnen füllte, wie der Vortex einer Wasserspülung, nur dass er eben anstieg. Und anstieg. Hinter ihnen her.

„Können diese Dinger nicht schneller fliegen?“, brüllte sie zu Frank hinüber über das Rauschen hinweg, das aus der Tiefe erklang.

Frank wollte gerade etwas zurückrufen, als ihm etwas Wunderbares auffiel. Es wuchsen, hier in der Höhe, lauter Spiegel aus den Wänden des enger werdenden Schachts, durch den sie lautlos aufwärts glitten. Gewachsene Spiegel – konnte man sich etwas so Wunderschönes vorstellen? Und doch war es Realität – zumindest im Rahmen der neuen Maßstäbe, die Frank kennengelernt hatte. Frank wollte die Hand ausstrecken, einen der Spiegel in der Felswand im Vorbeischweben berühren, als aus der Tiefe unter ihnen ein teeriger, schwarzer Arm nach ihnen griff, nach dem Einkaufswagen, in dem Frank und Lea saßen. Schon krallte sich die schwarze Masse um das Gittergeflecht aus Stahldraht, umfloss die Stäbe, zerrte an ihrem schwebenden Gefährt, rüttelte sie ordentlich durch. Lea wurde herausgeschleudert, bekam im letzten Moment die Kante des Wagens zu fassen.

Jetzt galt es alles oder nichts. Leas Kreischen sei Dank konnte Frank kaum einen klaren Gedanken fassen. Vermutlich handelte er deshalb viel schneller, als er es sonst getan hätte.

Er stieg auf den Rand des Einkaufswagens, und ließ sich rückwärts in die Gondel von JT und Mina fallen, die ein wenig unter ihm daher schlingerte. Und er stieß sich von dem Einkaufswagen, in dem er gerade noch gesessen hatte, ab. Mit den Füßen. Von Lea und dem Drahtkorb, an dem sie hing. Intuitiv wusste er, dass Lea durch die Spiegelwand an einen sicheren Ort gelangen würde. An einen Ort, den er gut kannte. Ihre Blicke kreuzten sich, der Schrei erstarb in Leas Kehle. Ungläubig und plötzlich verstummt, starrte sie ihn an. Dann traf der Einkaufswagen mit ihr auf die Wand hinter ihr, und sie verschwand in dem Spiegel, der hinter ihr gähnte, just in dem Moment, als der schwarze teerige Arm den an die Wand gedrückten Einkaufswagen mit einem triumphierend-schmatzenden Geräusch zerdrückte und hinabriss in den dunklen, dunklen Mahlstrom. So wie Lea im Spiegel verschwunden war, verschwand auch der Einkaufswagen. Sie war in Sicherheit.

Frank sackte zwischen Mina und JT in sich zusammen. Hatte er sich den Kopf gestoßen? Auf einmal drehte sich alles. Ihm war so schwindlig. Minas Stimme kam von so weit her: „Nimm das, du Bastard!“

Was tat sie da? Was tat sie da? Grüne Kreide? Hatte die im Einkaufswagen gelegen? Aber warum warf sie die jetzt mit Karacho hinunter in diese komische Brühe? Die Kreide mussten sie doch dem Herrn der Treppen wiedergeben. Der brauchte sie doch.

Als Frank an sich herunterblickte, sah er diesen kleinen, schwarzen, zuckenden Fleck an seinem Hosenbein. Dann stürzte er in eine Dunkelheit, als ob der Anästhesist des Teufels ihm eins mit der Bratpfanne gegeben hätte.

Warum war da auf einmal Wasser über ihnen? Aber war das Wasser? Es war ... ja! Eine Spiegeloberfläche! Jetzt wusste Mina es wieder. Konnte es sein? Der größte Spiegel des Bergischen Landes! Von unten! Sie stieß sich aus dem Einkaufswagen ab, schwebte in Zeitlupe weiter empor. Irgendwie konnte es jetzt nicht mehr gefährlich sein. Umgeben von diesem quecksilbrigen Leuchten, wie klares Wasser, aber doch silbern, flüssig, aber doch Luft, schwebte sie, an der linken Hand JT, der sich trotz seines Zustandes abmühte, mitzukommen und ein paar unbeholfene Schwimmbewegungen machte, an der rechten Hand Frank, leblos zwar, aber wohl (hoffentlich!) nur ohnmächtig. Zumindest schien das Kontinuum, in dem sie sich jetzt befanden, diesen Fleck Dunkelheit von ihm abzuwaschen. Wie eine eintrocknende Flüssigkeit zogen sie kleine, schwarze Brösel hinter sich her, die sich von Franks Cordhose lösten. Sie mussten durch die Spiegeloberfläche. Whooosh! Durch den größten Spiegel des Bergischen Landes, wie Jeremia gesagt hatte. Von unten. Richtig! Jeremia! Sie mussten zu ihm. Sie stiegen weiter, immer weiter empor. Über ihnen glitzerte schon die Wasseroberfläche. Wie eigenartig.

„Wie eigenartig“, sagte Frank. Nein. Dachte er. Dachte auch Mina. Und JT. Sie sahen sich an. Auch wenn sie das nicht mussten. Denn an diesem Ort waren sie Mina-JT-Frank. Oder aber auch Frank-Mina-JT. Das spielte keine Rolle. Ihre „Bewusstseine“ spiegelten sich ineinander. Und obwohl sie eins waren und in diesem Moment alles voneinander wussten, weil das Licht des Spiegels, *im* Spiegel, in die letzten Winkel ihres gemeinsamen Selbst schien, empfanden sie keine Angst. Es gab keine Dunkelheit. Und die Furcht hatten sie hinter sich gelassen. Sie mussten nur noch eine Sache schaffen. JT-Frank-Mina wusste es. Ja. Das Theater. Bloß nicht zur Talsperre, die hinter der Oberfläche über ihnen lag! Das Theater! Mit einem gewaltigen Gedankenblitz katapultierte es die drei vorwärts, in die Richtung, in die ihr Wille sie lenkte. Ja, jetzt waren sie wieder drei.

Hinter ihnen rollte der Äther der Spiegelwelt wie ein gewaltiger Tsunami, auf dessen Gischt sie surften. Hinter einer silbernen Wand grollte es dunkel. Und dunkelte grollend. Die Dunkelheit selbst trieb sie voran, vor sich her. Mina atmete tief ein – und fühlte eine Melodie an ihrem Gaumen? Kein Zweifel. Eine Saz.

Ein schneidendes Geräusch, ein gleißendes Licht. Das Universum zerriss vor ihnen wie ein Vorhang. Musik. Überall war Musik. Die Woge aus der Spiegelwelt brach sich an den gewaltigen Noten, die Jeremia im Theater heraufbeschwor. Frank, Mina und JT schwappten auf die Bühne. Hinter ihnen brüllte es – und dann war da überall Licht. Frank fiel japsend auf die Knie. Luft. Ungewohnt für seine Lungen. Hatten sie es geschafft?

Kapitel 33

Cihan saß mit geschlossenen Augen auf einem Hocker im funkelnden Lichternetz der Spiegelmosaike. Slug stand mit seinem E-Bass neben ihm und beobachtete fasziniert, wie Cihans Fingerspitzen über die Saiten flogen, über den dünnen, langen Hals seiner Saz entlang tanzten, die nicht mehr ein unbezwingbares Instrument, sondern eine Landschaft war, deren gewaltige Berge, tiefe Schluchten, glitzernde Gewässer und lauwarme Winde er vor seinem geistigen Auge ertastete und wie die Tasten eines Klaviers anschlug, um deren Schönheit zu beschreiben, ja zu erspielen. Cihan hatte seine Melodie, seine Landschaft, gefunden, und er würde sie niemals loslassen. Seine Finger spannen die unsichtbaren Fäden der Klänge, verwoben die Melodien immer dichter zu einem Netz, das sich mit dem Lichterspiel vereinte. Cihan verschmolz mit seiner inneren Melodie, diesem ewigen Kunstwerk, das weder Schöpfer noch Herrscherin, weder Anfang noch Ende kannte.

Niemand im Publikum hätte sagen können, wie lang dieses Saz-Solo dauerte, so sehr berauschte die Zuhörer und Zuhörerinnen dieser Moment der Unendlichkeit. Mit offenen Mündern starrten sie von ihren Sitzen auf Cihan, der in der Mitte der Bühne saß, und hielten den Atem an. Doch das Ereignis, das im nächsten Augenblick hinter den jungen Musikern auf der Bühne passieren sollte, würden nur wenige Theaterbesucher und Besucherinnen wahrnehmen. Es war einfach zu unglaublich.

Vor den Augen des Publikums flogen Lebewesen aus den Spiegelmosaiken, die als Bühnenbild fungierten, und fielen krachend auf die Bühnenbretter.

„Die Kobolde“, flüsterte Zahid mit ängstlichem Blick, sank einen Zentimeter tiefer in den Sitz und überlegte eine Sekunde, ob er unter seinen Platz kriechen und sich verstecken sollte. Doch etwas hielt ihn davon ab. Es war die Art, wie sich die Kobolde verhielten. Sie sprangen hastig auf, liefen ein paar Schritte verwirrt über die Bühne, drehten sich um die eigene Achse, schauten verdutzt auf den dunkelhaarigen Musiker, der noch immer Saz in einer atemberaubenden Geschwindigkeit spielte, und blickten von der Bühne in die bunten Lichtstrahlen, die sich durch den dunklen Saal spannen.

„Menschen!“, rief Zahid erfreut.

Ja, es waren Menschen. Eine Frau und zwei Männer. Sie waren so dreckig, dass sie Zahid für dunkle Bösewichte gehalten hatte. Ihre schmutzige Kleidung hing zerfetzt von ihren Körpern. Und die dunklen Flecke: War das Blut? Eine Frau, die Zahid bekannt vorkam, schritt an den Rand der Bühne. Das war bestimmt die Anführerin, schoss es ihm durch den Kopf. Zahid merkte, wie Bianca ihn von der Seite anlächelte. Er warf ihr einen Blick zu. Bianca strahlte und wandte ihre Aufmerksamkeit den drei strubbeligen Erwachsenen zu. Zahid wusste jetzt, warum Bianca lächelte. Sie hatte die Frau mit den roten Haaren erkannt. Es war die Frau, die ihnen den Flummi aus dem Gully holen wollte. Sein Herz schlug vor Freude. Sie kannten eine Anführerin! Alle anderen Kinder, die im Saal mit Eltern oder in Gruppen von Schulklassen verstreut saßen, rührten sich, riefen „Boah!“ und streckten die Hälse, um diese aufregende Szene besser beobachten zu können.

Aber was geschah jetzt? Die Anführerin schaute durch den Saal und blickte dabei so ernst, dass Zahid unruhig wurde. Dann winkte sie hastig den zwei Männern hinter sich zu. Sie sollten ihr folgen. Die Anführerin sprang von der Bühne, die anderen kamen nach. Dann flitzte die Truppe über einen Gang an den Sitzreihen vorbei und steuerte auf den Ausgang zu. Dabei mussten sie über ein paar sitzende Gäste steigen, die es sich mangels Platz im Gang bequem gemacht hatten und dem Saz-Solo lauschten. Wie die meisten Zuschauer hatten sie das plötzliche Auftreten der Drei zwar für einen Bruchteil einer Sekunde bemerkt, deren Existenz jedoch sogleich aus ihrem Bewusstsein gelöscht. Menschen, die durch Spiegel springen, ohne dass diese zerbersten? Wo gab's denn so was?

Doch Zahid und Bianca sahen und beobachteten das spannende

Geschehen. Mit großen Augen blickten sie der Anführerin entgegen. Als die Frau auf ihre Reihe zukam, winkte Zahid aufgeregt.

„Zahid, benimm dich!“, zischte Frau Jacobs von hinten. Aber Zahid hörte seiner Lehrerin nicht zu. Gespannt strahlte er die schnelle Anführerin an, die im Spurt zu ihnen schaute und direkt in ihre Augen blickte.

„Versteckt euch!“, schrie sie ihnen außer Atem zu, „habt keine Angst, wir besiegen die Kobolde, aber versteckt euch!“ Sie spurtete mit den beiden Männern an Zahids Reihe vorbei, riss die Tür auf und verschwand mit ihren Begleitern durch den Ausgang.

„Unter den Sitz!“, flüsterte Zahid Bianca zu, die seine Anweisung sofort im Stille-Post-Verfahren an die anderen Kinder in ihrer Reihe weitergab und unter den Sitz kroch, während die schnellen Saz-Töne durch den Saal flogen. Ein Kind nach dem anderen quetschte sich unter die Sitz-Reihe.

Frau Jacobs hätte Zahid am liebsten rausgeschmissen, als sie seine Stimme vernommen hatte, aber das Lichterspiel und diese Musik fesselten sie zu sehr, als dass sie sich von diesem Spektakel hätte losreißen können. Sollten die Kinder eben unter dem Sitz hocken! Hauptsache, sie gaben Ruhe.

Und das taten sie. Mit angewinkelten Beinen kauerten Zahid und Bianca auf dem Boden zwischen Stahlträgern, pressten die eine Hand auf ein Ohr, während sie Händchen hielten.

* * *

Dann kam die Finsternis. Mit schrillen Schreien, Donnern und kreischenden Stimmen zischte sie aus den Mosaik-Spiegeln in den Theatersaal und breitete ihre unzähligen, schwarzen Schwingen über dem Publikum aus, das noch immer interessiert auf die Musiker stierte und den vielen leeren Plätzen, auf denen zuvor Kinder gesessen hatten, kaum Beachtung schenkte. Die jungen Besucher hatten sich unter ihren Sitzen verkrochen und vernahmen mit Schrecken ein ohrenbetäubendes Heulen. Die Finsternis saß in der Falle. Die Lichtstrahlen zertrennten ihre dunklen Schwingen wie feine Klingen, zerstückelten sie regelrecht und schnitten ihr mit ihren unendlichen Reflexionen, die aus den Spiegeln sprangen, den Weg ab, von dem sie gekommen war. Heulend irrten verstümmelte, kreischende Wesen der Dunkelheit im Netz der Lichtschwerter umher.

Ihr schrilles Kreischen wurde von der Spiegelsinfonie gedämpft, sonst hätte es die Trommelfelle jener jungen menschlichen Wesen in diesem Saal, die über ein weites Bewusstsein verfügten, zum Platzen gebracht. Geschwächt suchte die Dunkelheit nach einem Ausweg. Durch Ritzen und Spalten huschte sie aus dem Saal in die Empfangshalle und krachte durch die Glasfenster, die in Millionen von winzigen Scherben zu Boden fielen. Die Finsternis war in die Nacht geströmt.

* * *

Die Herrin der Spiegel durchstreifte lautlos die Felder ihres Reiches, die der Mond in sein milchiges Licht tauchte. Ihr Samtkleid, das in der Dunkelheit nicht grün, sondern schwarz zu sein schien, flatterte hinter ihr her und streifte die sich windenden Halme. Ihr rotes, schweres Haar wirbelte um ihren Körper.

Es würde eine stürmische Nacht werden. Jetzt schon brach der Wind von allen Himmelsrichtungen herein und nahm von Augenblick zu Augenblick an Stärke zu. Doch die Herrin der Spiegel kümmerte der tosende Wind um sie herum nicht. Ohne nach rechts oder links zu schauen und den Blick geradeaus auf den Lichtturm vor ihr gerichtet, glitt sie über den feuchten Feldboden und durchkämmte die hüfthohen Gräser unter dem sternenlosen, schwarzen Himmel. Ihr helles Gesicht strahlte wie der Mond, der die bizarren Felsformationen erhellte, deren Silhouetten sich in der Schwärze abzeichneten.

Die Nächte verbrachte die Herrin immer im Freien, und auch wenn jede Art von Licht ihr wohl vertraut war, so blieb der Mond doch ihr treuester Gefährte. So hätte es zumindest ein Mensch formuliert, denn in ihrer Sprache besaß der Mond kein Geschlecht. Um jene grenzenlose Innigkeit, die die Herrin der Spiegel mit ihrem Reich verband, zu beschreiben, hätte ein Mensch wohl den Begriff der Liebe verwendet. Aber die Empfindungen einer mächtigen Herrin wie ihr waren nicht menschlich, denn sie waren frei von Schmerz.

Die Herrin der Spiegel kannte keine Furcht, und so spürte sie auch keine Angst vor dem, was ihr heute Nacht bevorstand. Der Kerker der Finsternis, den sie vor einer Ewigkeit unter der Sengbachtalsperre des Spiegelreiches errichtet hatte, war zusammengebrochen und die Dunkelheit entflohen wie ein hungriges Raubtier, das mit einer unstillbaren Gier auf Beutejagd ging. Es hatte das Theater erreicht. Die Herrin der Spiegel blieb auf dem Feld stehen und schloss die Augen. Ihre Arme hingen herab, der Sturm trieb ihr Haar in die Höhe, warf es über ihre Schultern, schlug es ihr ins Gesicht. Die Herrin der Spiegel spürte die Macht der Dunkelheit, jenes rastlosen Monsters. Seit die Mauern des Verlieses eingestürzt waren, hatte sie Kraft eingebüßt. Sie lächelte über den Sturm, der ihr Haar zerzauste, atmete ruhig in sich hinein, genoss die feuchtwarme Luft der Nacht und fühlte die Energie des Mondes, der über ihr am Himmel hing. Sie war eins mit ihrem Reich und besaß noch immer große Macht.

Die Herrin der Spiegel öffnete abrupt die Augen und steuerte weiter auf den Lichtturm zu.

Dort angekommen, glitt sie durch die Tür hindurch und schwebte über den glatten Boden der dunklen Eingangshalle auf den großen Spiegel zu. Bevor sie in den Spiegel trat, der sie unter die Kuppel des Lichtturms bringen würde, warf die Herrin einen Blick durch die riesigen Fenster. Draußen toste der Wind, in der Dunkelheit bogen sich Bäume, Zweige ächzten und Laub wurde durch ihr Reich gefegt. Noch immer haftete ein sanftes Lächeln auf ihren Lippen. Mit einer eleganten Handbewegung zog sie jenen Umschlag hinter ihrem breiten Gürtel hervor, den ihr Frank und Mina überbracht hatten. Mit dem Zeigefinger strich sie zärtlich über das vertraute Siegel.

„Jeremia, gleich bin ich da“, flüsterte sie. Es wurde Zeit zu gehen. Die Herrin der Spiegel wandte den Kopf der Spiegeloberfläche vor ihr zu, ohne noch einmal durch die Fenster zu schauen, und trat durch den Geheimgang ein in die Licht-Kuppel – wohl wissend, dass sie vor wenigen Sekunden ihr Reich zum letzten Mal gesehen hatte.

* * *

Jeremia nahm längst nicht mehr wahr, was um ihn herum passierte: die Gestalten, die durch die Spiegel drangen, am Rande seines Bewusstseins ein Blick auf einen roten Haarschopf, der über die Bühne stolperte. Ein flüchtiges Lächeln stahl sich auf seine konzentrierten Züge. Jetzt war er die Sinfonie, das Orchester, die einzelnen Solisten, sie alle wurden eins.

Slugs Bass übernahm auf sein Signal die Führung, dunkel melodiös, der Saz Halt gebend, sie stützend, aber auch fordernd, vorwegwummernd, nur scheinbar düster, in Wirklichkeit gutmütig brummend und ein inneres Licht in der Musik unterfütternd, das heller strahlte als alle Spiegelreflexe, die wie Elfenlachen an den Ecken und Kanten der auf optimale Akustik ausgelegten Decke des Theaters hierhin und dorthin hüpften, zersprangen, sich wiedervereinten.

Der Taktstock in seiner Hand wurde zu einem Schwert, das die Feinde bezwang, zu einem mächtigen Holz, an dem sich die zarten Triebe der Melodien hochrankten, um in den Himmel zu wachsen, zum Metronom eines Universums, das er mit jeder Bewegung seiner Hände, mit jedem Blick zu einem der Musiker im Orchestergraben neu erschuf, immer vergehend, immer entstehend, Ying und Yang, Licht und Schatten, oh ja, Schatten!

Der Chor wehte wie eine warme Brise über die Ebene, auf der er im Geiste stand. Oft wunderte er sich in dieser Halbwelt, wie in einem Traum, seine Beine waren dann wie angewachsen, oder er konnte sich nur – wie in zähflüssigem Harz eingeschlossen – bewegen, der Turm rückte immer weiter in die Ferne. Jetzt rannte er federleicht, durch die Musik wie von einer Sehne geschnellt auf ihn zu, sein Herz pochte bis zum Hals, gleich würde er sie wiedersehen, gleich.

Doch sie kam ihm schon entgegen, das Licht von tausend Spiegeln brach sich an der Brandung der Bläser und Bläserinnen, wie Gischt stob der Klang der Becken durch N-verschiedene Dimensionen und ungezählte Fraktalräume, Chaos und Ordnung versöhnend, das Dunkel vor sich hertreibend, die Dunkelheit das Fürchten lehrend. Sie stand vor ihm, ihre grünen Augen glühten, schon füllten sie sein ganzes Bewusstsein aus. Das Crescendo mündete in einen einzigen Gedanken, einen Namen, den Jeremia im Geiste rief: „Berkana …"

Sanft strich sie über seine Wange, die Streicher und Streicherinnen zogen langsam einen Melodienbogen, der sachte das Leitmotiv nachklingen ließ, das im Theater verhallte, in der Spiegelwelt, und die Götter wussten sonst wo. Die Herrin der Spiegel blickte ihm fest in die Augen.

„Du bist gekommen", lächelte Jeremia, und eine Träne rann aus seinem Augenwinkel. „Aber ich weiß … du wirst nicht bleiben?"

Im Theater gab seine Hand das Zeichen für die Pauke. Ein Schlag. Und noch einer.

„Nein", erwiderte Berkana heiter. „Wir schlagen hier unsere letzte gemeinsame Schlacht. Und du weißt es selbst nur zu gut: Ein dauerhaftes Bündnis wäre nicht gut für das Gleichgewicht der Welten. Dafür sind die Herrin der Spiegel und der Herr der Melodien zu mächtig …"

Ein letzter Schlag. Rückkopplung eines E-Bass. Gefühlte tausend Musiker-Augenpaare, die sich in seinen Rücken bohrten. Jeremia sank herab auf sein Notenpult. Sein rechter Arm hob sich wie von selbst, um dem Fagott den Einsatz für den letzten Satz zu geben. Jetzt erst recht.

* * *

Lea schrie. Aber ihr Schrei zersplitterte in tausend … Funken? So musste sich eine Festplatte fühlen, die in Rekordzeit defragmentiert wurde. Sie flog durch Äther, fühlte sich in flüssiges Quecksilber eingeschlossen – was zum Teufel hatte Frank getan? Hätte er sie nicht einfach wieder in den Einkaufswagen hochziehen können? Wie sehr war ihre Welt aus den Fugen geraten, dass sie sich überhaupt diese Frage stellen konnte? Sie wusste nicht, ob sie noch hysterisch war oder schon völlig wahnsinnig.

Sie stürzte durch einen Tunnel dunkel werdender Lichtreflexe. Nicht gut? Oder doch? Und wieso roch es hier nach grünem Tee und Ölfarbe? Der Fußboden traf Lea völlig unerwartet und hart an der Schulter. Sie überschlug sich ein oder zwei Mal. Blieb ein paar Sekunden liegen. Als sie die Augen öffnete, merkte sie, dass sie in einem Atelier lag. Offenbar lang aufgegeben, überall hingen weiße Laken als Schutz gegen Staub, so auch auf dem Sofa, vor dem sie lag. Es war recht kühl, ein halb fertiges Bild stand auf einer Staffelei neben dem Fenster. Es zeigte eine Frau mit roten Haaren und durchdringenden grünen Augen. Moment mal. Was war passiert? Hatte Frank mit diesem Gerede doch recht gehabt – war sie etwa durch den Spiegel gefallen?

Lea rappelte sich leise fluchend auf, fixierte mit zusammengekniffenen Augen den mannshohen Spiegel neben der Tür. Sie sah nur sich selbst, am Boden liegend. Oder? Der Spiegel schien vor ihren Augen anzulaufen, als ob seine Oberfläche sich schwarz verfärbte, oxidierte. Wie hypnotisiert verfolgte Lea, wie ein immer intensiveres Schwarz sich Raum griff. Panik stieg in ihr auf. Diese Schwärze hatte sie erst vor Kurzem gesehen. Sie wollte aufspringen, schreien. Aber es gelang ihr nicht. Sie war wie gelähmt.

Ein Klirren erlöste sie aus ihrem Schock. Ein großer Sprung lief quer durch den Spiegel, breitete sich mit immer mehr Verästelungen über dessen ganze Oberfläche aus, bis die ehedem silbrige Plane aussah wie eine kaputte Sicherheitsglasscheibe. Blind. Dann zerbarst sie mit einem Knall in 1000 Stücke, die vor dem Spiegel auf den Boden rieselten.

Wild blickte Lea sich im Zimmer um. Das Schwarz-Weiß-Foto eines Mannes zwischen 60 und 70, dessen strenger Blick genau auf dem Spiegel ruhte, beziehungsweise jetzt auf dem leeren Rahmen, fiel ihr nicht auf. Wie von der Tarantel gestochen sprang sie auf, rannte durch einen kurzen Flur, in dem sich Gemälde und Kupferstiche stapelten, fiel eine kurze, steile Treppe fast mehr herab, als dass sie lief, und hatte schon die Klinke der Haustür in der Hand, die der Eingang zu diesem Irrsinnshaus sein musste, das eine Verbindung zu jener infernalen Unterwelt hatte, in der man sie gefangen gehalten hatte.

Da fiel Leas Blick auf eine kleine Lithografie, die neben der Treppe auf der rechten Seite hing. Deutlich war der Elberfelder Laurentiusplatz zu erkennen. Auf den Stufen zur Kirche saßen zwei Figuren. Hinter ihnen stand ein alttestamentarischer Engel, der ein Schwert zwischen ihnen niedersausen ließ. Ihr Schluchzen zwang Lea in die Knie. Sie wusste, dass das das Ende war. Leise sagte sie einen Namen: „Frank …"

* * *

Berkana stand in der Mitte des Spiegelsaals in der Kuppel des Lichtturms, die Augen geschlossen. Um sie herum schossen unendlich viele Lichtstrahlen, die sich in den Spiegeln reflektierten und ein atemberaubendes Schauspiel boten. Es war kein Zufall, dass das Spektakel im Theater diesem hier unter der Kuppel des Lichtturms ähnelte: Die Lichtinstallation hatte Dr. Metzger von seinem Team nach den Vorgaben Jeremias einrichten lassen. Er hatte Informationen zu jenem magischen Spiel geliefert, das sich seit Ewigkeiten im Lichtturm der Spiegelwelt vollzog. Es gab jedoch immer wieder Zeiten, in denen das Spiel unterbrochen wurde. Dann wurde die Kuppel zu einer Waffe.

Wie an diesem Tage, in dieser Nacht, in diesem Augenblick des 21. Dezembers 2012. Die Herrin der Spiegel hob langsam ihre Arme, der dunkelgrüne Samt floss über ihre Beine, die auf Schulterbreite standen. Die Herrin der Spiegel hob das Kinn, ihre Arme streckte sie nun in die Höhe, die Handflächen nach außen gerichtet. Die Strahlen schossen immer schneller in alle Richtungen, kreuz und quer durch das Innere der Kuppel, eine Art Strudel des Lichts entstand jenseits von physikalischen Berechnungen. Die Strahlen wirbelten so schnell, dass sie bald als solche nicht mehr zu erkennen waren, und der Raum plötzlich von goldenem Licht durchflutet wurde, bei dessen Anblick jeder Mensch auf der Stelle erblindet wäre. Die Herrin der Spiegel öffnete ihre großen Augen, aus denen goldenes Licht schoss. Sie würde die Welt der Menschen gegen die Finsternis verteidigen, ihre Waffe war das Licht. An Galaxien vorbei, durch Wolken hindurch und über Ozeane hinweg zog ihr inneres Auge, bis es sich auf jene kleine Stadt richtete, die einen Weltruf für gute Klingen genoss. Berkana fixierte in ihrer Vision das Stadtzentrum. Sie sah, wie die Dunkelheit aus dem Theater floh. Das war der Moment, den Jeremia vorausgesagt hatte. Sie wusste, was zu tun war. Die Herrin der Spiegel zischte einen Befehl, die Arme noch immer in die Höhe gestreckt, ihre Augen funkelten golden. Das Licht musste in die Stadt. Jetzt.

* * *

Goldenes Licht ergoss sich im Stadtzentrum, erhellte die Nacht und flimmerte wie warme Luft. Die Dunkelheit heulte auf. Finsternis und Licht durften sich nicht berühren, sie hätten einander aufgehoben. Alles Leben der Menschenwelt wäre sofort erloschen.

„Schleuse bilden", flüsterte die Herrin der Spiegel. Ihr rotes Haar verlor seine Farbe, ihre Kraft schwand. Doch mit der letzten Energie erteilte sie diesen Befehl. Das Licht breitete sich im Stadtzentrum aus, bildete aber einen Freiraum. So entstand eine Schleuse, die zum Schlagbaumtunnel führte. Dort, wo alle Leylinien in ihrer Verlängerung aufeinandertrafen. Die sich windende, geschwächte Dunkelheit war in der Falle. Heulend stob sie durch den lichtleeren schleusenförmigen Raum über die Konrad-Adenauer-Straße in den Schlagbaumtunnel und verschwand. Die Finsternis war hier, an dem zentralen Punkt der Leylinien, in die Spiegelwelt zurückgekehrt. Die Herrin hatte sie in einen neu errichteten Kerker des Lichts getrieben.

Berkana sank zu Boden.

* * *

Die Töne verstummten. Das Lichternetz erlosch. Stille. Gelbes Bühnenlicht ging an. Das Publikum begann langsam zu applaudieren. Es war, als erwachten die Zuschauer und Zuschauerinnen langsam aus einem Dämmerzustand, und mit jeder Sekunde wuchs der Applaus. Die Kinder krochen aus ihren Verstecken hervor, kletterten auf ihre Sitze zurück, betrachteten die begeisterten Gesichter der Mütter, Väter oder Lehrerinnen, die um sie herum aufgestanden waren und wild applaudierten, und kamen zu dem Schluss, dass die Gefahr mit großer Wahrscheinlichkeit vorüber sein musste. Auch

Bianca und Zahid rollten unter den Klappsitzen hervor und standen auf. Zahid schaute hoch zu Dr. Geradewaat, der neben ihm seine Hände wund klatschte und immer „Wunderbar! Wunderbar!" rief.

Der Kulturredakteur bemerkte nicht, wie die beiden Kinder an ihm vorbei huschten, um sich aus dem Theatersaal zu schleichen, und sich eine alte Frau hinter ihm erhob, um ihnen leise zu folgen.

Mann-o-Mann!, dachte Dr. Geradewaat, während er schwitzend und zitternd nach seiner Zigarettenschachtel im Jackett tastete. *Was war das für eine Show!*

❋ ❋ ❋

Die bombastische Show, die sich außerhalb der Theatermauern bot, hätte Dr. Geradewaat dagegen wohl nur mit einem Achselzucken kommentiert. Die eigenartigen Lichtverhältnisse, die nur für wenige Augenblicke hier draußen unter freiem Himmel eingetreten waren, hätte er nicht erfassen können – im Gegensatz zu jenen Menschen, die oben auf dem mit Kies bestreuten Siebziger-Jahre-Flachdach des Theaters standen und über die Konrad-Adenauer-Straße starrten. Über Leitungen und Entlüftungen stolpernd, waren sie zum Rand des Daches getaumelt. Mina, Frank, JT, Dr. Metzger, Philippa und Runwart waren Zeugen, wie sich die Straßenkreuzung unweit vom Theater für Sekunden in ein metaphysisches Schlachtfeld verwandelte. Die Stadt erhellte sich für einen Moment. Niemand von ihnen hatte zuvor ein so schönes, warmes Licht gesehen, das sie umgab, einhüllte, und aus Goldstaub zu bestehen schien. Aber nicht überall war Licht. Die Konrad-Adenauer-Straße blieb dunkel. Sie sahen, wie eine finstere Wolke mit fürchterlichen, kreischenden Kreaturen über sie davonjagte. Hinter der Kreuzung verschwand die merkwürdige Erscheinung plötzlich. Im selben Moment erlosch das goldene Licht.

❋ ❋ ❋

Noch standen die Freunde, Freundinnen, Mitstreiterinnen und Mitstreiter mit offenen Mündern auf dem Dach in Nebelschwaden der kalten Dezembernacht und blickten ungläubig auf die Kreuzung. Dr. Metzger war der erste, der begriff.

„Wir haben es geschafft", flüsterte er.

Es war seine Idee gewesen, zum Ende der Sinfonie gemeinsam mit seinen Mitstreitern den Saal zu verlassen. Sie hatten Mina, Frank und JT im Foyer abgefangen und waren auf das Dach gestiegen. Hätte die Dunkelheit sich ausgebreitet, wären sie ohnehin verloren gewesen. Weil sie hier oben alles beobachten konnten, hatten sie jetzt die Gewissheit: Die Herrin der Spiegel war ihnen zu Hilfe gekommen, die Dunkelheit war besiegt.

„Wir haben es geschafft, herzlichen Glückwunsch", sagte Dr. Metzger. Mit einem breiten Grinsen und einem dankbaren Blick begann er, jedem seiner Gefährten fest die Hand zu schütteln. Er legte auf Förmlichkeiten großen Wert – selbst in dieser ganz und gar außergewöhnlichen Situation, in der das Licht gegen die Finsternis gesiegt hatte. Das Händeschütteln wirkte wie ein knallender Korken einer Sektflasche. Erleichterndes Lachen breitete sich aus. Mina und Philippa umarmten sich fest und hoben sich abwechselnd hoch, dabei jauchzten sie laut und küssten sich auf die Wangen. JT konnte sich nicht zusammenreißen. Die Anspannung der vergangenen Monate floss aus seinem Körper, ihm liefen Tränen über die Wangen. Der junge Rockmusiker machte ein paar unbeholfene Schritte auf Frank zu. Dann fiel er in die Arme des großen, schlanken Mannes, der ihm das Leben gerettet hatte. Runwart und Dr. Metzger hörten nicht auf, sich die Hände zu schütteln. Immer wieder bekräftigte Dr. Metzger, dass Runwart hervorragende Arbeit geleistet hatte und wirklich etwas von seinem Handwerk verstand. Runwart war so gerührt, dass er außer einem Gemurmel der Dankbarkeit kein Wort herausbrachte. Er presste die Lippen zusammen und hielt den Atem an, als Philippa ihn umarmte und es nicht lassen konnte, dem kleinen, muskulösen Mann einen dicken Schmatzer auf die hochrote, bärtige Wange zu verpassen. In dem Trubel trafen die Blicke von Frank und Mina aufeinander.

Oh Gott, ist das kitschig, dachte Frank noch, aber da war Mina bereits durch die von den Straßenlaternen angestrahlten Nebelschwaden auf ihn zugeschritten, hatte ihre Hände um seinen Hals geschlungen und drückte nun ihre Lippen auf seine. Sofort verließ Frank jede Erinnerung an sämtliche Kitschszenen Hollywoods. Er fühlte nur noch, wie sich ihre Körper aneinanderpressten. Sie küssten sich lange und innig. Dann lösten sie sich ein wenig aus ihrer Umarmung und schauten sich in die Augen. Eine Stimme erregte Franks Aufmerksamkeit.

„Herr Dr. Metzger, das war wirklich unglaublich", hörte er eine alte Dame sagen. „Herr Dr. Metzger, meinem Mann muss ich unbedingt von dieser Sinfonie erzählen, er wird begeistert sein."

Frank blickte zu Dr. Metzger, der mit Philippa, Runwart und JT etwa zwei Meter von ihnen entfernt stand. Philippa vollzog noch immer Freudensprünge. Frank sah, wie Dr. Metzger Emma Werfel die Hand schüttelte. Neben ihr standen zwei Kinder. Ein Mädchen und ein Junge hielten sich an den Händen und starrten hoch zu Frank und Mina.

„Zahid! Bianca!", rief Mina erstaunt.

„Frau Werfel!", krächzte Frank überrascht.

„Ah, Herr Fabel, ich wusste, dass sie hier oben sein würden. Und die beiden Kinder anscheinend auch", grüßte Emma Werfel verschmitzt. „Ich sag's ja immer: Kinder haben eine hervorragende Intuition."

Mina näherte sich den Kindern und ging in die Hocke, sodass sie mit ihnen auf Augenhöhe war.

„Sind die Kobolde weg?", fragte Bianca zaghaft.

„Ja", antwortete Mina bestimmt und lächelte.

Eine Männerstimme erklang plötzlich hinter ihnen: „Die Kobolde haben wir verjagt, und sie kommen nie wieder."

Die Kinder drehten sich um, auch die anderen schauten auf die große Männergestalt, die im Dunkel aus dem Nebel hervortrat. Zwei weitere junge Männer folgten ihm.

„Herr Jeremia, dass ich Sie auch noch mal treffe!", rief Emma Werfel und klatschte in die Hände.

„Frau Werfel!" sagte Jeremia, den die meisten Anwesenden auf dem Dach kaum erkannt hätten – so anders wirkte er mit dem weißen Schal und dem geliehenen Smoking, der Berufsuniform eines

Dirigenten. Er nahm Emma Werfels Hand in seine beiden Hände. „Schade, dass Ihr Mann nicht hier sein kann …"

Frank schüttelte kurz den Kopf. Ihn wunderte nichts mehr. War klar, dass die sich kennen mussten.

Cihan und Slug standen zunächst neben Jeremia, heftig atmend und verschwitzt. Die Vorstellung hatte all ihre Kraft gekostet, aber beim Anblick der glücklichen Gesichter, die von Straßenlaternen erleuchtet wurden, kam ihre Energie zurück. Cihan entdeckte sofort Philippa, die ihre Freudensprünge einstellte und ihm entgegensah. Hastig schritten sie aufeinander zu, um sich dann heftig in die Arme zu fallen. Auch sie hatten es geschafft. Endlich.

Emma Werfel beobachtete die beiden. Dann ließ sie ihren verschmitzten Blick langsam über die unterschiedlichen Personen gleiten. „Das ist wahrlich eine interessante Versammlung hier oben auf dem Theaterdach", murmelte sie leise zu sich selbst. „Irgendwie historisch."

In dem Moment klingelte Franks Handy. Er wusste schon, wessen Stimme er hören würde, als er abnahm. „Mensch Frank, hier ist Heinz. Was ist denn los bei euch? Wir haben hier in der Forschungsstelle gerade einen unglaublichen Energieanstieg in Solingen gemessen! Hat das was mit unserem Thema zu tun? Und warum hast du dich so lange nicht gemeldet …"

„Es ist nichts", sagte Frank leise. Dann holte er tief Luft und sagte noch einmal, seinen Blick über den Schlagbaum schweifen lassend: „Keine Bange. Es ist nichts." Dann legte er auf.

Kapitel 34

Gebannt fixierte Lea den Horizont. Es war Frühling in Cape Canaveral. Eigentlich war es ein bisschen kalt, und sie wickelte sich fester in ihre Jeansjacke. Aber in ein paar Sekunden würde der Rocket Summer wieder einsetzen. Sie saß auf der Motorhaube ihres Mietwagens, eines Buick Allure mit 280 PS, den sie quer zum Zaun mit Blick auf das militärische Sperrgebiet geparkt hatte. Freude am Fahren. Aber eigentlich war ihr das egal. Da blitzte es auch schon am Horizont auf, und mit geringer Zeitverzögerung erreichte sie das Dröhnen. Sie wollte schon immer mal einen Shuttle-Start live beobachten, auch wenn es ihr als Musikjournalistin nicht gelungen war, eine Akkreditierung für das Kontrollzentrum zu kriegen. Aber irgendwie war das jetzt auch nicht mehr so wichtig wie früher. Während die riesige, leuchtend-orangefarbene Tankkonstruktion mit den zwei Trägerraketen und dem Shuttle in der Mitte mit 11 000 Metern in der Sekunde in einer sanften Kurve gen Firmament schoss, immer tiefer ins Blau stechend und eine enorme Rauch- und Feuerspur hinterlassend, war ihr klar, dass sie das erste Mal seit Langem etwas nur für sich tat. Und dass es zwar schade war, dass Frank nicht dabei war, aber irgendwie okay.

Man spürte es wirklich: Es wurde wärmer. Leise drang Musik aus den Boxen ihres Mietwagens. Da die beiden Fronttüren offen waren, konnte sie den Sänger irgendeiner Shoegazer-Rockband hören, wie er sang: „Come on let's scratch the heavens one last time / Cause we're all sinking in the sunshine / And though you'd love to stay / Well you said you must be on your way / To where the rainbows and ufos / Fall ten at a time / In a shower of glitter and gold … "

Früher hätte sie das sofort googeln müssen, was da im College-Radio lief. Jetzt machte es sie nicht einmal nervös, dass sie die Band nicht kannte. Und erst recht nicht, dass sie seit zwei Wochen nicht mehr online gewesen war. Hinter Lea erstreckte sich die steppenartige Küstenlandschaft Floridas, gebadet in pastellfarbenes Sonnenlicht, nur hier und dort unterbrochen durch einen dunklen Fleck, den eine Cumulus-Wolke auf den kargen Boden warf. Ein leises Schmunzeln wurde zu einem sanften Lachen. Jedes Ende war also wirklich ein Anfang. Vielleicht waren all die schlimmen und bizarren Ereignisse, die sie erlebt hatte und die bereits Monate zurücklagen, ja auch einfach dafür gut gewesen.

Es war so erstaunlich simpel gewesen. Sparbücher und Versicherungen kündigen und raus. Sie würde schon sehen, was sie mit ihrem Leben anfangen würde. Und vielleicht würde sie ja auch irgendwann Frank wiedersehen. Ach. Gewiss. Und falls er dann noch mit Mina zusammen sein sollte, würde sie die beiden zum Essen einladen. Und wenn nicht …

Mit quietschenden Reifen hielt neben ihr ein Pick-up. Staub wirbelte auf. Ein junger Mann, ungefähr in ihrem Alter sprang heraus. Er riss sich eine Mesh-Back-Basecap mit dem Abominable Sandmen Logo von seinem unbändigen blonden Haarschopf und fuhr sich durch die verschwitzten Haare. Er starrte auf die Rauchsäule, die sich bereits wieder im Wind verteilte. „Oh no – don't tell me I missed it …"

Lea nahm ihre Sonnenbrille ab und musterte den jungen Amerikaner in Sweat-Shirt und Cargo-Hose, der sie bis jetzt gar nicht wahrgenommen zu haben schien: „You can never miss anything in life. There's always something else going on …"

Ungläubig dreinschauend drehte sich der junge Kerl zu ihr um. Mit stahlblauen Surferaugen betrachtete er Lea wie eine Erscheinung: „Err – where did you come from?"

Lea seufzte und lächelte den gutaussenden Neuankömmling an: „I don't suppose you would believe me if I told you I had to walk through a mirror in order to get here?"

Kapitel 35

Minas Blick ruhte auf den Rosenblättern, die den lockeren Waldboden bedeckten, unter dem die Urne begraben lag. Die Schleifen von Blumenkränzen schillerten rot und gelb in der Märzsonne, und ein schlichter, kleiner Stein an den Wurzeln einer Buche erinnerte an den Namen eines Menschen, der ihre Mutter gewesen war. Die Trauer brannte in Minas Hals, ätzte sich wie Säure durch ihre Kehle. Es war jetzt schon eine Weile her, dass ihre Mutter gestorben war, und noch immer fiel es ihr schwer, an dem Grab zu weinen. Mina versuchte, die Säure, das Feuer in ihrem Hals, herunter zu schlucken, und die schmerzhaften Erinnerungen beiseitezuschieben, indem sie ihrer Umgebung Aufmerksamkeit schenkte. Sie hockte auf dem schmalen, feuchten Waldweg, der so herrlich duftete, nahm wahr, dass ihr rechter Fuß einschlief, und beobachtete die Lichtkegel, die über das Grab tanzten. Um nicht das Gleichgewicht zu verlieren, stützte sie sich behutsam mit den Fingerspitzen an dem dünnen Birkenstamm auf, der die Grenze zwischen dem Weg und den Gräbern markierte. Ein sanfter Frühlingswind strich durch Minas Locken und streifte die Zweige der Buchen und Birken über ihr, sodass die goldenen Lichtkegel schneller über das Grab tanzten.

Das Licht tanzt mit dem Tod, dachte Mina, und ihr Herz krampfte sich zusammen. Wie war es möglich, dass sich dieser wunderschöne Lichtertanz an einem Ort ereignen konnte, der ihr die Ursache eines unermesslichen Schmerzes vor Augen führte? Wie konnten Vögel ihre Frühlingslieder singen, der feuchte Boden so wunderbar duften, während Menschen litten und qualvoll starben? Wie konnten solche Gegensätze bloß nebeneinander existieren, es musste jeden Menschen doch innerlich zerreißen? Bei diesem Gedanken begann Mina leise zu weinen. Wut stieg in ihr auf.

Wer hatte sich diesen grausamen Unfug bloß ausgedacht, welcher

Wahnsinnige war dafür verantwortlich?, fragte sie sich im Stillen und biss sich vor Wut auf die Unterlippe. Ihr Blick folgte jetzt nicht mehr der Darbietung des Lichts, sondern haftete fest auf dem Stein, dessen Inschrift Mina nicht lesen konnte, weil ihre Tränen dick und schwer aus ihren Augen quollen und alles vor ihr verschwamm. Der Moment der Wut verweilte kurz, und das Gefühl, das Mina am meisten fürchtete, bemächtigte sich ihrer nun voll und ganz. Die Trauer.

„Meine Mutter ist tot, und ich werde sie niemals wieder sehen", flüsterte Mina. Es erschreckte sie, wie sehr sie diese Tatsache begriff. War es nicht besser, nicht zu begreifen und sich stattdessen tröstende Geschichten auszudenken? Auf der anderen Seite: Wer sagte denn, dass die Geschichten, die sich Menschen ausdachten, um entweder ihrer Sterblichkeit zu entgehen oder den Schmerz an einen Verlust zu lindern, nicht stimmen konnten? Waren sie nicht real?

Mina wischte sich die Tränen von den Wangen. Das, was sie mit Frank erlebt hatte, war in der Tat unglaublich gewesen. Sie spulte die Erinnerungen an das letzte halbe Jahr wie einen Film auf Fastforward vor ihren Augen ab. Frank und sie hatten ein schreckliches Vorhaben aufgedeckt, waren fantastischen Wesen begegnet und durch die Spiegelwelt gezogen, hatten gegen den Herrn der Furcht gekämpft, Menschen befreit, einen unglaublichen Plan ersonnen und mit Gleichgesinnten, die erstaunliche Fähigkeiten besaßen, die Dunkelheit vertrieben, die sich über die Stadt ausbreiten wollte. Die Bürger und Bürgerinnen der Stadt hatten davon zwar nichts mitbekommen – von Kindern und Dr. Metzger mal abgesehen. Dafür war eine neue und hitzige Diskussion über den Wert der kulturellen Landschaft Solingens entbrannt. Dr. Geradewaat hatte nach der Aufführung der Spiegelsinfonie einen Artikel veröffentlicht, der enthüllte, dass das Stadttheater schon im neuen Jahr heimlich, still und leise geschlossen werden sollte. Eine Protestwelle war die Folge, die Diskussionen über sämtliche Kürzungen mit sich zog, ob Busfahrpläne oder Kindergärten. Die Schließung des Theaters war vom Tisch, wenn auch nur vorübergehend. Es folgten Berichte über das plötzliche Verschwinden des Dr. Jorge von Furcht. Da niemand recht wusste, was mit den aufgekauften Gebäuden des Investors anzufangen war, gründeten sich Kulturvereine, die sich dem Birkerbad, dem Schlagbaumtunnel, der Walder Kirche und dem Wipperkotten annahmen.

Mina musste lächeln und rieb erneut über ihre Wange, um die Tränen loszuwerden. Sicher wäre ihre Mutter stolz auf sie. Vielleicht hatte ihre Mutter von dieser Rettungsaktion sogar gewusst. Und Mina dachte an jenen Augenblick vor drei Monaten, als ihre Mutter gestorben war.

Der Tod war in den Morgenstunden des 22. Dezembers gekommen. Minas Vater hatte sie angerufen, wenige Stunden, nachdem der Kampf gegen die Finsternis vorüber war. Mina war mit dem Fahrrad zum Haus ihrer Eltern geeilt. Dann hatte Mina am Bett ihrer Mutter gesessen und ihre Hand gehalten. Bis zum letzten Atemzug. Mina hatte auf den Brustkorb ihrer Mutter gestarrt, in der Hoffnung, dass er sich wieder heben und senken würde. Dann hatte sie gebannt das immer schwächer werdende Pochen am Hals beobachtet, betend, dass es nicht verschwinden würde. Ihre Hoffnungen waren vergebens. Doch in jenem Augenblick, als das Leben aus dem Körper ihrer Mutter wich, geschah etwas Seltsames. Mina hatte das Gefühl, dass ihre Mutter für den Bruchteil einer Sekunde lächelte. Ob sie von Minas und Franks Heldentaten wusste? Obwohl gleich darauf eine Welle der Fassungslosigkeit und des Schmerzes jenen Moment überflutete, würde Mina dieses Lächeln niemals vergessen.

Gerade jetzt, als Mina vor dem Grab hockte, musste sie an jenes Lächeln denken. Was hatte es zu bedeuten? Vielleicht hatte ihre Mutter Mina neben sich gespürt und gefühlt, dass Mina mit Frank glücklich war. Dass etwas geschehen war, dass Mina zuvor nie möglich gehalten hätte: Sie war mit einem Menschen zusammen, der sie so liebte, wie sie ihn. Vielleicht blieb die Liebe das größte Wunder dieser Welt.

Ein Eichhörnchen raste geschäftig die Buche herab, unter der Minas Mutter begraben war, hielt kurz inne und huschte davon. Mina musste auflachen über diese Tüchtigkeit. Es war Zeit zu gehen. Es war Mina, als gaben sich ihre Trauer und Zuversicht die Hände. Mit frischen Tränen in den Augen, aber einem wärmenden Lächeln auf den

Lippen berührte Mina den glatten Stein. Laut las sie die Inschrift: „In Liebe vereint." Dann stand sie langsam auf, flüsterte „Wiedersehen, Mama" und machte sich auf den Weg zum Friedhofsausgang, wo Frank und Jeremia auf sie warteten.

Vor dem Friedhofstor standen Frank und Jeremia und lehnten an Franks Opel. Jeremia hielt eine Gitarre in den Händen und spielte leise einige Akkorde, die traurig aber zugleich heiter klangen. Wenn Frank in der Nähe seines Opels war, schweiften seine Gedanken unweigerlich zu Runwart – jenem ehrenhaften Zwerg, der Jeremia, Frank und Mina im Wipperkotten Unterkunft gewährt hatte. Dóinas Zwerge hatten das Auto, das jeder Mechaniker dieser Welt schrottreif erklärt hätte, auf Anweisung von Runwart hin repariert, nachdem der ganze Irrsinn vorbei war und wieder Normalität einkehrte. Dabei hatte sich das Siegel des Herrn der Maschinen als nützlich erwiesen.

„Ein magisches Zahnrad! Wo hast du das denn nur her?", hatte Runwart ausgerufen, es Frank aus der Hand gerissen und sich daran gemacht, das Ding ins Getriebe einzubauen – irgendwie. Runwart war es auch, der dafür gesorgt hatte, dass die Zwerge, die sich auf die Seite der Finsternis geschlagen hatten, ihre gerechte Strafe bekamen. Nachdem der Kerker der Finsternis zusammengebrochen und die Dunkelheit besiegt worden war, hatte Dóinas Gefolge rebelliert. Dóina floh, wurde aber von Runwarts Sippschaft gefangen genommen und zu sechzig Jahren unbezahlter Hilfsarbeit verurteilt. Dóina saß seitdem murrend in einem dunklen, feuchten Keller des Wipperkottens und schliff an einem vierhundert Jahre alten Schleifstein Messer, zwölf Stunden am Tag und fluchte dabei unablässig auf Solinger Platt.

Frank war sich nicht sicher, ob diese Strafe ihren Hass nicht noch mehr schürte. Aber Runwart wusste bestimmte, was er tat. Frank bemerkte, dass Runwart und er mehr gemeinsam hatten, als er beim ersten Besuch gedacht hatte. Es ging ihm auf, dass die Fähigkeiten der Zwerge kaum jemand zu schätzen wusste. Andererseits war Frank auf Runwart ein wenig neidisch. Runwart hatte einen Kotten und eine Frau und schien mit seinem Leben zufrieden zu sein. Frank liebte Mina – aber wie ihre Zukunft aussehen sollte, blieb ihm ein Rätsel.

Jeremia spielte weiter, Magnolienblüten wirbelten über den Parkplatz. Frank schaute auf das Friedhofstor. Mina kam auf die beiden Männer zu, die während ihres Besuchs am Grab ihrer Mutter kein Wort gesprochen hatten. Frank trat unsicher Mina entgegen und fragte sich, ob er sie jetzt wohl in den Arm nehmen sollte.

Als sie ihn aber traurig ansah, zögerte er nicht lange, öffnete seine Arme und Mina schritt in seine Umarmung. Sanft schmiegte sie sich an seine Brust. Frank wurde ganz warm ums Herz. So traurig diese Situation auch war, so spürte er dennoch ein Glücksgefühl. Die gewaltigen Bäume rauschten, der Frühlingswind trieb die weiß-rosa Blüten der Magnolienbäume durch die Luft und verbreitete Jeremias Klänge. Am meisten freute Frank – wenn man in dieser Situation überhaupt von Freude sprechen durfte – dass er Mina tröstend umarmen konnte. Das hatte er vor seiner Beziehung zu Mina noch nie getan. Trauern den Menschen war er immer mit Erfolg aus dem Weg gegangen. Eigentlich hatte er überhaupt jeden Menschen, der zu tiefen Gefühlen fähig war und diese ehrlich ohne Scheu zeigte, instinktiv gemieden. Stattdessen war er immer in einem Mantel des Zynismus durch die Welt gerannt. Doch mit Mina war alles anders. Was hatten sie nicht alles gemeinsam erlebt, welchen Gefühlen hatte er sich stellen müssen, deren Existenz in ihm früher die größten Ängste hervorgerufen hatten. Und nachdem Minas Mutter an jenem Morgen des 22. Dezembers gestorben war, während Mina ihre Hand gehalten hatte, hatte Frank das Trösten gelernt. Er streichelte Minas Rücken. Dann befreite sich Mina aus seiner Umarmung, putzte sich kräftig die Nase und rieb sich die Augen. Frank legte einen Arm um ihre Schultern und strich ihr über die Wange. Jeremia hörte auf zu spielen. Um seine Lippen schwang ein geheimnisvolles Lächeln, während seine freundliche n Augen abwechselnd auf Frank und Mina blickten. Mina hob den Kopf und beobachtete mit rot geweinten Augen die Magnolienblüten, die der rauschende Wind um sie herumtanzen ließ.

„Der Wind ist noch immer die schönste Melodie“, sagte sie.

Andächtig genossen die drei das Rauschen, ohne ein Wort zu sprechen.

Mina brach das Schweigen.

„Wie geht es jetzt bloß weiter?“, fragte sie und schaute Jeremia an.

Wie sehr sich ihre Leben in so kurzer Zeit verändert hatten. Es war alles so schnell gegangen. Nachdem sie die Stadt gerettet hatten und Minas Mutter gestorben war, gab es für Mina jede Menge bürokratischer Dinge zu erledigen. Bisher war kaum Zeit gewesen, das Erlebte zu verarbeiten, geschweige denn, an die Zukunft zu denken. Doch jetzt kam der Frühling und Mina hatte das Gefühl, dass die Welt um sie herum wieder klarer wurde. Ein Neuanfang war möglich. Das hatte auch Dr. Metzger bewiesen, auch wenn die Art und Weise des Neuanfangs wenig erfreulich war. Nach jenem Showdown im Theater war Dr. Metzger einer Intrige zum Opfer gefallen. Verwaltungsmitarbeiter hatten Gerüchte über seine angebliche geistige Verwirrtheit gestreut und ihn zielstrebig aus seiner Position gemobbt. Die Frühpensionierung war die Folge. Aber Dr. Metzger genoss sein neues Leben. Er war in eine kleine Hütte am Rande der Ohligser Heide gezogen und widmete sich, vom neuen Freund Jeremia inspiriert, inbrünstig seinem Kindheitstraum: dem Komponieren.

Aber wie konnte der Neuanfang für Frank und Mina aussehen?

„Die Antwort müsst ihr schon selber finden“, antwortete Jeremia auf Minas Frage und spielte mit einer schwungvollen Geste einen dramatischen Akkord, um diese Worte zu bekräftigen. Er schaute Mina und Frank mit seinen dunklen Augen an. Noch immer strahlte jenes geheimnisvolle Lächeln aus seinem Gesicht. Neugierig blickte Mina in seine Augen. Ihr fiel eine Frage ein, die sie diesem Mann, der immer noch so voller Rätsel war, obwohl sie so viel Zeit mit ihm verbracht hatten, noch nicht gestellt hatte.

„Vermisst du eigentlich nicht die Herrin der Spiegel? Ich meine, ihr wart nicht richtig zusammen, aber irgendwie standet ihr euch doch sehr nah. Sie hat erzählt, du hättest sie oft besucht, obwohl es gefährlich war.“

„Oh ja, ich vermisse sie“, entgegnete Jeremia und begann wieder leise zu spielen. Für einen Menschen war die Vorstellung an eine Liebschaft, die Jahrtausende dauerte, sicher schwierig nachzuvollziehen. Wie sehr verwirrte die Menschen besonders in diesem Teil dieser Welt jene Erfindung, die sie „Zeit“ nannten, und wie sehr machten sie sich das Leben mit merkwürdigen Vorstellungen, etwa von „Endlichkeit“, schwer.

„Aber trauerst du gar nicht?“, fragte Mina mit einem vorwurfsvollen Unterton.

„Nein“, antwortete Jeremia mit jenem Lächeln, als sei diese Antwort völlig selbstverständlich.

Frank spürte einen Anflug von Entrüstung.

„Es gibt keinen Grund zu trauern“, sprach Jeremia vergnügt weiter. „Die Herrin der Spiegel ist überall und wird es für immer sein.“

Mina und Frank hatten mit diesen Worten nicht gerechnet, und so standen sie eine Weile sprachlos vor Jeremia, der seine Finger sanft über den Hals der Gitarre gleiten ließ.

„Mhm“, machte Mina. Jeremias Ansichten würden ihr vielleicht eines Tages weiterhelfen, um über den Tod ihrer Mutter hinweg zu kommen. Sie beschloss, sich mit ihm weiter über dieses Thema zu unterhalten – falls er bei den Menschen noch Zeit verbringen wollte.

Aber nicht jetzt, denn Minas Magen knurrte.

„Ich finde, wir sollten jetzt frühstücken“, beschloss sie.

Frank musste lächeln. Essen fiel Mina immer leicht – egal, wie traurig oder wütend sie war. „Wir sind eigentlich bei Cihan und Philippa zum Frühstück eingeladen. Na ja, wir sollen einfach per SMS Bescheid sagen, falls wir noch kommen. Also – noch Brötchen für drei?“

Jeremia schüttelte den Kopf, und jetzt wirkte er tatsächlich für ei ne Sekunde ein wenig traurig. „Nein. Nicht für drei. Ich kann nicht mit euch kommen, ich werde anderswo gebraucht.“ Seine Stimme wurde leiser, sein Blick ging über Franks und Minas Schultern an ihnen vorbei in unbestimmte Ferne.

„W-w-was?“, stotterte Frank, für den diese Nachricht plötzlicher zu kommen schien, als für Mina. „Aber wir haben noch so viele Fragen, müssen noch über so vieles reden. Etwa diese eine Sache, die mich sehr verwundert hat …“ Frank sprach immer schneller, als habe er das Gefühl, ihm laufe die Zeit davon. „Der Herr der Furcht hatte sein Symbol, dieses kleine Kästchen, das Mina bekam, der Herr der Treppen hat überall seine Siegel mit Kreide hinterlassen, der Herr der Maschinen gab mir das Zahnrad – aber welches Symbol, welches Siegel hat die Herrin der Spiegel?" Franks Stimme überschlug sich, als ob er nie wieder ruhig würde schlafen können, wenn Mina und er nicht jetzt eine Antwort auf diese Fragen bekommen würden.

„Dass ihr das nicht wisst!", rief Jeremia auflachend und mit den Augen rollend, und eine dunkle Locke wirbelte über seine Stirn, „Mina trägt es doch schon die ganze Zeit um den Hals!"

Minas Hand schnellte unwillkürlich an ihre Halskette. „Ich weiß zwar nicht, warum meine Mutter mir das Symbol gegeben hat, aber ich glaube, wir gehen besser jetzt erst einmal frühstücken. Das ist sonst zu viel auf nüchternen Magen. Nur schade, dass du nicht mitkommst."

„Also dann …", hob Jeremia an und schien sich zum Gehen wenden zu wollen.

„Halt-halt-halt!" rief Frank. „Eine Sache noch. Wer bist du eigentlich? Welche Rolle hast du in der Geschichte überhaupt genau gespielt?"

Jeremia schmunzelte angesichts des wildäugigen, gepresst atmenden jungen Mannes vor ihm, sein langer, alter Ledermantel flatterte lustig im Frühlingswind. Auf einmal wirkte er wesentlich älter. „Ich, Frank Fabel, bin der Herr der Melodien."

Frank wurde schwindlig. Wäre eine Bank in der Nähe gewesen, hätte er sich setzen müssen. So plumpste Frank einfach mit seinen vier Buchstaben auf den Boden. Jeremia schüttelte den Kopf, nachsichtig lächelnd und hockte sich vor ihm hin. Mina starrte die beiden mit offenem Mund von der Seite an. Plötzlich hielt Jeremia eine Art Origami-Box in der Hand, ein aus wunderschönem, japanischem Seidenpapier gefaltetes Kistchen. Sachte drückte er es Frank in die Hand, und grinste dabei schief. „Das Siegel des Herrn der Melodien kennst du ja bereits."

Wie von Zauberhand öffnete sich das fragile Behältnis in Franks Handfläche vor seinen und Minas staunenden Augen. Für einen Moment verstummten die Drosseln, Haubenmeisen, Spatzen, Finken und was sonst noch an gefiederten Freunden den Friedwald bevölkerte. Jeremia schloss die Augen und aus seiner nach oben gerichteten

Handfläche löste sich eine kleine, orange-gelb und warm leuchtende Kugel, die in einem sanften Parabelflug in das Seidenpapierkistchen schwebte, das sich danach wieder wie von Geisterhand schloss.

„Das Kistchen enthält jetzt eine reine Note, ein Stück Energie aus der großen Sphärenmusik, die das Universum antreibt. Ein mächtiges Artefakt – bewahrt es sicher auf und benutzt es weise. Falls es jemals so weit kommen sollte, werdet ihr wissen, was zu tun ist." Jeremia stand auf, und rückte seinen Stetson auf seinem Kopf zurecht. „Ihr habt euch gut bewährt. Und eines Tages werden wir uns vielleicht wiedersehen." Wieder blickten die Augen des Herrn der Melodien in die Ferne, als ob er sich vergewissere, dass seine Aussagen über die Zukunft auch der Wahrheit entsprächen. Dann drehte er sich wieder zu Frank und Mina, die neben ihrem Freund kniete. Während sie Jeremia dankbar anlächelte, starrte Frank einfach nur mit riesigen Augen auf Jeremia, als sei er eine Erscheinung – was er ja wohl auch in gewisser Hinsicht war.

Ein letztes Mal sprach Jeremia zu Frank und Mina: „Ja, ich werde zurückkehren. Bis dahin darf es keine Reue geben, keine Ängste. Macht einfach weiter, glaubt an eure Kraft, das Richtige zu tun – und zeigt mir, dass mein Glaube an euch ebenso gerechtfertigt ist."

Nach einer kurzen und heftigen Umarmung, die so schnell vorüber war wie der Schrei eines Falken im Wind, sahen Frank und Mina Jeremia noch lange nach, wie er sich auf dem Weg von ihnen entfernte und dabei immer kleiner wurde. Noch lange hing im Wind eine von Franks Lieblingsmelodien, Jeremia spielte im Gehen auf seiner Gitarre „You'll never get to me" von Killing Joke. Frank schüttelte den Kopf, eine Träne lief aus seinem Augenwinkel. Als Mina ihn mit hochgezogenen Augenbrauen ansah, entgegnete er dumpf: „Es ist nichts! Ich hab nur was im Auge … Außerdem hat er doch gesagt, dass wir ihn wiedersehen werden …"

Vorsichtig verstaute Frank die Origami-Box in seinem Jackett – niemand musste ihn daran erinnern, dass er außer Minas Liebe wohl nie etwas Kostbareres besessen hatte und besitzen würde. Dann gingen Mina und er zurück zum Auto, nachdem sie ihm aufgeholfen hatte.

Als sie vom Auto aus per SMS Bescheid gegeben hatten, dass sie auf dem Weg zu Cihans und Philippas neuer Wohnung in Aufderhöhe waren, aber ohne Jeremia zum Frühstück erscheinen würden, fummelte Frank am 25 Jahre alten Radio des Opels, das eigentlich auch kaputt sein sollte. Aber vielleicht hatte das Siegel des Herrn der Maschinen ja …

„… begrüßen wir alle unsere Hörer zu einer Sondersendung auf Radio RSG, Zappenduster ohne D.A.R.K.-Consulting – was wird aus der Klingenstadt nach dem Verschwinden des Investors und der Insolvenz seiner Firma? Doch zunächst einmal Musik –“ Und schon erfüllten Geordie Walkers sägende Gitarren-Akkorde das Cockpit des gemütlichen Automobils. Radio RSG spielte Killing Joke mit „You'll never get to me“.

„Selbst wenn ich noch Zweifel gehabt hätte …“, murmelte Frank, indem er den Motor anließ.

Schon bogen sie durch das große Tor auf die Hauptverkehrsstraße ab. Mina lächelte ihn von der Seite an. Hätte Frank in den Rückspiegel geblickt, er hätte gesehen, wie sich die von den Bäumen gefallenen Magnolienblüten vor dem Friedhofstor auf eine eigentümliche Art rhythmisch bewegten – als brächte sie der Herr der Melodien zum Tanzen.

Epilog

Das Licht zersticht ihren Körper mit spitzen Strahlen, während der Sturm bläst, die Fetzen Körperlichkeit auseinandertreibt, um sie dann wie Blätter in einer Windrose hoch in den Himmel zu wirbeln, bis all ihre Körperlichkeit zerstäubt und sich ihre Seele in den Universen ergießt. Doch die Verwandlung ist noch nicht vollzogen. Auf das noch nicht verloschene Lebenslicht trifft das Leuchten von Sonnen und Monden und mischt sich mit der Anwesenheit einer anderen Existenz, die ihr körperliches Leben in einer der vielen Welten aufgeben hat. Wieder ist der Wind der Motor, dieses Mal treibt er die neue Seele an, zu einer Einheit zu finden, wirbelt sie hinab an das Ende einer weiteren Windrose, bis sie Gestalt annimmt, Haare, Haut und Gliedmaßen wachsen, und die neue Existenz findet auf ihren Platz, der ihr bestimmt ist.

Sie steht reglos in der Mitte des runden Spiegelsaals, ihre Hände formen vor dem Schoß ein Dreieck. Dann atmet sie zum ersten Mal in ihrem neuen Leben tief durch. Ein Hauch von Verwunderung liegt auf ihrem strahlenden Gesicht, als sie sich dieses Ortes gewahr wird, der jeden Menschen in sprachloses Erstaunen versetzt hätte, sie verfliegt aber nach einem Augenblick. Sie ist kein Mensch. Ihre großen Augen schillern noch in verschiedenen Farben der Erkenntnis, noch hängen die langen Haare weiß über ein silbern-seidenes Gewand herab. Das wird sich bald ändern. Dann werden ihre Augen, ihr Haar und ihr Kleid kräftige Farben annehmen. Sie lächelt sanft, ihre Fingerspitzen zucken. Sie geht einen Schritt, ohne sich umzuschauen. Sie weiß, wo sie ist. Dann gleitet sie über den Spiegelboden auf die Tür zu, die sie mit ihren Gedanken öffnet, während das seidene Kleid und ihre weißen Haare lautlos hinter ihr flattern. Noch ist sie nicht so konzentriert, wie es Wesen wie sie sein sollen, noch kreisen Erinnerungen, Wissen und Erfahrungen ohne jede Ordnung in ihrem Kopf wie voneinander losgelöste Atome, doch bald wird es anders, bald wird sie in einem Muster der Klarheit aufgehen. Sie schreitet die Wendeltreppe hinab in die Licht durchflutete Halle. Dort bleibt sie einen Moment stehen, um die Augen zu schließen. Eine menschliche Erinnerung aus einem anderen Leben hat ihren weiten Horizont durchkreuzt. Ein unbekanntes Gefühl durchfährt sie. Menschen nennen es Schmerz. Doch das Gefühl zerstäubt sogleich, und mit ihm verblasst die Erinnerung. Sie öffnet ihre Augen. Gelassen schreitet sie auf ein gewaltiges Glasfenster zu. Dort bleibt sie lächelnd stehen und richtet ihren Blick hinaus auf die grünen Felder und die Tiefe des Waldes, die sich vor dem Lichtturm erstrecken. Ihr Haar färbt sich langsam rubinrot, ihre Augen schimmern grün. Die Herrin der Spiegel ist in ihrem Reich angekommen. Die Wiedergeburt ist vollzogen. Und bald schon wird jede menschliche Erinnerung auf den Grund ihres unermesslichen Bewusstseins gesunken sein, und sie wird vergessen, dass sie in einem anderen Leben eine Tochter hatte.

Danke!

Ich danke von Herzen allen Menschen, ohne die dieses Buch nicht entstanden wäre – ganz besonders natürlich dir, Peter!

Ich danke der Stadtverwaltung Solingen für einen Besuch im Birkerbad, der Interessengemeinschaft Stadtführungen Solingen und Iris Luckhaus, die den finalen Ansporn für die Veröffentlichung gab.

Meinem Vater, Carmen & Robin danke ich für alles –

einfach für alles!

LILIAN
MUSCUTT
FLUSS
RAUSCHEN
ROMAN

Eine Leiche am Flussufer.
Ein verfallenes Haus im Wald.
Eine Idylle, die in Wahrheit keine ist.

Nach einer durchzechten Nacht findet der Journalist Udo Moosbach eine Tote an der Wupper. Warum musste die junge Frau sterben? Auf der Suche nach Antworten begegnet Moosbach der jungen Obdachlosen Sanna Bergmann. Gemeinsam tauchen sie ein in die Familiengeschichte der Toten - und es offenbaren sich grausame Verbrechen, die Jahrzehnte zurückreichen. Was sie nicht ahnen: Jemand ist ihnen einen Schritt voraus. Das hat gefährliche Folgen ...

www.flussrauschen.de

Lightning Source UK Ltd.
Milton Keynes UK
UKHW01f2109300718
326523UK00002B/195/P

9 783981 887839